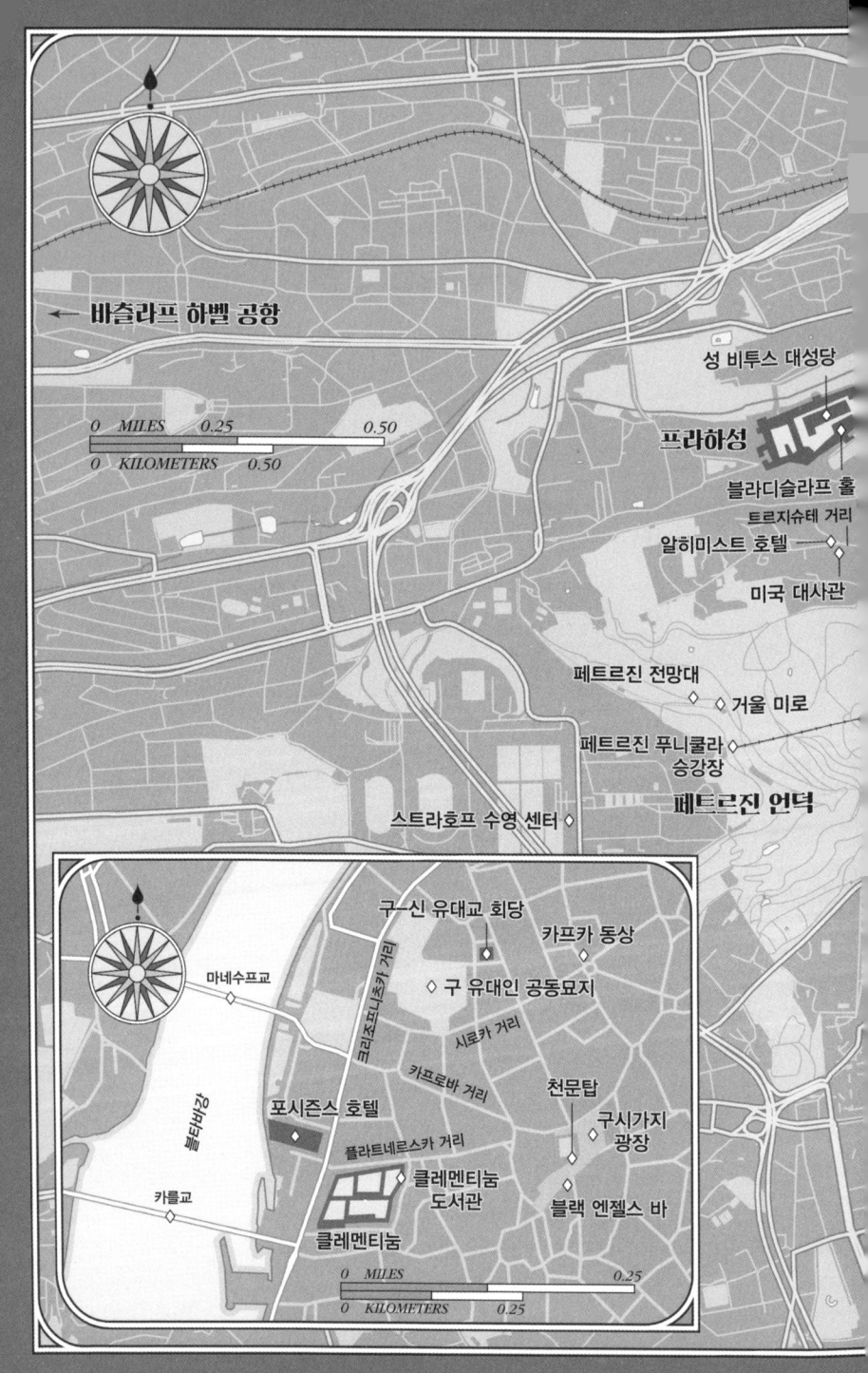

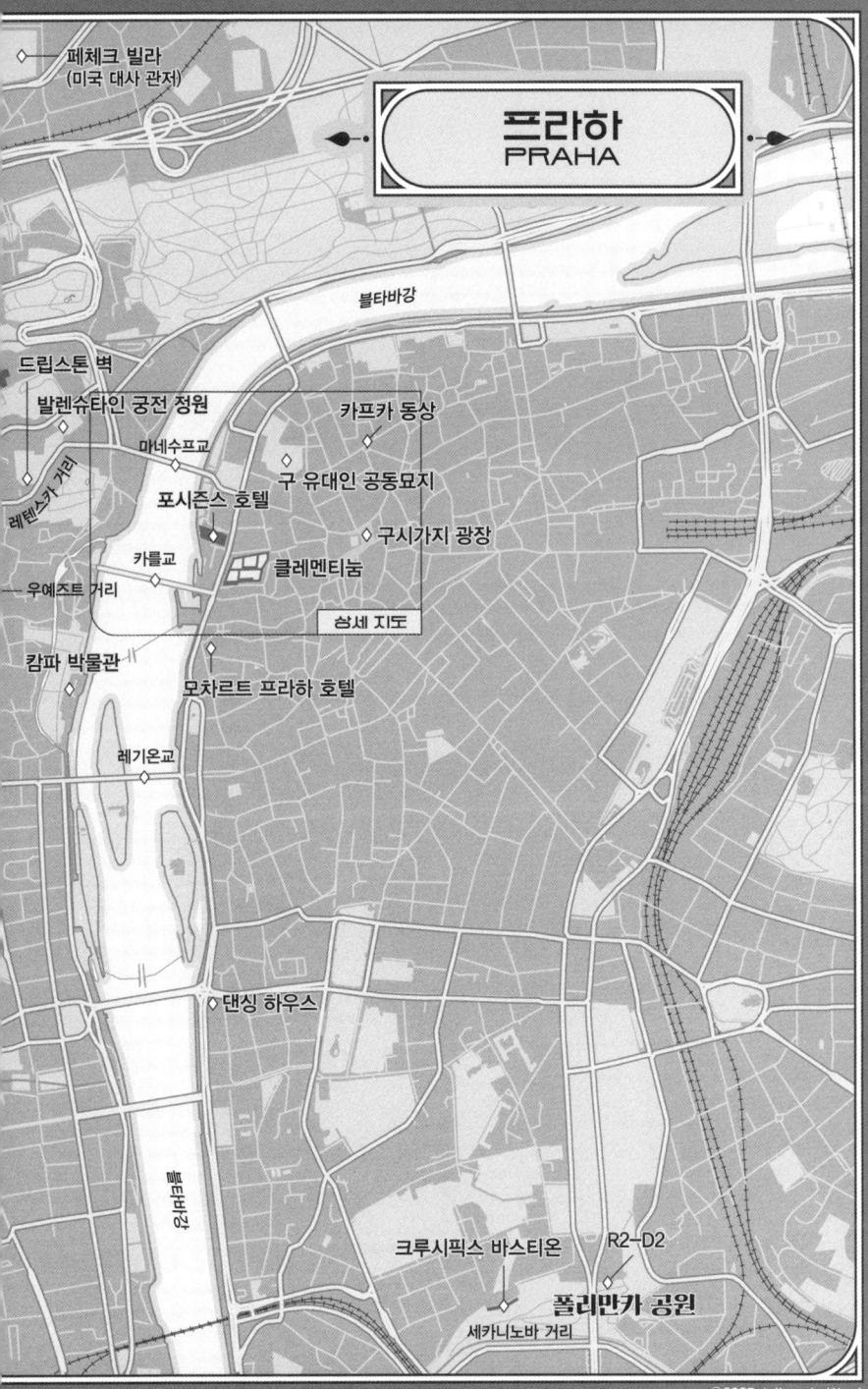

비밀 속의 비밀
2

The Secret of Secrets by Dan Brown
Copyright © 2025 by Dan Brown
All rights reserved.
First published in the United States by Doubleday.
Korean translation copyright © 2025 Moonhak Soochup Publishing Co., Ltd.

이 책에 등장하는 모든 인물과 사건은 모두 허구이며,
실존 인물과 사건을 연상시키는 부분이 있더라도 이는 저자의 의도와는 무관합니다.
이 책의 한국어판 저작권은 저작권자와 독점 계약한 ㈜문학수첩에 있습니다.
저작권법에 의해 한국 내에서 보호를 받는 저작물이므로 무단 전재와 복제를 금합니다.

비밀 속의 비밀

PART 2

댄 브라운

공보경 옮김

⚌⚌ 문학수첩

담당 편집자이자 절친
제이슨 코프먼에게 바칩니다.
그가 없었으면 소설 집필은 불가능했을 것이고……
재미도 훨씬 없었을 겁니다.

과학이 비물리적 현상을 연구하기 시작하면
지난 수 세기에 걸쳐 이룩한 것보다
10년 안에 더 많은 발전을 이뤄낼 수 있을 것이다.
-니콜라 테슬라

사실

이 소설에 등장하는 모든 예술 작품, 유물, 상징, 문서는 진짜다.
모든 실험, 기술, 과학적 결과는 사실 그대로다.
이 소설에 나오는 모든 조직은 실제로 존재한다.

71

프라하의 호화로운 소매점 지구 한가운데에 석조 요새로 둘러싸인 작은 땅이 있었다. 이 신성한 땅에서 5세기에 걸쳐 인류의 편협함을 드러내는 침울한 연대기가 만들어졌다.
 골렘은 대문을 지나 이끼로 뒤덮이고 나무가 점점이 서있는 안식처로 걸어 들어갔다.
 '구 유대인 공동묘지.'
 벽까지 차오른 묘비들이 잔뜩 세워져 있어서 금방이라도 유령이 나올 것 같은 분위기였다. 비좁은 공간에 서있는 묘비가 1만2,000기에 달했다. 오래된 묘비들이 서로 다닥다닥 붙은 채 사방으로 비딱하게 서있는 모습이 신성한 묘지라기보다 묘비 저장소에 가까워 보였다.
 1만2,000제곱미터밖에 안 되는 이 땅에는 놀랍게도 10만 구가 넘는 시신이 매장돼 있었다. 15세기 프라하에서 유대인들은 사회의 가장자리로 밀려나 빈민가에서 격리된 삶을 살았다. 유대인들은 전통적으로 시신을 매장하는 문화가 있는데 당대의 권력자들은 이들에게 묘지로 아주 좁은 땅만 허락했다.

유대인들은 시신 발굴을 금지하는 관습이 있었다. 때문에 유대인 지도자들은 묘지가 가득 차면 그 위에 흙을 한 층 더 깔고 기존 묘비를 새로운 층으로 옮겨 세우곤 했다. 이 과정이 수백 년에 걸쳐 여러 번 되풀이되다 보니 시신이 겹겹이 쌓이고 묘비도 추가되었다. 시신이 열두 겹으로 매장된 곳도 있었는데, 이 묘지를 둘러싼 옹벽이 없었으면 오래전에 흙이 주변 거리로 쏟아져 500년간 쌓인 인골들이 사방으로 흩어져 나갔을 것이다.

묘지로 들어가던 골렘은 커다란 나무 상자 앞에서 걸음을 멈추고 '키파'를 골랐다. 키파는 묘지를 방문하는 사람들이 겸손과 존경의 상징으로 착용하는 작고 둥그런 모양의 전통적인 유대인 모자였다. 그는 망토 모자를 뒤로 젖히고 진흙을 바른 머리 위에 키파를 얹었다. 근처에서 몇몇 방문객이 그를 힐끔거리며 자기네끼리 소곤거렸지만 개의치 않았다. 이런 코스프레 같은 복장을 하고 이곳을 방문한 행동이 결례로 보일 수도 있다는 것을 그도 잘 알았다. 하지만 그는 이 성스러운 장소…… 그리고 자신과 동류인 최초의 골렘을 만든 랍비를 추앙하는 마음뿐이었다.

이끼 낀 자갈길에서 미끄러지지 않으려 조심하면서, 무질서하게 서있는 묘비 사이로 진중하게 걸었다. 랍비 뢰브의 묘지를 향해 묘지 서쪽 벽의 가장자리로 향했다.

높이 2미터에 달하는 랍비 뢰브의 묘비에는 독일어로 사자를 뜻하는 '뢰브'라는 이름에 걸맞은 사자 문양이 새겨져 있었다. 묘비의 좁은 윗부분에는 방문객들이 이루고픈 소망을 적어 조그맣게 접어 올려둔 종이들이 보였다. 종이가 없는 사람들은 유대인의 전통에 따라 그 위에 조약돌을 올려두었다.

우아한 무덤 앞에 선 골렘은 차가운 땅에 경건하게 무릎을 꿇고, 우주의 보이지 않는 끈…… 많은 이들이 인식도 못 하고…… 믿지도 않는 영혼의 통합체에 마음을 열었다.

'우리는 하나다. 개별적 존재는 허상이다.'

그대로 몇 분이 흘러갔다. 골렘은 이 신비로운 곳에서 힘을 빨아들였다. 서서히 커지는 존재감이 느껴졌다. 최초 골렘의 힘이 이 땅을 통해 올라와 그의 영혼을 채웠다.

72

 대사관 리무진이 좌회전해 마네수프교로 올라섰다. 캐서린은 리무진 바에서 코폴라 콜라 한 병을 따서 길게 들이켰다. 그녀가 프라하성의 첨탑을 내다보는 동안 랭던은 조용히 기다렸다. 캐서린은 이제부터 하려는 얘기에 대해 생각을 정리하는 듯했다.
 '전부 듣고 싶어.'
 랭던은 캐서린이 대체 무엇을 발견했기에 누가 그녀의 원고를 없애려고 하는 건지 짐작조차 할 수 없었다.
 '심지어 사람까지 죽였잖아…….'
 캐서린은 물병을 내려놓고 그를 돌아보며 입을 열었다.
 "얘기할게. 재현성 위기라는 과학 현상이 있는데, 들어봤지?"
 랭던은 과학 학부 쪽 동료들이 그 용어를 언급하는 것을 들은 적 있었다.
 "확실히 아는 건 아니지만, *한 번만* 일어나고 그 후에는 재현되지 않는 실험 결과를 뜻하는 말이잖아."
 "맞아. 권위 있는 과학자 수십 명이 지난 50년 동안 비국소적 의식을 *탄탄하게* 뒷받침하는 실험실 실험 결과를 내놨어. 그중에는 정말 굉장한 실험 결과도 있었는데…… *재현하려고* 했을 때 실패했거나 일치하지 않는 결과가 나왔어."

그 말을 듣고 랭던은 생각했다.

'상온 핵융합과 비슷하군.'

캐서린은 불만스러운 목소리로 말했다.

"숙련되고 평판 좋은 과학자들이 세심하게 수행한 동료 평가 실험에서 대부분 비반복적 결과가 도출된 거야."

"실험 결과를 믿을 수 없겠네?"

"거의 그렇지. 내 분야에서는 국소적 의식 모델과 비국소적 의식 모델을 지지하는 사람들 사이에서 학술적 논쟁이 치열하게 계속되고 있어. 유물론자들은 논쟁 때마다 노에틱 과학자들이 특정한 실험 결과를 재현하지 못한다는 점을 들먹여. 게스너 같은 회의론자들은 우리가 한 실험을 사기라고 깎아내리고, 우리를 지독한 사기꾼이니 엉터리니 하며 매도하지."

놀라운 얘기는 아니었다. 그가 몸담은 종교 역사 분야에서도 항상 신자와 비신자 간의 첨예한 싸움이 벌어지고 출판물이 잔인하게 공격받는다. 사기도 흔했다. 예수 그리스도의 시신을 덮은 천으로 알려진 토리노 수의는 방사성 탄소 동위원소 연대를 측정한 결과 *기원후 1200년이 지난 시점의* 물건인 것으로 드러났다. 2002년에 공개된 유명한 '야고보의 무덤 비문'은 예수의 동생 야고보의 무덤에서 나왔을 가능성이 제기됐지만 결국 위조로 밝혀졌다. 콘스탄티누스 기증서로 알려진 영향력 큰 칙령은 교황 측이 권력을 공고히 다지기 위해 만든 교묘한 위조품이었다.

'인간에게 진실이란 필요에 따라 선포되는 거니까.'

캐서린이 설명했다.

"특히 비난을 한 몸에 받은 초능력 실험이 있어. 1980년대 초에 권위 있는 과학 팀이 최초로 수행한 실험인데, 그들은 엄격한 기준에 따라 실험을 진행했고 상상도 할 수 없는 결과를 냈어. 하지만 안타깝게도, 그 후 무수히 시도했는데 그들의 실험 결과를 재현할 수 없었어."

"간츠펠트 실험 얘기구나."

캐서린은 깊은 인상을 받은 듯했다.

"그 실험에 대해 알아?"

"최근에 알게 됐어. 당신이 비국소적 의식에 관해 입이 떡 벌어지는 책을 썼다는 얘기를 듣고 나서 관련 자료를 읽어봤지."

"영광이긴 한데, 내가 미친 게 아닌지 확인하려고 한 것 같기도 한데."

랭던이 소리 내어 웃었다.

"아니거든. 정말 흥미가 생겼어."

랭던이 알기로 간츠펠트 실험은 감각적 자극을 완전히 제거한 방에 피험자를 들어가게 하고 또 다른 피험자에게 이미지를 '정신력으로 전송'하게 하는 내용이었다. 여러 세션에서 실험을 진행해 보니 텔레파시가 존재하는 것으로 보이는 결과가 나타났다. 놀라운 수준의 통계적 성공률을 기록했지만, 나중에 같은 팀이 처음 했던 실험을 다시 시도했을 때 같은 결과를 재현하지 못해서 온갖 비난을 받고 사기라는 의심까지 사게 됐다.

캐서린이 말했다.

"간츠펠트에 관해 읽었다면 사회 심리학자 대릴 벰에 관한 글도 읽어봤겠네. 그분은 간츠펠트 실험을 옹호하는 목소리를 내고, 많은 논쟁을 불러일으킨 《미래 예측하기》라는 논문을 쓰기도 했어."
"읽어봤지."

랭던은 그 논문에 '인지 및 정동에 관련된 비정상적인 소급적 영향의 실험적 근거'라는 흥미로운 소제목이 붙어있었던 것을 기억해 냈다.

그 논문은 이런 내용이었다. 벰은 참가자들에게 무작위로 단어 목록을 보여주고 수거한 후 목록에 있던 단어들을 최대한 많이 떠올려 말하게 했다. 다음 날 참가자들에게 첫날의 단어 목록에서 순전히 무작위로 선택한 단어 몇 개를 제공한 후 암기하게 했다. 놀랍게도 참가자들은 둘째 날 다시 보게 된 단어들을 이미 첫날 테스트에서 더 잘 기억하고 있던 것으로 나타났다. 첫날 테스트가 끝난 시점에서 그런 결과가 나온 것이다!

당황한 랭던은 다시 생각을 해보았다.

'잠깐만! 테스트가 끝난 후 공부를 했나? 미래가 과거에 영향을 준 건가?'

혼란스러워진 그는 물리학과의 동료 교수에게 벰의 실험 결과에 대해 물었다. 늘 나비넥타이를 매고 다니는 옥스포드 졸업생 타운리 치점 교수는 그 데이터를 보고 전혀 동요하는 기색이 없었다. 치점은 그런 '역 인과'는 실제이며, '지연 선택-양자 지우개'를 포함한 여러 실험에서 이미 관찰된 바 있다고 했다.

치점은 그것을 '고전적인 이중 슬릿 실험의 사기 버전'이라고 했다. 랭던이 알기로 세계를 경악하게 한 이중 슬릿 실험은 이런 내용이었다. 이중 슬릿 장벽을 통과한 빛은 입자 혹은 파동으로 움직일 수 있는데…… 누군가 그것을 관찰하기로 선택했는지에 따라 매번 어떤 식으로 행동할지를 '결정'하는 것처럼 보인다는 것이다.

치점의 설명에 따르면, '지연 선택' 수정은 빛이 어떻게 행동할지를 드러낸 후에도…… 얽힌 광자와 거울을 사용해, 관찰자가 관찰할지 말지에 관한 실시간 선택을 효과적으로 '지연'시킨다는 개념이었다. 즉 과학자들이 빛으로 하여금 아직 이루어지지 않은 결정에 따라 반응하게 했더니 빛이 전혀 속지 않았다는 놀라운 결과가 나왔다. 우주가 어떤 일이 일어나기 *전에* 미리 알고 있는 것처럼, 관찰자가 미래에 어떤 선택을 할지를 빛이 *예상*했다는 것이다.

나중에 그 실험에 대해 구글로 검색해 본 랭던은 뛰어난 지성들이 미래의 사건이 과거의 사건에 정말 영향을 준다고 믿는다는 것…… 그리고 시간이 거꾸로 흐를 수 있다는 것을 겨우 이해하게 됐다.

랭던은 캐서린에게 미간을 찌푸리며 말했다.

"솔직히 말하자면 역 인과라는 *개념*에 대해 생각만 해도 인지 부조화가 와."

"당신만 그런 거 아니야. 내 사무실 방문객들이 내 책상에 놓인 명판을 보면 어떻게 반응하는지 당신한테 보여주고 싶네. 명판에 '오늘의 경험은 내일의 결정의 결과다'라고 적혀있거든."

랭던은 역 인과라는 개념을 받아들이려 아무리 애를 써도 도저히 받아들일 수가 없었다.

"시간이 *거꾸로* 흐른다는 게 말이 안 되잖아! 다른 식으로 설명할 수 있겠지."

그러자 캐서린이 말했다.

"다른 식으로도 설명할 수 있긴 한데, 당신은 그걸 더 마음에 안 들어 할걸. '보편 의식'을 믿는 소위 정신 나간 사람들의 주장이거든……. 우주는 전부 알고 있다는 주장. 이 관점에서 우주는 사람들이 인식하는 직선적 시간 개념에 매여있지 않아. 과거, 현재, 미래가 공존하는, 시간을 초월한 전체로서 작용하지."

랭던은 골이 아프기 시작했다.

"당신 책에서는 뭐라고 했어? 재현성 위기 얘기를 했잖아……. 그게 초자연 과학과 노에틱 과학을 괴롭히고 있다면서."

"맞아. 다른 분야에서는 이렇지 않은데, 정말 불공평해." 캐서린은 음료를 한 모금 마시고 설명을 이어갔다. "육상 경기를 예로 들어볼게. 어떤 선수가 놀라운 올림픽 기록을 세우고 동시에 세계 기록도 달성했다고 쳐. 그때까지 한 번도 일어난 적 없는 일이고, 그 선수 말고는 아무도 재현할 수 없어. 그렇다고 해서 우리는 텔레비전 카메라가 사기를 쳤다거나, 관객들이 환각에 빠졌다고 보진 않잖아. 그냥 대단한 결과라고만 생각하지. 같은 결과를 두 번 못 낸다고 해서, 그 일이 일어나지 않았다고는 볼 수 없어."

"타당한 지적이긴 한데…… 그건 스포츠 얘기야. 이건 과학 얘기고. 과학적 과정의 핵심은 반복성이야."

"맞아. *거시적* 수준에서는 반복성이라는 조건이 충족돼야 합리적으로 입증될 수 있지. 하지만 *양자* 수준에서는 다르게 작용해, 로버트. 양자 세계는 *예측 불가능*하거든. 예측 불가능성이야말로 양자 세계에 관해 대부분이 합의한 특징이야!"

랭던은 생각했다.

'그것도 말이 되네.'

캐서린의 말이 좀 더 빨라졌다.

"양자 세계는 말 그대로 뭐든 예측 불가능이야. 확률 파동, 양자 요동, 불확정성 원리, 확률론적 터널링, 카오스, 양자 간섭, 결 어긋남, 양자 중첩, 이중성. 이 모든 걸 대충 해석하자면 이거지. '전통적인 물리 규칙이 적용되지 않아서 우리도 무슨 일이 일어나고 있는지 몰라!'"

"그렇다면 의식은……."

"의식은 당신 몸처럼 피와 살로 이루어진 기관이 아니야. 의식은 양자 영역에 존재해. 따라서 예측 가능성이나 반복성을 염두에 두고 관찰하기가 아주 어렵지. 당신은 의식을 이용해서 통통 튀는 공을 관찰할 수 있지만, 의식을 이용해서 자신의 의식을 관찰하려 한다면…… 무한한 피드백 루프에 빠지고 말아. 거울을 사용하지 않고 자신의 눈동자가 무슨 색인지 관찰하려는 것과 같거든. 당신이 아무리 지적이고 끈질기다고 해도 그걸 알아낼 수는 없어. 눈을 사용하지 않고 자기 눈을 관찰할 수 없듯이, 의식 없이 자기의식을 관찰할 수는 없는 거니까."

"흥미롭네. 당신 책에서 그런 내용을 언급했어?"

"응. 입증 책임과 관련한 반복성 논쟁은 의식을 연구할 때 정말 말도 안 되게 높은 장벽이거든. 이 분야에 해악을 끼치고 연구 경력을 파괴하기까지 해."

랭던은 어떻게 반응해야 할지 알 수 없었다. 확실히 매력적인 개념이었다. 하지만 오늘 그들이 겪은 일을 미루어 보면 지금 캐서린에게 쏠리는 관심에 걸맞은…… 좀 더 물의를 일으킬 만하고……

위험한 내용일 줄 알았다.

"당신이 발견한 내용의 핵심이…… 그거야?"

"당연히 아니지!" 캐서린은 소리 내어 웃었다. "의식을 붙잡는 게 왜 그렇게 어려운지 설명했을 뿐이야. 내가 *실질적인* 결과를 도출했거든. 연속적인 실험을 통해 놀라운 사실을 발견했어." 그녀는 랭던에게 몸을 기울이며 미소 지었다. "그리고 이 실험은 *재현*할 수 있어."

랜덤 하우스 타워의 승강기가 핑 소리를 내며 열렸다. 조너스 포크먼은 승강기에서 내려 알록달록한 타일 콜라주 바닥에 발을 내디뎠다. 7층에 올 때마다 그는 평행 차원으로 들어가는 기분이었다. 여기만 오면 긴장감이 스르륵 녹아내렸다. 여기는 펭귄 랜덤 하우스 건물의 다른 층들처럼 잘 정돈된 책장, 차분한 색감, 직선 따위는 없었다. 만화 예술, 풍선 야자수, 빈백 의자, 동물 모양 봉제 인형으로 장식된 알록달록한 '업무 공간'이 구불구불한 미로 속에 자리 잡은 곳이었다.

'어린이책을 만드는 곳이라 명랑한 분위기로 장식되어 있지만, 이곳도 진지한 업무 공간이지.'

이 부서의 인테리어가 유쾌하고 재미있긴 하지만, 커피 머신에 관해서는 아동틱한 면이 없어서 좋았다. 다른 층에는 네스프레소 포드뿐인데 여기 있는 커피 머신은 폼마스터 기술이 갖춰진 프랑케 A1000이었다. 가끔 밤늦게 그는 원고를 들고 여기로 살그머니 들어와 더블 에스프레소를 만들어 들고 빈백 의자에 편안히 앉아 편집 작업을 하곤 했다. 라운지 한옆에 서있는 거대한 곰돌이 푸 인형, 그리고 다른 한옆에 서있는 키 2.1미터짜리 모자 쓴 고양이(1957년 닥터 수스가 쓴 유명한 동화책 제목이자 주인공 이름—옮긴이) 인형이 그런 그를 조용히 지켜보았다.

 오늘 밤, 커피 머신이 커피콩을 가는 동안 두려움을 가라앉히고 싶은 포크먼은 그 향기를 들이마셨다. 아래층에서 요원들이 체포되어 조금 안심이 되긴 했지만 완전히 마음을 놓을 수는 없었다. 로버트와 캐서린의 소재가 확인되지 않은 상황이라 그들이 무사한지부터 한시라도 빨리 알고 싶었다.

 알렉스 코넌이 '누가 캐서린의 원고를 훔쳤는가?'라는 골 아픈 문제를 풀어냈다.

 이 문제에 대한 답을 알고 나니 두 번째 의문이 생겼다.

 '도대체 왜?'

 조너스 포크먼은 그 이유를 알아내기 위한 계획을 세웠다.

73

'서둘러야 해.'

리무진이 호테크 정원을 가로질러 가파른 지그재그식 도로를 달려 올라가는 동안 랭던은 애가 탔다. 대사 관저가 있는 '프라하 6구역'에 곧 도착할 것이다. 랭던은 그 전에 캐서린의 책과 그녀가 발견한 사실을 빠짐없이 듣고 싶었다.

'대사를 만나기 전에 다 들어야 해.'

누굴 믿어야 할지 여전히 알 수 없는 상황이었다.

캐서린이 설명을 이어갔다.

"비국소적 의식 모델에서 당신의 뇌는 의식을 받아들이는 일종의 라디오야. 모든 라디오가 그렇듯이 항시 전파를 쏟아내는 방송국이 무수히 많아. 라디오에 채널 다이얼이 있는 이유를 이제 알 거야. 듣고 싶은 단일 주파수를 선택할 수 있게 해주는 장치가 바로 채널 다이얼이잖아. 라디오는 모든 방송국의 전파를 받을 수 있는 능력이 있지만, 흘러 들어오는 주파수를 거르는 방법이 없으면 모든 주파수를 한꺼번에 들려주게 되겠지. 인간의 뇌도 같은 방식으로 작용해. 뇌에는 복잡한 필터들이 있어서 우리 머리로 지나치게 많은 감각 자극이 한꺼번에 흘러들지 않게 막아줘. 그래야 머리가 보편 의식의 작은 일부에 집중할 수 있으니까."

'논리가 완벽한데. 우리는 빛과 소리를 걸러서 인식하니까.'

사람들 대부분은 실질적인 주파수 범위와 전자기 영역의 작은 일부만 경험하며 살고 있다는 것을 인식하지 못한다. 우리가 인식 못 하는 주파수와 전자기는 우리의 채널 다이얼 너머에서 그저 흘러갈 뿐이다.

캐서린이 계속해서 말했다.

"뇌의 여과 기능의 가장 두드러지는 예가 바로 선택적 주의야. '칵테일 파티 효과'라고도 해. 사람들로 북적거리는 파티에 참석했다고 치자. 당신 뇌는 대화 상대의 입에서 나오는 말에 집중하고 있어. 그러다가 지루해지면 방의 중간쯤에서 들려오는 좀 더 흥미로운 대화로 선뜻 주의가 쏠리는 거야. 그리고 들리는 범위 안에 있는 온갖 목소리에 압도되지 않도록 배경 소음을 거르지."

'교수 회의가 딱 그런데.'

랭던은 이런 생각을 했다. 동료 교수들이 커리큘럼이나 일정에 관해 논의하는 동안 그는 건물 밖 사각형 안뜰에서 들려오는 음악 소리에 귀를 기울이곤 했다.

"습관화도 필터링의 일종이야. 반복적인 감각 입력을 뇌가 효과적으로 막아주기 때문에 당신은 에어컨의 지속적인 윙윙 소리를 못 듣고, 콧잔등에 놓인 안경을 느끼지 못하는 거야. 이 필터가 아주 강력한 탓에 우리는 눈에 쓴 안경이나 손에 쥔 핸드폰을 찾으려고 온 집 안을 뒤지기도 하지."

그 말에 랭던은 고개를 끄덕였다. 그도 수십 년째 미키 마우스 손목시계를 차고 다니면서 인식하지 못하는 때가 많았다.

그가 알기로 '필터링 된 현실'이라는 개념은 고대 경전에서도 되풀이되는 주제였다. 닐스 보어, 에르빈 슈뢰딩거 같은 위대한 양자 물리학자들에게 영감을 준 힌두교의 베단타는 '브라만'으로 알려진 보편 의식의 일부만 인식하게 만드는 '제한 요소가 바로 사람의 머리'라고 말했다. 수피교도는 '머리'를 일컬어 신적인 의식의 빛을 가리는 베일이라고 정의했다. 카발리스트는 우리 마음의 '클리포트'(유대교 신비주의의 카발라에서 악하고 불순한 영적 세력을 나타내는 개념—옮긴이)를 하느님의 빛을 가로막는 것이라 여겼다. 불교도는 자아를 일컬어 우리를 우주로부터 분리된 존재로 느끼게 만드는 제한적인 렌즈라 부르며 경고했다. 라틴어 $uni\text{-}versum$에서 비롯된 우주(universe)라는 단어는 말 그대로 '삼라만상을 아우르는 하나의 전체'다.

캐서린이 말했다.

"현대 뇌과학은 뇌가 들어오는 데이터를 실제로 어떻게 여과하는지에 관한 생물학적 기전을 발견했어." 그녀의 입술에 희미한 미소가 걸렸다. "GABA라고, 감마 아미노부티르산이라는 거야."

"그래."

랭던은 캐서린이 대학원 시절 뇌신경 *화학* 관련 연구에 몰입했다는 것을 알고 있었다.

"감마 아미노부티르산은 뇌의 놀라운 화합물이야. 주요 억제성 신경 전달 물질이지. 당신이 생각하는 거랑 좀 다를 거야. 사실 감마 아미노부티르산은 *억제* 작용을 하는 물질이거든."

"뇌 활동을 방해한다는 건가?"

"맞아. 신경 세포 발화를 감소시키고 전반적인 신경 세포의 활성화를 억제해. 즉 감마 아미노부티르산은 과도한 정보 입력을 거르기 위해 뇌의 일부를 멈추게 하는 거야. 기본적으로 감마 아미노부티르산 필터링 덕분에 뇌는 지나치게 많은 정보 입력으로 인해 과부하가 걸리지 않아. 라디오에 비유하자면 감마 아미노부티르산은 원하는 방송 주파수를 선택하고 그 외에 수십 개의 주파수를 막는 튜너야."

"지금까지는 이해가 돼……."

캐서린은 열정적으로 설명했다.

"몇 년 전에 감마 아미노부티르산이 내 눈을 사로잡았어. 신생아의 뇌에서 감마 아미노부티르산 수치가 엄청나게 높다는 논문 내용을 봤거든. 그래서 신생아는 바로 코앞에 있는 것을 제외한 모든 정보를 거르는 거야. 방 저쪽에서 무슨 일이 벌어지는지 자세히 모를 수밖에 없어. 이런 필터는 자전거의 보조 바퀴 같은 구실을 해. 아기의 머리가 발달하는 동안 지나치게 많은 자극에 노출되지 않게 보호하는 거야. 우리는 자라면서 감마 아미노부티르산 수치가 서서히 감소하고, 세상을 조금씩 더 받아들이면서 폭넓게 이해할 수 있게 되지."

'아주 흥미롭군.'

지금까지 랭던은 신생아의 인지 범위가 좁은 이유가 시력이 좋지 않기 때문이라고 생각했다.

캐서린이 말을 이었다.

"그래서 관련 자료를 좀 더 찾아봤어. 티베트 승려들이 명상 중

일 때 감마 아미노부티르산 수치가 유별나게 높게 나온다는 걸 알게 됐지. 깊은 명상으로 무아지경에 빠지면 억제성 신경 전달 물질이 잔뜩 나와서 거의 모든 신경 세포 발화를 막고, 외부 세계 정보가 뇌로 들어가는 걸 방지해."

'그래서 명상으로 마음을 비운다고 하지.'

랭던은 명상의 목적에 대해서는 잘 알고 있었지만, 깊은 명상에 들어갔을 때 머릿속에서 일어나는 화학적 과정에 대해서는 처음 들었다.

'말 그대로 외부 세계를 차단하고…… 신생아의 순수한 상태로 돌아가는 거구나.'

"결과 자체는 놀랍지 않았는데 덕분에 좋은 아이디어를 얻었어. 인간의 의식은 일종의 *신호*와 같아서…… 몇 개의 대문을 거쳐 뇌로 흘러든다는 개념이었지."

"세상의 정보를 얼마나 들어오게 할지 결정하는 대문이군."

"맞아. 그리고 18개월 전 감마 아미노부티르산에 관해 추가로 연구하다가 노에틱 과학 잡지에 실린…… 브리기타 게스네르 박사의 글을 보게 됐어."

그 말을 듣고 랭던은 생각했다.

'아, 그래. 그런 인연으로 캐서린이 프라하 강연에 초대받게 됐구나.'

"게스네르 박사의 글은 직접 고안한 *뇌전증 칩*에 관한 내용이었어. 뇌 자체의 감마 아미노부티르산 반응을 유도해서 신경을 '안정' 시켜 뇌전증 발작을 막는 장치더라고. 말이 된다고 생각했어. 뇌전증은 위험할 정도로 낮은 감마 아미노부티르산 수치와 관련 있거든. 감마 아미노부티르산은 뇌의 제동 기전이니까. 그 수치가 너무

낮으면 뇌가 과열 상태가 되면서 신경 세포가 통제 불가능해지고 그러다 결국……."

"발작이 일어나겠지."

"응." 캐서린은 코폴라를 빠르게 한 모금 더 들이켰다. "혼란 가득한 전기 폭풍이 몰아치는 듯한 뇌전증 발작은 명상 중인 승려의 텅 비고 집중한 마음과 정확히 *반대되*는 상태야. 발작은 감마 아미노부티르산 부족과 관련이 있고…… 명상 상태는 감마 아미노부티르산 과다와 관련이 있지. 나는 이런 내용을 알고 있었지만, 게스네르 박사의 글을 읽다 보니까 뇌전증 발작이 일어난 다음에는 발작 후 행복감이라고 하는 기분 좋은 불응기가 온다는 사실이 떠올랐어. 평화롭게 확장된 의식 상태인데 상호 연결성, 창조성, 영적 깨달음, 유체 이탈 체험 등이 동반돼."

랭던은 뇌전증 발작 중에 환시를 경험한 이들에 관한 역사적 기록이 허다하다는 것을 알고 있었고, 몇 시간 전에 사샤의 발작을 직접 보기도 했다.

캐서린이 말했다.

"그러다 문득 이런 궁금증이 들더라고. 뇌전증 환자의 뇌는 전기 폭풍 같은 발작에서…… 발작 후 행복하고 평화로운 상태로 어떻게 그렇게 빠르게 전환할까."

랭던은 어깨를 으쓱하며 말했다.

"감마 아미노부티르산 수치가 급격하게 증가해서…… 전기 폭풍을 잠재우니까?"

"그럴듯해. 나도 그렇게 생각했어. 그런 걸 반동 억제라고 하거든. 실제로 일어나는 현상이긴 한데, 즉각적으로 일어나진 않아.

일단 그 전에 어떤 일이 먼저 생기지. 바로 뇌 *재부팅*이야. 전체 시스템이 종료됐다가 다시 점차적으로 켜지는데…… 뇌가 감마 아미노부티르산 수치를 회복하고 필터를 다시 작동시키서 지나치게 많은 정보가 흘러들어 오지 않게 막을 때까지 시간을 벌어주지."

"우리가 아침에 잠에서 깰 때처럼……. 눈동자가 수축해서 아침 햇살을 일부 걸러낼 수 있도록 천천히 눈을 뜨잖아."

"맞아! 그런데 이 시나리오에서 우리는 진정한 아침 햇살을 볼 수 없어. 왜냐하면 우리가 잠에서 깨어남과 동시에 누군가가 우리 창문에 두꺼운 커튼을 쳐서 우리가 창밖에 진짜 뭐가 있는지 못 보게 만들거든."

"그 누군가가 바로 감마 아미노부티르산이라고?"

"응. 감마 아미노부티르산은 평소 우리가 눈을 뜨기 전에 시간을 잘 맞춰서 커튼을 닫아. 그런데 타이밍이 안 맞아서 커튼이 충분히 빨리 닫히지 않으면……."

"바깥세상을 얼핏 보게 되겠구나."

"그래." 캐서린은 미소 지었다. "아마 아름다운 세상이겠지. 그게 바로 필터로 걸러지지 않은 진짜 현실인 거야. 발작 후 행복감. 순수 의식."

'놀랍군.'

역사적으로 유명한 '천재성의 발현'이 이런 타이밍의 어긋남…… 현실을 보여주는 창문이 실수로 열려있게 된 덕분일 수도 있는 건가.

"감마 아미노부티르산에 관해 생각할수록 내가 찾는 열쇠가 감마 아미노부티르산일 수도 있을 것 같았어."

"무엇에 대한 열쇠인데……?"

"의식을 이해하는 열쇠!" 캐서린이 외쳤다. "인류는 특별히 강력한 정신을 갖고 있으면서, 입력 과부화를 막는 특별히 효율적인 필터도 가지고 있어. 감마 아미노부티르산은 우리가 다룰 수 없는 것을 경험하지 못하도록 우리 뇌를 막아주는 보호막인 것 같아. 우리 의식의 확장 범위를 *제한하는* 역할을 하니까. 이 물질 때문에 인류가 현실을 있는 그대로 인지 못 하는 것일 수도 있어."

랭던은 캐서린이 말한 도발적인 개념을 이해하려 애쓰면서 고급스러운 리무진 좌석에 등을 기대고 앉았다.

"우리가 인지할 수 없는 현실이…… 우리 주변에 있다는 뜻이야?"

"내가 하려는 말이 *바로* 그거야, 로버트." 캐서린은 흥분해 눈을 빛냈다. "물론 아직 이야기의 반도 못 했지만."

구 유대인 묘지에 무릎 꿇고 앉은 골렘의 인식에서 부산한 거리의 소음이 희미하게 사라졌다……. 그의 정신은 기분 좋은 고요 속에 묻혔다. 그는 전임자의 목소리에 귀 기울이며…… 신성한 땅의 기운을 빨아들였다.

진정한 출신지가 없는 골렘은 이곳을 고향으로 삼고 힘이 필요할 때마다 종종 들렀다.

'최초의 골렘은 미쳐버렸지만…… 나는 더 강해.'

묘지를 방문할 때마다 그는 중심을 잡고 힘을 얻었다. 오늘은 특별히 더 강해진 느낌이었다. 눈을 뜬 그는 앞으로 해야 할 일을 감당하기 위해 일어섰다. 묘지 사이에서 가벼운 산들바람이 속삭였다. 그의 귀에 최초 골렘의 목소리가 들렸다……. 머리 위 맨 가지에서 바스락거리며 들려오는 말이었다.

'진실…….'

골렘은 이마에 새긴 고대 문자를 떠올렸다. 이쪽 세계에서 그가 추구하는 진실은 스스로를 보호할 힘이 부족한 아름다운 영혼을 보호하는 것이며, 그가 응징을 마치기 전까지 그녀는 안전하지 않으리라는 것이었다.

나무 사이에서 바람이 속삭였다.

"두 가지 길이 있다. 진실 아니면 죽음."

골렘은 이미 결단했다.

'나는 둘 다 선택하겠어.'

74

 리무진이 부베네치아라는 고급 주거 지역을 향해 달리고 있었다. 랭던이 알기로 여기서 대사 관저가 있는 곳까지는 그리 멀지 않았다. 그는 캐서린의 설명을 마저 듣느라 여념이 없었다.
 '우리가 인지하지 못하는 진짜 현실이 우리 주변에 있다고?'
 캐서린이 계속해서 설명했다.
 "뇌전증 환자의 발작 후 상태를 연구하다가 아이디어가 떠올랐어. 뇌전증 환자들이 발작 후에 겪는 행복한 경험이 다른 집단에 속한 사람들이 하는 얘기와 비슷한 것 같더라고." 캐서린은 잠시 뜸을 들이다가 눈을 빛내며 말을 이었다. "죽었다가…… 다시 돌아온 사람들."
 랭던은 캐서린의 생각이 맞다고 여겼다.
 '임사 체험을 말하는구나.'
 임사 체험이나 발작 같은 충격적인 일을 겪은 사람들은 육신에서 벗어나 만물에 연결되고 깊은 평온함을 느꼈다는 공통적인 증언을 했다.

"그 아이디어를 바탕으로…… 특별한 실험을 해보기로 했어." 캐서린은 조용히 미소 지으며 덧붙였다. "여기가 정말 흥미로운 부분이야. 첫째, 내 연구실에서 멀지 않은 곳에서 말기 환자를 찾아냈어. 은퇴한 신경학자셨는데, 새로운 종류의 이미징 기계인 실시간 핵자기 공명 분광기에 들어가 죽음의 과정을 겪는 것에 동의해 주셨어. 사망 시점에 내가 그분의 뇌에서 일어나는 화학 반응을 관찰할 수 있다고 그분께 설명해 드렸지. 그분은 우리가 한 번도 측정한 적 없는 상황에 대해 정확한 데이터를 제공할 기회를 누리게 됐다고 기뻐하셨어. 어느 날씨 좋은 오후에 그분 가족과 호스피스 직원이 모인 가운데 그분은 거대한 기계 안에 들어가 스캔을 받는 상태로 세상을 떠났어. 숨이 멈출 때까지 고통을 줄이고, 신체가 죽음이라는 힘겨운 과정을 잘 거치도록 돕는 아드레날린, 엔도르핀 같은 주요 신경 전달 물질들의 수치가 빠르게 올라가는 게 보였어. 죽음이라는 건 감각 기관이 작동을 멈추는 거니까. 논리적으로 보자면, 뇌가 작동을 멈추는 동안, 죽음이라는 경험을 필터링하게끔 감마 아미노부티르산 수치도 올라가야 맞거든." 캐서린이 미소를 지으며 덧붙였다. "그런데 그렇게 되지 않았어."

"그렇게 안 됐다고?"

"완전히 정반대였어! 그분이 돌아가실 때 감마 아미노부티르산 수치가 급격하게 떨어진 거야! 돌아가시는 마지막 순간에 감마 아미노부티르산 수치가 0에 가까워졌어. 뇌의 필터가 전부 사라졌다는 뜻이지. 죽음의 전 과정이…… 뇌로 막힘없이 흘러들어 온 거야!"

"그게…… 좋은 건가, 나쁜 건가?"

"로버트, 내가 보기엔 정말 놀라운 일이었어! 죽어가는 동안 우리 뇌의 필터가 활짝 열리고 우리는 모든 스펙트럼의 소리를 듣는 라디오가 되는 거잖아. 우리의 의식이 진짜 현실을 전부 목격할 수 있어!" 캐서린은 그의 손을 꼭 붙잡았다. "임사 체험을 한 사람들이 전체적인 연결, 전지한 행복감을 느꼈다고 말한 이유가 바로 그거거든. 뇌의 화학 작용이 그걸 증명하는 거야! 우리가 죽을 때 *신체*는 작동을 멈추는데…… *뇌는* 완전하게 깨어나!"

랭던은 좋아하는 소설 속의 구절, '죽음 앞에서 모든 것이 명확해진다(댄 브라운의 소설 《디지털 포트리스》에서 인용—옮긴이)'를 떠올렸다.

"게다가 환자의 심장이 멈추기 60초 전부터 뇌에 *감마파*를 포함한 고주파 진동이 마구 흘러들어 왔어! 강도 높은 기억 회상과 관련된 파동인데 그분의 경우 일반적인 범위를 벗어난 수준이었어."

"그분이…… *무언가*를 *회상하고* 계셨던 건가?"

"아니. 그 정도면, 모든 것을 회상했다고 봐야 해. 감마파 수치만 봐도, 죽기 직전에 인생이 주마등처럼 스쳐 지나간다는 옛말이 사실이라는 걸 알 수 있어."

랭던이 알기로 '인생 전체에 대한 완전한 기억'이라는 개념은 수많은 종교에서 찾아볼 수 있었다. 죽음의 천사가 영혼에게 깨달음과 카르마(업보)의 가르침을 주고자 삶의 선택지를 보여주는 것도 그중 하나였다.

캐서린이 말했다.

"어느 시점에서 뇌 *자체*가 죽으면 우리의 수신기도 사라져. 실험을 해보니까 죽음의 과정은 그다음에 벌어질 일의 *전조*라는 걸 알겠더라고. 일종의 미리 보기지. 이 과정에서는 우리가 평소에 인식

할 수 없는 너무나 많은 것을 알게 돼."

"뇌가 최종적으로 죽어서 더 이상 아무것도 인지할 수 없으면…… 끝 아닌가?"

그의 질문에 캐서린은 생각에 잠긴 표정으로 미소 지었다.

"임사 체험을 통해 우리는 죽음이 물리적 육신에서 해방되는 것이고…… 강렬한 기쁨과 함께 만물과의 상호 연결성을 깨닫는 과정이라는 걸 알게 됐어. 노에틱 과학 연구가 요즘 이런 내용을 많이 다루거든……. 만약 개인의 의식이 뇌의 바깥에서 온다는 걸 알게 되면 어떨까. 죽음의 순간에 의식이 물리적 세계를 버리고…… 다시 전체에 통합되는 거잖아. 당신은 우주의 신호를 수신하기 *위해* 굳이 육신에 매여있을 필요가 없어……. 당신 *자체가* 신호니까."

랭던은 기분이 선뜩했다.

'영혼이 집으로 돌아간다'는 아주 오래된 개념이었다. 성경에도 '육은 본래의 흙으로 돌아가고…… 영은 그것을 주신 하느님께로 돌아가기 전에 너의 창조자를 기억하라(전도서 12장 7절)'는 구절이 나온다.

의식이 죽음 이후에도 계속 존재하는지는 확실히 알 수 없지만, 뇌 필터가 현실에 대한 인지를 제한한다는 부분만큼은 캐서린의 견해가 옳다는 생각이 들었다. 랭던은 캐서린이 삶의 의미를 바꾸는 대단한 개념을 발견했음을 알 수 있었다. 한마디로, 모든 사람이 우주의 본질을 인지하는 데 필요한 하드웨어를 갖추고 있지만…… 죽음의 순간이 오기 전까지는…… 뇌의 화학 작용에 따라 그것을 사용할 수 없게끔 보호받는다는 내용이었다.

"정말 놀라워. 잔인하고 우주적인 캐치-22(미국 소설가 조지프 헬러의 1961년 동명 소설에서 유래한 용어. 서로 모순되는 규칙이나 조건 때문에 어떤 문제에서도 빠져나갈 수 없는 역설적인 상황을 뜻함—옮긴이)야."

"왜 그렇게 보는데?"

"진실을 보려면 죽어야 하는데…… 죽으면 자신이 본 걸 다른 사람에게 말해줄 수가 없잖아."

캐서린이 미소 지었다.

"로버트, 죽음이 깨달음을 얻기 위한 유일한 길은 아니야. 아무도 못 본 신성한 빛을 찰나의 순간 동안 보고 즐긴 위대한 사람들이 역사에 차고 넘치니까. 뉴턴, 아인슈타인, 갈릴레오, 종교 예언자들을 생각해 봐……. 이 사람들이 경험한 과학적인 깨달음, 영적인 각성을 *과학적* 용어로 설명할 수 있어."

"그 사람들은 뇌의 필터 세기가 낮아진 건가?"

"일시적으로 그렇게 됐을 거야. 그 순간에 그 사람들은 우주에 관해 우리보다 훨씬 많은 정보를 받았겠지."

랭던은 과학자 니콜라 테슬라를 떠올렸다. 랭던과 비국소적 의식에 관해 첫 논쟁을 한 후 캐서린은 그에게 테슬라가 한 말을 이메일로 보내주었다. '나의 뇌는 수신기일 뿐이다. 우주에는 우리가 지식을 얻을 수 있는 핵심이 존재한다'라는 말이었다.

"약 해본 적 있어, 로버트?"

갑작스러운 물음에 그는 당황했다.

"진도 약이라고 할 수 있나?"

캐서린이 소리 내 웃었다.

"아니. 환각제 같은 거 말이야. 압도적인 감정과 생생한 상상을 유발하는 환각제."

'진을 많이 마시면 그렇게 될 수도 있거든.'

"아니."

"메스칼린, LSD, 실로시빈 같은 환각제를 쓰면 그 모든 걸 경험할 수 있는 이유가 뭐겠어?"

랭던은 그런 쪽으로는 한 번도 생각해 본 적이 없었다.

"환각제가 상상력을 자극하니까?"

"타당한 추측이긴 해. 사람들이 대부분 그렇게 생각하지. 그래서 환각제를 복용한 사람의 머리를 핵자기 공명 분광기를 써서 실시간으로 관찰할 생각을 한 사람이 아무도 없었을 거야."

"당신이 그걸 했다고?"

랭던은 LSD를 복용한 사람이 MRI 기계 튜브 안으로 들어가 누워있고 캐서린이 그 사람을 관찰하는 모습을 머릿속에 그려보았다.

"당연하지……. 내 연구에서는 논리적으로 그게 바로 다음 단계 작업이니까. 여러 약을 쓰고 유체 이탈 체험을 하는 것도 포함됐어. 그런 상황에서 감마 아미노부티르산 반응이 어떻게 나올지 궁금하더라고."

"그래서?"

캐서린은 환한 얼굴로 대답했다.

"실험 결과를 보니까…… 우리가 역사적으로 잘못 이해했던 후광처럼, 우린 그 현상에 대해서도 거꾸로 알고 있던 거였어. 당신 추측과는 달리 환각제는 신경 세포를 자극하지 않아……. 오히려 그 반대야. 이런 약물은 뇌의 기본 모드 네트워크 안에서 복잡한 상호작용을 거치면서 감마 아미노부티르산 수치를 급격하게 떨어뜨려. 즉 필터의 강도를 낮춰서 더 폭넓은 스펙트럼의 현실이 뇌로 흘러들게 하는 거야. 그 말은 당신이 환각을 보는 게 *아니라* 더 많은 현실을 보고 있다는 것이지. 존재의 상호 연결성, 사랑, 깨달음 같은 느낌은 환상이 아니라 *진짜야.*"

대단히 놀라운 주장이었다. 랭던은 찬찬히 생각해 보았다. 뇌는 의식을 수용하는 *무한한* 잠재력을 갖고 있는데…… 보호막이 둘러있어서, 죽을 때나…… 좀 더 낮은 단계로 뇌전증 발작 혹은 환각제를 투여한 상태에서만 그 잠재력을 발휘할 수 있다.

요즘은 어디서나 환각제가 중요한 화두였다. 온갖 매체에서 건강 전문가들이 실로시빈을 걱정, 우울, 불안을 치료하는 만병통치약으로 치켜세우며 환각 버섯의 '극소량 복용'을 극찬하고 있었다.

랭던의 하버드대 동료인 마이클 폴란 교수는 얼마 전 환각제의 긍정적인 힘에 관한 베스트셀러 책《마음을 바꾸는 힘》그리고 관련 넷플릭스 다큐멘터리로 큰 화제에 올랐다.

이 분야에는 보스턴에 기반을 둔 또 다른 슈퍼스타가 있는데 바로 종합 환각 연구 협회(MAPS)를 창립한 릭 도블린이었다. 이 단체는 환각제 연구를 위해 1억3,000만 달러가 넘는 기금을 모집했고, 우울증과 외상 후 스트레스 장애 치료에 성과를 올렸다.

'멋진 신세계네.'

랭던은 모든 사회 구성원에게 '소마'라는 행복 환각제를 투여하는 미래 사회에 관한 내용이 담긴 올더스 헉슬리의 과학 소설《멋진 신세계》를 떠올렸다.

캐서린이 설명했다.

"의식의 화학 작용은 단순히 흥미로운 자기 탐구일 뿐 아니라…… 인류의 *생존*에 필요한 변화일 수도 있어. 우리가 사는 요즘 세상의 혼란과 불화를 생각해 봐. 미래 사회에서 사람들이 뇌의 필터를 낮추고…… 포용하고 단합하는 마음으로 현실을 폭넓게 이해하면서 살 수 있다면 어떨까. 우리 모두가 하나의 통합 종이라는 사실을 믿고 살 수 있겠지!"

랭던은 너무나도 독창적인 생각에 말문이 막혔다.

캐서린이 말을 이어갔다.

"우리는 깨우친 상태를 갈구하는데 그 경지에 다다르기는 쉽지 않잖아. 확장된 의식, 보편적 연결성, 무한한 사랑, 영적 각성, 독창적 천재성 같은 경지 말이야. 그런 건 전부 우리 손이 닿지 않는 영역에 있는 것처럼 보이잖아. 굉장히 특별한 머리를 가진 사람들이나 진귀한 경험을 한 사람들만 누릴 수 있는 것처럼. 그런데 그렇지 않다는 거야! 우리는 언제든…… *누구나* 그렇게 될 수 있어. 뇌의 화학 작용 때문에 그걸 경험하지 못할 뿐이야……."

랭던은 캐서린을 향한 사랑과 존경의 마음이 솟구쳤다.

'캐서린은 인간의 의식에 대한 우리의 이해에 대변혁을 일으켰고…… 그 이해를 넓힐 수 있는 로드맵을 발견했어.'

"어안이 벙벙해, 캐서린. 당신이 한 작업은 영향력이 엄청날 거야."

그는 생각을 정리하면서 그 순간을 받아들였다. 머릿속에 떠오른 뻔한 질문을 섣불리 던져 현실로 끌려오고 싶지 않았다.

캐서린은 그가 무슨 생각을 하는지 안다는 듯 미간을 찌푸리며 말했다.

"나도 알아. 이 정도로는 왜 이런 일이 일어났는지…… 누가 내 원고를 없애고 싶어 하는지에 대해 충분한 설명이 되진 않겠지."

'그래.'

그 질문에 대한 답은 나중에 들어야겠다고 랭던은 생각했다.

왼쪽으로 나아가던 리무진이 돌로 된 아치형 구조물과 대사 관저 앞의 묵직한 주철 대문 앞에서 속도를 늦췄다. 대문 안내판에 **'모든 방문객은 신분증을 제시해 주십시오'**라고 적혀있었다. 그런데 대사관 리무진에는 보안 프로토콜이 적용되지 않는 모양이었다. 대문이 바로 열리더니 석조 초소를 지키는 해병대원이 차를 향해 손짓해 곧장 안으로 들어오게 했다.

랭던은 대사 관저를 둘러싼 강화된 경계벽을 바라보면서 저 안에서 어떤 답이 기다리고 있을지 생각했다. 나무들이 줄지어 선 구불구불한 진입로를 따라 리무진을 타고 올라가는 동안 랭던은 뒤에 있는 대문이 이미 닫혔다는 것을 알아챘다. 불편한 생각이 머릿속에 흘러들었다.

'우리가 들어온 이곳이 성역일까…… 사자 굴일까?'

75

페체크 빌라로 불리는 프라하의 미국 대사 관저는 보자르 건축 양식으로 지어진 으리으리한 대저택이었다. 프랑스 건축 양식답게 분위기도 웅장해서 작은 베르사유라는 별칭도 갖고 있었다. 오토 페체크라는 부유한 유대인 사업가가 지은 집인데 페체크 가족이 나치를 피해 프라하를 떠난 후 나치와 소련 군대가 차례로 이 집을 차지했다. 점령과 탄압, 집단 학살이라는 이 지역의 암울한 역사와 함께한 이 대저택은 역사적으로 중요한 의미를 지녔다.

히틀러가 프라하를 '멸망한 민족(유대인)의 학살 박물관'으로 삼겠다고 선언한 후 페체크 빌라는 나치 승리의 '트로피'처럼 여겨졌다. 히틀러는 훗날 독일이 전쟁에서 승리하면 꺼내 전시하기 위해 페체크 빌라의 고급 예술품과 가구에 역만자(卐) 문양 표시를 하고 번호를 매겨 지하실에 세심하게 보관했다.

그 생각을 하니 랭던은 속이 울렁거려 리무진 창밖으로 시선을 돌렸다.

리무진이 높은 철책으로 둘러싸인 길쭉한 정원 안쪽으로, 진입로를 따라 굽이굽이 올라갔다. 끝이 날카로운 기둥으로 이루어진 철책에 보안 카메라가 설치돼 있었다. 이 요새로 들어가기도 어렵지만 나오는 것도 쉽지 않을 듯했다.

"어머." 캐서린은 궁전 같은 대저택이 보이자 나지막하게 말했다. "여기가 미국 대사가 사는 집이라고?"

약간 경사진 언덕에 서있는 대저택 정면에는 호화로운 기둥들이 세워져 있었다. 건물 폭이 90미터는 되어 보였고, 3층으로 구성되어 있었으며, 구리로 된 2중 경사 지붕과 후드 지붕창이 설치되어 있었다. 전형적인 유럽식 궁전이었다.

캐서린이 농담을 던졌다.

"내가 그동안 세금을 왜 이렇게 많이 냈나 했더니, 공무원들을 궁전에 살게 하느라고 그런 거였네……."

'그렇게 단순하지만은 않아.'

랭던은 전 체코 주재 미국 대사인 노먼 아이젠의 저서 《마지막 궁전》을 읽은 적이 있어 이 웅장한 대저택의 역사적 배경을 자세히 알고 있었다. 미국은 전후에 천문학적인 비용을 들여 이 저택을 구매해 원래 모습으로 복원했고, 100년 가까이 엄청난 돈을 지출하며 유지 보수 하고 있었다.

'미국은 나름의 방식으로 프라하의 유산을 보존하는 데 도움을 주고 있는 거야.'

랭던은 예전에 아이젠을 만나 그의 모친 프리다 여사에 관한 감명 깊은 이야기를 들은 적이 있었다. 아우슈비츠 생존자인 프리다 여사는 종종 이렇게 말했다고 했다. "나치가 우리를 가축 운반차에 실어 체코 밖으로 내보냈는데 내 아들은 에어 포스 원 공군기를 타고 이 나라로 돌아왔구나."

그 얘기를 하면서 아이젠은 "모든 일이 한 세대 안에서 이루어졌지요"라고 했다.

그들이 탄 리무진이 막 대저택의 원주가 서있는 주차 공간에 미끄러지듯 부드럽게 멈춰 섰다. 앞좌석에 타고 있던 미 해병대원이 문을 열고 나가더니 차를 빙 돌아 뒷좌석 문을 열어주었다.

"발 조심하십시오. 바닥 자갈이 눈에 젖어 미끄럽습니다."

해병대원을 따라서 타원형의 자그마한 대기실로 걸어가는 동안 거센 찬바람에 시달렸다. 대기실 카펫에는 흰머리독수리와 미국 국기를 나타내는 상징이 다채로운 색으로 수놓여 있었다. 원통형 샹들리에가 몰딩 처리된 천장과 벽에 방사형 햇살 무늬를 그리며 미국 대사 하이디 네이글의 엄숙한 초상화에 빛을 드리웠다.

사진으로 네이글을 본 적 있는 랭던은 그 초상화의 주인을 바로 알아보았다. 네이글은 진지한 인상의 60대 여성으로 피부는 새하얗고 흑발인데, 앞머리를 칼같이 일자로 자른 모습이었다.

발소리와 함께 등장한 유쾌한 인상의 늙수그레한 남자가 그들을 맞아주었다. 낡은 헤링본 스포츠 코트를 입은 그 남자는 해병대원을 내보낸 후 랭던과 캐서린에게 집으로 안내할 테니 따라오라고 했다.

널찍한 복도를 걸어가는데 랭던의 코에 포근한 장작불 냄새가 풍겨왔다. 얼마 후 공기 중에 퍼져있는 또 다른 냄새도 포착했다. 갓 구운 초콜릿 칩 쿠키 냄새였다.

'세심하네.'

고급 호텔에서 이런 서비스를 받으면 늘 기분이 좋았다. 1950년대에 어느 부동산 중개인이 고안한 접객 전략인데 지금은 '집'처럼 안락한 분위기를 내기 위해 널리 사용되고 있었다.

랭던과 캐서린은 남자를 따라 길게 뻗은 거실로 들어갔다. 남자는 금방 피운 벽난로 불 앞에 두 사람을 앉혔다. 그들 앞에 놓인 테이블에 작은 뷔페가 차려져 있었다. 다양한 페이스트리 빵, 바구니에 담긴 과일, 커피포트, 큼직한 물병, 코카콜라 두 병, 갓 구운 수제 초콜릿 쿠키 한 접시.

"차린 게 없어서 죄송합니다. 대사님께서 손님맞이를 하신다는 말씀을 조금 전에 해주셔서요. 지금 통화 중이신데 10분쯤 후에 오실 겁니다. 오븐에서 갓 꺼낸 쿠키라 뜨거우니 조심하세요."

그 말을 남기고 남자는 거실에서 나갔다. 랭던과 캐서린은 테이블 가득 차려진 음식과 따뜻한 불을 앞에 두고 오도카니 앉았다.

랭던이 속삭였다.

"우리가 악마를 만나 춤을 추게 될 것 같은데, 그래도 집주인으로서는 괜찮네."

페체크 빌라 위층 재택 사무실에서 네이글 대사는 전화를 끊고 퇴창 바깥을 한참 내다보았다. 눈 덮인 풍경이 오늘따라 낯설고 외롭게 느껴졌다. 이 궁전을 집 삼아 거주한 지 3년째였다. 대사로 부임하고 처음 몇 달 동안의 시간을 돌아보았다. 그때만 해도 순수하고 낙천적이었는데, 가혹한 현실 속에서 그녀의 그런 면은 얼마 안 가 사그라들었다.

우지와 랭던 사이에 일어난 일은 이미 잘 정리됐다. 저명한 미국인 학자 두 명을 대상으로 증거를 조작한 야나체크 경감이 범죄가

들통나자 크루시픽스 바스티온의 절벽에서 뛰어내려 생을 마감한 것으로 공식 마무리됐다.

네이글은 우지에게 크루시픽스 바스티온에 *접근하지 말라고*, 절벽 아래 폴리만카 공원을 통해 야나체크의 시신을 회수하라 했고, 따르지 않을 경우 공개수사를 요청하겠다고 으름장을 놓았다. 우지로서는 네이글의 요구를 따를 수밖에 없었다.

창문을 뒤로하고 돌아선 네이글은 아직 해결되지 않은 문제로 관심을 돌렸다. 바로 로버트 랭던과 캐서린 솔로몬에 관한 일이었다. 책상 위에 놓인 프린터가 위이잉 소리를 내며 핀치 씨가 보낸 서류 두 장을 토해놓았다.

'이 방법이 먹혀야 할 텐데.'

인쇄된 종이를 손에 들고 검은 광택이 도는 '미국 대사관' 펜을 책상에서 집어 든 네이글은 손님들을 만나러 아래층으로 내려갔다.

거실에서 쿠키 두 개와 진한 커피 한 잔을 마신 랭던은 기운이 조금 났다. 이제부터 대사의 얘기를 잠자코 들어보자는 마음이 들었다.

대사 관저로 들어와서는, 개인적인 생각을 피력하며 논쟁하려 들지 말라고 캐서린에게 이미 조언했다.

'벽에도 듣는 귀가 있으니까.'

하지만 이미 리무진 뒷좌석에서 말을 너무 많이 한 것 같아 두렵고 후회가 밀려왔다. 그 화려한 차에 인터콤이 있었을까……. 누가 그들의 대화를 듣고 있었으려나. 여기 도착하고 나서야 부주의하게 굴었다는 생각이 들었다. 그들은 캐서린의 책에 담긴 경악할 만한 내용…… 그들의 호텔 방에 있던 튤립의 도청 장치…… 미 대사관에 대해 점점 커지는 불신 같은 얘기를 너무 대놓고 주고받았다.

'어차피 엎질러진 물이야. 대사를 만나면 앞으로 어떻게 해야 할지 답이 나오겠지.'

기다리는 동안 랭던은 홀 건너편의 격조 있는 다이닝 룸을 슬쩍 들여다보았다. 이 건물에 관해 다큐멘터리에서 봤던 내용, 그리고 다이닝 룸 의자에 관련된 심상치 않은 이야기가 떠올랐다.

'흥미롭네.'

그는 수공구로 작업한 골동품 가죽 의자들이 길쭉한 새틴우드 식탁을 빙 둘러싸고 있는 다이닝 룸으로 들어가면서 캐서린에게 따라오라고 손짓했다. 랭던이 의자 하나를 집어 휙 뒤집었다. 그 의자에 새겨진 암울한 역사의 흔적이 바로 보였다. 의자 아랫면에 붙어있는 색 바랜 노란 스티커에 찍혀있는 제국의 독수리와 역만자로 구성된 나치 상징, 그리고 카탈로그 번호 206이었다.

놀란 캐서린이 숨을 헉 들이마셨다.

"이런 게 왜 여기 있어?"

랭던은 의자를 들어 올리고 스티커를 좀 더 자세히 들여다보며 설명했다.

"프라하를 점령하고 이 저택을 차지한 나치는 나중에 박물관 전시품으로 쓰려고 모든 가구에 번호를 붙여 목록을 만들었어. 이 스티커는 나치가 직접 붙인 카탈로그 번호야. 미국 대사관은 전쟁의 두려움을 일깨우는 차원에서 이 스티커를 제거하지 않고 두기로 했어."

그때 뒤에서 목소리가 들렸다.

"가구학 교수님이신가요."

랭던과 캐서린은 뒤를 돌아보았다. 체코 주재 미국 대사 하이디 네이글이 그들을 바라보며 서있었다. 일자 앞머리를 보고 그들은 그녀가 누구인지 바로 알아보았다. 아까 대기실에서 본 초상화 속 모습 그대로였다. 지금은 권위가 느껴지는 검은색 정장에 알록달록한 구슬 목걸이를 착용했다.

그녀의 얼굴에는 웃음기가 전혀 없었다.

랭던은 엉거주춤하게 골동품 의자를 도로 뒤집어 바닥에 내려놓은 후 조심스럽게 식탁 아래로 밀어 넣었다.

"죄송합니다."

그러자 대사가 엄격한 목소리로 말했다.

"아뇨, 교수님, 사과해야 할 사람은 바로 저예요. 미국 정부가 두 분에게 아직 설명하지 못한 게 있어요."

76

'미국 정부가 우리한테 설명할 게 있다고?'

캐서린과 함께 대사의 뒤를 따라 우아한 곡선 형태의 길쭉한 회랑을 걸어가는 동안 랭던은 멍한 기분이었다. 이 회랑은 페체크 빌라의 남쪽 부속 건물을 따라 길게 뻗어나가 있었다. 대사가 사과로 대화를 시작한 것도 놀라웠다. 그는 잔뜩 경계한 상태로 여기 도착한 터라 누구도 믿을 기분이 아니었다.

따뜻한 환대의 시간은 지나갔다. 네이글 대사는 재빠르면서도 단호하게, 자기 집이라는 이 공간에 어울리지 않는 공식적인 자세로 걸음을 옮겼다. 그녀는 음악실, 금색을 주제로 꾸며진 응접실, 테라스와 겨울 정원이 내다보이는 온실 앞을 지나가면서도 말 한마디 없었다. 복도 끝에 다다르자 네이글은 거울이 붙어있는 양여닫이문을 밀어 열고 작은 서재로 들어갔다.

네이글은 아까 다이닝 룸을 나선 후 처음으로 입을 열었다.

"여기가 이 집에서 제일 사적인 공간이에요. 제 개인 통화도 전부 여기서 한답니다. 여기서 얘기를 나누는 게 좋겠어요."

나무 패널로 꾸며진 안락한 서재에서 가죽과 시가 냄새가 났다. 오래된 책들이 꽂힌 책장에 둘러싸인 방 한가운데는 파란 소파 두 개가 나란히 마주 보고 있었고, 천장에는 도금한 샹들리에가 달려 있었다. 방 한쪽 구석의 창문 앞에는 팔각형 사이드 테이블과 오래돼 보이는 낮은 안락의자 하나가 놓여있었다. 독서용 의자인 듯했다. 불이 피워져 있지 않은 대리석 벽난로에는 하얀 자작나무 통나무들이 깔끔하게 준비되어 있었다.

대사가 먼저 소파에 앉자 랭던과 캐서린은 맞은편 소파에 마주 앉았다. 대사는 가져온 서류를 그들 사이의 커피 테이블에 엎어놓고 그 위에 대사관 공식 펜을 내려놓았다. 그러고는 등받이에 등을 기대고 허벅지에 손을 올려놓은 채 숨을 후우 내쉬었다.

"형식적인 인사는 생략하기로 하죠. 우선 두 분이 무사해서 얼마나 마음이 놓이는지 모릅니다. 우지와 엮이면서 정말 위험할 뻔했어요, 랭던 교수님. 제가 두 분을 보호할 수 있어서 다행입니다."

'그래서 고마워……하라고?'

랭던은 상황이 더 나아진 게 맞는지 확신이 서지 않았.

대사는 자기 말에 충분히 귀를 기울이고 있는지 확인하려는 듯 그들을 잠시 가만히 바라보았다.

"오늘 두 분을 제 집에 모신 이유는 개인적으로 할 말이 있어서예요. 우선…… *죄송합니다*. 미국 정부를 대표해서 사과하겠습니다. 대사관은 해외에서 미국 시민과 미국의 이해관계를 지키기 위해 설립된 기관입니다. 저는 대사로서 그 의무를 성실히 수행하기로 서약했고 진지하게 서약을 지키고 있어요. 이런 말씀을 드리게 되어서 유감입니다만, 미국의 이익을 지키기 위해 며칠 전 두 분의 호텔 방에 오디오 도청 장치를 설치하라는 명령을 받았습니다."

'역시.' 랭던은 튤립 꽃다발과 미국 대사의 손 글씨 메모를 떠올렸다. 어이가 없었다. '내가 의심한 대로야.'

카를교에서 만난 여자는 불길한 징조 따위가 아니었다. 누군가 캐서린의 꿈 얘기를 엿들은 후에 벌인 괴상한 연극일 뿐이었다.

'그런데 대체 왜?!'

"윗선에서 내려온 명령이라 따라야 했어요. 두 분을 보호하는 조치라고 생각했으니까요. 그렇게 얻은 정보가 두 분을 위험에 빠뜨리는 쪽으로 이용될 줄도 모르고요. 용서받을 수 없는 짓이고 전적으로 제 책임입니다."

랭던을 힐끔 쳐다보는 캐서린의 얼굴에 분노가 담겨있었다. 그녀는 화난 기색을 감추지 않고 따져 물었다.

"그래서 우리 호텔 방을 도청했다고요?"

대사는 아까보다 더 결연해진 목소리로 말했다.

"화내시기 전에 지금이 세계적으로 위험한 시기란 점을 알아주셨으면 합니다. 두 분이 침실에서 하는 일이나 잠자리에서 나누는 이야기에 관심을 가질 사람은 아무도 없어요. 그 도청 장치는 국가 보안을 위해 설치된 것입니다."

랭던은 최대한 차분하게 물었다.

"대단히 죄송하지만, 대사님. 우리가 국가 보안에 위협이 될 사람들로 *보이십니까?*"

"저야말로 죄송하지만, 교수님. 국가 보안에 위협이 될 사람인지 아닌지를 *생김*만 보고 판단할 수 있다고 보신다면 경력에 비해 세상 물정을 너무 모르신다고밖에 생각할 수 없네요. 저는 지금 두 분께 사과를 드리고 있고, 오늘 아침에 두 분께 일어난 일에 대해 명확히 설명하면서 협조를 구하고 있습니다. 시간이 별로 없습니다. 두 분이 마음 넓게 이해하셔야 하는 상황이에요."

랭던이 이렇게 간결한 말로 질책당하기는 처음이었다.

"이해합니다. 말씀…… 계속하시죠."

"우선 솔로몬 박사님, 집필하신 책이 곧 출판될 예정인 걸 알고 있습니다. 이해하셔야 하는 부분은, 높으신 분들이 이 책이 출판되면 국가 보안에 상당한 위협이 될 거라고 여긴다는 겁니다."

캐서린이 물었다.

"무슨 위협이요? 인간의 의식에 관한 책일 뿐인데요!"

대사는 어깨를 으쓱했다.

"그 부분에 대해선 제가 아는 바가 없네요. 그 정보를 갖고 계신 분이 곧 프라하에 도착해서 두 분과 말씀을 나누실 겁니다."

랭던은 당황했다.

"우리와 얘기를 나눈다는 겁니까……? 아니면 심문한다는 겁니까?"

대사는 흔들림 없는 눈빛으로 대답했다.

"두 가지 다겠죠. 저는 두 분을 보호하기로 서약한 사람이지만 제가 할 수 있는 일에는 한계가 있어요."

그러자 캐서린이 물었다.

"그 한계가 어디까지일까요? 미국 대사시잖아요."

하이디 네이글 대사는 지친 얼굴로 힘없이 웃었다.

"저 같은 외교관이야 왔다 가면 그만이죠, 솔로몬 박사님. 정부의 영원한 실세는 실질적인 결정을 내리는 사람들이에요. 두 분이

상대하게 될 분도 그런 분이고요."

 몇 가지 추측을 떠올리자 랭던은 점점 신경이 곤두섰다.

 "이 서류를 보여드리기 전까지는 구체적으로 논의할 수가 없어요."

 대사는 손을 뻗어 커피 테이블에 엎어놓았던 서류 두 장을 뒤집어 펜과 함께 그들 앞에 한 장씩 스윽 밀어놓았다.

 "표준 기밀 유지 서약서입니다. 곧 여기 도착할 사람과 두 분이 나누는 대화를 기밀로 유지하겠다는 내용이죠. 서명하시면, 제가 아는 모든 걸 간단히 말씀드리죠."

 '한 페이지로 된 기밀 유지 서약서? 언제부터 변호사들이 달랑 한 페이지로 된 서약서로 가타부타 따지는 세상이 됐지?'

 랭던은 변호사가 없었지만, 이 정도로 축약된 기밀 유지 서약서라면 여기서 논의한 모든 주제에 대해 전적으로 입을 다물고 살아야 한다는 뜻임을 짐작할 수 있었다.

 '입도 뻥끗하지 말고 살라는 거잖아.'

 묘한 우연인지 몰라도 어제 게스네르도 그들에게 기밀 유지 서약서에 서명해 달라고 요청했었다.

 캐서린이 서류를 집어 들려는데, 랭던은 대사의 눈을 마주 보면서 조용히 손을 뻗어 캐서린의 손목을 잡았다.

 "대사님, 이번 일이 캐서린의 책과 관련이 있는 게 분명한데 캐서린이 변호사와 의논도 하지 않고, 하다못해 담당 편집자와 말도 안 해본 상태로 이런 서류에 서명하게 할 수는 없습니다. 우선 전화 한 통 하게 해주시면……."

 "합리적인 요청이지만 들어드릴 수가 없네요. 두 분과 대화를 나누러 오시는 그 분은 두 분이 기밀 유지 서약서에 서명하기 전까지는 외부와 일체 연락을 못 하게 막으라고 분명하게 지시했어요."

캐서린이 물었다.

"그분이 누군데요?"

"핀치 씨로 통하는 남자분입니다. 이건 그분이 요구한 기밀 유지 서약서예요. 물론 자유롭게 내용을 읽어보셔도 됩니다."

랭던이 말했다.

"읽을 필요도 없습니다. 우리가 이 자리에서 나눈 모든 대화 내용을 밖에 나가 절대 누설하지 말라는 것이겠죠."

네이글은 초조해 보이는 눈빛으로 고개를 끄덕이며 말했다.

"기밀 유지 서약서라는 게 원래 그렇잖아요."

랭던이 말했다.

"핀치 씨라는 분이 어떤 분이든, 우리가 전화도 못 하게 막는 사람이라는 거죠. 그러니 우리가 이런 요구에 맹목적으로 따를 수 없다는 걸 대사님은 이해하실 겁니다. 캐서린과 저는 이만 호텔로 돌아가는 게 좋을 것 같군요."

그 말에 캐서린은 놀란 표정이었다. 지금껏 쓰고 있던 점잖은 외교관 가면에 금이 간 네이글 대사도 날 선 목소리로 말했다.

"두 분이 여기서 진심으로 나가고 싶다면 제가 강제로 붙잡아 둘 수 없겠죠. 그럴 의향도 없습니다. 하지만 여기서 나가는 게 두 분에게 최선은 아닐 겁니다." 네이글은 랭던을 가만히 쳐다보며 덧붙였다. "솔직히 밖으로 나가면 안전하지 않을 수도 있습니다."

랭던이 받아쳤다.

"저도 솔직히 말씀드리죠. 여기 머무는 게 전적으로 안전하다는 느낌도 들지 않습니다."

네이글은 혼란과 분노가 뒤섞인 표정을 지었다.

"교수님, 우리 쪽에서 두 분의 호텔 방을 도청했다는 걸 인정하면 저를 조금은 믿고 따라주실 줄 알았습니다. 그런데……."

그 순간 핸드폰에서 공허한 알림음이 들리자 네이글은 얼굴을 찡그리며 핸드폰을 꺼내 메시지를 확인했다. 그녀의 얼굴에 담겨있던 짜증이 순식간에 두려움으로 바뀌었다. 네이글은 헉 소리를 냈다가 얼른 입을 막고 눈이 휘둥그레진 채 일어섰다.

"죄송……합니다." 네이글은 테이블에 기대어 서서 말을 더듬었다. "10분 정도 나갔다가 오겠습니다. 메시지가 와서…… 실례합니다."

이 말을 끝으로 네이글은 서둘러 방을 나갔다. 대리석 복도를 걸어가는 그녀의 발소리가 빠르게 멀어졌다.

캐서린이 놀란 얼굴로 말했다.

"방금은 연기한 거 같지 않은데."

랭던도 비슷하게 느꼈다. 물론 정치와 연기는 사람들이 생각하는 것보다 훨씬 밀접하게 연관되어 있긴 했다.

캐서린이 그를 나무랐다.

"당신, 대사님한테 너무 매몰찼어, 로버트."

캐서린은 그가 서류에 서명을 안 하겠다고 버틴 것 때문에 놀란 듯했다.

"그분 말씀이 일리는 있잖아……. 도청 장치에 대해서도 솔직하게 말씀하셨고."

"아까 대사관 리무진을 타고 오는 동안 내가 *당신한테* 도청 장치 얘길 했잖아. 대사나 핀치 씨가 그 대화를 엿듣고, 우리가 이미 알고 있으니 솔직하게 말해야겠다고 판단했을 수 있어. 우리한테서 신뢰를 얻어내려는 교묘한 전략이겠지."

캐서린의 입술이 얇게 굳어졌다.

"맙소사, 저분이 우리가 타고 온 리무진도 도청했을 거라고? 우리 오면서 꽤…… 많은 얘기를 했는데."

"그래." 그는 앞에 놓인 서류를 집어 들었다. "이 기밀 유지 서약서는 함정이야."

내용을 읽고 나서 그의 의심은 확신으로 바뀌었다.

"핀치 씨와 나누는 모든 대화 내용이 기밀로 분류된다는 내용이네. 이 사람이 우릴 만나서 당신 책에 담긴 주제가 걱정된다고 말하기만 하면, 당신은 다시는 그 내용을 입에 올리거나 글로 쓸 수 없게 돼. 관련 책을 출판하는 게 법적으로 금지되는 거야. 영원히."

"그 사람들이 그렇게까지 할 수 있다고?"

"응. 당신이 이 서류에 서명하면."

랭던의 친구 중에 주요 기술 기업에 관한 스릴러 소설을 쓴 작가가 있었다. 그는 그 기업 사무실을 둘러보기 전에 '표준 기밀 유지 서약서'에 서명했고, 결국 그 이유로 책 출판을 금지당했다.

캐서린은 멍하니 허공을 바라보며 말했다.

"그래……. 이 서류를 보니까 종일 품고 있던 의문이 풀렸어."

"무슨 의문?"

캐서린이 그를 돌아보았다.

"로버트, 누군가 내 원고 사본을 전부 없애려 한다고 들었을 때 의문이 들더라고. 원고를 없애봤자 내가 *다시* 쓰면 그만인데 그자들은 왜 그 생각은 못 할까 하는 의문. 이제 알겠어. 이런 식으로 집필을 막으려고 했구나."

"그래. 우리가 미국 대사관이 아니라 개인 주택에 있다는 것도 찜 찜해." 랭던은 집을 둘러싼, 보안이 철저한 담장을 창문 너머로 가리켰다. "생각해 봐. 여기서 탈출할 방법도 없고 전화도 쓸 수 없는데 어떤 이상한 남자가 우릴 만나러 오겠다고 하잖아. 그 남자는 왜 여기로 올까? 여긴 사저인데? 미국 대사에게 도청 장치를 심으라는 지시까지 할 수 있는 사람이?"

캐서린의 표정 풍부한 갈색 눈에 살짝 두려움이 스쳤다. 그녀도 이 상황을 우려하는 듯했다. 캐서린이 말했다.

"우리가 여기 있는 걸 아무도 모른다는 게 걱정돼. 우린 조너스가 무사한지 어쩐지도 모르잖아."

랭던이 자리에서 일어섰다.

"폰 하나로 새 두 마리를 죽여야겠어. 일석이조로."

캐서린이 아뜩한 눈으로 그를 쳐다보며 물었다.

"'돌' 하나로?"

'아니, 폰이라고.'

랭던은 빈티지풍의 낮은 안락의자 앞으로 걸어갔다. 가죽 쿠션이 움푹 들어간 걸 보니 자주 사용하는 의자였다.

"아까 대사가 이 서재가 이 집에서 제일 사적인 공간이라 했고…… 전화 통화는 여기서 다 한다고 했잖아. 그런데 전화기가 어디 있을까?"

"핸드폰으로 하겠지."

랭던은 고개를 저었다.

"전에 대사관 법률 담당 직원이 어떤 업무를 하든 유선 전화가 필요하다는 말을 한 적이 있어."

낡은 가죽 안락의자에 가서 앉은 랭던은 주변을 둘러보다가 별나게 생긴 사이드 테이블을 주목했다. 금주 운동이 본격화된 1800년대 말에 유행한, 독특한 보자르 디자인의 팔각형 기둥 모양 테이블이었다. 그는 테이블 상판을 잡고 들어 올렸다. 경첩이 열리며 그 안의 공간이 드러났다. 랭던의 생각대로 이 테이블 모양 보관함에는 술이 아니라 대사의 유선 전화기가 숨겨져 있었다.

그는 손을 뻗어 전화기를 꺼내 무릎에 올려놓았다.

캐서린이 말했다.

"말도 안 돼."

"찍었는데 운 좋게 맞힌 거야."

그는 수화기를 들어 귀에 대보았다. 신호음이 들렸다.

캐서린이 걱정스러운 표정으로 물었다.

"그 전화기를 정말 써도 될까?"

"안 될 거 있어?" 그는 다이얼을 돌렸다. "이 나라에서 제일 안전한 회선일 텐데."

77

 더블 에스프레소를 마시고 기분이 풀린 조너스 포크먼은 어린이책 편집팀이 있는 7층을 나와 자기 사무실로 돌아왔다. 이제부터 해야 할 일은 분명했다. 무시무시한 조직이 캐서린의 원고를 해킹한 이유를 정확히 밝히는 것. 알렉스 코넌이 그를 돕기 위해 함께하고 있었다. 적어도 알렉스가 상사에게 불려가 조사를 받기 전까지는 그를 도울 수 있을 것이다.

 포크먼은 데스크톱 컴퓨터를 앞에 두고 자리에 앉았고, 알렉스는 맞은편 자리에 노트북을 펼치고 앉았다. 그들이 작업을 막 시작하려는데 포크먼의 사무실 전화기가 정적을 가르는 날카로운 벨 소리를 토해냈다.

 '새벽 5시 15분에 사무실로 전화가 왔다고?'

 포크먼은 의아해하다가 발신자 번호가 유럽의 유선 전화번호인 것을 알아보고는 득달같이 손을 뻗어 스피커폰 버튼을 눌렀다.

 "여보세요?"

 "조너스!" 로버트 랭던의 익숙한 바리톤 목소리가 사무실 안에 울려 퍼졌다. "아, 무사했군요! 당신 핸드폰과 집 전화로 전화했는데 연결이 안 됐어요. 이렇게 이른 시간에 사무실에 나와서 뭐 하는 겁니까?"

"맙소사, 로버트……." 포크먼의 심장이 마구 뛰었다. "우린 당신이……."

"무슨 얘길 들었을지 압니다. 캐서린한테 들었어요. 물에 빠져 죽은 건 내가 아니라 내 핸드폰이에요."

"캐서린도 같이 있어요?"

"네. 당신 목소리를 들으니까 우리 둘 다 마음이 놓이네요. 당신이 실종됐다는 얘기를 들었거든요."

"나중에 마티니를 마시면서 해야 할 만큼 얘기가 길어요. 아시겠지만 캐서린의 원고가 *사라졌습니다*. 해킹을 당했는데, 펭귄 랜덤하우스 시스템에서 삭제됐어요."

"들었습니다. 서버에서 백업 파일을 복구할 수 있을까요?"

포크먼은 알렉스를 힐끗 쳐다보았다. 알렉스의 가로젓는 고갯짓을 보고 포크먼은 낙담한 목소리로 대답했다.

"싹 다 지워졌어요. 뭐라고 말해야 할지 모르겠네요."

랭던은 한숨을 푹 쉬며 투덜거렸다.

"차라리 *내* 신간 원고나 삭제하지."

그 말에 포크먼은 생각했다.

'가혹하지만 맞는 말이야.'

랭던의 신간 《상징, 기호학, 언어의 진화》는 학계의 극찬을 받았지만 일반 대중에게는 외면받았다.

"캐서린이 원고를 인쇄했다고 하던데 맞아요?"

"그렇긴 한데…… 그것도 없어졌습니다."

그 말에 포크먼은 깊게 숨을 들이마셨다.

"알겠습니다. 어쨌든 두 분이 무사하니 됐습니다. 그게 중요하죠. 책 문제는 나중에 해결해도 되니까요."

"실은 그래서 전화했습니다. 우리가 안전한지 알 수가 없어서요. 지금 미국 대사의 관저에 와있는데 상황이 좀 이상하게 돌아가고 있어요. 지금도 원래 전화하면 안 되는데……."

"잠깐만요. 미국 대사와 함께 있다고요?" 포크먼은 목소리에 두려움이 묻어나지 않도록 애쓰면서 말했다. "로버트, 정부 쪽 사람은 누구든 함부로 믿지 말아요. 여기 있는 우리 회사 기술직원이 펭귄 랜덤 하우스를 해킹한 자들을 추적했는데 아주 강력한 조직까지 연결돼 있어요." 포크먼은 알렉스가 데이터 보안실에서 타이핑을 해서 알려준, 하이픈으로 연결된 괴상한 이름을 떠올렸다. "조직 이름이 In-Q-Tel이라고 했어요."

"처음 듣는데요."

"저도요. 알아보니까 자금을 넉넉하게 투자받는 벤처 기업인데 비밀리에 첨단 기술을 개발하는 일을 하고 있어요. 그러니 그 이름을 처음 들어본 것도 무리가 아니죠."

"이해가 안 되네요. 보통 벤처 기업이 해커와 현장 요원을 고용하진 않잖아요."

"이 회사는 그런가 보죠. 당신이 In-Q-Tel이라는 이름은 못 들어봤어도 그 회사의 모체는 분명히 들어봤을 겁니다."

"어디인데요?"

포크먼은 무거운 한숨을 내쉬었다.

"CIA(미국 중앙정보부)라고 들어는 보셨겠죠."

전화기 너머에 침묵이 흘렀다.

'말문이 막힐만도 하지.'

포크먼은 이 사실을 알고 충격을 받은 순간을 떠올리며 말했다.

"아는 대로 말씀드릴게요. CIA는 국가 보안과 관련된 기술에 은밀히 투자하기 위해 민간 벤처 기업 형식으로 In-Q-Tel을 소유 및 운영하고 있어요. 가장 대담한 신기술 기업의 주식을 다량으로 보유하고 있을 뿐 아니라 첨단 기술 특허 수백 종도 주무르고 있죠." 포크먼은 컴퓨터로 고개를 돌려, 열어놓은 화면을 들여다보았다. "경쟁 관계인 투자 회사 사람들은 In-Q-Tel이 미국 정보기관과 제휴해 이득을 보는 것 같다고 늘 불평하는데, 그중에 이런 말이 있더라고요. '목표를 추구하는 방식에서 놀라울 정도의 유연성을 발휘한다.' 어젯밤에 우리가 목격한 게 바로 그 유연성이 아닐까 싶네요."

"놀랍군요." 랭던이 떨리는 목소리로 소곤거렸다. "CIA가 왜 캐서린의 책을 목표물로 삼았는지 모르겠지만, 지금까지 일어난 일을 종합해 보면 CIA가 개입한 흔적이 역력하고······."

그 순간 알렉스가 손을 마구 휘저으며 자기 노트북 화면을 포크먼이 볼 수 있도록 휙 돌려놓았다.

"말도 안 돼! 이것 좀 보세요!"

노트북 화면에는 랭던에게서 미국 대사 얘기를 듣고 알렉스가 열어본 위키피디아 페이지가 떠있었다.

위키피디아:

하이디 네이글: 주 체코 미국 대사:

몇 페이지에 달하는 표창 내용 아래에 알렉스가 문서 검색 후 커서로 밑줄을 그어놓은 부분이 있었다.

······네이글은 뉴욕 대학교 법학 대학원을 졸업하자마자
CIA에서 일하기 시작해······
······CIA 정책 자문을 거쳐······
······CIA 국장에게 자문을 제공하는 법무 자문관으로 승진했고······
······CIA에서 은퇴 후 대사로 임명되어······

"*제기랄, 로버트······.*" 포크먼이 전화기에 대고 나지막하게 말했다. "그 집에서 *나와요! 당장!*"

78

네이글 대사는 위층에 있는 길쭉한 주 침실의 화장실로 들어가 대리석 세면대 양옆을 부여잡고 토악질했다. 다네크는 세 단어로 된 짤막한 문자 메시지를 보내왔다.

'마이클 해리스가 죽었습니다.'

두려움에 사로잡힌 네이글은 급히 거실을 나와 다네크에게 전화를 걸었다. 다네크는 정신이 반쯤 나간 상태로 울먹이며 상황을 보고했다. 다네크와 해병대 장교 커블이 사샤의 아파트에 도착했을 때 문은 잠겨있지 않았다고 했다. 안전을 확보하기 위해 먼저 안으로 들어간 커블이 현관 복도 바닥에 쓰러져 있는 시신을 발견했다.

'마이클 해리스가 목 졸려 죽었어. 그 집에는 사샤 베스나는 물론이고 아무도 없었어.'

감정이 북받쳤지만 네이글은 애써 침착을 유지하며 커블에게 아파트를 지키고 법의학팀을 불러 시신을 회수하라고 지시했다. 또 '바깥으로 얘기가 새어 나가지 않게 하라!'고 강조했다. 지금은 대사관 직원이 외국 땅에서 살해당했다는 뉴스가 터져 나오면 매우 곤란한 시점이었다.

'적어도 오늘은 안 돼.'

그 아파트에서 무슨 일이 일어났는지 알 수 없지만 네이글에게는 부하 직원이 제일 중요했다.

'마이클.'

속이 울렁거렸다.

'내 손에 마이클의 피가 묻었어.'

화장실 거울을 들여다보았다. 마이클뿐만 아니라, 프라하에 부임하고 지난 3년 동안 일어난 모든 일에 대한…… 죄책감과 후회로 범벅된 얼굴이 보였다.

일반적으로 대사들은 당선 가능성이 높은 대통령 후보에게 상당한 금액을 기부하고 그에 대한 보상으로 다들 부러워하는 대사 자리를 얻어내게 마련이었다. 하지만 하이디 네이글은 순전히 운이 좋아서 이 자리를 차지했다.

'알고 보니 운이 좋았던 게 아니었지.'

몇 년 전, CIA 법무 자문관으로 일하던 시절 중요한 기밀문서가 사라진 일이 있었다. 어느 날 CIA 특별팀이 네이글의 집으로 들이닥쳐 책상 서랍에서 그 문서를 찾아냈다. 그 일로 네이글은 버지니아 랭글리시에 있는 CIA 본부 건물 맨 꼭대기 층으로 불려가 CIA 수장을 만나게 됐다.

상원의원 출신 CIA 국장 그레고리 저드는 완벽하지 않은 것을 못 견딘다는 평판이 있었지만, 대체로 조용하고 사려 깊은 태도를 지닌 사람이었다. CIA 직원들은 저드가 시신의 위치를 전부 알고 있는데, 그 이유는 대부분 직접 묻었기 때문이라고 수군거렸다.

사무실로 들어오는 네이글에게 저드 국장이 다짜고짜 물었다.

"중과실이야, 반역이야?"

네이글은 솔직하게 대답했다.

"부주의한 실수였습니다, 국장님. 그 파일이 제 업무 서류에 섞여 들어온 모양입니다. 제 집에 있는 줄도 몰랐습니다."

그는 그녀를 한참 동안 가만히 바라보았다.

"나야 자네를 믿고 싶지. 이 일의 경위를 밝혀내기 전까지는 자네를 법무 자문관 자리에 둘 수가 없어. 자네한테 무기한 휴가를 주고, 이 일을 감찰관에게 넘길 거야."

"국장님, 저는……."

"휴가는 지금부터 시작이야." 그는 단호한 눈빛이었다. "이건 선물이야, 네이글. 내 마음이 바뀌기 전에 그냥 받아들여."

그로부터 1주일 후 하이디 네이글은 집에 틀어박힌 채 권태 그리고 직업적으로 불안정한 상태로 인해 숨 막히는 일상을 보내고 있었다. 아이들은 다 컸고, 이혼 후 살고 있는 이 '고급 아파트'는 날이 갈수록 그녀를 공허하고 울적하게 만들었다. 그전까지는 깨어있는 시간 내내 일을 하고 있어서 이 집에서 보내는 시간이 이렇게 괴로울지 몰랐다.

'내 인생은 끝났어. 난 퇴물이야.'

63세인 그녀는 이대로 은퇴하기엔 아직 젊고 야심이 컸다. 그렇다고 작은 사업체를 시작하거나 변호사 개업을 하기에는 너무 늦었다. 이제부터 뭘 하면서 살아야 할까. 독서 모임? 온라인 데이트? 생각할수록 답답했다.

2주일 후 뜻밖의 전화가 걸려 왔다.

저드 국장은 그답지 않게 사과부터 했다.

"일이 그렇게 돼서 마음이 불편했어, 하이디. 이제라도 바로잡고 싶군."

네이글은 생각했다.

'그건 불가능해.'

"자네도 알겠지만 나랑 대통령 당선자는 사립 고등학교 시절 친구 사이거든. 그 사람이 오늘 아침에 나한테 전화해서 주 체코 공화국 미국 대사 자리를 포함해 핵심 보직 몇 군데에 사람을 추천해 달라고 하더군. 그 지역에서 점점 커지고 있는 불안정한 상태를 고려할 때, 국제법 관련 지식이 해박하고 정보기관에서 일한 경험이 있는 사람을 대사로 보내는 게 좋겠다고 조언했지. 그게 바로······ 자네야."

네이글은 어안이 벙벙했다.

'동창생 인맥으로 나이 든 여자에게 대사 자리를 던져준다고?'

깊게 고민할 필요도 없었다. 4개월 후 언론에 주 체코 미국 대사 임명이 공식 발표됐고 하이디 네이글은 프라하의 호화로운 대사관저에서 유능한 대사관 직원들을 감독하며 의미 있는 일을 하는 삶을 살게 됐다. 무엇보다 저 멀리 프라하성이 얼핏 보일 때마다 동화 속에서 사는 기분이었다.

그러다 하룻밤 사이에 모든 게 바뀌었다.

대사로 임명되고 한 달 후 저드 국장에게서 전화를 받았다. 저드는 안부 인사차 전화를 걸었다면서 잠시 사교적인 잡담을 나누다가 이례적인 요청을 했다.

"하이디, 지금 유럽에서 일하고 있는 내 동료와 식사 한번 같이 하지."

"알겠습니다, 국장님." 목숨을 구해준 것이나 다름없는 국장의 지시이니 따를 수밖에 없었다. "어떤 분이신지?"

"In-Q-Tel 유럽 사무소에 신규 채용된 사람이야."

'Q?'

네이글은 약간 불안했다.

그녀는 CIA 요원들 사이에서 일명 'Q'로 알려진 In-Q-Tel에 대해 어느 정도 알고 있었다. In-Q-Tel은 CIA의 비밀 투자 회사였다. 재무가들로 구성된 비공개 운영 팀으로, 바이오매트리카 사의 무수 생물 기전부터 나노시스 사의 미세 전자 공학, D-웨이브 사의 양자 컴퓨팅에 이르기까지 CIA의 이익 및 국가 안보와 관련된 온갖 첨단 기술에 깊이 관여했다.

CIA 법무 자문관으로 일하면서 네이글은 In-Q-Tel의 '창의적 투자 기술', '자산 보호 방법' 관련 법률 문제에 대해 국장에게 몇 번 자문한 적이 있었지만, 이렇듯 그쪽 사람을 직접 만나는 건 처음이었다.

'그 사람이 프라하에는 왜 오는 거지?'

네이글은 첨단 기술 투자 회사가 구세계인 프라하에 관심을 가지는 게 의아했다. 그 회사의 주요 사냥터는 실리콘 밸리였다.

그 사람을 만나기로 한 날 저녁, 네이글은 본인이 직접 고른 '코다'라는 레스토랑에 일찌감치 도착했다. 맛있는 체코 요리가 나오는 차분한 분위기의 지역 식당이었다. 예상외로, 그 사람은 이미 도착해 있었다. 작고 마른 체격에 격식 있는 옷차림을 한 그 남자는 70대 중반 정도로 보이는 노인으로, 은발이 유난히 풍성했다.

네이글이 안경알을 닦고 있는 그 남자에게 다가갔다.

'회계 쪽 전문가인가.'

하지만 그 예측은 보기 좋게 빗나갔다. 그 남자는 CIA 과학기술부의 전설적인 '고인 물' 부장 에버렛 핀치였다. 핀치가 이끈 과학기술부는 CIA의 다른 세 개 부서—행정관리부, 작전부, 정보부—와 함께 CIA의 핵심 4대 기둥이라 불렸다.

'핀치를 In-Q-Tel로 옮겼다고? 유럽으로?'

저드 국장이 핀치의 전문 지식을 유럽에서 은밀히 사용해야 해서…… 그를 비밀리에 그 자리에 앉힌 거라고밖에 생각할 수 없었다.

웨이터가 애피타이저를 가져왔다. 앙증맞은 찻잔 두 개에 담긴, 은은한 향이 나는 체코의 전통 버섯 수프 '쿨라이다'였다. 핀치는 컵에 담긴 수프를 마시고 냅킨으로 입을 닦은 다음 네이글 쪽으로 몸을 기울였다.

"하이디……." 그는 그녀의 공식 직함을 생략했다. "여기서 대사로 일하는 게 즐겁나요?"

"예."

네이글은 긴장하며 조심스럽게 대답했다.

"잘됐군요." 핀치가 부자연스러운 미소를 지었다. "당신이 프라하에 오게 된 *진짜* 이유를 말해줘야 할 때가 온 것 같네요."

예기치 않은 사건으로 인해 프라하로 부임하게 됐다고 여겼던 네이글은 그날 이후 진실에 눈을 뜨게 됐다.

'그자들이 나를 여기로 오게끔 조작한 거였어.'

그들은 동창생 인맥으로 여자 졸병을 그들이 원하는 자리에 앉혔고, 네이글은 이제 옴짝달싹 못 하는 지경이 되고 말았다. 생각해 보면 처음부터 뻔한 상황이었는데 이제야 깨닫게 된 것이다. 핀치는 네이글의 집에 서류를 심어두는 방법으로 그녀가 CIA에서 쫓겨나도록 조작했다.

분노한 네이글이 따지고 들었지만 핀치는 눈 하나 깜짝하지 않았다. 그는 감정을 전혀 드러내지 않고 기밀 서류 복사본을 내밀었다. 예전에 네이글의 집에서 발견된 바로 그 서류였다. 그는 이 서류가 외국 정보 요원의 손에 들어갔으면 네이글이 아무리 '아무것도 모르고 저지른 실수'라고 주장했어도 반역죄로 기소됐을 거라고 말했다.

네이글이 당장 저드 국장에게 전화하겠다고 하자 핀치는 되레 그러라고 했다. 저드 국장과 대통령도 이 계획에 대해 이미 알고 있는데, 네이글이 지금 그들에게 전화를 걸어봤자 이 큰 게임판에서 편들어 주는 이 없이 혼자 설치는 꼴이 될 거라고 했다.

'난 꼭두각시였어.'

핀치의 말이 허풍일 수도 있지만 그녀는 자칫 반역자로 몰릴 수도 있었다. 그러니 미국 대통령과 CIA 국장 같은 거물들에게 전화해 일급비밀 정보 프로젝트에 관해 언급하기는커녕 핀치의 말이 사실인지를 따져 물을 수조차 없었다.

'사람들이 이런 식으로 조직에서 사라지는구나.'

그때부터 네이글은 핀치를 경멸하면서도…… 그의 지시를 따랐다.

화장실 세면대 앞에 홀로 선 네이글은 입을 헹구고 거울 속 지친 눈을 바라보았다.

'마이클 해리스가 죽었어.'

그녀는 소리 내어 말했다.

"더는 안 돼."

핀치는 선을 넘어도…… 한참 넘었다.

네이글은 2년 넘게 이 감옥에서 빠져나갈 길을 모색했지만 핀치는 틈 한 번 내보인 적 없었다.

'지금까지는 그랬지.'

79

크루시픽스 바스티온으로 다가가면서 골렘은 기대감으로 가슴이 사뭇 떨렸다. 언덕배기의 게스네르 연구소는 지금 텅 비었으니 오늘 아침 일찍 확보하지 못한 그것을 드디어 가져올 수 있게 됐다.

'이제 거부당할 일 없겠군.'

게스네르의 RFID 키 카드가 지금 그의 주머니에 있었다. 3분이면 그가 필요로 하는 유일한 그것을 얻어낼 수 있을 것이다. 그리고 이 연구소를 떠나 최종 목적지로 가면 된다.

'문지방. 박살 내버릴 거야.'

그는 연구소의 부서진 정문으로 걸어가면서 전설 속 전임자인 프라하의 골렘의 말을 떠올렸다.

'두 가지 길이 있다. 진실 아니면 죽음.'

골렘은 두 가지를 모두 선택했다.

진실을 밝히고, 죽음을 받아들일 것이다.

그는 이미 수도 없이 죽었다. 죽음은 영원하지 않았다. 죽음 이후로 사라진 고대 골렘과는 달리 지금의 이 골렘은 언제든 자기 의지로 이 몸을 들락거릴 수 있었다.

'나는 나의 창조주야. 언제나 나의 주인으로 살겠어.'

이마에 새겨진 히브리어 단어 '알레프'를 지울 때마다 진실이 죽음으로 바뀌어, 골렘은 죽음을 맞이했다……. 하지만 겉으로만 그럴 뿐이었다. 그는 보이지 않는 존재가 되었다. 괴물 같은 거대한 거죽은 사라지고 그는…… 그들 중 하나가 되었다. 이상하지도 않고 눈에 띄지도 않았다. 내면의 힘이 잘 감춰졌다.

'당신들은 나를 못 보지만 나는 여전히 여기서…… 그녀를 지켜보고 있어.'

오늘 아침에 뜻밖의 장애물을 만났지만 골렘은 즉흥적으로 잘 처리했다. 죄 없는 자를 보호하고…… 죄 지은 자를 없앴다. 이제 시작한 일을 마무리할 때가 됐다.

게스네르 연구소 입구로 들어가 안을 둘러보았다. 우아한 현관 통로에는 아무도 없었다. 연구실로 통하는 계단통 문 옆에 생체 인식 패널이 설치돼 있었다. 지문 인식으로 출입하는 시스템이지만 문제없었다. 사샤는 이미 오래전에 자기도 모르게 그에게 지문을 내주었다.

골렘은 로비를 가로질러 생체 인식 패널 앞으로 다가갔다. 통굽 장화가 바닥에 흩뿌려진 유리 파편을 와그작 밟았다. 그 소리가 대리석으로 꾸며진 내부에 날카롭게 울려 퍼졌다.

그런데 잠시 후 홀 저 안쪽에서 소리가 들려왔다. 권총의 공이치기를 당기는 소리였다.

하우스모어 현장 요원은 수면 부족으로 멍한 상태였다. 커피 한 잔을 마시면서 소파에 앉아 연구소 창밖에 펼쳐진 프라하성 전경을 내다보았다. 멀리서 고요히 서있는 그 성을 보고 있자니 꿈을 꾸는 듯했다. 평온하게 상념에 잠겨있는데 현관 통로 쪽에서 갑자기 소리가 들려왔다. 재빨리 정신을 차린 하우스모어는 자리에서 일어나 반사적으로 총을 쏠 준비를 했다.

초경계 태세로 권총을 겨누며 입구를 향해 나아갔다. 핀치는 그녀에게 이 건물을 지키고 있으라고, 지원팀을 곧 보내주겠다고 했다. 하지만 지원팀이 벌써 왔을 리 없었다. 게다가 훈련받은 군인이라면 현장에 들어서기 전에 미리 도착을 알렸을 것이다.

'다른 누군가가 여기 있어……'

하우스모어는 살그머니 모퉁이를 돌아 현관 통로 쪽으로 걸어갔다. 검은 망토를 걸치고 모자를 내려쓴 남자가 보였다. 그는 연구소로 연결된 계단통의 금속 문을 열고 있었.

하우스모어가 달려가며 소리쳤다.

"Stůj(멈춰)!"

남자는 들은 척도 하지 않고 그 문으로 재빨리 들어갔다. 하우스모어가 쏜 총알이 빗나가 보안문에 맞고 튀었다. 서둘러 달려갔지만 문은 이미 닫힌 후였다.

하우스모어는 작은 강화 유리 창문에 얼굴을 갖다 대고 계단통을 들여다보았다. 그리고 그 순간 몸이 얼어붙고 말았다. 망토를 걸친 자가 그녀를 마주 보고 있었다. 유리를 사이에 두고 불과 몇 센티미터밖에 떨어져 있지 않았다. 흙으로 온통 뒤덮인 얼굴은 달 표면 같았고 이마에는 상징이 새겨져 있었다. 그자는 얼음처럼 차가운 눈동자로 그녀의 얼굴을 머릿속에 새기려는 듯 한참 바라보더니 돌아서서 계단을 달려 내려갔다. 그러고는 망토를 펄럭이며 이내 시야에서 사라졌다.

하우스모어는 뒤로 물러나 정신을 가다듬었다.

'저게 누구…… 아니, 뭐지?'

침입자가 어떻게 생체 인식 도어록을 열고 저 안으로 들어갔는지 알 수 없었다. 핀치 씨에게 이 상황을 즉시 보고해야 했다. 이 연구소는 그들 조직의 비밀 시설은 아니지만, 게스네르가 이곳에 중요한 무언가를 두고 있는지 핀치 씨는 하우스모어에게 이 연구소를 지키라고 했다. 게다가 방금 어떤 자가 눈앞에서 시설 내부로 들어가기까지 했다.

러시아인인 것 같았다. 슬라브인 특유의 강철 같은 옅은 색 눈동자도 그렇고, 진흙을 두껍게 발라 얼굴을 감춘 것도 러시아인다운 기발한 변장이었다. 침입자는 프라하의 전통적 캐릭터를 '코스프레'하면서 이 도시 전체를 감시하는 안면 인식 보안 카메라를 수월하게 피했을 것이다. 게다가 요즘 러시아인들은 UV 레진 기반 3D 프린터를 사용해 지문을 복제하는 방법으로 생체 인식 보안 장치를 아무렇지 않게 뚫었다.

하우스모어는 한쪽 눈으로 아까 그 남자가 들어간 계단통 문을 주시하면서, 권총을 권총집에 넣고 핸드폰을 꺼내 들었다. 핀치가 이 소식을 들으면 달가워하지 않을 것이다. 손이 약간 떨렸다. 전화하기 전에 잠시 생각해 보기로 했다.

'침착하자. 정신 바짝 차려.'

연구실 계단통 문을 주시하면서 천천히 현관 입구에서 물러나 대기실 쪽으로 이동했다.

계단통 문을 향한 채 비교적 안전하게 막혀있는 현관 통로에 서서 깊게 숨을 들이마셨다. 침착하려 애쓰면서 편치의 번호를 누르기 시작했다.

하지만 끝까지 다 누르지 못했다.

누군가 갑자기 뒤에서 다가온 것이다.

강렬한 전기가 등허리를 지졌다. 몸의 근육이 죄다 불에 탄 듯 뻣뻣해졌다. 하우스모어는 핸드폰을 떨어뜨리고 타일 바닥에 고꾸라졌다. 상대는 하우스모어를 붙잡아 똑바로 눕히고는 그녀를 꽉 짓눌렀다. 하우스모어는 방금 계단통으로 내려간 흙 괴물의 창백한 눈을 올려다보고 있었다.

'어디서 튀어나온 거야? 대체 어떻게 된……'

괴물이 갑자기 나타나 뒤에서 기습한 것이다!

그는 그녀의 몸에 올라타더니, 단단한 타일 바닥에 쓰러진 하우스모어의 목을 두 손으로 감싸 쥐었다. 숨통이 조여드는 와중에 하우스모어가 저항했지만 마비된 근육은 말을 듣지 않았다. 그녀는 정신을 잃지 않으려 애쓰면서 잠시 기다리기로 했다.

쓰러진 채 기도가 막힌 상태로 20초 정도 지나자 근육의 감각이 조금씩 돌아오는 듯했다. 시간이 좀 더 필요했다. 하지만 이미 시야가 흐려지고 있었다.

'지금 아니면 기회가 없어.'

필사적으로 힘을 끌어모았다. 그 남자를 몸에서 떼어내려 두 손으로 그의 가슴을 밀쳤다.

그런데 남자는 꿈쩍도 하지 않았다.

손에 닿은 진흙 괴물의 감촉이 이상했다……. 전혀 예상 밖이었다.

"난 네가 생각하는 것과는 달라." 괴물은 하우스모어의 목을 단단히 잡고 그녀의 눈을 내려다보며 속삭였다. "나는 골렘이야."

80

페체크 빌라 지하에 있는 길이 18미터짜리 수영장은 전통적인 로마 목욕탕 스타일로 지어졌다. 붉은 대리석 기둥 마흔여덟 개가 두 줄로 수영장을 빙 둘러쌌고, 석탄 난로 두 개가 하늘색과 흰색 수영장의 물을 데우도록 설계되었다. 이 수영장은 이 저택에서 제일 호사스러운 시설이었다.

이 수영장은 딱 한 계절만 사용됐다는 얘기가 있었다. 오토 페체크의 딸이 수영장에서 폐렴에 걸려 죽다 살아났기 때문이었다. 오토 페체크는 즉시 수영장의 물을 빼고 사용을 영원히 금지했다.

로버트 랭던은 텅 빈 채로 모두에게 잊힌 수영장 바닥에 서서 이 지하 공간을 찬찬히 둘러보았다. 방금 캐서린과 함께 서둘러 달려 내려온 좁은 계단 말고 다른 출구가 있는지 살펴보았다.

"역시 당신답게 수영장을 찾아냈네." 캐서린의 나지막한 목소리가 지하 공간에 메아리쳤다. "비어있어서 유감이야. 물이 차있었으면 오늘 두 번째로 수영을 할 수 있었을 텐데."

'블타바강에 빠졌던 것까지 치면 세 번째야.'

계단을 내려오면 지하실 출구를 통해 대사 관저에서 벗어날 수 있을 거라 생각했다. 하지만 이 수영장에 별도의 출구는 없었다.

'막다른 길이네.'

머리 위에서 대사의 다급한 발소리가 통풍구를 통해 지하에 울려 퍼졌다. 사라진 손님들을 찾으려고 남쪽 부속 건물을 빙 돌아 급하게 달려오는 듯했다. 이 집에 대해 누구보다 잘 알 테니 탈출을 시도하려는 손님들이 고를 수 있는 선택지가 제한되어 있다는 것도 계산해 두었을 터이다. 역시나 대사는 30초도 채 안 되어 수영장으로 내려오는 계단 위에 모습을 드러냈다.

랭던은 네이글이 해병대원을 거느리고 올 거라 짐작했지만, 막상 계단 앞에 선 그녀는 혼자였다. 네이글은 말없이 두 사람이 서있는 곳으로 내려왔다. 아까 랭던과 캐서린이 서명하지 않고 커피 테이블에 두고 온 기밀 유지 서약서 두 장을 들어 올리더니 그 문서를 박박 찢었다. 종이 쪼가리가 텅 빈 수영장 바닥 타일에 팔랑팔랑 떨어져 내렸다.

랭던은 머릿속이 혼란스러웠다.

'뭐 하는 거야?'

문서를 완전히 찢은 네이글은 진지한 눈빛으로 그들을 바라보면서 조용히 하라는 뜻으로 검지를 세워 자기 입술에 가져다 댔다. 그러고는 핸드폰을 꺼내 버튼 두 개를 눌렀다. 어딘가로 전화를 걸고…… 스피커폰 모드로 돌렸다.

핸드폰 스피커에서 지글거리는 소리와 함께 남자의 목소리가 흘러나왔다.

"핀치입니다. 잘 되어가고 있습니까?"

남부 지방 억양이 약간 섞인 미국인 말투였다

"예. 기다리고 있습니다. 얼마나 걸리실까요?"

"방금 착륙했으니 한 시간 내에 거기 도착할 겁니다."

"마이클 해리스 소식 들으셨나요?" 네이글이 다급히 말했다. "그 친구 안전이 걱정되어서요."

"해리스가 어떻게 됐다고 해도 지금 우리가 할 수 있는 일은 없습니다. 어차피 이제부터는 아무 상관 없어요. 그자는 사샤가 입을 열지 못하게 하는 역할이었고, 그 정도면······."

"상관없다고요?! 마이클은 당신의 지시로 이 일에 관여하게 됐습니다."

"해리스는 그만 잊어요. 지금 할 일에 집중하고. 지금 어디입니까? 목소리가 울리는데."

"화장실이요. 아무도 없는 데서 통화하려고요."

"랭던하고 솔로몬은?"

"서재에요. 당신이 올 때까지 쉬고 있으라고 했어요."

랭던은 놀란 눈으로 캐서린을 돌아보았다.

핀치가 물었다.

"호텔 도청 장치에 대해 그들에게 얘기하고 인정했어요?"

"했죠. 말씀하신 대로요."

"효과가 있어요?"

"그렇더라고요."

"둘 다 기밀 유지 서약서에 서명했습니까?"

대사는 망설임 없이 대답했다.

"예. 말씀하신 기밀 유지 서약서에 서명받았고 밀봉해서 제 개인

79

금고에 뒀어요."

"잘했어요." 핀치는 만족한 목소리였다. "그게 랭던에게도 제대로 영향력을 미치길 바라야죠."

랭던과 캐서린은 당황해서 서로를 바라보았다.

"문제의 원고 인쇄본을 불태운 게 확실하다는 증거를 확보했습니까?"

"예, 대사관팀이 잔해를 수거했어요. 불에 타고 남은 종이 쪼가리 몇 장인데 사진을 보내드릴게요."

"저자가 *직접* 원고를 태웠다고요?"

"랭던과 솔로몬은 범죄자 같은 우지 요원과…… 특히 당신한테서 위협받고 있다는 생각에 원고를 불태운 것 같습니다."

"통 큰 선택이네요. 내 눈으로 직접 봐야 믿을 것 같긴 하지만. 원고가 진짜 사라졌고…… 둘 다 기밀 유지 서약서에 서명했으면…… 이 건은 거의 끝난 거라고 봅니다."

"그러길 바라야죠."

"크루시픽스 바스티온은 어떻게 됐죠? 우지가 물러나 있기로 했다고 자신했잖습니까? 게스네르의 연구소나 작업물에 아무도 접근 못 하게 하세요."

"확실히 조치해 뒀습니다. 지금 그곳엔 아무도 없어요."

"좋습니다." 핀치는 마음이 놓이는 모양이었다. "해병대원을 즉시 게스네르 연구소로 보내세요. 지금은 우리 쪽 주요 시설에 신경을 써야 하지만, 연구소에도 빈틈이 있어선 안 됩니다. 내가 당신 집에 가서 직접 확인하겠지만, 대사관팀이 보안을 철저하게 유지하게 하세요."

"알겠습니다. 지금 바로 경비팀을 그리로 보내겠습니다."

"잠시 후에 봅시다."

전화가 끊어졌다.

침묵 속에서 대사는 통화가 제대로 끊겼는지 한 번 더 확인한 다음 랭던과 캐서린을 쳐다보더니 긴 한숨을 내쉬었다.

캐서린이 물었다.

"지금 이게 무슨 상황인가요?"

대사는 머리 위 천장의 통풍구를 힐끗 올려다보았다. 다른 사람 귀에 들어갈까 봐 신경이 쓰이는지 대사는 랭던과 캐서린을 수영장에 딸린 다용도실 같은 곳으로 데려갔다. 들어가서 보니 그곳은 알전구 하나가 주철로 만들어진 고풍스러운 온수 보일러 두 개를 비추고 있는 보일러실이었다. 100년 가까이 사용하지 않았을 텐데 보일러에서 석탄 냄새가 풍겼다.

대사는 그들 뒤로 문을 닫으며 조용히 말했다.

"우선 두 분이 알아야 할 건, 지금 나하고 통화한 사람이 CIA를 위해 일하는 사람이라는 사실이에요."

랭던은 조너스에게 이미 들어서 알고 있었지만 놀란 척 뒤로 물러서며 물었다.

"뭐라고요?"

네이글은 고개를 끄덕였다.

"이 사람 이름은 에버렛 핀치이고 예전에 CIA 과학기술부 부장이었어요." 그녀는 잠시 멈칫한 후 덧붙였다. "저도 CIA에서 일했어요. 변호사 업무를 봤죠."

'그렇군.'

랭던은 대사가 선선히 털어놓는 것을 보고 안심해야 할지 불안해해야 할지 갈피를 잡을 수 없었다.

네이글의 말을 들으니 아까 포크먼이 전화상으로 했던 말이 사실임을 알 수 있었다. CIA가 In-Q-Tel이라는 벤처 회사를 은밀히 운영하고 있다는 것, 그리고 이 회사는 국가 보안 기술에 투자하면서 투자 대상을 대단히 적극적으로 보호하고 있다는 것이었다.

캐서린이 네이글에게 물었다.

"CIA가 투자 은행을 운영한다고요?"

"수익보다는 국가를 위해서예요. 근래 몇 해 동안 미국 정보기관에 배정되는 예산이 많이 삭감됐어요. CIA는 모든 적으로부터 조국을 수호하겠다는 맹세하에 굴러가는 조직이에요. 지나치게 낙천적인 정치인들의 근시안적인 결정도 일종의 적이죠. 정부 예산만으로는 중요 프로그램을 운영하는 게 불가능해졌으니, 외부에서 자금을 끌어와서라도 프로그램을 운영하는 것이 *의무*가 아니라 도덕적 사명이 된 거예요."

랭던은 Q가 자금을 대는 프로젝트의 경우 비밀 예산을 쓴다는 명분으로 기존 의회의 관리 감독을 우회할 수 있겠다는 생각이 문득 들었다. CIA가 원하는 건 뭐든 할 수 있고 아무에게도 보고할 필요가 없다는 뜻이었다.

"몇 년 전에 CIA 국장이 에버렛 핀치를 런던으로 옮기고 Q의 유럽 본부에 비밀스러운 직책을 맡겼어요. 그 사람이 무슨 일을 하는지는 기밀인데, 전권 위임을 받은 것 같아요. 두 분도 짐작하겠지만, 핀치는 솔로몬 박사님의 원고에 대해 상당히 우려하고 있고요."

캐서린이 물었다.

"이유가 뭐죠?"

"제가 알기로 핀치는 박사님의 원고가 Q의 가장 중요한 투자 건에 위협이 된다고 보고 있어요. 그러니 핀치는 박사님을 상대하면서 국가 보안을 위해서라는 이유로 위험한 결정을 내릴 수도 있을 거예요."

랭던은 창문 없는 지하실에 계속 있으려니 점점 옥죄이는 기분이 들어 답답했다. 캐서린이 다시 물었다.

"어떤 식으로 위협이 된다는 건가요?! 아무리 생각해도 제가 쓴 책은……"

"모르겠어요. 저도 자세히는 몰라요. 기밀 유지 서약서에 두 분의 서명을 받으라는 명령을 받은 게 다라서."

"CIA가 제 책을 국가 안보에 위협이 된다고 여겼다면, 제 책을 내기로 한 출판사에 전화해서 국가 보안을 이유로 해당 부분을 삭제하도록 요청할 수도 있잖아요?"

"전직 CIA 법무 자문관으로서 말하면, 원고에서 문제가 되는 특정 부분을 지우면 CIA가 뭘 걱정하는지 더 확연하게 드러내는 꼴이 될 수도 있어요. 그들이 비밀로 유지하려는 부분에 시선이 쏠리는 거죠. 게다가 출판사에서 CIA의 요청을 거부하고 완전 원고로 출판하면서 'CIA가 비밀에 부치려고 했던 책'이라는 홍보 문구를 쓸 수도 있고요……"

랭던이 듣기에 일리가 있었다. 로마 교황청은 주기적으로 그런 실수를 저질렀다. 어떤 책에 대해 '반(反)가톨릭적'이라며 교황청이 나서서 가톨릭교도들에게 읽지 말라고 했더니 오히려 그 책을 홍보해 준 셈이 되었다.

랭던이 물었다.

"아까 그 기밀 유지 서약서 읽어보셨습니까?"

네이글은 고개를 끄덕였다.

"전반적으로 금지하는 내용이에요. 위험할 정도로 포괄적이죠. 두 분과 핀치의 대화는 아마 녹음될 테고, 대화에서 언급된 사항은 뭐든 '보호받아야 할 정보'로 간주돼요. 핀치가 두 분에게 무슨 얘기를 하느냐에 따라 기밀 유지 서약서는 박사님의 책을 즉시, 영원히 폐기하게 하는 법적 장치가 될 수도 있어요."

랭던은 캐서린에게 들은 그녀의 원고 내용, 그리고 그녀가 발견한 뇌 필터, 감마 아미노부티르산, 비국소적 의식에 관한 내용을 다시 떠올렸다.

'CIA가 왜 그 책에 그토록 신경을 쓸까?'

랭던이 말했다.

"조금 전에, 핀치 씨가 캐서린 책이 Q의 가장 중요한 투자에 위협이 된다 여긴다고 하셨잖아요······. 뻔한 질문을 드리겠습니다. 그게 어떤 투자인지 아십니까?"

"프라하에 있는 CIA 비밀 시설과 관련이 있다고 알고 있어요."

"프라하에요?" 랭던은 그 말에 놀랐다. "설마요. CIA가 여기서 뭘 하고 있죠?"

네이글은 답답하다는 듯 고개를 저었다.

"모르겠어요. 그 시설에 암호화된 이름이 붙어있다는 것밖에는요. 그들은 그 시설을 '문지방'이라고 불러요."

81

페체크 빌라 지하의 우중충한 보일러실에 세 사람이 모여선 가운데 네이글이 입을 열었다.

"제가 들은 정보는 많지 않아요. CIA는 그렇게 하는 게 제 안전을 지키는 길이라고 했어요. 제가 아는 건 CIA 국장이 문지방 프로젝트를 CIA에서 가장 중요한 일이라 여긴다는 거예요……. 미래의 국가 보안을 위해 절대적으로 필요한 일로 취급하고 있어요."

그 말에 방 안 가득 긴장감이 돌았다. 랭던이 물었다.

"대사님은 그 프로젝트에 관여 안 하십니까?"

"저는 정치적 협력자 정도예요. 3년 전 CIA는 저도 모르게 공작을 꾸며서 저를 이곳 대사로 꽂아놨어요. 자기네가 외교적으로 필요할 때 부리는 졸로 내정해 놓은 거죠. CIA 출신으로 내부 사정을 잘 알고, 핀치의 말도 고분고분 듣고, 문지방 시설을 은밀하게 완성해 가는 동안 온갖 번거로운 법적 문제를 해결할 누군가가 필요했을 거예요."

"그 프로젝트가 어떤 종류의 작전인지 모르세요?"

네이글은 고개를 저었다.

"과학 연구 시설이라는 것 정도만 알아요. 핀치가 워낙 그 부분에 대해 말을 안 해줘서요. 브리기타 게스네르가 그 프로젝트에 깊숙이 관여한 걸 보면, 무슨 뇌 연구를 하는 것 같아요……. 인간의 의식에 관한 연구일 수도 있고…… 군사 보안 수준이 삼엄하다는 건 단순한 과학적 호기심 이상의 무언가가 진행 중이라는 뜻이겠죠."

몰입해서 듣고 있던 캐서린이 물었다.

"그 시설이 지금 가동 중인가요?"

"구조물은 완성됐는데 아직 완전히 가동하고 있지는 않아요. 무슨 단독 테스트를 했다고 들었어요……. 이제 본격적으로 시작하려는 걸 보면 그 테스트를 성공적으로 마친 모양이에요. CIA는 지금 미국에서 직원 교육을 하는 중이고, 몇 주 내에 시설을 본격적으로 가동할 예정이에요."

캐서린이 다시 물었다.

"그 시설이 이곳 프라하에 있다고요?"

네이글은 이 자리에서 자세한 내용을 알려줘도 될지 마지막으로 고민하는 표정이었다.

"엄밀히 말하면 프라하 지하에요. 시설 전체가 지하에 있으니까요."

그 순간 게스네르의 작은 연구소 지하층을 떠올린 랭던이 물었다.

"설마 크루시픽스 바스티온은 아니죠?"

"아니에요. 거긴 브리기타 게스네르의 개인 연구소일 뿐이에요. CIA가 게스네르의 기술에 투자하긴 했지만 문지방 시설은 다른 곳에 있어요. 크루시픽스 바스티온에서 그리 멀지 않은 곳인데 면적이 930제곱미터가 넘죠."

'930제곱미터라고? 지하에?'

"이 도시 지하에 그만한 규모의 시설을 비밀리에 지었다는 게 가능한 얘기인가요?"

네이글은 어깨를 으쓱했다.

"알고 보면 어려운 일도 아니에요. 기본 시설은 *이미* 있었어요. CIA가 기본 시설을 넘겨받아 재건한 거예요." 네이글은 잠시 뜸을 들이다 덧붙였다. "*대외적으로는* 미 육군 공병단이 그 시설을 넘겨받은 것으로 되어있어요."

랭던은 잠시 퍼즐 조각을 맞춰보았다.

1950년대에 유럽 최대 규모의 소비에트 시대 방공호 중 하나가 프라하에 만들어졌다. 거대하고 눅눅한 지하 시설로 자체 발전기, 공기 정화 시스템, 샤워 시설, 화장실, 강당, 심지어 영안실까지 갖췄으며 1,500명 정도를 수용할 수 있었다. 요즘은 오래전에 버려진 이 방공호의 시설 일부를 개방해 관광 명소로 활용하고 있었다.

"폴리만카 방공호……."

랭던이 나지막하게 말했다. 아까 그 벙커 일부를 밟고 지나온 걸 생각하니 간담이 서늘해졌다. 폴리만카 방공호는 광활한 폴리만카 공원 지하에 있는 시설이었다.

랭던은 그 안에 들어가 본 적은 없지만 관광지 입구는 보았다. 시멘트 터널에 알록달록한 스프레이 페인트로 원자폭탄 폭발 그림과 'KRYT POLIMANKA'라는 글자가 그래피티로 표현되어 있었다. 랭던은 그 글자의 뜻이 '폴리만카 지하실'이라고 추측했는데 알고 보니 '폴리만카 방공호'였다.

폴리만카 공원 동쪽 끄트머리에 있는 방공호는 관광지로 잘 알려져 있다. 그곳 내부는 상대적으로 깊이가 얕고 상태가 좋아서 관광객들이 둘러보기 좋았다. 나머지 공간은 폴리만카 공원 깊숙이 아주 멀리까지 퍼져나가 있었다. 수십 년에 걸쳐 광대한 터널과 방이 침수되고 황폐해진 채로 방치되었다가 끝내 봉쇄되어 잊혔다.

대사는 CIA가 방공호의 버려진 공간을 접수하게 된 경위를 빠르게 설명했다. 나토 회원국인 미국은 군사적, 정치적 문제와 관련해 체코와 정기적으로 협력했다. 때로는 협력의 일환으로 사회 기반 시설에 대한 민간 원조가 이루어지기도 했다. 폴리만카 공원을 두고 프라하시 관료들은 지하에서 썩어가는 방공호 때문에 공원 대지가 언젠가 폭삭 꺼지지 않을까 우려했고, 따라서 광대한 지하 시설 문제를 해결할 방법을 모색해야 했다.

결국 미 육군 공병단의 기갑부대가 프라하에 도착했다. 그들은 공원 서쪽 끝에 새로운 진입 터널을 파기 시작했다. 광대한 방공호 시스템의 배수, 봉쇄, 강화를 목표로 하는 다년간의 프로젝트였다.

이 프로젝트는 거의 다 끝나가고 있지만 반미 음모설은 여전하다고 네이글 대사는 말했다. '폴리만카 공원은 원래 무너질 일이 없었다……. 비밀 군사 감옥이나…… 화학무기 저장고로 다시 지어지고 있다.' 깊숙한 동굴 같은 지하는 애초에 있지도 않았고, 미국이 와서 동굴을 파고 있다고 주장하는 사람들도 있었다. 방공호 전체가 기록된 믿을만한 옛 소련 시대 청사진이 없어서 의심에 더욱 불이 붙은 것일 수도 있었다. 청사진은 처음부터 존재하지 않았거나 편리에 의해 삭제되었을 수 있었다.

어느 쪽이 진실이든 랭던은 미국의 단순한 술책에 감탄이 나올

지경이었다. 그래도 하나는 꼭 묻고 싶었다.

"왜 여기에 그런 시설을 지었습니까? 애리조나 사막의 창고에다 그 문지방이라는 걸 만들지 않고?"

"이유는 간단해요. 사람들로 붐비는 도시에 시설을 지으면 그 자체가 위장막이 되어 인공위성의 눈에 띄지 않아요. 외딴 사막 지역에 엄청난 양의 물자와 인력을 보내면 아무래도 티가 나잖아요. 요즘은 정보 시설을 도심으로 옮겨가는 추세예요. 미국이 아닌 *해외* 도시로 가는 경우도 늘고 있고요. 의회의 관리를 안 받아도 되고, 미국 국내법의 제약도 최소화되니까요."

대사의 마지막 말이 불길하게 들렸다. 대사의 솔직한 태도가 충격적으로 느껴지기도 했다.

"왜 우리한테 이런 얘기를 전부 해주십니까?"

랭던의 물음에 캐서린도 맞장구를 쳤다.

"그러게요. 이렇게 하시는 건……."

"반역 아니냐고요?" 네이글은 먼 곳을 응시하는 듯한 눈빛이었다. "개인적인 이유 때문이에요. 제가 어떤 꼴을 맞는다고 해도 이것만은 믿어줘요. 저는 두 분의 안전을 최우선으로 할 겁니다."

랭던은 묻고 싶은 게 많았지만 대사를 믿기로 했다.

네이글이 말했다.

"꼭 알아야 할 게 있어요. 두 분은 대단히 강력한 집단을 상대하고 있어요. CIA와 문지방의 영향권에 들어가면 상상할 수 없을 만큼 위험하고…… 사람이 죽어나가요." 그녀는 한숨을 쉬며 랭던과 캐서린을 바라보았다. 잠깐이지만 울음을 터뜨릴 것 같은 표정이 그녀의 얼굴을 스치고 지나갔다. "어젯밤에 게스네르 박사가 살해당했어요. 그런데 박사만 죽은 게 아니에요. 조금 전에 보고받았는데 대사관 법률 담당 직원 마이클 해리스가 30분 전에 죽은 것 같다고 합니다."

랭던은 놀라 속이 울렁거렸다. 불과 몇 시간 전에 그는 호텔에서 해리스와 얘기를 나눴다.

"유감입니다."

네이글은 해리스의 시신이 사샤 베스나의 아파트에서 발견되었다고, 해리스는 핀치의 명령에 따라 사샤를 감시하기 위해 '거짓' 연애를 하는 중이었다고 말했다. 핀치가 그런 명령을 한 이유는 게스네르의 러시아인 조수를 면밀히 감시하고자 했기 때문이었다. 사샤의 행방은 아직 알려지지 않았는데 네이글은 그 부분에 대해 낙관적이지 않았다.

랭던은 사샤의 안전이 걱정됐다.

네이글이 입을 오므리고 길게 한숨을 토하며 말했다.

"마이클 해리스의 죽음은 제 책임이에요······. 아마 평생 짊어지고 가야겠죠." 그녀는 시선을 들어 두 사람을 바라보면서 허리를 세워 고쳐 앉았다. "마이클의 죽음을 어떻게 보상해야 할지, 핀치의 명령을 무작정 따른 결과를 제가 어떻게 감당해야 할지 모르겠어요······. 지금은 이 상황을 바로잡고 두 분을 보호하기 위해 뭐든 할 겁니다."

캐서린이 물었다.

"저희를 어떻게 보호하실 생각인가요?"

"세 가지 방법이 있어요. 안타깝지만 아마 전부 마음에 안 들 거예요. 첫 번째 선택지가 제일 안전하기는 해요. 기밀 유지 서약서를 다시 인쇄해서 드릴 테니까 두 분이 그 서류에 서명하고 계획대로 핀치 씨를 만나는 겁니다. 핀치가 바라는 대로, 앞으로 쭉 입을 닫고 살겠다는 서약서를 그에게 주는 거죠. 그렇게 하면 두 분은 그의 레이더에서 벗어날 수 있어요. 하지만 책은 절대 출판할 수 없어요. 솔로몬 교수님, 당신이 연구해 온 분야는 이제부터 건드려선 안 되는 성역이 되는 거예요."

캐서린은 바로 대답했다.

"그 선택지는 고려 안 해요."

랭던도 같은 생각이었다.

"저도요. 두 번째 선택지는요?"

"두 번째는……." 네이글은 두 사람을 번갈아 쳐다보며 말을 이었다. "핀치가 여기 도착하기까지 한 시간쯤 남았어요. 우리가 지금 바로 여길 떠나는 거예요. 두 분을 공항으로 데려다줄 테니까 바로 이 나라를 떠나세요. 우리 셋이 나중에 뒷감당을 해야겠지만…… 일단 다른 해결 방안을 찾을 때까지 시간은 벌 수 있을 거예요."

랭던이 물었다.

"어떤 해결 방안이요?"

"이를테면 솔로몬 박사님이 당장 책을 출판하는 거죠. 바로 출판해 버리면 저들도 어쩔 수 없……."

캐서린이 네이글의 말을 잘랐다.

"제 원고는 사라졌어요. 다시 쓰려면 상당히 오랜 시간이 필요해요."

랭던이 말했다.

"캐서린에게 원고 사본이 있다고 해도 책을 만들어 출간하려면 기본적으로 몇 달은 걸립니다. 만약 당장 출판하려고 들면 캐서린이 CIA에게 영원히 찍히게 되지 않을까요?"

"어느 정도는 그렇겠죠."

그러자 캐서린이 말했다.

"그건 사양할게요. 평생 불안해하면서 살고 싶지 않아요. 세 번째는요?"

네이글은 머릿속으로 세세한 부분을 정리하는 듯 침묵했다. 그러더니 잠시 후 고객에게 조언하는 변호사 같은 담담하고 사무적인 목소리로 말했다.

"정보를 다루는 세계에서 진정한 힘의 원천은 하나예요. 바로 정보죠. 이쪽 관계자들이 수긍하는 유일한 영향력이에요……. 두 분은 지금 상당한 정보를 얻어낼 수 있는 위치에 있어요. 핀치 씨는 두 분이 기밀 유지 서약서에 서명했다고 믿고 있어요. 기밀 유지 서약서로 두 분의 입을 막고 경고하기 위해 여기로 오고 있는 겁니다. 자기 입으로 쏟아내는 말로 여러분에게 평생 동안 족쇄를 채우려고 할 테니…… 최대한 많은 얘기를 하려고 할 거예요. 핀치가 말을 많이 할수록 두 분은 더 많은 정보를 갖게 되고…… 따라서 더 많은 영향력을 손에 넣을 수 있어요."

랭던은 프로를 상대하고 있다는 걸 깨달았다.

'모험을 하라는 건가.'

네이글의 계획은 그녀의 말처럼 단순하게 들리지 않았다.

랭던이 물었다.

"우리가 어떤 방법으로 정보를 얻어내야 하는지는 알겠습니다. 다만 그 후에는 뭘 어떻게 해야 할까요?"

"제가 두 분을 도울 거예요. 우리가 모든 데이터를 제삼자, 예를 들어 외부 변호사에게 넘기고, 그 제삼자는 만약 우리에게 무슨 일이 생기거나 정기적으로 우리와 연락이 닿지 않으면 언론에 즉시 정보를 넘기는 구조를 만드는 거죠. 변호사들은 그걸 '예기치 않은 사망 조항'이라고 해요."

랭던이 말했다.

"'협박'과 같은 뜻으로 들리는데요."

"대략적으로 말하면 맞아요. 완벽한 합법이지만요."

캐서린은 한발 물러섰다.

"우리더러 CIA를 *협박하라*는 거네요……."

"정보의 영향력 측면에서 생각하세요, 솔로몬. 정보 위협은 이쪽 세계 사람들이 늘 사용하고 이해하는 언어예요. 당신을 공격했다간 자기네도 피해를 입는다는 걸 알게 되면 그자들은 당신을 건드리지 않고 내버려두겠죠."

랭던이 나섰다.

"그 반대도 마찬가지죠. 그쪽이 우리를 건드리지 않는 한 우리도 그들의 비밀을 지키는 거니까."

"상호 확증 파괴라고 해요. 효과가 증명된 모델이에요. 그 모델이 효과가 없었으면 초강대국들은 이미 1960년대에 서로에게 핵무기를 발사했을 거예요. 자기 보호는 교착 상태를 만들어 내죠. 서로 의견이 다를 수 있다는 데 합의하는 거예요."

캐서린은 여전히 걱정스러운 표정이었다.

네이글이 다시 설명했다.

"정보 영향력을 갖게 되면 위기를 단계적으로 줄일 수 있어요. CIA는 한발 물러나 조직을 재편성하겠죠. 모두가 한숨 돌리면서

재협상에 나서는 거예요. 그자들이 박사님 책에서 어떤 부분이 마음에 안 든다고 말하면서 그 부분을 지워달라고 요청할 수도 있어요. 그러면 당신은 적어도 선택지를 갖게 돼요." 네이글은 캐서린의 눈을 가만히 바라보며 덧붙였다. "제가 지금 박사님을 도우면서 개인적으로 큰 위험 부담을 진다는 걸 아셔야 해요, 솔로몬. 그만큼 제가 박사님에게 강력한 동맹이 될 거라는 뜻이에요."

"감사합니다."

캐서린은 이제 좀 믿음이 가는 모양이었다.

랭던은 이 계획이 원칙적으로는 마음에 들었지만 실행은 별개의 문제였다.

"찬물을 뿌리고 싶진 않지만 만약 핀치 씨가 우리와 대화하기 전에 우리 서명이 들어간 기밀 유지 서약서를 보겠다고 하면 어떻게 됩니까?"

"그럴 수 있어요. 그럼 저는 그 서류가 아주 중요한 문서라서 해병대원을 시켜 외교 문서로 봉인해 대사관으로 가져가 제 개인 금고에 넣어두게 했다고 할 거예요. 핀치 씨는 저를 믿을 수밖에 없어요……. 아니면 대사관으로 자리를 옮겨 회의를 해야 할 텐데, 그건 그 사람이 원하지 않는 방향이고요."

랭던은 여전히 불안한 마음으로 그 계획이 효과가 있을지 따져보았다. 그와 캐서린이 핀치와의 대화에서 훗날 영향력을 가질만한 정보를 획득하는 게 과연 가능할까.

'우린 전문적인 훈련을 받은 CIA의 베테랑을 상대하는 거야.'

그 남자가 랭던과 캐서린이 향후 입마개가 될 기밀 유지 서약서에 서명했다고 믿는다 해도, 과연 CIA나 최고 기밀 프로젝트를 위태롭게 할 수도 있는 정보를 누설할까?

캐서린이 그에게 말했다.

"확신이 안 서는 모양이네."

그는 계속 생각을 거듭하며 그녀를 바라보았다.

"미안, 그 계획대로 될 것 같지 않아."

그러자 네이글이 말했다.

"선택지는 세 가지뿐이에요."

"네 번째 선택지가 있습니다." 랭던은 예상하지 않은 방향으로 가보기로 결정했다. "위험하긴 하지만…… 우리에겐 최선일 것 같아요."

82

핀치가 탄 시테이션 래티튜드 제트기가 바츨라프 하벨 공항에 착륙하기 위해 고도를 낮췄다. 제트기는 빌라 호라 언덕을 향해 날아가고 있었다. 제트기의 대화형 지도에 1620년, 그 언덕배기에서 가톨릭 동맹군이 봉기를 일으킨 보헤미아 개신교 세력을 진압했다는 설명이 떴다. 핀치는 생각했다.

'지금 상황에 어울리는군.'

조금 전 핀치도 네이글이 일으킨 작은 봉기를 진압한 터였다. 네이글이 핀치를 경멸하는 이유는 늘 한결같았지만, 핀치는 그것에 조금도 신경 쓰지 않았다.

'똑똑한 여자야……. 이 작전에서 자기가 무슨 역할을 해야 하는지 꿰뚫어 볼 만큼.'

제트기가 고도를 낮추자 핀치는 안전벨트의 버클을 잠갔다. 이륙할 때에 비하면 마음이 한결 편안했다. 한 시간 전까지만 해도 모든 작전이 개판으로 돌아가는 듯했다. 지금은 기적적으로 모든 혼란 요소가 사라졌다. 해적판을 판매하는 악명 높은 놈들이 펭귄 랜덤 하우스를 해킹한 죗값을 뒤집어쓸 것이다. 부하들은 로버트 랭던과 캐서린 솔로몬을 찾아내 프라하의 안전한 곳에 데려다 두었다. 기밀 유지 서약서에 서명도 받았다. 원고는 전부 없앴다. 뉴욕의 두 요원은 더 이상 연락하지 말고 철수해 무선 침묵을 유지하라는 지시를 받고 조용히 지내고 있었다.

'임무 완료.'

그는 전용 제트기의 달걀형 창문을 내다보았다. 이 나라의 평화로운 풍경을 바라보면서 그는 무수한 파문을 일으킨 이 복잡한 작전이 결국 하나의 단순한 사실로 귀결되면서 자신의 행동 또한 정당성을 획득했다고 생각했다.

'이제부터는 인간의 의식이 세상의 차세대 전장이다.'

미래의 전쟁은 기존과는 완전히 다른 양상으로 전개될 것이다. 핀치는 그 선봉에 서있었고, 그 신경 중추가 바로 문지방이었다……. 핀치의 상관들은 그곳에서 개발 중인 기술을 보호하는 데 필요한 어떤 조치든 취할 수 있도록 그에게 전권을 주었다.

문지방은 늘 위기에 처할 수 있었다. 하지만 시설을 본격 가동하기도 전에 예상치 못한 곳에서 실제로 위협을 맞닥뜨렸다.

'캐서린 솔로몬.'

이 재능 있는 노에틱 과학자는 수년 동안 CIA의 우선 감시 대상이었다. 무엇보다 그녀의 작업물이 CIA가 진행 중인 프로젝트와 겹친다는 점이 문제였다. 몇 년 전 캐서린을 감시하던 도청팀은 캐서린이 출연한 팟캐스트 녹취본에 주목했다. 그 팟캐스트에서 진행자는 캐서린에게 학계를 떠나 미 군대와 협력하며 뇌 관련 연구를 하는 노에틱 과학자들에 대해 어떻게 생각하냐고 물었다. 캐서린의 대답은 명확했다. "군과의 협력은 제 신념에 전혀 부합하지 않아요. 어떤 상황에서도 저는 그쪽을 고려하지 않을 겁니다. 노에틱 연구는 모든 사람을 위한 것이어야지…… 무기화에 쓰여선 안 됩니다."

'안타깝군. DARPA(미국 국방부 산하 방위고등연구계획국)가 N3나 서브넷 프로젝트에 그 여자를 활용할 수도 있었을 텐데.'

말 한마디로 캐서린 솔로몬은 CIA가 절대 접근해서는 안 되는, 괜히 접근했다가 역타격을 맞을 수도 있는 인물로 찍혔다.

얼마 후 CIA는 캐서린 솔로몬이 인간의 의식에 관한 책을 집필하고 있으며, 대형 출판사와 계약까지 했다는 정보를 입수했다. 핀치는 팀원들에게 그 프로젝트를 면밀히 감시하는 한편, 경계 조치의 일환으로 미출판 원고 초안을 확보하라고 지시했다.

그런데 핀치의 요원들은 솔로몬이 기존과는 완전히 다른 방식으로 원고를 집필하고 있다는 보고를 올렸다. 높은 수준의 보안이 적용되는 출판사 서버에서 작업한다는 것이었다. 솔로몬이 과거에 한 우려스러운 발언과 더불어 이 사실은 핀치의 경계심을 높였고 그는 결국 플랜 B를 기획하게 됐다.

그는 브리기타 게스네르에게 노에틱 과학자 캐서린 솔로몬을 명망 높은 강연 시리즈의 강연자로 초대해 프라하로 불러들이라고 지시했다. 게스네르는 강연을 마치고 마련된 자리에서 솔로몬과 술을 마시면서, 솔로몬이 원고 내용을 발설하도록 유도하는 역할을 맡았다. 또한 첫 책을 내는 작가인 만큼 유명 인사인 자기가 '홍보를 도와주겠다'는 뜻밖의 제안도 할 예정이었다. 그 제안을 명분 삼아 솔로몬의 원고를 미리 받아 내용을 파악하려 한 것이다. 그리고 마지막으로 솔로몬에게 연구소 구경을 시켜주겠다고 권하면서 기밀 유지 서약서에 서명을 받기로 했다……. 그 문서에는 향후 필요에 따라 핀치가 전적인 통제권을 갖는다는 문구가 들어가 있었다.

'안타깝게도…… 플랜 B는 내 코앞에서 날아가 버렸지.'

포시즌스 호텔에서 술을 마시던 게스네르는 핀치에게 걱정스러운 문자 메시지를 보냈다.

솔로몬이 제안을 거절했어요. 원고를 미리 받아 볼 수 없게 됐네요. 기밀 유지 서약서도 거부했어요. 더 큰 문제는…… 이 여자가 나한테 거짓말을 했다는 거예요. 30분 안에 전화할게요.

'솔로몬이 거짓말을 했다고?'

게스네르의 문자 메시지를 보면, 솔로몬이 핀치의 생각보다 요령 있게 상황에 대처하는 모양이었다. 어쩌면 그 여자의 원고에 엄청난 내용이 숨겨져 있을 수도 있었다.

그날 밤 핀치는 게스네르의 전화를 초조하게 기다렸다.

하지만 전화는 오지 않았다.

30분이 흘러가고, 한 시간이 지나갔다.

참다못해 게스네르에게 전화를 걸었지만 연결되지 않았다.

두 시간 후 드디어 그의 전화기가 울렸다. 발신인은 게스네르가 아니라 도청 감시팀이었다. 그들은 긴급 상황을 보고했다.

"캐서린 솔로몬이 방금 호텔 방에서 살려달라고 비명을 질렀습니다."

핀치는 호텔 방에 심어둔 도청 장치로 수집한 녹음 파일을 즉시 확인했다. 그전까지 그 장치는 가치 있는 정보를 포착하지 못하고 있었다. 내용을 들어보니, 랭던이 악몽을 꾼 솔로몬을 달래면서 악몽의 어떤 내용 때문에 잠에서 깼는지 얘기를 주고받고 있었다. 그런데 예상 밖으로 아주 불안한 내용이 핀치의 귀에 들어왔다. 랭던이 창을 비롯해 그 꿈에 나온 기묘한 요소가…… 논리적으로 말이 된다고 지적한 것이다.

"브리기타 박사의 출입 카드에 그려져 있던 벨 창 기억하지?" 랭던이 물었다. "우리가 몇 시간 전에 브리기타 박사와 그 얘기를 했잖아."

핀치는 듣고도 믿을 수가 없었다. 랭던이 언급한 카드는 최상위 보안이 적용된 키 카드로 그 카드가 있으면 문지방의 모든 시설에 출입할 수 있었다. 현재 그 카드는 단 두 장만 존재하며 한 장은 게스네르가, 다른 한 장은 핀치가 보유하고 있었다. 게스네르는 그 카드를 그들에게 보여주는 미친 짓을 한 것이다.

'서류 가방 안쪽에…… 늘 안전하게 가지고 다녀놓고.'

핀치는 놀라서 말이 안 나왔다. 그는 자기가 갖고 있는 같은 카드를 꺼내 살펴보았다.

'이건 지구상에서 보안 등급이 제일 높은 RFID 접속 기술이 적용된 카드야.'

기발하게도 그 카드는 표면 *전체*가 생체 측정 장치였다. 어떤 상황에서도 사용자의 지문을 읽어낼 수 있어서, 인증받은 사용자가 직접 쥐고 있는 게 아니면 사용이 불가능했다. 만약 그 카드를 잃어버렸다고 해도 그 카드에 표시된 글자만으로는 무엇과 관련된 카드인지 추측할 수도 없었다.

카드에 적힌 단어는 매우 포괄적인데, 실제로는 암호화된 코드명이었다.

PRAGUE

프라하는 문자 그대로 '문지방'이라는 뜻이었다. 문지방의 지하 시설로 입장하려면 이 첨단 기술이 적용된 카드가 반드시 있어야 하기에 1급 보안이 적용되어 있었다. 카드에 교묘하게 역사적 상징인 벨 창 문양을 넣은 것은 핀치의 솜씨였다. 누가 봐도 지하에서 개발 중인 용기, 힘, 깨우침을 나타내는 무기에 잘 어울리는 상징이었다.

'게스네르가 이 카드를 왜 외부인에게 보여준 거지? 그것도 캐서린 솔로몬한테!'

핀치 입장에선 대단히 우려스러운 상황을 생각하지 않을 수 없었다. 게스네르가 신중하게 처신하리라 생각한 게 잘못된 판단이었을 수도 있다. 그 여자는 돈으로 좌지우지하기 쉬운 사람이었다. 그 덕에 핀치는 게스네르를 편리하게 조종할 수 있었지만, 쓸데없이 자아가 비대한 면도 있었다. 두 미국인이 게스네르를 상대로 영리하게 형세를 역전시켰다면, 게스네르의 허세를 자극해 속을 털어놓게 만들었을지도 모를 일이었다. 속을 털어놓은 쪽이 캐서린이 아니라 *게스네르*가 됐을 수도 있다는 뜻이다. 그들이 게스네르에게 술을 잔뜩 먹여 취하게 하고 그 여자를 인질로 삼았는지도 모른다. 게스네르가 지금까지 전화를 받지 않은 이유도 그래서일 수 있었다.

상황을 분석할수록 핀치는 점점 걱정이 되어, 관자놀이까지 지끈거렸다.

'솔로몬은 원고를 보여달라는 요청을 거절했어……. 그 책을 내기로 한 출판사는 보안이 삼엄하고……. 솔로몬은 게스네르의 RFID 키 카드에 대해 알고 있어…….'

핀치는 한밤중에 런던 사무실에 홀로 앉아 자신의 추론이 편집증적 망상이길 바랐다. 하지만 결국 불안하기 짝이 없는 가능성을 떠올리고 말았다.

'솔로몬이 문지방에 대해 알고 있을 수도 있어……. 인간의 의식에 관한 CIA의 작업을 폭로하는 글을 쓰고 있을지도 모르지.'

핀치가 음성 파일을 계속 들어보고 있는데 솔로몬이 결정적 전환점이 될만한 발언을 했다. 그 여자는 울음 섞인 목소리로 말했다. "너무 걱정돼, 로버트. 오늘부터 조너스가 편집을 시작할 수 있도록 비번을 줬거든. 그 사람은 원고를 인쇄해서 오늘 밤부터 읽기 시작할 거야. 초조해 죽겠어."

그 소식에 핀치는 허를 찔린 기분이었다.

'캐서린이 편집자에게 원고를 넘겼어?'

원고가 '편집' 단계에 들어가면 곧장 교정자, 사실 확인팀, 디자이너, 초기 홍보 및 마케팅팀에 이르기까지 출판사의 모든 관계자가 사본을 받아보게 되어있었다.

'필요하다면 봉쇄 조치까지 해야겠군.'

생각해 보니 시간도, 선택지도 부족한 상황이었다. 출판사를 해킹해서 불필요한 소란을 일으키고 싶진 않았지만 그 책에 어떤 내용이 들어있는지…… 즉각 확인해야 했다. 그는 곧바로 기술팀에게 펭귄 랜덤 하우스의 보안 서버에 침투해 솔로몬의 원고 파일을 훔치라고 지시했다. 일단 어떤 내용이 들어있는지 보고 안도의 한숨을 내쉴지…… 아니면 원고를 완벽하게 없애도록 할지 결정해야 했다.

골칫거리가 하나 더 있었다. 캐서린 솔로몬의 파트너 로버트 랭던이었다. 하버드대 교수인 로버트 랭던은 아무에게도 알리고 싶지 않는 비밀을 잘도 파헤치기로 명성이 높았다.

'랭던이라는 작자를 통제할 수 있어야 해.'

핀치는 로열 스위트룸을 도청해 얻은 빈약한 정보를 바탕으로 재빨리 계획을 세웠다. 아무리 무해한 정보라도 적절히 사용하면 혼란을 야기하는 강력한 무기가 될 수 있다는 것을 그는 오래전에 깨우쳤다. 고대 중국의 책략가 손자가 고안한 군사 작전은 전부 '혼란은 무질서를 낳고…… 무질서는 기회를 낳는다'라는 그의 유명한 말에 기반을 두고 있었다.

시간이 부족했지만 핀치는 지금까지 모든 사태에 대비하고 단호히 실행하면서 이 자리까지 올라왔다. 그는 전화기를 집어 들고 몇 군데에 전화를 했다. 그중에는 현장 요원 하우스모어도 있었다. 그는 하우스모어에게 작전을 명확히 지시한 후 일단 대기시켰다.

프라하 시간으로 새벽 6시 직전에 휘하의 해커들이 드디어 솔로몬의 전체 원고를 암호화된 버전으로 핀치에게 전송했다. 그는 전체 원고를 다 읽을 시간이 없어 목차만 훑어보았다. 대강 봐도 그 원고는 출간 전에 도는 소문과 정확히 일치했다. 인간 의식에 관한 새로운 이론의 탐색이라는 소문이었다.

확실히 해두기 위해 핀치는 원고 파일에 'CIA', '문지방' 같은 키

워드를 입력했다. 그 결과 아무것도 뜨지 않아 마음을 놓았다.

'지금까지는 괜찮아······.'

마지막으로 한 가지 정보를 찾기 위해 특정 검색어를 입력했다.

'여기 있든지······ 없든지 둘 중 하나겠지.'

숨을 죽이고 엔터 키를 눌러 검색을 활성화했다. 2초가 지나도 결과가 뜨지 않자 마음이 놓이기 시작했다.

그런데 컴퓨터가 '핑' 소리를 냈다.

'제기랄······.'

원고 거의 끄트머리에서 일치하는 결과가 뜨고 말았다. 그 페이지를 화면에 띄우고 앞으로 몸을 기울이며 눈으로 내용을 빠르게 훑었다. 몇 분이 채 지나지 않아 재난 사태와 같은 일이 벌어졌다는 걸 깨달았다. 일부러든 아니든 캐서린 솔로몬은 정확하게 벌집을 건드렸다. 그 여자의 책이 출간되면 심각한 문제를 일으킬 것이다.

위기관리를 위해 몇 안 되는 선택지를 놓고 고심하고 있는데, 핸드폰 알림음이 울리며 불길한 소식을 전해왔다. 솔로몬이 방금 포시즌스 호텔 비즈니스 센터에서 펭귄 랜덤 하우스 서버에 접속했으며 원고를 종이로 인쇄(印刷)하고 있다는 내용이었다.

'새벽 6시 45분에······ 호텔 프린터로 원고를 인쇄하고 있다고?'

그것은 출판사 보안 규정에 배치되는 행동이었다. 솔로몬이 자기 원고 파일이 해킹됐다는 걸 알고······ 원고를 보호하기 위해 나름 조치를 취하고 있을 수도 있다는 생각이 들자 불안감이 밀려왔다.

고민하던 핀치는 브리기타 게스네르에게 마지막으로 한 번 더 연락을 취했지만 곧장 음성 메시지로 넘어갔다. 솔로몬, 랭던과 만남을 가진 후······ 게스네르는 밤새 연락이 닿지 않았다······.

한 가지는 확실했다.

'아니 땐 굴뚝에 연기 날까. 반드시 원인이 있겠지.'

핀치는 프라하와 뉴욕에 이미 대담한 대책을 준비해 두었다. 그의 명령 한마디면 바로 진행될 것이다.

전체 상황을 돌아본 그는 때가 됐다고 판단했다.

그는 두 도시의 요원들에게 동시 메시지를 보냈다.

'진행해.'

83

 골렘은 분홍색 대리석 바닥에 무릎을 꿇었다. 힘을 썼더니 기운이 쭉 빠졌다. 시신을 옮기고 숨기기 위해 온 힘을 끌어모았다. 그래도 이 시신은 해리스보다 가벼워서 다행이었다. 그는 큰 힘을 들이지 않고 여자를 질질 끌어다가 측벽 근처 소파 뒤에 갖다 놓았다. 여자의 권총을 챙길까도 했는데, 총 쏘는 법을 배워본 적도 없는 데다가 간단하고 소리도 없는 전기 충격기를 쓰는 게 더 좋았다.
 골렘은 벽 조각 작품 앞으로 다가가 묵직한 부속물을 옆으로 밀었다. 아까 이 여자를 기습하기 위해 타고 올라온 승강기가 모습을 드러냈다. 승강기의 보안 키패드가 빛을 발했다. 그는 어젯밤 두려움에 떨던 게스네르의 모습을 떠올리며 그녀의 일곱 자리 비밀번호를 조심스럽게 입력했다.
 '게스네르는 나한테 전부 털어놨어……. 그 여자 입장이 되면 누구나 그렇게 했겠지만.'
 승강기를 타고 한 층 아래 지하로 내려가는 동안 골렘은 눈을 감고 어젯밤 일을 떠올렸다. 게스네르가 직접 고안한 기계로 그녀를 직접 심문했다는 사실이 참으로 뿌듯했다.

게스네르의 EPR 포드는 완전히 마취되어 의식이 없는 환자에게 사용하도록 고안되었다. 지구상에서 가장 강력한 진통제인 펜타닐을 정맥으로 주사하는 방법인데, 그가 어제 펜타닐을 썼으면 게스네르의 순환계에 얼음처럼 차가운 식염수를 주입했어도 극심한 고통을 차단해 줬을 것이다. 하지만 골렘은 마취를 건너뛰고 게스네르의 손목과 발목을 EPR 포드의 묵직한 벨크로 끈으로 단단히 묶었다. 넓적다리 동맥과 정맥에 연결하도록 설계된 기계의 정맥 주사를 그는 게스네르의 팔에 찔러 넣었다. 차가운 식염수를 흘려 넣으면 게스네르가 극심한 고통을 느끼도록 만들었다.

승강기 문이 열리고 게스네르의 연구실이 바로 나왔다. 골렘은 망토를 펄럭이며 어둑한 빛 속을 걸어갔다. 돌벽에 유령 같은 그림자가 드리워졌다. 지금 여기엔 아무도 없었다. 이번에는 방해받지 않을 것이다.

'1분 안에 그걸 회수할 수 있을 거야.'

그러고 나면 문지방으로 알려진 비밀 시설로 이동할 것이다.

조너스 포크먼은 납치당했던 충격에서 아직 벗어나지 못했다. 로버트와 캐서린이 어찌어찌 하다 보니 전직 CIA 변호사의 집에 들어가 있게 된 모양인데, 그들이 그의 충고를 받아들여 어서 그곳에서 나오길 바랄 뿐이었다.

'전화해요, 로버트. 무사한지 좀 알게……'

알렉스 코넌은 In-Q-Tel에 관해 심층 조사를 하느라 노트북 키보드를 열심히 두드리고 있었다. 포크먼은 이 투자 회사가 캐서린의 원고에 담긴 어떤 내용 때문에 그토록 출간을 방해하는지 몹시 궁금했다.

드디어 알렉스가 입을 열었다.

"이것 좀 보세요. Q의 민간 투자 지주 회사의 목록 중 일부예요."

포크먼은 얼른 다가가 알렉스의 어깨 너머로 화면을 들여다보았다. 회사의 목록을 읽어 내려가는데 도저히 믿기지 않았다. 300개가 넘는 회사들이 적혀있는데 대부분 뜻을 알 수 없는 희한한 이름들이었다.

- MemSQL─무한 공간 실시간 분석
- 자나두─광자를 이용한 양자 컴퓨팅 기술
- 키홀─특정 지역 시각화
- z스페이스─3D 홀로그램 조각 생성

목록은 끝이 없었다.

"예상대로예요." 알렉스는 목록을 빠르게 훑으며 말했다. "대부분 사이버 보안, 데이터 분석, 이미징, 컴퓨팅 관련 회사……."

"신경 과학이나 의식 같은, 그런 종류의 회사는요?"

"있을 수도 있겠지만 지금은 모르겠어요. 일단 이 목록으로 분석을 해봐야……."

그때 알렉스의 핸드폰이 진동했다. 그는 화면에 뜬 발신자 이름을 힐끔 보더니 숨을 훅 들이마시고 전화를 받았다.

"앨리슨 팀장님, 좋은 아침입니다. 제가 막……."

핸드폰 너머에서 데이터 보안팀장 앨리슨의 고함 소리가 다 들렸다.

알렉스가 차분히 대답했다.

"알겠습니다. 바로 가겠습니다."

그는 전화를 끊고 일어섰다.

"죄송해요. 심문 시간이 시작됐네요."

포크먼은 마음이 불편했다. 펭귄 랜덤 하우스가 전 세계를 주름잡는 정보기관에 해킹당한 걸 생각하면 이건 결코 공정한 싸움이 아니었다. 하지만 알렉스는 이 위기를 너무 잘 헤쳐나가고 있었다.

"이따가 상황 봐서 다시 올게요." 알렉스는 무슨 생각이 났는지 노트북에 재빨리 타이핑했다. "방금 그 목록을 복사해서 편집자님한테 이메일로 보내놨어요. DAP에 넣고 공통 부분을 찾으세요."

"잠깐! 잠깐만요! DAP가 뭡니까! 나한테는 그런 거 없는데!"

"아뇨, 있어요." 알렉스는 문 쪽으로 걸어가며 침착한 목소리로 말했다. "펭귄 랜덤 하우스 서버에 데이터 분석 플랫폼(Data Analytics Platforms) 세트가 다 있잖아요."

포크먼은 어딜 봐야 하는지도 몰랐다.

"괜찮아요. 챗GPT나 바드 같은 온라인 엔진을 쓰시면 돼요. 온라인 엔진에 Q의 투자를 분석해 달라고, 솔로몬 박사님 책과 관련된 어떤 주제와 상호 참조해서 답을 달라고 하면 돼요. 이따가 올 수 있으면 올게요."

그 말을 남기고 알렉스는 서둘러 가버렸다.

포크먼은 사무실에 홀로 서서 걱정스러운 눈으로 컴퓨터를 바라보았다. 그는 인공 지능 앱을 본 적은 있지만 사용하지 않겠다고 공공연히 맹세했다.

'책 집필이라는 숭고한 일에 실존적 위협이 되는 짓이니까!'

펭귄 랜덤 하우스는 이미 로봇이 쓴 게 분명해 보이는 원고 투고를 받고 있었는데, 그걸 간파해 내기가 점점 어려워지고 있었다. 포크먼은 문학계의 파멸을 앞둔 이 시점에서 AI로 작성된 원고를 보이콧하자고 동료 편집자들을 설득하며 맞서는 입장이었다.

하지만 이제 포크먼은 갈림길에 서있었다. 알렉스가 보내준 이메일을 열고 Q의 투자처 목록을 눈으로 훑었다. 음지의 조직이 캐서린과…… 로버트…… 그리고 포크먼한테까지 지독하게 힘을 남용하는 모습이 그려졌다.

'윤리적 신념은 일단 내려놓자.' 그는 컴퓨터 앞에 앉으며 결심했다. '이건 전쟁이야.'

84

대사 관저에 딸린 '개인 용도' SUV는 체코 번호판이 달린 흔한 크림색 현대 투싼이었다. 하이디 네이글은 주말에 도시를 벗어나 개인적인 시간을 보낼 때 종종 이 차를 쓰곤 했다. 최근에는 보헤미안 스위스 국립공원의 티사 바위 미로에 갔을 때 타고 나갔다. 사암 지대에 미로 같은 등산로가 구불구불 뻗어나간 그곳은 판타지 영화 〈나니아 연대기〉의 배경으로 나올 정도로 별세계 같은 분위기를 풍겼다.

마이클 해리스의 죽음으로 여전히 속이 메슥거렸다.

'지금 당장 거기로 가고 싶어.'

투싼을 타고 혼자 관저를 빠져나오는데, 두 미국인에게 도움을 주느라 저지르게 된 반역죄의 무게가 여실히 느껴졌다. 랭던이 제대로 알고 하는 일이길 진심으로 바랄 뿐이었다.

'이 일이 잘 풀리지 않으면 핀치는 나를 말 그대로…… 묻어버리려고 할 거야.'

보안 대문 앞으로 가면서 네이글은 경적을 두 번 눌렀다. 경비 초소 안에서 보안 카메라 모니터들을 앞에 두고 앉아있던 해병대 경비병이 벌떡 일어나더니 놀란 표정을 짓고 차창 앞으로 다가왔다. 대사가 사전에 알리지 않고 개인 차량으로 관저를 나서는 경우는 거의 없었다. 이렇게 경적을 누른 것도 처음 있는 일이었다.

"미안, 칼턴." 네이글은 차창을 내리고 말했다. "대사관에 잠시 다녀올 일이 있어서. 엔브렐 주사를 가져오는 걸 깜빡했어. 눈이 오니까 관절염이 도지네."

"대사님, 제가 가서 가져오면······."

"내가 가는 게 더 간단해. 주사를 내 책상 서랍에 넣고 잠가놨거든. 가져올 서류도 있고. 금방 올 거야."

"알겠습니다, 대사님."

경비병이 버튼을 누르자 대문이 열렸다. 경비병이 관저 전체를 감시하는 보안 모니터 앞으로 돌아가려는데 네이글이 그를 다시 불렀다.

"한 가지 더 있어, 칼턴. 미안한데······ 지금 서재에 미국인 손님 두 명이 기다리고 있어. 곧 다른 손님도 오실 거야. 핀치 씨라고. 내가 그분이 도착하기 전까지는 돌아올 건데, 그분이 나보다 먼저 도착하실 수도 있어. 내가 돌아와서 손님들을 소개하기 전까지 그분을 거실에 편하게 모시라고 직원한테 일러놨어. 자네도 그분이 오시는 걸 아는지 확인하려고 물어봤어."

"알고 있습니다, 대사님." 그는 미소 띤 얼굴로 덧붙였다. "감사합니다. 다녀오십시오."

네이글은 해병대원에게 감사 인사를 하고 차를 다시 출발시킬 준비를 했다. 예상대로 개방 시간이 다 되어 문이 도로 닫히고 있었다.

"미안해." 네이글은 고개를 절레절레 흔들었다. "에스프레소 때문에 내가 말이 너무 많았네!"

경비병이 씩 웃었다.

"아닙니다, 대사님."

그는 버튼을 눌러 다시 대문을 열었다.

대문을 통과하려던 네이글이 클러치를 밟았다가 갑자기 떼는 바람에 투싼의 시동이 꺼졌다.

"아이고 이런, 창피하게시리. 요즘 운전을 자주 안 했더니만!"

다시 시동을 걸었지만 대문이 또 닫히고 말았다.

그들은 이 과정을 한 번 더 되풀이했고 드디어 네이글은 대문을 통과했다. 로널드 레이건 거리를 달리다가 바로 좌회전해 부베네치스카 거리로 방향을 틀었다. 자신의 바보짓이 경비병의 시선을 감시 카메라 영상에서 최대한 떼어놓을 수 있기를 바라는 마음이었다. 자동차 경적 소리를 신호로 랭던과 솔로몬이 온실에서 뛰어 나와 잔디밭을 가로질러 대사관 경내 끄트머리로 달려갈 수 있기를, 그리고 숨겨진 걸쇠를 찾아내 연철로 된 보행자용 쪽문을 열고 체스코슬로벤스케 아르마디 거리로 나갈 수 있기를 바랐다.

대사 관저를 중심으로 한 바퀴 빙 돌자 거리 모퉁이에 랭던과 솔로몬의 모습이 보였다. 둘 다 날씨에 비해 너무 얇은 옷을 입고 있었다. 대사가 두 사람 앞에 차를 세우자 그들은 재빨리 차에 올라탔다. 캐서린이 랭던에게 대사 옆 조수석에 앉으라고 손짓했다.

그곳을 떠나면서 그들은 아무 말도 하지 않았다. 다들 랭던이 제안한 이 네 번째 계획이 얼마나 위험한지 다시금 떠올리고 있었다.

'네 번째 선택지.'

조금 전 지하 보일러실에서 랭던은 이렇게 말했다.

"우리가 핀치를 만나고, 우리가 기밀 유지 서약서에 서명했다고 그자가 믿는다고 해도, 문지방 시설에서 일어나는 일에 대해 술술 털어놓을 리가 없습니다. 그 시설에 대한 정보와 증거를 얻어서 우리 자신을 방어하려면 확실한 방법은 하나뿐입니다. 관련 시설의 문서와 사진을 확보하는 거죠." 그는 두 사람을 바라보며 잠시 후 덧붙였다. "그러려면 우리가 문지방 시설 안으로 들어가야 합니다."
네이글은 반대했다.
"불가능해요. 문지방 수색은 애초에 할 수 있는 일이 아니에요."
그러자 솔로몬이 물었다.
"왜요? 그 시설에 지금 아무도 없다면서요. 다들 다른 곳에서 훈련받고 있다고 하셨잖아요. 그럼 비어있겠죠."
"그렇긴 한데, 그 시설 경비가 얼마나 삼엄한지 몰라요. 문지방 입구는 강철 바리케이드로 막아놓은 강화 터널이에요. 보안 카메라가 설치돼 있고, 무장 경비원들도 있고, 정교한 생체 인식 기술이 적용돼 있어요."
랭던이 말했다.
"예상대로군요. 그래도 안으로 들어갈 수 있는 계획이 있습니다."
지금 네이글 대사의 차는 관저에서 멀리 떨어진 프라하 남쪽으로 향하고 있었다.
'이제 못 돌아가. 난 공식적으로 공범이야.'
공식 허가 없이 관저를 떠났지만 미리 대비책을 세웠으니 핀치에게 추적당하지는 않을 것이다. 네이글은 외교 업무에 사용하는 핸드폰을 관저에 두고 왔다. 그 핸드폰은 관저의 홈 네트워크와 연결돼 있었다. 대신 네이글은 개인적으로 쓰는 오래된 삼성 핸드폰을 꺼냈다. 근무 시간 후 집에서 예능 영상을 볼 때만 전원을 켜는 폰이었다.

'내가 테일러 스위프트 노래를 듣거나 테드 래소(미국 코미디 드라마—옮긴이)를 보는 걸 대사관 직원들이 알 필요는 없으니까.'

삼성폰 배터리가 다 되어서 자동차 충전 장치로 충전하고 있었다. 네이글은 충전이 빨리 되어서 문지방 안에서 무슨 일이 일어나는지 사진을 찍을 수 있기를 바랐다.

'랭던이 그 안에 들어갈 방법을 찾아야 가능하겠지만.'

랭던은 아직 계획을 자세히 말해주지 않았다. 그 시설의 입구를 막고 있는 삼엄한 장벽을 잘 알고 있는 네이글 입장에서는 안심할 수 없었다.

핀치가 탄 시테이션 제트기가 바츨라프 하벨 공항의 눈 덮인 활주로를 달려 개인 터미널로 향했다. 그곳에는 그를 프라하로 데려다줄 대형 고급 세단이 대기 중이었다. 핀치는 드디어 착륙하게 되어 마음이 놓였지만 아까 대사와의 통화가 뭔가 좀…… 이상해서 줄곧 찜찜했다.

그와 네이글 사이에는 여전히 악감정이 남아있었다. 전화 통화를 할 때 네이글의 태도가 왠지 묘해서 불안했다. 이런 기분도 떨쳐버릴 겸, 네이글이 해병대원을 크루시픽스 바스티온으로 보냈는지 확인하기 위해 바로 그녀에게 전화를 걸었다.

그런데 네이글은 핸드폰을 받지 않았다.

'이상한데.'

그는 곧바로 보안 채널을 통해 문자를 보냈지만 이번에도 답이 없었다.

날렵한 제트기가 드디어 멈추고 엔진이 꺼졌다. 핀치는 마음이 더욱 불편해졌다.

크루시픽스 바스티온 지하층에서 골렘은 진흙으로 뒤덮은 머리에 망토 모자를 내려 쓰며, 눈앞에 펼쳐질 광경에 마음의 준비를 했다. 그는 어젯밤 브리기타 게스네르를 죽인 어수선한 작업실로 돌아왔다. 덮개가 열린 EPR 포드 안에 게스네르의 창백한 시신이 피투성이에 험악한 모습으로 누워있었다. 여기서 일하는 사람은 게스네르와 조수, 단둘뿐이었다. 지금까지 대사관과 지역 경찰은 여기에 출입할 수 있는 수단을 확보하지 못했다.

근처 작업대에 게스네르의 가죽 서류 가방이 놓여있었다. 어젯밤 그는 일자 드라이버로 그 가방을 열었고, 게스네르가 가방 덮개 안쪽 특별한 주머니에 넣어 고이 가지고 다니던 검은색 RFID 키 카드를 꺼냈다.

하지만 그 키 카드만으로는 충분치 않았다. 어젯밤 게스네르는 그 부분에 대해서는 말해주지 않았다.

문지방으로 들어가려면 필요한 게 하나 더 있었다.

그는 도구 선반에서 묵직한 철사 절단기를 꺼내 들고 EPR 포드로 다가가 게스네르의 시신 옆에 무릎을 굽혔다.

"사샤를 위해서야."

그는 나지막하게 말하며 게스네르 박사의 손을 가만히 잡았다.

60초 후, 골렘은 1층 현관 복도로 올라갔다. 이제 그는 문지방으로 들어가…… 그 비밀 시설을 돌무더기로 만들기 위해 필요한 모든 것을 손에 넣었다.

85

캐서린 솔로몬은 아침 내내 클레멘티눔 바로크 도서관의 어두컴컴한 벽 안에 있는 동안, 누가 그리고 *왜* 원고를 노리는지 생각해 보았다. 네이글의 투싼 뒷좌석에 편안히 앉아있는 지금은 당장 닥친 의문을 중심으로 생각이 맴돌았다.

'로버트는 도대체 어떤 방법으로 문지방에 들어가겠다는 걸까? 위험할 텐데.'

랭던이 제시한 목표는 실제 시설 안으로 들어가 그들 자신을 보호해 줄 기밀 정보를 확보하겠다는 것이었고, 그들은 그 목표대로 행동하기로 합의했다. 하지만 네이글의 말에 따르면 그 방공호 입구는 삼엄한 바리케이드가 설치된 차도를 지나 감시 카메라, 무장 군인, 생체 인식 보안이 갖춰진 검문소까지 통과해야 다다를 수 있었다.

캐서린은 어쩌면 이 모든 게 대사 관저에서 탈출하기 위해 로버트가 영리하게 꾸며낸 거짓말이 아닐까 의심스러웠다.

'만약 그게 사실이면…… 어쩌지?'

네이글이 관저 부근의 한적한 거리 한옆에 차를 천천히 세우고 입을 열었다.

"더 가까워지기 전에 어떻게 시설에 진입할 건지 교수님의 계획을 자세히 들어야겠어요."

네이글은 기어를 주차 모드에 놓고 옆에 앉은 랭던을 돌아보았다.

"그러죠." 랭던이 어색한 미소를 지었다. "제 논리에 따르면 가능한 계획입니다."

네이글은 따라 웃지 않고 말했다.

"계속하세요."

그 후 60초 동안 랭던은 왜 그들이 문지방 안으로 들어갈 수 있다고 생각하는지 그 이유와 방법을 대략 설명했다. 그가 말을 마치자 미심쩍어 하던 네이글의 얼굴은 충격에 휩싸였고, 캐서린도 크게 놀랐다. 랭던의 설명은 그의 평소 스타일을 감안하더라도 전혀 예상 밖이고⋯⋯ 완벽하게 논리적이었으며⋯⋯ 놀라울 정도로 단순했다.

"지금 하신 얘기를 어떻게 생각해야 할지 모르겠네요." 네이글이 돌연 희망에 찬 목소리로 말했다. "하지만 그런 생각을 전혀 안 해 본 건 *아니었어요.*"

랭던은 고개를 끄덕였다.

"그자들은 누구도 그런 생각을 떠올리지 않길 바랄 겁니다."

다시 시동을 건 네이글은 강을 향해 남쪽으로 빠르게 차를 몰았다. 아무도 입을 열지 않았다.

뒷좌석에 앉은 캐서린은 자신의 책이 CIA 비밀 프로젝트에 위협이 되는 이유를 알 수 있으리라 기대했다.

'그들이 문지방에서 대체 뭘 하길래 그게 내 원고와 관련돼 있다는 거야?'

문지방이라는 암호명은 포괄적이고 막연해서 CIA가 주도하는 그 프로젝트의 특징을 내비치지 않았다. 언론에서 가끔 언급하는 CIA의 기밀 해제 서류 목록에 있는 암호명들을 보면 블루북, 아티초크, 몽구스, 피닉스, 스타게이트…… 등이었으니 그런 식으로 명명하는 게 표준 관행인 모양이었다.

문득 뜻밖의 연결 고리가 캐서린의 머릿속에 떠올랐다.

"정신 전자학인가 보네요."

네이글이 어깨 너머를 힐끗 보며 물었다.

"뭐라고요?"

랭던도 의아한 표정으로 돌아보았다. 캐서린이 다시 말했다.

"정신 전자학이요. 러시아인들이 독심술, 초능력, 사고 통제, 의식의 변화 상태 같은 초자연 현상 등의 초기 연구에 사용한 용어예요. 정신 전자학은 현대 노에틱 과학의 선구자로 여겨지고 있죠."

네이글이 말했다.

"아, 맞다. 그 명칭을 잊고 있었네요. 러시아인들은 냉전 중에 정신 전자학에 10억 달러나 투자했어요. 세계 최초의 '신경 군사' 사업이었죠. 세뇌, 정신 감시, 뇌 관련 전술 같은 걸 연구했다고 하던데. 그런 프로그램이 진행 중이라는 걸 알고 경악한 CIA가 그 연구에 뛰어들었고 미국도 극비리에 신경 군사 연구를 시작했어요."

"그 프로젝트 중 하나가 스타게이트잖아요."

"그렇죠." 네이글은 혼잡한 6차선 도로를 최대한 빨리 지나가기 위해 속도를 높였다. "아시겠지만 스타게이트 프로젝트는 실패로 돌아갔어요. CIA의 가장 치욕적인 실패 사례 중 하나죠. 스타게이트 프로젝트가 세상에 알려지자 CIA는 유사 과학, 속임수, '마법 같은 유령 스파이'를 만들려는 시도 따위에 수백만 달러나 허비했다며 무자비하게 조롱당했어요. 나중에 알고 보니 러시아가 흘린 허위 정보에 CIA가 딱 걸려들어서 되지도 않는 비주류 과학에 매달렸던 거였죠."

'되지도 않는 비주류까지는 아닌데.'

캐서린은 발끈했지만 굳이 그 말을 뱉지는 않았다. 실패하고 창피당한 이력이 있긴 해도 과학자들을 동원해 뇌 관련 초자연 현상을 탐구하려 한 스타게이트의 노력은 오늘날 형이상학이나 초심리학이라는 연구 분야를 만들어 냈다.

랭던이 캐서린에게 물었다.

"스타게이트 얘기는 왜 꺼내? 원고에 그런 내용을 썼어?"

"아니. 스타게이트가 비국소적 의식의 가능성을 시험해 보려 한 최초의 시도 중 하나였다는 게 생각나서."

"그래?" 랭던이 놀라서 물었다. "그럼 CIA가 비국소적 의식을 연구한 거야?"

"어떤 의미에서는 그래. 스타게이트는 '원격 투시'라는, 아무도 상상해 본 적 없는 감시 기술을 개발하려고 했어. '투시력자'가 조용한 장소에 앉아서 명상하다가 무아지경에 빠져드는 거지. 그리고 의식이 몸 밖으로 나가서…… 자유로이 돌아다니는 거야……. 세상 어디로든 수월하게 이동해서 원거리에서 벌어지는 일을 의식이 '목격'하는 거지."

랭던은 그게 무슨 말도 안 되는 소리냐는 듯 한쪽 눈썹을 치켜

떴다.

'그런 반응 고마워, 로버트.' 캐서린은 원격 투시가 본질적으로 자신의 비국소적 의식 이론의 기본 바탕임을 잘 알고 있었다. '신체에 얽매이지 않는 정신이니까.'

네이글이 보충 설명을 해주었다.

"군사적 관점에서 볼 때 스타게이트의 궁극적 목표는 초능력자 스파이를 훈련시켜 크렘린 궁전, 그러니까 구 소련 정부 내부로 들여보내는 거였어요. 적국의 회의, 사적인 대화, 군사 전략 회의를 지켜보다가 본국으로 '귀환'해서 보고 들은 것을 보고하는 거죠."

그러자 랭던이 비꼬듯 말했다.

"그런 프로젝트가 성공 못 한 게 이상하네요."

캐서린은 앞으로 몸을 기울이며 힘주어 말했다.

"분명히 말하는데, 로버트, 나보다 한참 전에 *당신이* 먼저 원격 투시와 비국소적 의식에 관한 책을 썼어."

"뭐? 난 책에 그런 내용을 쓴 적이 없는······."

"단지 명칭을 '아스트랄 프로젝션(유체 이탈)', '줄에 매여있지 않은 카'라고 붙였을 뿐이지."

랭던은 고개를 갸웃하다가 말했다.

"아······ 《영적 건축》? 그 책을 읽었어?"

"당신이 나한테 *보내줬잖아*······."

랭던이 쓴 책 내용에 따르면, 아스트랄 프로젝션의 기원은 고대 이집트까지 거슬러 올라갔다. 고대 이집트의 피라미드는 파라오의 영혼이 '카'를 통해 별들로 나아갈 수 있는 각도로 지어지게끔 세심하게 설계됐다. 랭던이 그의 책에서 언급한 '카'라는 단어는 '영혼'으로 잘못 번역되는 경우가 잦은데 정확히는 '운송 수단'…… 즉 의식을 다른 장소로 운송하는 방식을 의미했다. 고대 이집트인들이 신체에 얽매이지 않는 '카'…… 즉 비국소적 의식이라는 개념을 이해하고 있었던 덕분에 파라오가 영혼의 여행을 통해 별에 도달한다는 개념이 생겨날 수 있었다. '영원한 무형의 영혼'이라는 개념은 모든 종교에 공통으로 존재하는 보편 상수였다.

캐서린은 생각했다.

'본인만 인지하지 못하고 있었을 뿐, 로버트는 늘 비국소적 의식 얘기를 했어.'

랭던은 어딘가 긁힌 표정으로 입을 열었다.

"나는 과학 분야에 대한 지식이 아니라 역사적 *믿음*에 관해 쓴 거야. 어떤 문화가 무언가를 사실이라 *믿는다고 해서*…… 그게 과학적 사실이 되진 않아. 나는 원격 투시가 과학적으로 가능하다고 생각 안 하거든."

평소 같으면 캐서린은 랭던의 회의적인 태도를 보며 도전 의식을 느꼈을 것이다. 하지만 오늘은 자신에게는 분명히 보이는 진실에 그가 마음을 열지 않는 것 같아 답답했다. 캐서린은 미국 심리학의 아버지 윌리엄 제임스가 한 '모든 까마귀는 검다는 주장은 하나의 예외, 즉 흰 까마귀 한 마리만으로도 틀렸다는 걸 입증할 수 있다'라는 유명한 말을 떠올렸다. 캐서린이 원고에도 썼듯이 노에틱 과학, 양자 물리학, 그리고 비국소적 의식을 옹호하며 목소리를 내는 유명한 학자들 덕분에…… 흰 까마귀 *떼*의 존재가 드러났다.

헤럴드 푸토프, 러셀 타그, 에드윈 메이, 딘 라딘, 브렌다 던, 로버트 모리스, 줄리아 모스브리지, 로버트 얀을 비롯한 훌륭한 학자들이 플라스마 물리학, 비선형 수학, 의식 인류학 같은 여러 분야에서 괄목할 만한 발견을 해냈고, 이 모든 성과가 비국소적 의식이라는 개념을 뒷받침했다. 그들은 《언락(Limitless Mind)》, 《원격 지각(Remote Perceptions)》, 《제7의 감각(The Seventh Sense)》, 《비정상적 인지(Anomalous Cognition)》, 《진짜 마법(Real Magic)》 같은 제목을 단 대중서를 세상에 내놓았다.

캐서린은 이런 책이 CIA의 반발을 불러일으켰다는 얘기를 들어본 적이 없었다. 그럴 이유가 있었을까? '몸에서 분리된 정신'이라는 개념은 대부분이 상상하는 것처럼 그렇게 특이하지 않았다. 명상 수련을 하는 수백만 명이 이미 이쪽 세계의 주변부를 건드리고 있었다. 그들은 물리적 신체가 사라지고 스스로를 오직 정신으로만 인식할 때까지…… 의식이 몸 안에 얽매여 있지 않을 때까지 정신을 집중하는 방법을 썼다.

여기서 숙련된 소수의 명상가는 '투사'라는 능력을 얻었다. 이것은 의식이 물리적 육신이 있는 장소를 떠나는 것으로, 수많은 뇌전증 환자들과 임사 체험 생존자들이 묘사한 분리된 것 같은 감각과 일치했다.

캐서린이 경험한 '투사'에 제일 가까운 상태는 간간이 꾸는 '자각몽'이었다. 꿈에서 정신이 '깨어나' 자신이 꿈꾸고 있음을 깨닫고, 꿈 안에서 원하는 건 뭐든 할 수 있는 기묘한 경험이었다.

'최고의 가상 놀이터라고 할 수 있지.'

의식과 판타지 사이를 잇는, 접근하기 쉬운 다리인 자각몽은 주관적 현실을 조종하는 독특한 창문을 제공했다. 당연하게도 자각몽은 꿈 지침서, 수면용 고글, 심지어 사람들이 '자각몽을 꾸게 도와주는' 갈란타민 약물 혼합물에 이르기까지…… '자각몽 상태'와 관련한 수백만 달러 규모의 산업으로 성장했다.

수 세기에 걸쳐 여러 문화권에서 자각몽을 인식하고 있었는데, 1970년대에 와서 정신 생리학자 스티븐 라버지가 고안한 과학적 방법이 그 존재를 실증적으로 입증했다. 라버지는 자각몽을 꾸는 사람들이 잠을 자는 동안 몸에서 멀리 벗어나는 경험을 하면서도 '의식적 자각'을 한다는 것을, 사전 합의된 안구의 움직임을 통해 연구자들에게 표현했다고 말했다.

꿈속에서 정신을 차리는 것은 누구든 관심만 있으면 연습을 통해 배울 수 있는 기술이다. 연습으로 그 기술을 익히지 못한 사람도 언젠가는 할 수 있다. 캐서린은 누구나 살면서 적어도 한 번은 유체 이탈 경험을 하게 된다고 보았다.

'죽음을 맞이하는 순간에.'

죽을 때 의식이 육신을 빠져나가는 경험이 동반된다는 것은 데이터를 통해 차고 넘칠 정도로 증명되었다. 일반적으로, 육신에서 분리된 정신이 수술대나 사고 현장, 임종 자리에서 자기 몸을 내려다보며 둥둥 떠다가…… 자기를 되살리려고 애쓰는 사람들, 혹은 눈물을 흘리며 작별 인사하는 사람들을 바라본다는 것이다. 죽었다가 살아난 수천 명의 환자들은 육신이 임상적으로 사망해 누워 있고, 수술을 위해 두 눈에 테이프를 붙여놨는데도 병원에서 사람들의 행동과 대화를 다 보고 들었다고 말해 의사들을 어안 벙벙하게 만들었다.

이런 유체 이탈 경험의 원인이 무엇인지에 관해서는 아직 합의가 이루어지지 않았다.

'저산소증으로 인해 우연히 환각을 본 걸까? 영혼이 육신을 떠났다는 증거? 사후에 우리가 어떻게 될지를 살짝 보여주는 건가?'

죽음의 본질은…… 여전히 모든 문화, 모든 세대, 모든 시대가 알고 싶어 하는 비밀이었다. 하지만 삶의 불가사의와 달리, 죽음이라는 *비밀*은 언젠가…… 삶의 끝에 이르렀을 때 누구나 알게 되어 있었다.

'삶의 마지막 순간이…… 우리가 진실을 깨닫는 첫 순간이 되는 거야.'

86

 네이글 대사가 호트코바에서 조심스럽게 급커브를 도는데 바로 옆에서 충전 중인 개인 핸드폰이 또로로록 울렸다. 낯선 신호음이라 네이글은 핸드폰이 완전 방전 상태에서 깨어났음을 알려주는 소리인 줄 알았다.

 그런데 핸드폰이 계속 울려서 힐끗 내려다보니 전화가 온 것이었다. 이 핸드폰으로 전화를 받는 건 처음이었다. 이 핸드폰의 벨 소리가 '귀뚜라미 소리'로 맞춰져 있었던 모양이다.

 '이 핸드폰의 존재를 아는 사람이 없을 텐데……'

 그나마 핸드폰 화면에 뜬 발신자가 아는 이름이었다. 해병대 대사관 경비단 소속 장교인 스콧 커블 하사였다. 네이글이 신뢰하긴 하지만 그가 이 번호를 알고 있는 줄 몰랐다. 네이글은 어쩔 수 없이 전화를 받았다.

 "스콧?"

 "대사님!" 그는 안심한 목소리였다. "개인 폰으로 연락드려 죄송합니다. 다른 번호로 다 연락했는데 안 받으셔서……"

"괜찮아……. 자네가 이 폰을 알고 있는 줄 몰랐어. 무슨 문제 있나?"

"관저 쪽에서 연락받았습니다. 대사님이 무슨 약을 가지러 대사관으로 가고 계신다고. 도착 예정 시간이 언제입니까?"

네이글은 운전대를 잡은 채 어깨에서 힘이 쭉 빠졌다.

'제기랄.'

"지금 타이밍이 별로 안 좋아. 무슨 일 있어?"

저 앞에서 마네수프교 입구가 빠르게 다가오고 있었다.

"대사관에서 기다리고 있겠습니다, 대사님. 꼭 보셔야 할 물건이 있어서요……."

"잠깐만. 자네는 다네크와 함께 해리스의 시신 회수 작업을 감독하고 있는 줄 알았는데!"

"그랬습니다. 하지만 그 일을 다네크에게 맡기고 저는 이걸 전해 드리러 대사관으로 올 수밖에 없었습니다……." 커블은 머뭇거리는 티가 확 났다. "대사님, 그 아파트에 들어갔을 때 해리스 씨의 시신에 봉인한 봉투가 놓여있었습니다."

네이글은 깜짝 놀랐다.

"뭐라고? 봉투?"

"예, 대사님. 정황상 해리스를 죽인 자가 놓아둔 봉투인 것 같습니다."

'맙소사.'

"안에 뭐가 들었는데?"

"열어 보지 않았습니다. 대사님께 전하려고 그대로 들고 나왔습니다." 그는 잠시 입을 다물고 있다가 낮은 목소리로 말을 이었다. "봉투에 받는 사람 이름이 적혀있는데 그게 바로…… 대사님입니다."

"나?"

핸드폰을 무릎에 내려놓은 네이글은 두 손으로 운전대를 잡고 왼쪽으로 틀어 도로를 벗어났다. 여기서 조금만 더 가면 다리 입구에 진입할 수 있었다. 그녀는 날개 달린 사자 기념비 너머 클라로프 거리 갓길에 차를 세웠다.

핸드폰을 다시 집어 들었다.

"스콧, 잠깐만 기다려."

랭던과 캐서린은 당연히 놀란 얼굴이었다. 네이글은 그들에게 잠시 기다려 달라고 손짓하고 시동을 끈 다음 차에서 내렸다. 핸드폰을 귀에 붙인 채 강둑으로 걸어갔다.

네이글은 의도한 것보다 더 흥분한 목소리로 말했다.

"말해. 마이클 해리스를 죽인 자가 대체 왜 내 앞으로 봉투를 남긴 거지?"

"모르겠습니다. 발견돼서 전달되도록 의도한 게 분명합니다. 봉투 겉면에 '개인적인 편지'라고 적혀있었습니다."

블타바강에서 불어온 바람에 뼛속까지 시렸다. 네이글은 점점 꼬이는 상황을 이해하려고 안간힘을 쓰고 있었다.

"대사님? 혼자 관저에서 나오신 걸로 알고 있습니다. 이 편지를 보셔야 하니 당장 대사관으로 와주십시오."

네이글은 스콧에게 대신 편지를 열고 내용을 말해달라고 부탁하려다가 그만두었다. 그는 어차피 거절할 것이다. 그럴만했다. 지금 네이글은 핸드폰을 붙잡고 있었고 편지 내용은 신만이 알 터였다. 스콧 커블 하사의 목소리에 우려가 담겨있었다. 네이글이 당장 대사관에 가지 않으면 그는 해병대 경비단 전체에 지시해 네이글을 찾으라고 할 게 분명했다.

네이글은 차를 힐끗 돌아보았다. 랭던과 캐서린이 차에서 내려 걱정스러운 눈빛으로 네이글을 바라보고 있었다. 스콧의 목소리가 다시 귀에 들렸다.

"대사님? 밖에 계신 것 같은데요. 심부름하러 나가신 겁니까?"

'심부름' 여부를 묻는 그의 질문은 '심각한 상황이 벌어졌는지'를 묻는 암호였다. 네이글이 곤란한 지경에 처했을 때를 대비해 미리 입을 맞춰둔 '조난 신호'였다. 만약 그런 경우라면 네이글은 '응, 심부름하러 나왔어'라고 하면 되었다. 그러면 경비단 전체가 그녀를 찾으러 나서는 것이다.

"스콧, 내가 심부름 안 하는 거 알잖아. 편지를 내 사무실로 가져와. 10분 안에 갈게."

"알겠습니다, 대사님."

스콧은 안도하는 목소리였다.

네이글은 전화를 끊고 차로 돌아왔다. 레텐스카 거리가 바로 가까이에 있었고 대사관까지는 걸어서 8분이면 되었다. 랭던과 캐서린을 차에 태우고 대사관 근처로 갈 수는 없는 노릇이었다.

랭던이 네이글에게 물었다.

"무슨 일 있습니까?"

"엎친 데 덮친 격이에요." 네이글은 봉투에 대해 털어놓았다. "그 안에 뭐라고 적혔는지 모르겠지만 제가 10분 안에 대사관으로 가지 않으면 경비단 전체가 저를 찾으려고 프라하를 샅샅이 뒤질 거예요……. 그들은 얼렁뚱땅 넘어가지 않아요." 네이글은 랭던에게

차 키를 건넸다. "저를 빼고 가는 게 더 안전하겠어요."

"사샤 소식은요?"

"없어요. 있었으면 아까 통화할 때 스콧이 말했을 거예요. 기술 장교한테 도시 감시 카메라 시스템에 얼굴 인식 프로그램을 돌려보라고 할게요."

"그 핸드폰은요?" 캐서린은 네이글이 손에 쥔 낡은 삼성폰을 가리켰다. "사진은 어떻게 찍죠?"

네이글은 한숨을 쉬었다.

"이 폰은 오염됐어요. 위치 추적을 당하고 있는지 지금은 모르겠지만 그런 위험 부담은 지지 말아요. 그리고 거기 가서 사진을 찍어 봤자 CIA 입장에서는 AI로 만든 가짜라고 주장하면 그만이에요. 가서 서류든 뭐든 구체적인 증거를 확보하는 게 나아요."

"알겠습니다. 문제가 하나 더 있습니다. 대사님 집에서 벗어나서 조너스 포크먼에게 전화하기로 약속했어요. 저한테서 연락이 안 오면 그 친구가 프라하 경찰에 곧바로 연락할 겁니다. 대사님 핸드폰이 충전되면 포크먼에게 전화하려고 기다리고 있었는데 그 폰이 오염됐다고 하시니……."

"편집자의 직통 전화번호가 어떻게 되죠?" 네이글은 펜과 종이를 꺼내려 차 안으로 손을 뻗었다. "대사관 보안 전화로 제가 그 사람한테 전화할게요. 아니면 이메일을 보내든지……."

"포크먼은 대사님을 안 믿을 겁니다. 대사님이 CIA 쪽 사람인 걸 알아요. 저한테서 직접 연락을 받고 싶어 할 겁니다."

네이글은 생각했다.

'젠장. 그 말이 맞네.'

"잠깐만요……." 랭던은 잠시 이마에 주름까지 잡으며 고심했다. "그것 좀 주세요." 그는 펜과 종이를 받아 들고 쓰기 시작했다. "이건 포크먼의 이메일 주소입니다." 그는 머릿속으로 어떤 메시지를 보낼지 떠올리면서 눈을 감고 1분 정도 생각에 잠겼다. "됐습니다. 포크먼에게 이걸 보내주세요."

랭던은 이상하게 보이는 메시지를 적어 그녀에게 건넸다.

네이글은 그 말도 안 되는 글을 보며 물었다.

"이게 *뭐예요?*"

"그냥 보내시면 됩니다. 포크먼은 무슨 뜻인지 알 겁니다."

87

"수동 변속기 차는 진짜 금지해야 해."

수동 변속 기어를 조작하는 게 쉽지 않은 탓에 랭던이 투덜거렸다. 그가 모는 차는 폴리만카 공원을 향해 남쪽으로 덜컥거리며 달려가기 시작했다.

"아니면 운전 잘하는 척하고 싶어 하는 남자들만 쓰게 하면 어떨까?"

긴장된 분위기 속에서도 가벼운 농담으로 받아치는 캐서린을 보며 랭던은 반가운 마음에 미소를 지었다. 그는 네이글 대사와 갑자기 작별하게 되어 심란하던 참이었다. 대사라는 자리에서 엄청난 부담을 짊어지고 위험을 감수해 준 네이글이 고맙긴 했지만 그가 최우선으로 생각하는 것은 자신과 캐서린의 안전을 확보하고⋯⋯ 그리고 그녀의 책이 CIA의 표적이 된 이유를 밝혀내는 것이었다.

'문지방에 들어가면 답이 있겠지.'

운이 좋으면 비밀 시설에 들어갈 수 있을 거라는 낙관적인 기대가 자만으로 인한 망상에 불과했다는 결론으로 이어지지 않기를 바랐다.

'조금 있으면 알게 되겠지.'

스타게이트가 지금 그들이 겪는 곤경과 관련 있을지 모른다는 캐서린의 의심은 랭던이 듣기엔 터무니없었다. 신빙성을 잃은 왕년의 스타게이트 프로그램에 관해 아는 바가 많지 않지만, 할리우드가 조지 클루니 주연의 〈초(민망한)능력자들〉이라는 냉소적인 영화를 만들어 CIA의 쓸데없는 세금 낭비를 조롱했다는 사실만은 잘 알고 있었다. 피실험자들이 노려보는 행동만으로 염소를 죽이려 시도하는 내용의 그 영화는 실제로 있었던 스타게이트 실험에 기반을 두었다.

랭던은 원격 투시를 회의적으로 생각하지만, 사실 원격 투시는 7,000년도 더 된 개념이었다. 고대 수메르인들은 신비로운 '성간 여행'에 관한 글을 남겼는데, 육신을 벗어난 정신이 성간 여행을 통해 머나먼 세상을 보러 갈 수 있다는 내용이었다.

'그래. 아편을 잔뜩 썼겠지.'

어쩌면 문지방 프로젝트도 약물로 유도한 의식의 변화 상태를 탐구하면서…… 그런 변화를 비국소적 의식과 연결 짓는 실험이 아닐까.

캐서린은 '해리성 약물'로 알려진 새로운 수준의 약에 대해 언급했었다. 그것은 의식이 몸에서 분리되는 느낌, 즉 해리를 유발하는 환각제였다. CIA도 비밀리에 약물 실험을 진행한 오랜 전적이 있는 조직이었다.

'하버드 캠퍼스 실험도 그중 하나였고……'

가장 악명 높은 CIA 프로젝트 중 하나가 암호명 'MK울트라'라는 실험이었다. 이 실험 기획자들은 젊은 지성인들에게 환각제가 미치는 영향을 연구하기 위해 아무 의심도 하지 않는 대학생들에게 LSD 환각제를 비밀리에 투여했다. 끔찍하게도 당시 하버드대 학생이었던 피험자 중 하나가 훗날 유나바머라 불린 폭탄 테러범 테드 카진스키였다. CIA는 카진스키에게 약물을 투여한 적 없다고 증언하면서도 그에게 '실험적 심문 기법'을 쓰긴 했다고 인정했는데 바로 이 기법이 그의 정신을 무너뜨렸을 가능성이 높았다.

하버드대의 약물 관련 전설은 거기서 그치지 않았다. 하버드대 심리학자 티머시 리어리 교수는 MK울트라와 같은 시기에 악명 높은 하버드 실로시빈 프로젝트를 진행하면서 학생들에게 환각제를 투여해 정신을 확장하도록 권했다. 그리고 '환각제 사용을 통해 의식을 확장하고 새로운 현실에 적응해 기존 사회에서 벗어나라'(티머시 리어리가 유행시킨, 1960년대 반문화 시대를 대표하는 문구—옮긴이)고 주장했다. 지금도 많은 이들이 리어리가 당시 CIA와 손잡고 그 실험을 했을 거라는 의심을 하고 있었다.

창밖을 내다보는 캐서린을 돌아보며 랭던이 말했다.

"혹시 당신 책에…… 약물로 의식의 변화 상태를 유도하는 내용이 있어?"

"당연히 있지. 내가 전에도 말한 것처럼 어떤 환각제는 뇌의 감마아미노부티르산 수치를 낮춰서 뇌의 필터링 기전을 약화하기도 해. 그렇다는 건, 환각제로 유발된 유체 이탈 감각이 실제 환각이라기보다 필터 없는 상태로 보게 되는 *진짜* 현실일 수도 있다는 거야."

일리가 있었다. 깨달음의 길로 가기 위해 약물을 사용하는 것은 역사적인 전례가 있었다. 리그베다 같은 고대 문서부터 엘레시우스 신비 의식, 올더스 헉슬리의 1954년 고전 《지각의 문》에 이르기까지 위대한 작가들은 오래전부터 인간의 의식을 확장하고 '여과 없는 현실'을 인지하기 위해 환각 물질을 사용하라고 권유했다.

그는 가벼운 목소리로 물어보았다.

"이건 처음 하는 질문인데, 캐서린, 당신 혹시 의식 연구를 하면서 *자기 몸*에도 약물을 투여한 적 있어?"

캐서린은 그런 질문이 재미있는지 그를 가만히 돌아보았다.

"로버트, *진심이야*? 뇌의 메커니즘은 엄청 섬세해. 환각제로 뇌를 변화시키려는 건 비싼 롤렉스 손목시계를 큰 망치로 두드려 조절하려는 짓과 다를 바 없어! 약물이 의식의 변화 상태를 유도할 때 신경 붕괴라는 연쇄 반응이 일어나는데, 영구적인 후유증이 남을 수도 있어. 아무리 짧은 순간 그런 경험을 하면서 뭔가를 깨닫는다고 해도, 장기적으로 시냅스 보전과 신경 전달 물질의 균형을 무너뜨릴 위험이 있단 말이야. 대부분 환각제의 경우 효과를 나타내는 주요 메커니즘은 세로토닌 조절 장애를 일으키는 거야. 아주 안 좋지. 인지 결함, 정서 불안, 장기적인 정신병 유발 같은 후유증이 있으니까."

랭던은 미소 띤 얼굴로 고개를 끄덕였다.

"아니라는 대답으로 알아들을게."

캐서린이 겸연쩍어하며 말했다.

"미안. 내 동료들 중에 다양한 환각제 사용에 책임이 있는 실험을 한 사람들이 있잖아. 비난받아야 할 부분이 있는 건 맞아. 젊은 사람들이 환각제 사용을 *전적으로* 안전하다고 여길까 봐 불안하기도 하고. 전혀 안전하지 않거든."

랭던은 트램과 부딪히지 않도록 최대한 부드럽게 기어를 낮춰 속도를 줄였다.

"약물이 문지방과 관련이 있는 것 같아서 그런 질문을 한 거지?"

"가능성이 있지 않을까 해서. 어젯밤에 당신이 초능력을 높여주는 효과가 있다고 보이는 새로운 약물 얘기를 했잖아. 초능력자들이 문서로 기록된 무수한 범죄들을 해결할 수 있다면, CIA 입장에서는 초능력 향상을 위한 약물 개발을 안 하는 게 이상하지. 적용 분야가 무궁무진하니까."

"맞아……. 하지만 그런 의견들이 요즘에 와서 새롭게 등장한 건 아니잖아."

'그래. CIA가 뒤늦게 뛰어들긴 했지.'

델포이 신전의 신탁을 받는 여자 사제는 파르나소스산의 길게 갈라진 틈새에서 흘러나오는 가스를 흡입하면서 정기적으로 미래의 환영을 보았다. 아즈텍족은 페요테 선인장을 사용해 환각 상태에서 미래의 영혼들과 대화를 나눴다. 이집트인들은 맨드레이크와 푸른 연꽃을 섭취하며 미래의 일을 예지했다. 카스타네다, 버로스, 매케나, 헉슬리, 리어리 같은 현대의 '개척자들'은 수 세기 전부터 약물로 정신을 확장하려 시도했던 이들의 길을 따라가고 있을 뿐이었다.

캐서린이 말했다.

"문지방이 약물과 관련이 있을 것 같지는 않아. 내 원고에 그런 내용은 별로 없어."

"그럼 당신은 어떻게 생각해?"

그는 폴리만카 공원을 향해 강을 따라 남쪽으로 방향을 잡았다.

캐서린은 머리 받침대에 머리를 기대며 입을 열었다.

"CIA는 *예지*와 관련한 내 실험을 걱정하는 것일 수도 있어."

랭던은 캐서린의 예지 테스트 내용을 떠올렸다. 피험자의 뇌가 이미지를 실제로 보기 *전에* 이미지에 반응한다는 내용이었다. 컴퓨터가 *어떤* 이미지를 보여줄지 고르기도 전에, 컴퓨터가 무작위로 선택하게 될 이미지가 피험자의 의식에 마법처럼 떠오르는 것이다.

"솔직히 당신의 예지 실험을 내가 제대로 이해한 건지 잘 모르겠어. 컴퓨터가 이미지를 고르기 전에 뇌가 그 이미지를 떠올리는 게…… 마치 *뇌가 먼저 이미지를 선택하고 나서*…… 컴퓨터에게 그 이미지를 보여주라고 *지시하는* 것 같기도 하고."

"의식이 현실을 창조한다. 그것도 가능성 있는 얘기야."

"*당신이* 생각하는 방향이 그런 쪽이야?"

"꼭 그렇지는 않아. 내 모델에 따르면 당신의 뇌는 선택을 *하는* 게 아니라…… 선택을 *받아들이는* 거야."

랭던은 캐서린을 힐끗 쳐다보았다.

"어디로부터…… 선택을 받아들이는데?"

"당신을 둘러싼 의식의 장으로부터. 당신은 스스로 적극적으로 선택한다고 *느끼지만*, 그 선택도 이미 이루어진 것이고 당신 뇌로 흘러들어 올 뿐인 거야."

"그 부분이 잘 이해가 안 되는데…… 내가 스스로 선택한다고 상상할 뿐 자유 의지는 없다는 거잖아!"

"맞아. 자유 의지라는 게 과대평가된 측면이 있지."

"그게 무슨……"

운전석 쪽으로 몸을 기울인 캐서린이 랭던의 입술에 입을 맞추고는 조수석 등받이에 다시 기대더니 미소 지으며 말했다.

"방금 이 결정이 어디서 왔는지 모르겠지만…… 그게 중요할까? 자유 의지가 착각일 수도 있지 않겠어?"

랭던은 잠시 생각해 본 후 캐서린의 허벅지에 한 손을 얹었다.

"그 부분에 대해서는 좀 더 연구가 필요하겠어."

캐서린이 소리 내어 웃었다.

"유체 이탈 체험을 해보고 싶으신가요, 교수님?"

"그런 활동 때문이라면 내 몸 안에 있는 게 나을 것 같은데요."

"확신하지는 마. 유체 이탈 체험을 바라보는 노에틱 과학의 관점과 가장 가까운 게 바로 섹스니까."

랭던은 투덜거렸다.

"당신한테는 뭐든 일이랑 연결되지?"

"이번 경우에는 그래. 알다시피 섹스 중 절정에 다다랐을 때 정신은 물질적 세계가 통째로 사라지는 행복한 망각의 순간을 경험한단 말이야. 어떤 문화에서든 성적 절정은 사람이 다다를 수 있는 가장 강렬하고 즐거운 경험이야. 정신이 자신으로부터 분리되어 모든 근심, 고통, 두려움에서 벗어나게 되니까. 프랑스어로 그걸 뭐라고 하는지 알아?"

"Oui, La petite mort(응, 작은 죽음)."

"그래. 작은 죽음. 오르가슴 상태에서 느끼는 자기 분리는 임사 체험을 한 사람들이 묘사하는 느낌과 정확히 일치해."

"소름 끼치게 매력적이네."

"그게 뇌 과학이야, 로버트. 물론 성적인 절정, 즉 오르가슴의 문제는 너무 순식간에 지나간다는 거지. 무아지경에 빠져 모든 것에서 벗어났다가 단 몇 초 만에 당신의 정신은 몸으로 돌아가게 돼. 물리적 세상에 다시 연결되면서 현실에 수반되는 고통, 스트레스, 죄책감을 다시 느끼게 되는 거지." 캐서린은 미소 지었다. "그래서 사람들이 섹스를 계속하고 싶어 하는 거야. 절정에 도달하면 신경 시스템에 *과부하*가 걸려서…… 정신이 해방되니까. 뇌전증 발작과 상당히 비슷해."

랭던은 오르가슴을 죽음이나 발작과 연결해서 생각해 본 적이 없었다. 앞으로 가장 부적절한 순간에 그 생각을 계속 떠올리게 되지 않을까.

'아주 고마워 죽겠네.'

캐서린이 고개를 살짝 기울이며 말했다.

"실은…… 방금 좀 이상한 생각이 하나 들었어."

'당신이 그런 생각을 하나만 할 리가. 많이 하잖아…….'

"게스네르 연구소의 조수 말이야." 캐서린은 그를 힐끔 쳐다보며 말을 이었다. "그 젊은 여자 조수가 뇌전증 환자라고 당신이 말했잖아. 연구소에서 거의 산다고 했고."

"응."

캐서린의 이마에 깊게 주름이 잡혔다.

"게스네르가 특별한 기술도 없는 *러시아인* 정신과 환자를 연구소에 데리고 있겠다는데 CIA가 그걸 허락하다니 이상하지 않아? 사샤는 크루시픽스 바스티온에서 잡무나 하는 정도라며. 그런데 뇌에 문제가 있는 러시아인이 게스네르의 작업실에 그렇게 접근하는 게 보안상 위험해 보이거든……. 게스네르의 연구가 문지방 프로젝트에 상당히 중요한 것 같은데 말이야."

"위험할 게 있을까. 사샤는 아주 안정된 상태고, 자기 조국을 딱히 사랑하지도 않던데. 게스네르가 순전히 동정심에서 사샤를 고용했을 수도 있어."

캐서린이 소리 내어 웃었다.

"로버트, 정말 사랑스럽다. 순수하고 사랑스러워. 브리기타 게스네르는…… 내가 고인을 욕보이려는 건 아니지만…… 자기 잇속만 차리는 극단적으로 이기적인 인간에, 무자비한 사업가야. 게스네르가 관련 교육도 받지 않은 러시아인 정신과 환자를 자기 측근으로 둔 건 게스네르가 *필요로 하는* 무언가를 사샤가 갖고 있기 때문일 거야."

"글쎄, 그게 뭘까."

캐서린의 목소리에 별안간 활기가 돌더니 눈까지 빛났다.

"짚이는 게 있긴 해. 원고에 쓴 내용이기도 하고."

"뭔데?"

"원격 투시에 관해 당신이 아주 회의적인 건 아는데." 캐서린은 고개를 돌려 랭던을 쳐다보며 말을 이었다. "문지방이 원격 투시와 관련된 뭔가를 하고 있다면…… *뇌전증을 앓는 사샤는 그들에게 가치 있는 존재일 수 있어.*"

"어떻게?"

"생각해 봐! 원격 투시력자는 기본적으로 유체 이탈을 할 수 있는 능력을 갖고 있어. 하지만 유체 이탈 자체가 극히 드물고 그런 능력을 *가진* 사람은 극소수야."

랭던은 문득 캐서린이 무슨 의도로 이 얘기를 하는지 알 것 같았다. 뇌전증 발작은 어떻게 보면 물리적 신체와의 평화로운 '연결

해제'라고 할 수 있었다. 잠깐 동안 비국소적 의식을 경험하는 것이다.

캐서린이 계속해서 말했다.

"뇌전증 환자는 유체 이탈을 아주 자연스럽게 경험해. 뇌전증을 앓는 뇌는 이미 유체 이탈을 체험할 수 있게 되어있으니까……. 이 말은 뇌전증 환자가 숙련된 원격 투시력자일 가능성이 매우 높다는 뜻이야."

"설마 사샤 베스나가 CIA를 위해 일하는 초능력 스파이라고 생각하는 건……."

"안 될 이유 있어?"

"내가 사샤와 같이 있어봤잖아. 미친 새끼고양이 열쇠고리를 갖고 있더라고! 그 사람은 길 잃은 순수한 영혼일 뿐이야."

"순수한 영혼? 그 여자가 소화기로 경찰 머리를 내리찍었다며!"

"그렇긴 하지만…… 그건 방어하려고……."

"로버트, 사샤가 원격 투시력자가 아닐 수도 있다는 건 인정할게. 하지만 게스네르는 뇌전증 환자가 유체 이탈을 잘하는 이유를 찾아내기 위해 뇌전증 환자의 뇌를 연구하고 있었을지도 몰라. 뇌전증 환자의 뇌에 관한 상세한 신경학적 정보를 활용할 수 있다면 정신과 신체를 *분리*하려는 프로그램의 성공에 큰 도움이 되겠지."

'흥미로운 아이디어야.'

아까 사샤한테 들은 말을 생각하면 일리가 있는 것 같았다.

"깜박하고 말 안 한 게 있는데, 게스네르가 사샤 이전에 러시아의 같은 정신병원에 있던 *다른* 뇌전증 환자를 프라하로 데려온 적 있다더라고. 드미트리라는 이름의 러시아 남자인데, 그 남자도 사샤와 같은 수술을 받고 치료됐다고 했어."

"의미가 있었을 거야. 브리기타 게스네르가 정신병원에서 뇌전증 환자들을 쏙쏙 뽑아 와서 순전히 선의로 자기 돈을 써서 치료해 줬으리라는 생각은 별로 안 들지만."

랭던도 그건 게스네르의 성격에 어울리지 않는다고 생각했다. 게다가 게스네르가 CIA의 도움으로 *러시아*에서 데려온 실험 대상자라면, 유럽에서 사람들의 관심을 별로 끌지 않았을 것이다.

'프라하의 유령이 따로 없군.'

캐서린이 말했다.

"게스네르가 뇌전증 환자들을 문지방 프로젝트를 위한 피실험체로 데려왔다고 가정해 볼게. 그러면 게스네르가 사샤를 곁에 가까이 둔 게 설명이 돼."

"곁에 두고 관찰하려고."

"맞아. 소소한 잡무를 시키면서 아파트랑 월급도 주고. 어렵지 않지."

"그러면……."

폴리만카 공원을 향해 가는 동안 캐서린이 물었다.

"드미트리는? 그 남자는 지금 어디 있을까……. 아직 프라하에 있으려나?"

"사샤는 그 남자가 게스네르한테 치료받고 러시아로 돌아갔다고 했어."

"그럴 리가. 게스네르야 물론 사샤한테 그렇게 말했겠지. CIA가 정신병원에서 실험 대상자를 빼내서 돈도 투자하고 극비 프로그램의 실험 대상자로 만들었는데…… 그냥 집으로 돌려보내 줬다고?

그것도 러시아로?"

'날카로운 지적이야.'

랭던은 속도를 높여 쭉 뻗은 도로를 달렸다. 그는 목을 살짝 빼고 전방을 살폈다.

'운이 좋으면 곧 답을 찾을 수 있겠지.'

문지방 입구가 저 앞에 있었다.

88

 미국 대사관 앞, 파란 제복을 입은 커블 하사는 추위에 떨며 보도에 선 채로 오가는 차들을 살피고 있었다. 그러다 불과 10미터 앞 모퉁이에서 돌아 나오는 대사를 보고 깜짝 놀랐다.
 '걸어서 오신다고? 그것도 혼자!'
 "나도 알아, 스콧. 미안." 대사가 그의 옆을 빠른 걸음으로 스치고 지나가며 말했다. "바람 좀 쐬었어."
 "차는요?"
 "아무 문제 없어. 진짜야. 어서 가자."
 커블은 2년째 네이글 대사를 모시며 대사관 경비단을 이끌어 왔다. 그동안 대사가 이렇게 부주의하거나 멋대로 벗어나서 변덕스럽게 구는 모습을 본 적이 없었다. 마이클 해리스의 죽음으로 심적 동요가 심한 모양이었다.
 계단을 통해 대사의 사무실로 올라간 커블은 네이글이 외투를 벗고 생수 한 병을 손에 쥐는 동안 조용히 대기했다. 그런데 놀랍게도 대사는 컴퓨터 앞에 앉아 외투 주머니에서 꺼낸 종이를 꼼꼼히 들여다보며 타이핑을 하기 시작했다. 마침내 컴퓨터가 어딘가로 이메일을 보냈다는 알림음을 냈다.

'법률 담당 직원이 죽었는데 이메일을 보낸다고?'

대사가 그에게 고개를 돌리며 말했다.

"그래, 스콧. 봉투가 안전한지는 확인했나?"

"스캔 완료했습니다." 그는 우편물과 관련한 대사관 안전 규정에 따라 이미 검사를 마쳤다. "이물질은 없었습니다."

그는 가슴 안쪽 주머니에서 봉투를 꺼내 대사 앞에 내려놓았다. 네이글이 봉투를 집어 들며 말했다.

"새끼고양이들이 담긴 바구니네?"

"예?"

"살인자가 새끼고양이 그림이 있는 편지지에 글을 써서 보냈냐고!"

대사는 봉투에 그려진 고양이 그림 로고를 가리켰다.

"예, 대사님. 놈은 베스나 씨의 아파트에 있던 편지지를 사용했습니다. 베스나 씨는 고양이를 좋아하는 것 같습니다."

네이글은 편지 개봉용 칼을 집어 들고 봉투 솔기 아래를 그었다. 그 안에는 봉투와 한 세트인 편지지가 반으로 접혀있었다.

커블이 있는 위치에서는 편지에 뭐라고 적혀있는지 보이지 않았다. 대사는 편지를 읽었지만 표정에 변화가 없었다. 다만 내용이 짧은 것 같기는 했다.

편지를 확인하고 몇 분 후 대사는 책상에 편지를 엎어둔 채 창문 앞으로 걸어갔다. 잠깐 동안 정적이 흘렀다. 대사가 고개를 돌려 커블을 바라보며 말했다.

"고마워. 나 혼자 좀 있을게."

89

 폴리만카 방공호의 '개수 정비 프로젝트' 장소로 들어가는 입구는 네이글 대사의 말처럼 도시의 산업 지역에 용의주도하게 자리하고 있었다. 통근 열차 선로, 부산한 거리, 그리고 폴리만카 공원의 남서쪽 모서리에 세 면이 닿은 자리였다.
 금속 울타리에 둘러싸인 작은 삼각형 모양의 땅. 그곳에 오스트르칠로보 광장으로 알려진 입구가 있었다. 이 삼각형 '광장'은 지난 세월 다양한 목적으로 사용됐다. 놀이터로 쓰이다가 말았고 임시로 스케이트장으로 쓰이기도 했으며 최근에는 재활용 쓰레기 배출 센터로 사용됐다. 지난 몇 년 전부터는 미 육군 공병단이, 1950년대 방공호였다가 더 이상 기능하지 않던 폴리만카의 시설을 '재단장'한다는 명목으로 들어가 있었다.
 랭던이 높은 바리케이드 옆으로 차를 몰고 지나가는 동안 캐서린은 신경이 점점 날카로워졌다. 바리케이드 구실을 하는 2.5미터 높이의 단단한 벽에 경고문이 붙어있었다.

출입 금지

 벽 끝에 다다르자 랭던은 왼쪽으로 방향을 틀어 삼각형의 또 다른 변을 따라 천천히 차를 몰았다. 그곳에는 담장 안쪽에서 무슨 일이 일어나고 있는지를 나타내는 도표와 글귀가 큼직한 플래카드에 담겨있었다.

폴리만카 공원 재건 프로젝트

 그 담장에 있는 견고한 출입문은 닫혀있었는데 문 패널의 작은 부분으로만 그 너머를 살짝 엿볼 수 있었다. 검은 군복을 입은 군인 두 명이 새로 포장한 진입로를 오가며 순찰하고 있었다. 진입로 끄트머리에 폭이 넓은 아치형 터널이 보였다. 폴리만카 공원 지하로 연결되는 그 터널의 입구에는 개폐식 강철 말뚝이 설치되어 있었다.
 랭던이 목을 길게 빼고 그 앞을 천천히 지나가며 말했다.
 "공원 *재건* 프로젝트치고는 보안이 너무 삼엄하네."
 '이런 곳에서 비밀 정부 프로젝트를 진행하고 있다니…… 등잔 밑이 어두운 건가.'
 캐서린은 입구 터널을 지나가기 전에 힐끔 돌아보았다. 대문 앞을 지키는 평범한 경비병들 말고 트럭이나 다른 직원은 보이지 않았다. 문지방이 아직 가동 전이라고 한 대사의 말이 사실인 듯했다.
 랭던은 왼쪽으로 방향을 돌려 삼각형의 나머지 변을 따라 차를 몰았다. 그쪽 담장은 폴리만카 공원의 서쪽 가장자리와 나란히 서있었다.

캐서린은 그걸 보며 생각했다.

'드디어 시작이구나.'

아까 랭던에게 대강 들은 진입 계획은 다시 생각해도 놀라웠다. 그의 계획은 '문지방에 비밀 문이 있을 것이다'라는 간단한 아이디어 하나에 기반을 두고 있었다.

그는 반박할 수 없는 논리로 대사를 설득했다. 프로젝트 가동 준비가 다 됐을 때 주 출입구로 쓰일 폴리만카 공원 서쪽 끄트머리의 '공사용 출입구'가 유일한 출입구일 리 없다는 게 그의 생각이었다.

문지방에는 기발하게 감춰진…… 두 번째 출입구가 있을 거라고 했다.

무엇보다도 랭던은 그 문으로 들어가는 방법뿐만 아니라…… 그 문의 정확한 위치까지 추측했다.

골렘은 지금까지 본 적도, 상상해 본 적도 없는 방 안에 홀로 서 있었다. 어젯밤 게스네르를 고문해 얻어낸 상세한 설명을 그대로 따랐더니, 드디어 이 비현실적인 장소에 올 수 있었다.

'문지방.'

게스네르에게 자세히 들었지만…… 직접 보게 되니 혼란스러워 속이 울렁거릴 지경이었다.

'그들은 사샤의 피로 이 방을 만들었어.'

사샤는 이 프로젝트의 첫 희생자가 아니었지만…… 마지막 희생자도 아닐 것이다.

'기필코 오늘 문지방을 끝장내야 해.'

골렘의 힘겨웠던 긴 여정은 지금 이 응징의 순간을 위한 것이었다. 속에서 깊은 감정이 올라왔다. 희미하지만 몸 안에서 간질거리는 느낌이 났다. 사전 경고였다.

부연 안개가 방 안을 채우기 시작했다.

에테르가 모이고 있었다.

'Ne seychas(지금은 안 돼).'

그는 금속 막대를 꺼내기 위해 본능적으로 망토 주머니에 손을 넣었다.

90

조너스 포크먼은 챗GPT의 마지막 검색 결과를 노려보았다.

다양한 방법으로 시도하고 접근해 봤지만 캐서린의 연구와 In-Q-Tel의 투자의 연결 고리를 찾기가 쉽지 않았다. 인위적인 것이든 뭐든, 일관성도 없고 지능적이지도 않은 매드 립스 게임(글 중간중간에 있는 빈칸을 채워서 문장을 완성하는 게임―옮긴이)처럼 그냥 엉뚱한 결과만 내놓고 있었다.

좌절한 그는 자리에서 일어나 창문 앞으로 다가갔다. 북쪽 브로드웨이 너머 센트럴 파크를 바라보고 있는데 새벽 여명 아래, 억만장자 거리의 '펜슬 타워' 뒤쪽 지평선에서 먹구름이 뭉치고 있었.

잠시 가만히 서서 멍하니 생각에 잠겨있던 포크먼은 검색을 계속하려고 컴퓨터 앞으로 돌아왔다. 자리에 앉자마자 새 이메일이 보였다.

이메일 제목을 본 그는 놀라고 흥분했다.

로버트 랭던이 보낸 메시지

포크먼은 한 시간 넘게 그의 전화를 기다리고 있었다. 대사의 집에서 뭔가 일이 잘못된 게 아닐까 하는 불안감이 스멀스멀 올라오는 참이었다. 그러나 이메일을 보고 안도했던 그 기분은 오래가지 않았다. 보낸 사람 주소가 미국 대사 하이디 네이글…… 전직 CIA 법무 자문관의 것이었다.

'이 사람이 로버트를 대신해서 메시지를 보냈다고?'

이 시점에서 포크먼이 프라하에서 가장 믿을 수 없는 사람이 바로 이 인물이었다. 로버트가 정말 무사하다면 대사는 그에게 전화 통화를 허락했을 것이다.

'로버트의 목소리를 내 두 귀로 듣기 전엔 이 이메일의 내용은 한 글자도 믿을 수 없어.'

그는 이메일을 열어 볼까 말까 고민했다. 어쩌면 이메일에 바이러스가 심어졌거나 또 다른 해킹 수단일 수도 있을 것이다. 하지만 생각해 보니 어차피 잃을 것도 없었다. 그는 조심스럽게 메시지를 클릭했다. 화면에 의미 없는 철자의 나열이 뜨자 의아했다.

ROT13EY&XFETHQ

그는 1분쯤 지나서야 앞에 있는 다섯 글자의 의미를 알아챘다. ROT13은 영어 알파벳을 열세 *자리씩* 밀어서 치환하는 회전식 암호였다. 포크먼은 몇 년 전 고대 암호화 기술에 관한 책을 편집하면서 이 암호법을 알게 됐다. 그 책의 저자가 장난친답시고 그에게 ROT13으로 암호화한 메시지를 정기적으로 보낸 덕분이었다.

그 저자가 바로 로버트 랭던이었다.

포크먼은 기대에 차서 연필을 손에 쥐고 단순한 암호 풀이 방식을 적용한 후 결과물을 바라보았다.

RL&KSRGUD

이게 뭔가 싶은 기분이 들었지만 1분 후 그는 웃음을 터뜨리고 말았다. 재미있기도 하고 안심이 되기도 했다.
'이런 메시지를 쓸 수 있는 사람은 로버트뿐이지.'
랭던과 포크먼은 '문자를 대신하는' 이모티콘과 약어의 확산으로 인한 문자 언어의 쇠퇴에 애도를 표하곤 했다. 이런 유행에 지독히 스트레스를 받은 포크먼은 《더 뉴요커》에 요즘 세태를 걱정하는 글을 기고했는데, 랭던은 그 글 중 한 문장을 가지고 툭하면 그를 놀려먹었다.
"'good'이라는 멀쩡한 단어 대신 'gud'이라고 줄여 쓰기 위해 키 한 번을 더 누를 수고를 생략하는 행동은 보기 흉할 뿐 아니라 혐오스러울 정도로 나태하게 느껴진다'는 문장이었다.
랭던의 메시지를 보면서 포크먼은 빙그레 웃었다. 마음 같아선 '당신의 메시지는 노련할 뿐 아니라 기분 좋을 정도로 위로가 된다'라고 답장하고 싶은 기분이었다.

91

 랭던은 차를 세우고 사이드 기어를 당겼다. 각오를 되새기며 캐서린과 함께 차에서 내렸다. 계획이 성공할지, 아니면 재앙 그 자체가 될지는 곧 알게 될 것이다.

 높은 산등성이에서 부는 바람이 숲을 지나며 저 아래로 내려갔다. 랭던은 잠시 그 자리에 서서, 나무 뒤로 넓게 펼쳐진 눈 덮인 땅을 바라보았다. 능선에서 동쪽으로 쭉 뻗어나간 폴리만카 공원이었다.

 '이곳 전체가 이제는 완전히 다르게 느껴지는군.'

 그는 앞에 서있는 건물로 시선을 돌렸다.

 으스스한 분위기의 크루시픽스 바스티온이었다. 어두워지는 늦은 오후의 하늘을 배경으로 이 구조물의 삭막한 윤곽이 드러났다. 그는 캐서린과 함께 정문으로 걸어갔다. 마음 한구석에서 불안이 고개를 들었지만 여기로 와야 했던 이유를 다시 떠올렸다.

 '논리에 따라 합리적으로 판단한 거야.'

 대사의 집 지하에 있는 버려진 수영장에서 그는 진실을 깨달았다. 그곳에서 대사는 기밀 유지 서약서를 찢었고 핀치에게 스피커폰으로 전화를 걸어 그가 원한 대로 다 이루어졌다고 거짓말했다. 그러자 놀랍게도 핀치는 네이글에게 해병대원을 크루시픽스 바스티온으로 보내 그곳을 지키게 하라고 지시했다.

'핀치가 체코의 외딴 연구소를 지키는 걸 우선시한 거잖아? 이유가 뭐지?'

그 부분을 놓고 고심하는데 이상한 생각이 들었다. 몇 시간 전 야나체크는 랭던에게 프라하의 감시 시스템으로도 캐서린이 크루시픽스 바스티온에 도착했는지 확인할 수 없다고 했다. 그러면서 상당히 원통해했는데, 만물을 지켜보는 프라하의 감시 카메라 시스템이 게스네르의 연구소 주변 지역만은 비추지 않아 사각지대가 생겼기 때문일 것이다.

'프라하의 카메라 시스템은…… CIA가 운영하는 에셜론 감시 네트워크야.'

느낌이 왔다. 게스네르의 개인 연구소가 하필이면 문지방을 정확히 내려다보는 산등성이에 있다는 건 우연이라고 하기엔 통계적으로 말이 되지 않았다. 게스네르는 문지방 비밀 프로젝트를 위해 고용된 것이다.

'그 두 곳이 연결되어 있다고 봐야겠지……'

그들이 비밀 정보 시설을 폴리만카 공원 지하에 숨겨둔 이유도 이해할 만했다. 자연물을 통해 위장할 수 있고, 보급품을 쉽게 공급받을 수 있으며, 이미 갖춰진 시설을 이용할 수 있었다. 다만 문지방을 드나들 수 있는 출입문이 *하나뿐*이라는 건…… 납득하기 어려웠다. 그런 식으로 설계하는 건 화재나 비상사태가 발생했을 때 죽음의 덫이 될 수 있다. 전략적으로 만일의 사태를 대비하며 미리 계획을 세우고 짓는 시설물에 어울리지 않는 위험 요소였다.

'심지어 바티칸에도 비밀 탈출로가 있는데!'

그런데 대사가 뜻밖의 사실을 알려주었다. 게스네르를 위해 그 요새를 소리 소문 없이 확보한 조직이 바로 Q라는 사실이었다. 이 투자 회사는 게스네르에게 CIA를 위해 일하도록 하는 대신 그 요새를 제공했다. 독특하고 역사적인 곳에서 연구소를 운영할 수 있다는 거절하기 힘든 특전으로 게스네르를 포섭한 것이다.

'그게 다는 아닐 거야.'

랭던은 핀치가 크루시픽스 바스티온을 확보한 이유가 전적으로 게스네르 때문이라고는 생각하지 않았다……. 아마 더 가치 있는 무언가를 위해서였을 것이다.

'문지방으로 통하는 또 다른 접근로겠지.'

대부분의 중세 요새에는 'poterne'이라고 하는 독특한 건축학적 특징이 있었다. 라틴어 *posterior*에서 비롯된 이 단어는 말 그대로 '뒷문'이라는 뜻으로, 비상 탈출을 위한 비밀 통로를 의미했다.

아까 그는 캐서린과 네이글에게 탈린에 있는 고대 에스토니아의 요새에 관해 설명했다. 에스토니아 요새의 지하에는 네 개 층을 파서 만든 비밀 통로가 있는데 이 비밀 통로는 1.6킬로미터를 뻗어나가 근처 수도원 지하로 연결되었다. 슬로베니아의 산꼭대기에 있는 프레드야마성에는 기본적인 도르래 시스템을 갖춘 6층으로 된 수직 통로가 있다는 소문이 있는데, 사실상 '승강기' 역할을 하는 이 도르래를 사용해서 보급품, 가축, 병력을 채웠다고 했다.

크루시픽스 바스티온에도 비밀 통로가 있을 것이다. 최근 폴리만카 공원에서 진행 중인 건설 작업, 문지방 프로젝트의 광대한 범위를 고려할 때 이 요새 지하에 수직 통로가 있는 게 논리적으로 맞았다.

아까 차에서 랭던은 캐서린과 네이글에게 비밀 통로가 있을법한 자리를 핸드폰 지도로 보여주면서, 예전부터 있던 것이든 공병단이 최근에 파놓은 것이든 요새의 비밀 통로는 폴리만카 공원 가장자리까지 이어지고 어쩌면 기존 방공호 벽까지 확장되었을 수도 있다고 말했다.

요새의 위치는 더할 나위 없이 완벽했다. 외딴 곳에 조용히 위치한 게스네르의 연구소는 완벽한 위장막이었다. 누가 그곳을 드나들더라도 게스네르 연구소에서 일하는 사람들처럼 보일 테니 의심을 살 가능성도 적었다.

'내 추측이 맞길 바라야지.'

랭던은 캐서린을 데리고 요새의 박살 난 정문으로 향했다.

'여기가 과학 연구소 맞아?'

랭던을 따라 호화로운 분홍색 대리석으로 꾸며진 현관홀을 지나 대기실로 들어가면서 캐서린은 도저히 믿기지 않았다. 대기실은 고가의 소파, 눈이 번쩍 뜨이는 예술품, 프라하의 건물 윤곽선이 내다보이는 전면 유리창으로 화려하게 꾸며져 있었다.

'이 정도면 CIA를 위해 일할 맛 나겠네.'

게스네르 연구소의 '대기실'만 해도 노에틱 과학 연구소 직원들을 전부 수용하고도 남을 크기였다.

하지만 어쩐지 불길한 분위기가 감돌았다. 랭던이 의심하는 대로라면, 이 호화로운 '게스네르 연구소'는 어두운 목적, 즉 문지방의 비밀 출입구를 숨기기 위한 위장일 수 있었다.

랭던은 대기실 저 끝으로 성큼성큼 걸어가더니 용접한 금속 덩어리로 만들어진 육중한 벽 조각상 앞에 섰다.

'뭘 하려는 거야?'

랭던이 조각상을 붙잡고 들어 올리자 조각상이 벽을 타고 부드럽게 밀려나면서 그 뒤의 큼직한 벽감이 드러났다. 캐서린은 깜짝 놀랐다. 그 너머 어둑한 빛 속에 승강기 문이 보였다.

'그럴 줄 알았어.'

캐서린은 재빨리 대기실을 가로질러 랭던에게 향했다. 그는 캐서린이 들어올 수 있도록 슬라이드식 예술품 문을 잡아주었다. 그녀가 안으로 들어왔는데도 랭던의 시선은 벽감 바깥의 무언가에 꽂혀있었다.

캐서린이 뒤를 힐끔 돌아보았다.

"뭔데 그래?"

"저쪽 벽에 있는 소파가…… 비뚤어졌어."

캐서린은 그 소파를 바라보았다.

'진심으로 하는 소리야, 로버트?'

길쭉한 흰 소파의 한쪽 가장자리가 벽에 완전히 붙어있지 않고 약간 앞으로 밀려나 있었다.

"오늘 아침에 내가 저기 앉아있었을 때는 똑바로 놓여있었어." 그는 여전히 소파를 바라보며 덧붙였다. "내가 그때 잘못 봤나, 아니면 그 이후에 움직여졌나, 그것도 아니면……."

"아니면 강박장애 약을 잊어버리고 안 먹었든가?"

그가 캐서린을 돌아보았다.

"미안." 그는 소파에 대해서는 잊어버리기로 했다. "직관 기억이라 정신이 산란해졌나 봐."

"그러게." 캐서린이 미소 지었다. "우리가 여기서 소파 위치를 놓고 풍수상의 문제를 고민하든가, 아니면 그 시설을 찾아내서 우리 목숨을 구하든가 해야겠지?"

"그래."

랭던은 그제야 캐서린을 어둑한 벽감 안으로 안내했다.

승강기 문 바로 옆에 빛나는 터치 패드가 보였다. 랭던이 말했다.

"이 키패드는 게스네르 박사 혼자서만 쓰는 걸 거야. 이 승강기를 타고 아래층에 있는 개인 연구실로 내려갈 수 있어."

"여기 어딘가에 문지방으로 가는 별도의 출입구가 숨겨져 있다는 거지?"

"그래. 우리 바로 앞에 있는 것 같아." 그는 승강기를 가리켰다. "내 생각이 맞다면 이 승강기는 훨씬 더 깊은 곳으로 내려가는 장치일 거야. 쭉 내려가서 문지방까지 가려면 우리가 게스네르의 서류 가방 안에서 본 RFID 키 카드가 필요하겠지."

그는 키패드 바로 위의 벽에 붙어있는 매끈하고 동그란 검은 유리 패드를 손으로 가리켰다. 캐서린은 처음 보는 장치였다.

'이게 RFID 리더기구나.'

"오늘 아침에 이걸 봤는데, 아까 대사 관저에 있을 때 이게 뭐였는지 문득 알겠더라고. 게스네르가 왜 같은 승강기에 별도의 인증 장치를 두었는지 말이야. 내 생각이 맞다면 게스네르의 서류 가방에 들어있는 키 카드만 있으면 돼. 아래층에 있는 연구실에 그 가방이 있는 걸 봤어."

랭던은 말하면서 승강기 키패드에 비밀번호를 누르고 있었다.

캐서린이 물었다.

"그 암호를 정말 풀었어? 고대 그리스인에게 바치는 아랍의 헌사에…… 레몬을 살짝 비틀어서 만들었다고 하지 않았나?"

"*라틴어*를 살짝 비튼 거야." 그는 미소를 지으며 고쳐주었다. "당신이 술에 취한 상태로 그 말을 들어서 그래."

그가 암호를 입력하자 승강기가 위이잉 소리를 내며 깨어났다.

캐서린은 생각했다.

'대단해. 어떻게 한 건지 나중에 설명해 달라고 해야지.'

승강기가 올라오기까지 시간이 꽤 걸리는 듯했다. 승강기가 도착하고 문이 열렸을 때 캐서린은 내부가 굉장히 넓다는 점을 주목했다. 게스네르가 개인적인 용도로 쓰기에는 너무 넓었다.

'인력과 장비를 옮기는 데 어울리겠어.'

지금까지는 랭던의 논리대로였다.

그들은 안으로 들어가 한 층 아래로 내려갔다.

승강기 문이 열리자 암석 벽과 무늬가 들어간 윤기 나는 바닥, 현대적인 스폿 조명으로 이루어진 긴 복도가 보였다. 구세계와 신세계가 어색하게 타협한 듯한 분위기였다.

승강기에서 내린 랭던이 벽에 붙어있는 또 다른 RFID 리더기를 가리켰고, 캐서린은 알겠다는 뜻으로 고개를 끄덕였다. 그들은 걷기 시작했다. 아까 랭던에게 상세한 설명을 들은 캐서린은 저 앞에 펼쳐져 있을 섬뜩한 광경을 되도록이면 보고 싶지 않았다. 랭던의 이론이 맞을 거라는 확신이 점점 강하게 들었다. 그렇다면 계획은 간단할 수밖에 없었다. 게스네르의 출입 카드를 손에 넣자마자 문지방으로 내려가면 되는 거니까.

그들은 게스네르와 사샤가 쓰던 작은 사무실, MRI 이미징 연구실, 그리고 가상 현실 고글을 쓴 사람을 표현한 아이콘이 붙어있는 문 앞을 지나갔다.

'여기가 가상 현실 연구실이구나.'

캐서린은 어제 저녁 식사 자리에서 게스네르가 했던 말을 떠올렸다. 어제는 그 얘기를 귀 기울여 듣지 않았는데, 지금은 사샤의 뇌전증과 유체 이탈 체험 얘기를 듣고 난 후여서 그런지 저런 가상 현실 시설도 독특한 방식으로 프로젝트와 관련이 있지 않을까 싶었다.

'인공적인 유체 이탈 체험 같은 것이려나⋯⋯.'

랭던이 머뭇거리며 말했다.

"게스네르 박사의 서류 가방은⋯⋯ 이 복도 끝에 있는 방에 있어. 시신⋯⋯ 옆에."

캐서린은 랭던을 힐끗 보았다. 그의 얼굴이 별안간 창백해진 것 같았다.

"괜찮아?"

그는 굳은 얼굴로 고개를 끄덕였다.

"응. 그 여자의 시신이 떠올라서 그래. 오늘 아침에 처음 봤을 때 그 시신이 당신인 줄 알고 워낙 놀라서."

캐서린은 그의 허리에 한 팔을 감고 같이 걸었다. 랭던이 물에 빠져 죽은 줄 알았을 때 자신이 느꼈던 끔찍한 공포를 떠올렸다. 연구하면서 무수한 죽음을 목격했지만, 그 모든 죽음은 평화롭고 예측 가능했으며 임상적으로 거리감이 느껴졌다. 하지만 이번에는 달랐다. 폭력적이고 충격적인 죽음이었다.

캐서린이 말했다.

"나는 시신을 빈껍데기로 여기려고 노력해. 더 이상 사람이 아니라고, 생명이 없는 마네킹이라고."

"고마워. 명심할게."

랭던은 여전히 편치 않은 표정이었다.

"생각해 보면 그렇잖아. 우리 인간은 시신에 대해 비이성적으로 구는 경향이 있어. 사랑하는 사람이 육신에 더 이상 남아있지 않는데도 시신을 방부 처리하고, 옷을 입히고, 무덤에 안치하고, 정기적으로 방문하기까지 하잖아! 시신이 '편안'하기를 바라면서 쿠션을 넣은 호화로운 관까지 준비하는 사람도 많고."

랭던은 힘없이 미소 지었다.

"그런 관습은 죽은 자보다는 산 자를 위한 거니까."

"맞아. 하지만 현실에서는 좀 다른 게, 임사 체험을 한 사람들의 기록을 보면 막상 죽음을 맞이한 사람은 늙고 망가지고 병든 육체를 버리게 되어 안도한단 말이야. 어떤 기록을 봐도 돌아가신 분들은 죽음 이후 자기 시신이 어떻게 되든 별로 신경을 안 쓴다는 거야. 실컷 타고 다니던 오래된 차가 어떻게 되든 별로 상관하지 않는 것처럼. 아무것도 아닌 거지."

'난 삶과 죽음을 중고차에 비유해서 설명하는 여자를 사랑하고 있구나.'

랭던은 어수선한 작업실 앞으로 다가가며 생각했다. 안으로 발걸음을 옮기면서 그는 EPR 포드에 누워있는 게스네르 박사의 시신을 발견했다.

"당신은 여기서 기다려. 금방 갔다 올게."

랭던은 캐서린이 시신을 보고 충격받을 것을 염려했다.

캐서린을 문 앞에 두고 랭던은 서둘러 안으로 들어갔다. EPR 포드 쪽을 외면한 채 방 저쪽 끝에 있는 작업대로 걸어갔다.

예상대로 게스네르의 가죽 서류 가방은 아까 그가 본 곳에 놓여 있었다. 랭던은 그 가방이 잠겨있을 줄 알고 강제로 열 생각을 했는데, 막상 가서 보니 예상과는 딴판인 상황이 펼쳐져 있었다.

서류 가방의 걸쇠가 이미 뜯겨 나갔고…… 잠금쇠도 부서져 있었다.

'아, 안 돼……'

랭던은 가방을 쥐고 덮개를 열었다. 어젯밤에 본 물건들, 서류, 폴더, 전화기, 펜은 그대로 있었다. 그들이 필요로 하는 물건 하나만 빼고…… 나머지는 모두 온전하게 가방에 들어있었다. 안감 속에 고이 들어있던 게스네르의 RFID 키 카드만 없었다. 당황한 랭던은 안감 속으로 손가락을 넣어 훑어보았다. 혹시라도 키 카드가 안감 안쪽 깊이 떨어졌을 수도 있으니까. 하지만 아무것도 없었다. 마음이 급해진 그는 서류 가방의 내용물을 와르르 쏟아놓고 두 번이나 꼼꼼하게 확인한 후에야 충격적인 진실을 받아들였다.

'문지방으로 들어갈 방법이 사라졌어.'

"어차피 소용없어."

예상보다 가까이에서 캐서린의 울적한 목소리가 들렸다.

뒤를 돌아보니 캐서린은 문간에서 기다리고 있지 않았다. 이미 작업실 안으로 들어온 캐서린은 EPR 포드 옆에서 허리를 굽히고 게스네르의 시신을 들여다보고 있었다.

"게스네르 박사의 키 카드만으로는 안 되는 거였어." 캐서린이 나지막하게 말하고는 고개를 들어 그를 바라보았다. "그 카드는 *생체 인식* 장치였어."

"뭐라고?"

랭던이 캐서린 옆으로 다가갔다.

"게스네르의 지문이 탐지되지 않으면 그 카드는 작동 안 할 거라고."

"왜 그렇게 생각하는데?"

캐서린은 EPR 포드 근처 바닥에 떨어져 있는 물건을 가리켰다. 날에 피가 묻은 철사 절단기였다.

"게스네르 박사의 카드를 가져간 사람이 누구든…… 엄지도 잘라서 가져갔어."

92

사무실에 혼자 남은 네이글 대사는 마이클 해리스의 시신에 올려져 있었던 편지를 내려다보았다.

받는 사람: 하이디 네이글 미국 대사
개인적인 편지

손으로 쓴 편지에는 서명도 없고 내용도 달랑 두 줄뿐이었다. 몇 번을 읽으면서도 그 내용을 이해할 수가 없었다. 살인자가 남긴 편지이니 암울하고 위협적인 내용일 거라 예상하고 단단히 각오했다. 그런데 막상 펼쳐본 편지는 매우 짧고 묘하게 자제된 말투였으며 정중한 느낌마저 들었다.

사샤를 도와주세요.
http://youtu.be/pnAFQtzAwMM

'이게 다야? 나더러 사샤를 도와주라고?'

의아해진 대사는 컴퓨터 키보드에 살인자가 보낸 URL을 타이핑했다. 만약 USB 파일이거나 이메일에 첨부된 파일이었으면 대사관 컴퓨터로 열지 않는 게 좋다는 판단을 내렸을 것이다. 하지만 이건 공공 링크이니 안전했다.

유튜브 창이 열리자 핸드폰으로 찍은 아마추어 영상이 나왔다. 길고 높이가 낮은 상자 같은 것에 기대어 세워놓고 찍은 듯했다. 그 상자를 보니 군대에서 시신을 비행기에 실어 집으로 보낼 때 사용하는 견고한 '시신 운송용 관'이 떠올랐다. 그런데 이 상자 안에는 살아있는 사람이 벨크로 끈으로 결박당한 채 버둥거리고 있었다. 몸집이 작고 스타일리시하게 옷을 입었으며 피부는 창백하고 짙은 색 머리카락을 뒤로 바짝 당겨 묶은 여자였다.

'맙소사…… 브리기타 게스네르 박사잖아.'

대사는 흠칫 놀랐지만 랭던이 게스네르의 시신을 찾았다는 얘기를 들어서인지 바로 상황이 파악됐다. 어쩌면 이 영상에 게스네르의 마지막 순간이 담겼을지도 모른다는 생각에 두려움이 밀려들었다.

'스너프 영상(실제 살해 장면을 보여주는 영상물—옮긴이)인가?'

1분 후 게스네르를 공격한 자가 영상 프레임 안에 모습을 보인 덕분에 답을 얻을 수 있었다. 검은 망토를 걸치고 모자를 쓴 남자의 얼굴이 화면으로 들어온 순간 네이글은 자기도 모르게 뒤로 물러섰다. 남자는 얼굴에 진흙을 두껍게 발랐고 이마에는 히브리어 글자 세 개가 새겨져 있었다.

프라하의 역사를 잘 알고 있는 네이글은 그게 무엇인지 분명히 알았다.

'이 남자는 골렘처럼 꾸몄잖아?'

다음 장면을 보는데 두려움이 점점 차올랐다. 남자는 정맥 주사와 네이글이 본 적 없는 어떤 약물을 사용해서 게스네르를 잔인하게 심문하고 있었다. 게스네르에게 가해진 고통도 소름 끼쳤지만 그녀의 입에서 쏟아져 나온 상세한 자백 내용이 더 끔찍해서 네이글은 휘청거리고 말았다.

영상이 섬뜩한 결말에 도달하는 순간 네이글은 눈을 질끈 감았다. 깊게 숨을 들이마시며 방금 본 영상의 내용을 이해하려 안간힘을 썼다. 네이글은 게스네르의 자백 중 상당 부분을 이해할 수 없었지만, 한 가지는 확실했다. 네이글이 지금까지 무작정 도왔던 비밀 프로젝트가 이제 대중에게 알려질 위험에 처했다는 것, 그리고 대중에게 알려지면 대재앙에 가까운 결과가 닥치리라는 것. 비밀 프로그램에 관해 방금 들은 내용은 너무나 역겨웠다. 세상에 밝혀지면 어떤 반응이 일어날지 상상이 갔다.

두려워진 네이글은 핸드폰으로 손을 뻗었다.

굉장히 위험한 통화를 해야 하는 순간이 왔다.

'몇 년 전에 해야 했던 전화야.'

끝없이 어두운 텅 빈 공간에 깊이 가라앉은 사샤는 여기가 어디인지 파악하려고 애썼다. 너무나 낯선 곳이었다.

'여기가 어디지?'

혼미하면서도 정신이 몸에서 분리된 것 같은, 그리 낯설지 않은 느낌이었다. 그런데 평소 이럴 때마다 완벽한 어둠이 함께했다. 빛도, 그림자도, 시각 자극도 없는 어둠.

'지금은 빛이 보이잖아……'

확실히 빛이었다. 희미하고 부드럽고 아득한 빛.

'누가 날 여기로 데려온 거지?'

몸을 가눌 수가 없었다. 어쩌다 여기에 오게 됐는지도 전혀 떠오르지 않았다. 등이 바닥에 닿은 감촉이 느껴져 몸을 일으키려고 하자 엄청난 무게가 그녀를 잡아 눌렀다.

'내가 묶여있는 거야? 몸이 마비된 건가?'

걷잡을 수 없는 공포에 사로잡힌 사샤는 여기가 어디인지를 파악하려고 안간힘을 썼다……. 피로가 몰려오고 빛이 흐릿해지기 시작했다. 물결이 이미 그녀의 몸 아래서 휘돌며, 그녀를 제한하는 물리적 세상을 부식시키고 있었다. 이내 압도적인 힘으로 파도가 솟구쳐 올라 사샤를 집어삼킨 후 완전한 어둠 속으로 다시 빠뜨렸다.

93

 문지방 안쪽 깊숙이 들어온 골렘은 유령이 된 기분이었다.
 그의 몸은 여전히 충격을 받은 상태였다.
 '그럴만하지.'
 몇 분 전, 이 지하 시설 가장 깊숙한 곳에 다다른 골렘은 감정이 북받쳤다. 그러다 문득 익숙하게 간질간질한 느낌이 관자놀이에 느껴졌다. 에테르가 모이고 있었다……. 빠르게 몰려오는 에테르가…… 곧 그를 집어삼킬 듯했다. 그는 본능적으로 안쪽 주머니에 손을 넣어 금속 막대를 꺼내려고 했다. 고통을 느끼면서도 그는 막대가 없어진 걸 깨달았다. 주머니를 뒤집어 그 안에 있던 물건을 죄다 바닥에 꺼내놓고 다시 살펴보았다.
 '막대가 없어졌어……. 위층에서 그 여자와 대치할 때 잃어버렸나.'
 이제 믿을 건 육신뿐이었다. 다가올 발작을 피할 길이 없었다. 서둘러 예방 조치를 하고 대비했다. 쓰러지다가 부딪쳐 다치지 않도록 안전하게 누울 곳을 찾았다.

곧 격한 경련이 찾아왔고 그는 의식을 잃었다.

정신을 차린 골렘은 시간이 얼마나 흘렀는지 알 수 없었다. 상황을 파악하느라 몇 분의 시간이 지났다.

마침내 온 힘을 다해 일어선 그는 이 경악스러운 공간을 다시 둘러보았다. 이 정도 규모의 시설을 완전히 비밀리에 만드는 것은 불가능했다. 그는 이제 누가 배후에 있는지 알고 있었다.

'그자들은 무한한 영향력과…… 자원을 갖고 있어.'

그는 주변을 파악하면서 발작 후에 찾아오는 몽롱한 상태를 떨쳐냈다. 조금 전 막대를 찾으려 망토 주머니를 비워놓았던 곳으로 돌아갔다. 그는 엎드린 채 물건을 하나하나 주워 모아 도로 주머니에 넣었다. 바이퍼텍 전기 충격기와 플라스틱 상자도 챙겼다. 작업대 위에 놓여있던 그 상자에는 원래 너트와 볼트가 들어있었는데 지금은 브리기타 게스네르의 검은색 RFID 키 카드…… 그리고 그 여자의 잘린 손가락이 들어있었다.

'이게 바로 문지방 출입 장치였어.'

예상대로 브리기타의 엄지 지문은 그가 키 카드에 갖다 댈 때마다 바로 인증되어 유용했다.

'그리고 이 깊숙한 내실까지 들어오게 해줬지.'

게스네르는 이 방의 존재를 그에게 털어놓았다. 눈으로 직접 확인하고 있노라니 여길 반드시 파괴해야겠다는 생각이 들어 기운이 솟았다. 더 단단히 마음을 먹고 이 방 제일 깊숙한 곳으로 발을 옮겼다. 유리문을 지나자 드디어 찾고 있던 그것이 보였다. 보안문으로 막혀있는 움푹 들어간 공간이었다.

그 문 너머 금속 플랫폼으로 이루어진 바닥에는 스텐실로 이렇게 적혀있었다.

시스템 / 장치실

골렘은 금속 플랫폼에 올라섰다. 장화 신은 발끝으로 바닥에서 크게 도드라져 있는 빨간 버튼을 밟았다. 발밑 어디선가 부드럽게 공기 빠지는 소리가 나는가 싶더니 플랫폼이 내려가기 시작했다. 그는 지금 있는 층보다 아래로 내려가고 있었다.

하강은 짧게 끝났다. 3.5미터 정도 내려왔을 뿐이다.

플랫폼이 멈추자 형광등 조명이 깜박이며 켜지고 천장이 낮은 통로가 드러났다. 이 시설의 중심부 아래, 그가 왔던 길로 돌아갈 수 있는 통로였다.

골렘은 비좁은 콘크리트 터널을 걸으며 발전기, 펌프, 공기 조절 장치, 제어반, 몇 킬로미터는 되어 보이는 동관, 배관, 고강도 절연 전선 등으로 들어찬 기계실을 지나갔다. 콸콸 쌔액쌔액 소리를 내며 깜박이는 하나의 생명체처럼 그 모든 것이 연결되어 있었다.

문지방 안에는 직원이 한 명도 없었지만 이 시설의 심장은 활기차게 뛰고 있었다.

'그래봤자 얼마 안 남았어.'

골렘은 마지막 목적지를 향해 걸음을 옮겼다.

94

캐서린은 EPR 포드 옆에 서서 게스네르 박사의 오른손 엄지가 있었던 부위를 내려다보았다. 관절 바로 윗부분이 잘려 나가 뼈마디가 피에 물들어 있었다. 일순간 문지방으로 들어가야겠다는 생각은 사라지고…… 끔찍한 장면이 눈앞에 펼쳐졌다.

'아, 브리기타……. 정말 안됐어요.'

잘린 엄지도 소름이 끼쳤지만 어떤 일이 벌어졌을지 짐작되어 더 섬뜩했다. EPR 포드 안에 누워있는 게스네르 박사의 얼굴은 고통으로 일그러져 있었다. 눈은 허공을 응시하고, 엄청난 통증을 느낀 듯 이는 악물려 있었다. 피부에는 핏기가 하나도 없었다. 벨크로 끈으로 묶인 채 사력을 다해 버둥거렸는지 손목과 발목의 피부가 잔뜩 쓸렸고, 양 팔뚝에는 정맥 주사를 아무렇게나 꽂은 흔적이 역력했다. 한쪽 정맥 주사는 꽂혔다가 빠졌는지 그쪽 팔뚝에 시커먼 피가 엉겨 붙어있었다.

'말초 정맥 주사를 놓은 건가? 주사가 제대로 들어갈 리 없지.'

게스네르는 이 프로토타입 EPR 기기를 '변형된 심폐 우회술 기계'라고 설명했다. 몸속의 피를 과냉각 식염수로 대체하면서 임종 과정을 늦출 수 있게 해주는 기계였다. 그런 종류의 우회술을 진행하려면 최소한 대퇴부에 정맥 주사 두 개를 놓아야 했다.

'체외막 산소 공급 장치(ECMO)에 이런 식으로 연결하면 안 되는데.'

상태를 확인한 캐서린은 게스네르 박사에게 이런 짓을 한 사람이 기계를 사용할 줄 전혀 모르거나, 아니면 박사가 어떻게 죽게 될지 알면서도 일부러 과냉각 식염수를 천천히 주입해 고통을 가했을 거라고 생각했다. 캐서린은 사전에 진통제를 투여받지 않은 게스네르가 겪었을 고통이 어느 정도였을지 상상하다가 몸서리쳤다. 게다가 이 기계는 조잡하게 날림으로 만든 프로토타입이라…… 사람을 대상으로 사용해선 안 됐다.

캐서린은 곁으로 다가온 랭던의 손에 쥐어진 스마트폰을 보고 놀라서 물었다.

"브리기타 거야?"

그는 고개를 끄덕였다.

"아직 켜져있는데 배터리가 거의 다 됐어. 승강기 암호를 넣어봤는데 화면이 안 열려……." 랭던은 EPR 포드 옆에 웅크리고 앉아 굳은 표정으로 게스네르 박사의 얼굴에 핸드폰 화면을 가져다 댔다. "안면 인식이 산 사람과 죽은 사람을 구별할지 모르겠네……."

핸드폰에서 알림음이 울렸다.

랭던은 일어서서 손으로 핸드폰 화면을 이리저리 만져보았다. 캐서린이 물었다.

"잠깐, 뭐 하려고?"

그가 나지막하게 대답했다.

"대사한테 실패했다고 알려야지. 문지방으로 들어갈 수 있느냐에 따라 내 계획이 우리에게 카드가 될 수도 있었는데……."

"폰 이리 줘봐!" 캐서린이 손을 내밀었다. "좋은 생각이 있어……."

랭던은 캐서린이 게스네르의 핸드폰을 빠르게 스크롤하는 모습을 바라보았다.

'뭘 찾는 거지?'

"브리기타는 똑똑하고…… 효율적인 사람이야." 캐서린은 혼잣말하듯 중얼거렸다. "그렇다면 여기 있겠지!"

"뭐가?"

"NFC 클론……."

"무슨 소리야……."

"NFC는 근거리 무선 통신이라는 뜻이야." 캐서린이 화면을 스크롤하며 설명했다. "이 기술이 적용되면 스마트폰을 흔들거나 직접 터치하지 않고도 RFID 스캐너를 통과할 수 있어……. 애플 페이, 호텔 객실 문, 비행기표 예매에도 적용되는 기술이야."

캐서린은 계속 화면을 이리저리 손가락으로 두드렸다.

"요즘 사람들은 대부분 전자지갑에 신용카드 클론을 설치하거든. 카드를 몽땅 가지고 다니는 것보다 핸드폰 하나만 들고 다니는 게 훨씬 편리하니까."

일리는 있지만 랭던은 캐서린이 과연 원하는 걸 찾을 수 있을까 싶었다.

"게스네르 박사가 문지방 출입 카드의 복사본을 자기 핸드폰에 저장해 뒀을 거라고? 그건…… 보안상 너무 위험한 짓인데."

캐서린이 계속 화면을 들여다보며 말했다.

"오히려 그 반대야. 디지털 클론은 상호작용이 암호화되어 있고, 사용자가 여러 종류의 생체 인증과 암호를 결합한 프로그램을 쓸 수 있어서 물리적 카드보다 안전해. 안면 인식, 손가락 지문, 망막 스캔을 실제 암호와 연동해서 쓰는 거야. 생체 인식 카드보다 보안성이 훨씬 좋지. 문을 들락거릴 때마다 서류 가방에서 카드 꺼내는 모습을 남들한테 보이지 않아도 되고."

'흥미롭군.'

캐서린의 설명을 들으며 랭던이 희망을 품고 있는데 시간이 갈수록 그녀의 낯빛이 어두워졌다.

캐서린은 화면을 들여다보며 얼굴을 찌푸렸다.

"뭐지. 전자지갑에 카드는 많은데 쓸만한 게 안 보여. 신용카드…… 직불카드…… 보너스 카드…… 신분증…… 차고 출입…… 대중교통…… 헬스클럽…… 보험…… 항공사 마일리지……."

랭던이 끼어들었다.

"헬스클럽 카드."

캐서린이 그를 힐끗 올려다보았다.

"어제저녁에 했던 얘기 기억해? 내가 벨 창 문양이 들어간 검은색 카드에 대해 게스네르 박사한테 물었잖아? 박사는 헬스클럽 카드라고 했는데 거짓말이었을 거야……. 그런 식으로 위장하지 않았을까?"

캐서린은 화면으로 시선을 돌리고 손가락으로 두드렸다. 잠시 후 그녀의 입가에 살며시 미소가 걸렸다.

"익숙한 그림인데."

캐서린은 그에게 핸드폰을 건넸다.

복제한 카드 이미지를 보니 확실했다.

랭던은 반색하다가 그 카드 아래에 적힌 글자를 보고 기분을 가라앉혔다.

3단계 인증이 필요합니다.

1) 암호

랭던이 말했다.

"내가 아는 건 승강기 암호뿐인데. 아까 핸드폰 화면을 열려고 했을 땐 먹히지 않았어."

"여기서는 될 수도 있어. 이 카드는 문지방 출입 카드니까. 승강기처럼. 브리기타의 논리대로라면 같은 암호를 썼을 거야."

'하긴 게스네르는 효율성 빼면 시체인 여자지.'

랭던도 동의하며 조심스럽게 암호를 입력했다.

314S159

핸드폰이 경쾌한 알림음을 울리며 다음 화면으로 넘어갔다.
"됐다!"
랭던이 외쳤다. 두 번째 인증은 훨씬 간단했다.

2) 안면 인증

그는 아까처럼 핸드폰 화면을 게스네르의 얼굴 가까이 가져갔다. 이번에도 핸드폰이 알림음을 울리며 마지막 화면을 보여주었다.

3) 지문 스캔

랭던은 게스네르의 잘린 손가락을 내려다보며 머뭇거렸다. 캐서린이 그에게서 핸드폰을 부드럽게 낚아채 들고 나섰다. 캐서린은 시신을 만지면서도 동요하지 않고 게스네르의 검지를 핸드폰에 가져다 댔다.

핸드폰에서 세 번째로 울리는 알림음을 들으며 랭던은 이제 이 폰을 들고 문지방으로 내려가는 승강기에 타는 일밖에 남지 않았다고 생각했다. 그런데 화면을 들여다보는 캐서린의 표정이 좋지 않았다.

"나쁜 소식이야. 보안 기능이 하나 더 있어." 캐서린이 핸드폰 화면을 들어 보여주었다. "인증 유지 시간이 10초밖에 안 돼."

화면에서 남은 시간이 10초에서 0초까지 카운트다운 되었다. 시간이 경과되자 카드는 비활성화되고 초기 암호 화면으로 돌아갔다. 3단계 인증을 처음부터 다시 해야 하는 것이다.

'젠장.'

캐서린이 말했다.

"게다가 핸드폰 배터리도 다 돼가. 얼마 안 남았어."

'생각해, 로버트.'

그는 게스네르의 서류 가방에서 충전기를 보지 못했다. 캐서린과 대사를 설득해 자신의 계획에 동참하게 만든 탓에 무거운 죄책감이 랭던의 가슴을 짓눌렀다.

게스네르의 시신에 연결된 정맥 주사를 제거하고 시신을 EPR 포드에서 꺼내 승강기 앞으로 끌고 갈까도 생각해 보았다.

'시간이 부족해.'

게다가 시신을 옮겨 범죄 현장을 오염시켰다가는 나중에 범인으로 몰릴 수도 있다.

"문지방으로 들어갈 방법을 찾아야 해, 로버트…… 시간이 얼마 남지 않았어!"

랭던은 방금 캐서린이 '얼마 남지 않았어'라고 한 말이…… 어째서인지 문자 그대로 인식됐다.

'거리가 정확히 얼마나 되지?'

그는 이 방 바깥에 있는, 바닥에 무늬가 새겨진 긴 복도…… 그리고 그 끝에 있는 승강기와 RFID 리더기를 떠올렸다.

'10초로 가능할까?'

우사인 볼트의 100미터 세계 신기록은 9.58초였다.

'복도의 길이는 그 절반도 안 돼……. 기껏해야 40미터 남짓이야.'

캐서린이 그를 돌아보며 고개를 절레절레 흔들었다. 랭던은 망설임 없이 계획을 털어놓았다.

"뛰어가겠다고? 안 될 텐데……."

"10초는 생각보다 길어."

"당신이 자주 달리기하는 건 나도 알아, 로버트. 하지만 매끈한 나무 바닥에서 로퍼를 신고 뛰어야 하는데, 가능하겠어?"

"해볼만해. 할 수 있을 것 같아."

핸드폰의 배터리 잔량을 확인한 캐서린의 눈이 동그래졌다.

"한 번에 성공해야 해."

캐서린은 곧바로 3단계 인증을 다시 시작했고 랭던은 그 옆에서 이어달리기 배턴을 건네받으려는 자세를 취하듯 손을 뻗고 기다렸다. 핸드폰에서 세 번째 알림음이 울리자마자 캐서린은 그의 손바닥에 핸드폰을 쥐여주었다. 그는 핸드폰을 쥐고 즉시 방을 가로질렀다. 문틀을 잡고 몸을 홱 돌려 복도로 달려 나가 전력으로 질주했다. 바닥이 미끄러워 로퍼를 제대로 디딜 수 없었다.

화장실, 가상 현실 연구실, 이미징 연구실, 사무실을 차례로 지나갔다. 승강기 옆 벽에 붙어있는 검은 동그라미가 보였다. RFID 리더기였다.

'20미터도 안 남았어……. 더 빨리!'

승강기에 가까워지자 핸드폰을 앞으로 내밀며…… 화면에 표시된 남은 시간을 확인했다.

'3초…… 2초…… 안 되겠어.'

랭던이 미친 듯이 승강기 앞으로 달려가 RFID 리더기에 핸드폰을 가져다 대는 사이 캐서린도 방에서 복도로 달려 나왔다. 랭던이 허리를 숙인 채 손을 무릎에 대고 숨을 몰아쉬고 있었다.

'실패했구나…….'

랭던에게 천천히 다가가는데 갑자기 승강기 문이 열리면서 안에서 빛이 쏟아져 나왔다. 그의 웅크린 몸이 윤곽선으로만 보였다.

"해냈구나!"

캐서린은 랭던에게 달려갔다. 그는 숨을 헐떡이며 승강기 문이 닫히지 않도록 잡아주었다.

"잘했어, 로버트. 감동이야."

"잘돼서 다행이야……. 다시 해야 한다면 불가능했을 거야."

"핸드폰 배터리가 다 됐어?"

"아니…… 내 체력이."

캐서린은 그와 함께 승강기에 올라타며 미소 띤 얼굴로 그의 뺨에 입을 맞췄다. 승강기 문이 닫히고 잠시 아무런 움직임도 없었다. 그러다 문득…… 몸이 갑자기 가벼워진 느낌을 받았다.

그들이 탄 승강기가 *내려가고* 있었다.

95

CIA 국장 그레고리 저드는 자기 집 지하실의 눅눅하고 구석진 곳에서 땀을 흘리며 운동을 하고 있었다. 그는 상원의원 초창기 시절부터 애용해 온 에어다인 실내 자전거에서 아침마다 페달을 밟았다. 이제 6분 남았다. 아내 머피가 신제품 펠로톤 실내 자전거를 구입해서는 일광욕실에 두고 타라고 했지만 저드는 여전히 이 어두운 곳에서 혼자 운동하는 게 좋았다. 아침에는 오롯이 혼자 생각할 시간을 갖고 싶었다. 세상이 터져버리는 걸 막으려면 무엇을 해야 하는지 궁리하기 위해서 반드시 필요했다.

컵 홀더에 꽂아둔 핸드폰이 울렸다. 발신자를 확인한 그는 깜짝 놀랐다. 이 번호를 알고 있는 사람도 극소수지만, 동이 트기도 전에 감히 그에게 전화할 수 있는 사람은 더더욱 없었다.

그는 페달 밟기를 멈추고 숨을 고르며 전화를 받았다.

"예?"

"좋은 아침입니다, 국장님." 날이 선 여자 목소리였다. "프라하에 있는 하이디 네이글입니다."

"하이디?" 예전에 그의 밑에서 법무 자문관을 하던 하이디가 전화할 줄은 예상도 못 했다. "대사가 됐으니 이제 그레그라고 편하게 불러."

"그럴 수는 없죠, 국장님."

그는 픽 웃었다.

"알았어. 무슨 일이야?"

'그리고 누가 자네한테 이 번호를 줬지?'

"직접 여쭐 게 있어서요. 솔직하게 대답해 주시면 좋겠습니다."

하이디의 동요된 목소리가 신경 쓰여 그는 자전거에서 내려왔다.

"지금 이거 핸드폰이야. 자네는 보안 플랫폼을 이용하는 것 같은데 유선 전화로 통화하는 게……."

"야간 근무 직원한테 제가 미국 대사라고 밝혔고 국가 보안과 관련된 긴급 사안이라고 설명했더니 이 번호를 알려주더군요."

"국가 보안 비상사태라고? 하이디, 자네가 하려는 얘기 때문에라도 통화는……."

"이 질문을 2년 전에 했어야 했는데 지금 하겠습니다." 저드가 끼어들 틈을 주지 않고 하이디가 말했다. "제가 랭글리에서 쫓겨나게 된 기밀문서 건 말입니다……. Q가 저를 옭아매려고 조작한 일인 거 알고 계셨습니까? 제가 프라하에 꼭두각시로 심어졌다는 것도 아십니까?"

압박감이 심한 상황에서 침착을 유지하는 일에 능숙한 저드는 숨을 길게 내쉬었다. 그는 진실을 택하기로 했다.

"그래, 하이디. 알고 있어."

폭풍 전야 같은 정적이 흘렀다.

저드가 덧붙였다.

"그런데 그 일이 있고 난 후에 알았어. 그 일이 일어났을 당시에는 몰랐고. 자네는 내 최고 법무 자문관이었어. 나야 당연히 자네를 잃고 싶지 않았지."

"핀치가 국장님 모르게 저지른 짓이라고요?"

"핀치는 필요하다고 판단되면 자율적으로 직무를 수행할 수 있는 사람이야." 저드는 지하실을 서성이며 설명했다. "그 사실을 알았을 때 나는 화가 났지만 자네는 이미 프라하에 배정된 뒤였어. 프라하가 국가 보안상 굉장히 중차대한 지역인 것도 사실이고. 그러니 함부로 취소했다가는 역효과가 날 수밖에 없지. 해외에서 정보와 관련한 복잡한 문제를 해결하려면 외교 라인에 자기 사람을 심어놓는 게 얼마나 중요한 일인지 자네도 알 거야."

"예. 저는 그동안 핀치와 이 프로젝트에서 중요한 일을 해왔습니다. 지시를 받을 때마다 외교력을 행사해서 요식 행위를 건너뛰고, 지역 경찰 당국의 관리 감독을 피하고, 호텔 방을 도청하고…… 마이클 해리스가 사샤 베스나를 감시하게 만들었죠."

'젠장.'

그는 얼른 경고했다.

"이런 통화에서 그렇게 이름을 대놓고 말하면……."

"사샤가 요주의 인물이라고 핀치가 강조하기에 제가 마이클에게 사샤를 마크하라고 지시했습니다. 핀치는 사샤가 왜 요주의 인물인지 저한테 이유를 말해주지도 않았고요. 국장님은 알고 계십니까?"

"됐어. 이만 전화를 끊어야……."

"폴리만카 공원 지하에서 가동 준비 중인 비밀 시설에 대해 알고 계셨습니까?"

저드 국장은 서성거리던 걸음을 멈추고 우뚝 섰다. 그는 최대한 침착하게 대답했다.

"네이글 대사, 지금 무슨 소리를 하는지 모르겠지만 나한테 15분만 주면……."

그녀는 단호하게 받아쳤다.

"국장님께 동영상 링크를 보냈습니다. 사무실에 가면 보실 수 있을 겁니다. 영상을 보고 나서 저한테 연락하시죠."

"내가 왜 그래야 하지?"

"그 영상을 보고 나서 저한테 전화하세요. 그럼 제 요구가 합당하다는 걸 아실 겁니다."

"자네 요구라……. 내가 그 요구를 들어줄 수 없으면?"

"CIA 국장이시잖아요. 못하실 게 없죠."

'그걸 잊을 정도로 멍청하진 않군.'

"내가 자네 요구를 들어주지 않겠다고 결정하면 어쩔 건데?"

"그럼 그 동영상이 일반 대중에게 퍼져나가겠죠." 네이글의 목소리에는 흔들림이 없었다. "그 프로젝트에 관한 상세한 정보가 담겨있습니다. 내용이 아주 끔찍하던데요. 서두르셔야 할 겁니다. 공공 링크라서 앞으로 몇 시간 내에 누구든 그걸 클릭할 수 있으니까요."

하이디 네이글은 선을 넘고 있었다.

"하이디, 내 사람들이 그 링크를 삭제할 수 있다는 걸 자네도 알 텐데."

"파일을 다운로드했고 사본도 여러 개 만들어 뒀습니다. 안전한 곳에 나눠두었고요."

"자네 미쳤어? 화난 건 알겠지만, 왜 이런 식으로 위협까지 하는……."

네이글이 폭발했다.

"저는 평생 들러리 취급만 받아왔어요, *그레그*! 정말 지긋지긋할 만큼요! 저는 충실한 직원이었고 그만한 대우를 받을 자격이 있습니다. 그러니 당장 가서 할 일을 좀 하세요, 염병할!"

저드는 네이글이 침착을 잃고 고함치는 소리를 처음 들었다. 솔직히 두렵기도 했다. 하이디 네이글은 만만찮은 상대였다.

'게다가 불안정한 사람은 오판해서 되돌릴 수 없는 결정을 할 수도 있어.'

네이글이 날카롭게 말했다.

"한 시간 안에 다시 전화하겠습니다. 만약 제가 사라지면 이 동영상을 전 세계 뉴스에서 보실 수 있을 겁니다."

"네이글 대사, 일단 내 얘기를……."

그녀는 이미 전화를 끊어버렸다.

네이글은 술을 즐기지 않았다. 특히 이런 한낮에는 마시지 않았는데, 오늘은 어쩔 수 없이 사무실에 있는 미니 바에서 텀블러에 담긴 베헤로브카(체코의 전통 술—옮긴이)를 잔에 따라 마시고 있었다. 자리에 앉아 데스크톱 컴퓨터로 영상 사본을 다운로드받는데 손이 자꾸 떨렸다. 확실히 해두기 위해 사본을 하나 더 만들어서 '요리법'이라는 무해한 제목을 달아 폴더 깊숙한 곳에 숨겨두었다.

책상 서랍을 뒤져 USB 하나를 꺼냈다. 예전에 프라하 국제 여성 협회에서 연설하느라 준비한 파워포인트 자료가 담겨있었다. 그

자료를 지우고 게스네르의 자백 영상을 USB에 복사했다. 그리고 USB를 대사관 인장이 찍힌 편지봉투 크기의 외교 행낭에 집어넣었다.

플라스틱 보안 링을 안에 넣고 행낭의 지퍼를 꽉 눌러 봉했다. 행낭의 받는 사람 칸에는…… 본인 이름을 적어 행낭이 빙 돌아서 나중에 그녀 자신에게 돌아오도록 했다. 외교 관계에 관한 비엔나 협약 27.3조에 따라 누구든 이 외교 행낭을 무단으로 열려고 하면 범죄 행위로 처벌받을 수 있었다.

막상 봉인한 행낭을 숨길만한 안전한 장소를 찾으려고 사무실 안을 둘러봤지만, 이곳에 안전한 장소는 없다는 사실을 깨달았다. 저드 국장이 이성적으로 판단할 거라 믿고 싶었지만, 만약 그녀의 말을 거스르기로 결정했다면 그는 이 사무실을 첫 번째 공격 대상으로 삼을 것이다.

"스콧!"

네이글은 행낭을 들고 문 쪽으로 걸어가며 소리쳤다.

문 앞에서 보초를 서고 있던 경비 장교가 즉시 안으로 들어왔다.

"자네가 이걸 좀 맡아줘."

"알겠습니다, 대사님." 스콧 커블이 그녀의 손을 바라보며 물었다. "행낭 말씀이십니까, 아니면 칵테일입니까?"

네이글은 자기 손을 내려다보았다.

'이런.'

"행낭이야, 스콧." 네이글은 그에게 행낭을 건네면서 말했다. "잘 갖고 있어. 아무한테도 말하지 말고. 절대로 입 밖에 내선 안 돼. 자네를 믿어도 되지?"

"물론입니다, 대사님." 그는 행낭을 받아 제복 가슴 주머니 안에 집어넣고 걱정스러운 눈빛으로 그녀를 바라보았다. "괜찮으십니까?"

"괜찮지 그럼. 고마워. 해리스가 죽어서 내가 좀……." 그녀의 목소리가 떨렸다. "법의학팀에서는 뭐래?"

"아직 들은 얘기가 없습니다."

"다네크한테 연락해서 당장 여기로 오라고 전해."

"알겠습니다, 대사님." 그는 머뭇거리다 덧붙였다. "그런데……해리스의 시신을 발견했을 때 다네크 씨가 엄청 흥분해 있었습니다. 미리 알려드려야 할 것 같아서요. 두 사람이 가까운 사이였던 것 같습니다."

'그래.'

둘의 관계를 그런 식으로 이용한 자신이 부끄러웠다.

"알려줘서 고마워. 내가 지금 급하게 다네크의 솜씨가 필요해서 말이야."

'다네크가 프로이길 바라야지.'

커블 하사가 그 자리를 떠났다. 네이글은 책상 앞으로 돌아와 술을 길게 한 모금 들이켰다. 해리스를 죽인 자가 남긴 편지가 그녀를 올려다보고 있었다.

'사샤를 도와달라. 그 여자를 찾아야 돕든 말든 하지.'

네이글은 그 편지를 책상 서랍 안에 넣어두었다. 다행히 프라하에는 최고의 감시 시스템이 갖춰져 있었다. 다나 다네크를 설득해 그 일을 돕게 만드는 게 어렵지, 사샤를 찾는 일 자체는 어렵지 않을 것이다.

골렘은 기계로 작동되는 통로를 가로질렀다. 100미터쯤 되는 이 통로는 문지방의 핵심 아래서 가늘고 길게 뻗어나간 척추 같았다. 그 끝에는 괴상한 입구가 있었다.

강철로 된 타원형의 문에는 창문이 없었다. 잠수함의 밀폐형 해치 문처럼, 묵직한 바퀴가 달려있어서 그 바퀴를 돌려 문을 여닫게 되어있었다.

문에 경고문이 붙어있었다.

SMES
승인받은 직원만 출입 가능

어젯밤 게스네르는 이 특이한 방 안에 있는 놀라운 기술에 대해 그에게 털어놓았다. 그는 오늘 아침 검색을 통해 나머지 필요한 정보를 얻을 수 있었고, 이 기계가 바로 이 자리에 있어야만 하는 과학적 이유도 확인할 수 있었다.

'이 시설은 폴리만카 공원의 관광 명소 바로 아래에 있어.'

저 위의 구조물은 1950년대 방공호 시설 중 유일하게 남아있는 것이었다. 관광객들이 공원에 들어와 그 옆에 서서 기념사진을 찍어가곤 했다. 그 시설의 그런 특색마저도 문지방을 위해 교묘하게 이용되고 있다는 사실을 지금껏 아무도 몰랐다. 골렘도 최근에야 알게 되었다.

'그곳은 이 문 뒤에 있는 봉인된 방의 환기구 역할을 하고 있어.'

골렘은 바퀴를 돌리기 전에 잠시 숨을 골랐다. 금속 막대가 없으니 신중해야 했다. 표면이 단단하고 날카로운 것이 많은 이곳에서 또 발작이 일어났다간 위험해질 것이다.

중심을 잡고 서서 바퀴를 잡은 후 시계 반대 방향으로 돌리기 시작했다. 바퀴는 겨우 몇 센티미터 돌아갔다.

사샤의 얼굴을 떠올렸다. 순수한 그녀를 생각하며 힘을 얻었다.

'난 여기서 학대받은 사람들을 위해 이 일을 하는 거야. 당신과…… 나 그리고 앞으로 학대받게 될 모든 사람을 위해.'

그는 이를 악물고 다시 바퀴를 돌렸다.

96

승강기는 크루시픽스 바스티온이 서있는 절벽 아래 깊숙한 곳으로 계속 내려갔다. 로버트 랭던은 밀려오는 불안감과 싸우고 있었다. 문지방 시설로 들어가는 것에 줄곧 집중하고 있었던 탓에, 그곳에 가려면 반드시 거쳐야 하는 이 경로는 그의 안중에 전혀 없었다.

'수천 톤의 암석에 둘러싸인 비좁은 수직 통로 안에 갇혀있구나.'

승강기 문이 열렸을 때 무엇을 보게 될지 전혀 짐작할 수 없었다. 대사는 문지방이 아직 가동되지 않았다며 그 안에서 보안 요원을 만날 일은 없을 거라고 했다. 하지만 그 말 또한 확신할 수 없었다.

랭던은 조금 전부터 떠오른 딜레마를 두고 고민했다.

'누가 게스네르의 출입 카드와…… 엄지를 잘라서 가져갔어.'

누군가 문지방으로 진입하기 위해 끔찍한 범죄를 저질렀다. 언제 그 일이 벌어졌는지가 문제였다. 침입자들이 몇 시간 전 그 시설에 들어갔다가 나왔을까……? 아니면 아직 그 시설 안에 있을까? 아직 거기 있다면…… 얼마나 위험한 자들일까?

널찍한 승강기 안에서 무게 중심을 잡으며 캐서린이 입을 열었다.

"꽤 내려가네."

한참 내려가고 있으니 불안한 모양이었다. 랭던은 상황을 애써 모른척했다.

"핸드폰 배터리가 다 됐어."

전원이 꺼진 핸드폰을 본 그가 풀죽은 목소리로 말했다. 캐서린은 핸드폰을 받아서 숄더백에 넣었다.

마침내 승강기 속도가 줄어들기 시작했다. 캐서린과 랭던은 승강기 문이 열렸을 때 모습이 보이지 않도록 한쪽 구석으로 몸을 숨겼다. 잠시 후 승강기가 매끄럽게 멈췄다. 둘은 숨도 쉴 수 없었다.

문이 스르륵 열렸다,

승강기 안쪽 구석에 웅크리고 선 두 사람은 바깥에서 어떤 소리나 움직임이 들리는지 촉각을 곤두세웠다. 하지만 아무 소리도 들리지 않았다. 랭던이 조심스럽게 한옆으로 고개를 내밀고 바깥을 내다보았다.

승강기 바깥은 칠흑처럼 어두웠다.

승강기에서 퍼져나간 불빛 너머에는 아무것도 보이지 않았다. 문지방이 아직 가동되지 않아서 전력이 공급되지 않을 수도 있다는 걸 그는 지금껏 생각해 보지 못했다.

'깊은 지하에 온 거야. 빛도 없고, 창문도 없어. 여긴 거대한 동굴 안이야.'

심장 박동이 빨라지는 게 느껴졌다. 랭던은 승강기 밖으로 조심스럽게 나가 어둠 속으로 발을 뻗었다. 발이 바닥에 닿기도 전에 천장의 투광 조명등이 갑자기 켜지면서 순간적으로 눈앞이 보이지 않을 만큼 환해졌다. 황급히 손으로 눈을 가리면서, 그는 이 조명등이 동작 센서로 자동 점등된 것이길⋯⋯ 심문하려거나 총살하려는 무리가 작동한 것이 아니길 간절히 바랐다.

천천히 손을 내린 다음 눈을 가늘게 뜨고 앞을 살폈다.

주변이 시야에 들어왔을 때 그는 믿기지 않는 그 광경을 멍하니 바라보았다.

'말도 안 돼⋯⋯.'

두 사람이 크루시픽스 바스티온을 벗어났다는 사실을 확실히 알 수 있었다. 고대의 자연 암석은 온데간데없고 완전히 새로운 세상이 펼쳐졌다. 랭던이 발은 내디딘 곳은 미래 느낌의 매끈한 최첨단 시설이었다.

캐서린이 승강기에서 따라 내리며 나지막하게 말했다.

"믿기지 않아. 비용이 얼마나 들었을까."

랭던은 이 시설이 In-Q-Tel의 투자를 받아, 의회의 감시를 받을 필요 없는 비밀 예산으로 건설됐을 거라고 짐작했다.

캐서린은 승강기 바깥의 좁은 금속 플랫폼에 올라서며 주변을 둘러보았다.

"이건 꼭⋯⋯ 작은 지하철역 같잖아."

'초현대식 모노레일인가.'

그는 아래쪽 콘크리트 통로를 내려다보았다. 단일 협궤 선로가 이 플랫폼을 시작으로 원형 터널을 지나 그 너머 어둠 속으로 뻗어나갔다. 터널 입구는 평범한 지하철 열차가 통과하기 어려울 정도로 좁아 보였지만, 이 선로를 달리는 작은 트램의 크기에는 넉넉했다.

트램은 길고 좁은 개방형 갑판 형태를 띠고 있었다. 트램이라기보다 이동 플랫폼에 더 가까웠다. 긴 의자 두 개가 양옆으로 서로 마주 보게 배치되어 있었다. 뒤쪽에는 물자 운송을 위한 공간이 있었는데 휠체어 두 대가 실려있었다.

랭던은 워싱턴 D.C.에 미국 의회 건물들을 이어주는 이와 비슷한 지하 시설이 있다는 사실을 떠올렸다. 하지만 워싱턴 D.C.의 고풍스럽고 네모난 트램과 달리 이 시스템은 최소형화해서 날렵하고 효율적으로 보였다.

캐서린이 트램으로 다가가며 말했다.

"이 트램이 선로 이쪽 끝에 와있어서 다행이야. 좋은 징조 같아."

랭던은 그 말뜻을 바로 알아들었다. 수송 트램이 여기 있다는 건 게스네르 박사의 카드를 가져간 자가 문지방 시설에 들어갔다가 이쪽으로 되돌아와 나갔다는 뜻일 것이다. 그의 긴장한 마음이 살짝 누그러졌다.

"그러게. 이쪽 동작 센서가 꺼져있던 걸 보면 우리뿐인 것 같아."

캐서린이 먼저 트램에 올라섰고 랭던이 따라 탔다. 그들을 태운 트램은 밑동에서 나지막한 전기음을 울리더니 궤도에서 3~5센티미터쯤 살짝 떠오른 것 같았다.

'기계 장치든 인간이든 우리가 여기 있다는 걸 아는 건가.'

랭던은 이 트램이 완전히 자동화된 시설이기를…… 누가 그들을 지켜보면서 시스템을 작동시킨 게 아니기를 바랐다.

캐서린이 말했다.

"우리가 사는 캘리포니아에도 이런 자기 부상 열차가 있잖아."

어렸을 때 자석을 가지고 놀아본 사람이라면 누구나 자석이 같은 극끼리 밀어내는 특성이 있다는 걸 잘 알 것이다. 그 힘이 강력해지면, 이렇듯 플랫폼을 공중에 띄워 마찰 없이 '달리게' 할 수 있었다.

캐서린이 말했다.

"조종 장치가 안 보이네. 그냥 앉아있으면 되는 건가?"

일리 있는 추측이었다. 랭던은 캐서린 옆에 나란히 앉았고, 두 사람 모두 트램의 오른쪽을 보면서 이동하게 되었다. 곧이어 역에서 작은 차임벨 소리가 세 번 울려 퍼지더니 트램 플랫폼이 앞으로 움직이며 속도를 내기 시작했다.

위이잉 하는 전기음이 나는 것 말고는 흔들림도 없고 조용했다.

놀라울 정도로 매끄럽게 가속하면서 몇 초 만에 그들은 터널 구멍 속으로 빨려 들어갔다. 스치고 지나가는 바람 소리 외에는 완전한 침묵과 암흑 속을 달렸다.

트램의 전조등은 겨우 선로의 몇 미터 앞만 비출 뿐이었다. 빠르게 나아가고 있는 건 알겠는데 어둠 속에서 얼마나 이동하고 있는지 짐작도 가지 않았다.

갑자기 캐서린이 랭던의 팔을 잡고 헉 소리를 내며 터널 앞쪽을 가리켰다.

랭던도 방금 전에 그것을 보았다. 선로 저 앞에 전조등 하나가 그들을 향해 다가오고 있었다. 그들 쪽으로 달려오는 또 다른 트램인 듯했다. 이대로 가다가는 충돌을 피할 수 없었다.

애초에 이 트램을 타지 말았어야 했다.

"어딘가에 비상 브레이크가 있을 거야!"

캐서린이 소리치면서 좌석에 앉은 채로 주변을 돌아보았다.

랭던도 다급히 주위를 살폈다. 뛰어내릴 만한 곳이 있는지 둘러보았지만 양 옆에 콘크리트 벽이 바짝 가까이에 붙어있었다.

눈부시게 밝은 전조등이 그들을 향해 빠르게 다가왔다. 금방이라도 부딪힐 것만 같았다. 랭던과 캐서린은 서로 손을 꼭 붙잡고 충격에 대비했다. 그런데 그들이 탄 트램이 별안간 왼쪽으로 미끄러지듯 이동했다. 마주 달려오던 트램은 그대로 선로를 달렸다. 두 트램은 휘익 소리를 내며 터널의 살짝 트인 지점에서 서로를 스치고 지나갔다. 잠시 후 두 사람이 탄 트램은 원래대로 중앙으로 돌아왔고 터널은 다시 단일 선로로 좁아졌다.

랭던은 후우 숨을 내쉬었다. 심장이 미친 듯이 뛰었다. 그는 떨리는 목소리로 말했다.

"패싱 루프(철도에서 열차가 서로 교차하거나 추월할 수 있도록 임시로 정차할 수 있는 짧은 선로 구간—옮긴이)였어. 컴퓨터로 시간을 조정하나 봐."

캐서린도 안도의 한숨을 깊이 내쉬면서 그의 손을 꽉 잡았다.

패싱 루프는 선로 두 개를 깔 수 있을 만큼 넓은 터널을 길게 파지 않고도 마주 오는 기차를 피할 수 있는 효율적인 방식이다. 덕분에 랭던은 뜻하지 않게 임사 체험과 비슷한 경험을 하게 됐다.

10초 정도 더 달린 트램은 속도를 늦추기 시작했고 조금 전과 똑같이 생긴 정차 지점에 안전하고 부드럽게 멈춰 섰다. 금속 플랫폼에는 그 누구도, 아무런 표시도 없었다. 그들이 하차하자 위잉 울리던 전기음은 사라지고 트램은 다시 3~5센티미터 정도 가만히 내려앉았다.

캐서린이 말했다.

"트램 두 개로 운영되는 시스템이면 우리보다 먼저 여기 들어왔던 사람이…… 떠났는지 아닌지 알 수 없겠어."

랭던은 고개를 끄덕였다.

'언제든 한쪽 끝에 트램 한 대가 있게 되니까.'

그들은 있는 이곳은 폴리만카 공원의 북쪽 끄트머리 지하, 즉 1950년대 방공호의 가장 깊숙한 곳일 가능성이 높았다.

저쪽 플랫폼에는 승강기 문이 있는데, 이 플랫폼에는 아치 길만 있고 별도의 문은 없었다. 랭던과 캐서린은 아치 길로 걸어 들어갔다. 엑스레이 컨베이어 벨트, 전신 스캐너, 생체 인식 기기들, 보안 데스크 두 개가 갖춰진 인상적인 보안 검문소가 그들 앞을 가로막았다. 물론 사람은 아무도 없었다.

'완성해서 가동까지 되면 무슨 요새 같겠어.'

이런 생각을 하며 게걸음으로 전신 스캐너 앞을 지난 랭던은 보안 검문소를 통과해 큰 통로로 들어섰다.

지금까지는 여기가 CIA 시설임을 나타내는 어떤 표시도 보이지 않았다. 그런데 유리로 된 쌍여닫이문 앞에 서자 유리에 스텐실로 조그맣게 박혀있는 단어가 눈에 띄었다.

PRAGUE

'그 로고 맞네.'

랭던은 문으로 다가갔다. 손이 닿기도 전에 문이 자동으로 열리면서 그 너머 통로가 환하게 밝아졌다. 이 홀의 조명은 아까 그들이 있던 플랫폼의 눈부신 조명에 비하면 훨씬 부드러운 빛을 뿜어냈다. 두 줄로 된 은은한 바닥 조명이 통로 벽 아래를 따라 쭉 뻗어나가 있어 마치 비행기 활주로를 보는 듯했다.

검은색 테라조 타일이 깔린 바닥은 티 하나 없이 깨끗해서 마치 윤기 나는 현무암 같았다. 은색 금속으로 된 이쪽 벽은 크롬 처리한 베니어판처럼 보였다. 벽은 아래쪽에 설치된 조명 빛을 받아 반짝거렸다. 공기 중에 페인트, 콘크리트, 청소 용품 냄새가 남아있었다.

랭던과 캐서린은 빠른 걸음으로 통로를 걸어갔다. 그들의 발소리가 통로 내부의 단단한 표면에 울려 퍼졌다. 20미터쯤 걸어간 그들은 교차로에서 걸음을 멈췄다. 그곳에서 오른쪽으로 또 다른 통로가 뻗어있었다. 연녹색 타일이 깔린 이쪽 복도가 완전히 어둠에 잠기기 전에 랭던은 사무실 문을 몇 개 보았다.

그 앞에 '지원부'라고 적힌 안내판이 붙어있었다.

사무실과 서류 파일을 뒤져봤자 귀중한 시간을 낭비할 뿐이라는 생각이 들었다. 문지방에서 무슨 일이 벌어지고 있는지에 관한 확실하고 구체적인 증거가 필요했다. 방법은 하나뿐이었다.

'이 시설의 중심부로 가야 해.'

다행히 검은 타일로 된 저 앞쪽에 '운영부'라는 굵은 글씨가 스텐실로 찍혀있었다.

그들은 길고 곧게 뻗은 통로를 따라 걸어갔다. 두 사람의 걸음을 따라 앞쪽 바닥 조명이 자동으로 계속 켜졌다. 마침내 우묵하게 들어간 곳 앞에 다다랐다. 익숙한 상징이 새겨진 커다란 금속 문이 있는 곳이었다.

'카두세우스?'

CIA 시설 안에, 그것도 눈에 잘 띄는 곳에서 의학의 상징을 보고 랭던은 놀랐다. 도상학적으로 이 상징은 여기서처럼 흔히 잘못 사용되곤 했다. 카두세우스는 여행과 교역을 관장하는 그리스 신 헤르메스의 지팡이를 형상화한 고대 상징이었다.

이곳에 어울리는 정확한 상징은 헤르메스의 지팡이가 아니라 치유를 관장하는 그리스 신 아스클레피오스의 지팡이여야 할 것이다. 비슷하게 생겼지만 카두세우스는 뱀이 두 마리이고, 아스클레피오스의 지팡이는 날개 없이 뱀 한 마리로만 되어있었다. 1902년 미국 육군 의무병과가 제복에 아스클레피오스의 지팡이 대신 카두세우스를 잘못 새긴 바람에 오늘날까지도 미국 의사들과 병원들까지 이 상징을 잘못 사용하고 있었다.

캐서린은 앞으로 걸어가 문을 열었다.

뒤따라 들어간 랭던의 눈앞에 작은 병원처럼 보이는 방들이 보였다. 첨단 진단 및 이미징 장비가 갖춰진 진찰실, 선반에 포장도 뜯지 않은 의료 용품이 잔뜩 쌓여있는 좁은 비품 보관실, 랭던이 여느 집중 치료실에서 본 것보다 더 많은 의료 장비가 갖춰져 있는 침상 두 개짜리 병실이었다.

섬뜩하게도 그 병실에는 '회복실'이라고 적혀있었다.

'무엇으로부터 회복한다는 거지?'

안쪽으로 깊숙이 들어가자 큼직한 상자를 포크에 얹어놓은 소형 지게차가 보였다. 캐서린이 다가가 앉아 상자에 붙은 라벨을 읽었다.

"NIRS. 근적외선 분광법 장비라는 뜻이야. 첨단 실시간 이미징 장비지."

"의료 시설에서 그런 걸 써?"

랭던은 NIRS를 천문학계에서 쓰는 장비로 알고 있었다.

"노에틱 과학자들은 산소 포화도를 측정해 뇌 활동을 분석하려고 이런 장비를 써." 캐서린은 걱정스러운 눈빛으로 일어섰다. "이해가 안 되는데…… CIA가 폴리만카 공원 지하에 왜 비밀 병원을 지었을까?"

랭던도 같은 의문을 품은 채 반회전문 앞으로 걸어갔다. 그 문을 조심스럽게 살짝 밀어보았다. 안은 어두컴컴했다. 문을 조금 더 밀자 안쪽에서 불이 환하게 켜졌다.

문 안으로 들어가서 보니 외과 수술 준비실이었다. 맞은편 벽의 두꺼운 판유리 창문 너머로 바로 옆방의 풍경이 들여다보였다. 옆방은 새하얗게 반짝이는 수술실이었다. 랭던이 생전 처음 보는 불쾌하게 생긴 장비가 매끈한 수술대 위 천장에 매달려 있었다.

랭던은 뒤에서 다가오는 캐서린에게 나지막하게 말했다.

"저 기계가 뭔지 모르겠는데…… 소름 끼치게 생겼어."

97

 에브로프스카 거리가 꽉꽉 막혀서 차가 기어가다시피 했다. 핀치가 대사 관저에 도착하려면 30분은 더 걸릴 것 같았다. 그는 네이글이 그동안 랭던과 캐서린을 최대한 편안하게 응접해 주고 있길 바랐다.
 '점심 칵테일이라도 한두 잔 내주든가.'
 네이글은 프라하에서 알토란 같은 역할을 톡톡히 하고 있었다. 자기가 그 자리에 고용된 내력을 알고 나서 굉장히 불쾌해하긴 했지만, 핀치의 지시를 효율적으로 수행했고 필요할 때마다 외교력을 유연하게 발휘하기도 했다. 물론 네이글은 마이클 해리스를 사샤 베스나 곁에 심어놓으라는 그의 명령에 반발하기는 했었다.
 네이글은 그에게 물었다.
 "사샤를 왜 감시해야 하죠? 그 여자가 스파이라고 생각하시나요?"
 "스파이는 아닙니다." 핀치는 사실대로 말하며 네이글을 안심시켰다. "위험한 인물도 아니에요."
 '사샤 베스나는 스파이보다 훨씬 귀중하지. 본인은 모르겠지만 CIA가 투자해서 진행 중인 작업물이고…… 중요한 자산이니까.'

"예방 차원에서…… 잘 지켜볼 필요가 있어서 그렇습니다."

'본인 모르게 지켜봐야 하거든…….'

핀치의 폰에서 수신음이 울렸다. 요새에서 하우스모어가 상황을 보고하려나 보다 싶었다. 그런데 발신자를 확인한 그는 상관인 것을 알고 허리를 세워 고쳐 앉았다.

"그레그." 그는 CIA 국장에게 격식을 차리지 않고 친근하게 이름을 부르며 침착한 목소리로 대답했다. "웬일로 전화를 주셨습니까."

"좋은 소식이 아닐세." 저드는 한담이나 나눌 기분이 아닌 듯 딱딱거렸다. "네이글 때문에 전화했어. 자네가 그 문서 건으로 자기를 엮었다는 걸 알고 있던데."

"그건 네이글이 안 지 꽤 됐습니다. 국장님도 알고 있잖습니까."

"그렇긴 한데 자네가 네이글을 채용한 방식은 난 지금도 마음에 걸려."

'마음에 걸린다고? 진심인가?'

핀치는 이 남자의 독선적인 발언을 참고 들어줄 수가 없었다. 국장이 프라하를 감독하는 자리에 핀치를 앉힌 이유는 하나였다. 전쟁에서 이기기 위해서는 정책이나 규제를 우회하더라도 무슨 짓이든 해서 필요한 일은 반드시 해내는 사람이기 때문이었다.

"그 건에서 국장님을 보호해 드리려고 일부러 자세한 말씀을 안 드린 겁니다. 그래야 책임지실 일이 없을 테니까요."

'고맙다는 인사는 됐거든.'

"고맙긴 한데, 네이글은 더 나은 대우를 받을 자격이 있어."

"대사보다 나은 자리요? 지금 미국 외교관으로 있잖습니까! 네이글은 프라하에서 우리를 위해 일을 아주 잘해주고 있습니다. 서로 원원이죠."

"자네가 생각하는 것만큼은 아닌가 보지. 자기가 프로젝트에 관해 아는 걸 죄다 폭로하겠다고 위협했어."

핀치는 잘못 들었다고 생각했다.

"뭐라고 하셨습니까?"

"들었잖나."

"폭로하겠다고 위협했다니…… 말도 안 되는 소리군요."

"네이글이 제대로 열 받았어. 요구 조건도 있다더군."

"하지만…… 그 여자는 아무것도 모릅니다!"

"상세한 증거를 갖고 있다던데. 랭글리에 있는 내 사무실로 무슨 영상을 보냈다고 했어. 그걸 확인하러 가는 중이네."

"무슨 영상이요? 네이글은 머리가 잘 돌아가서 우리 조직의 뜻을 거스르지 않는 게 좋다고 결정했습니다. 겨우 그 정도나 판단할 뿐입니다. 그 여자가 무슨 수작인지 모르겠지만…… 허풍이겠죠."

"난 네이글과 오랫동안 일했어. CIA 법무 자문관이었던 사람이야. 허풍 같은 건 안 떨어."

핀치는 뱃속이 불편하게 뒤틀리는 느낌이었다.

'대사가 나를 속인 건가?'

"네이글이 무슨 요구를 했습니까?"

"그걸 아직 말 안 해."

핀치는 그게 과연 사실일까 싶었다.

"조금 있다가 네이글이랑 다시 통화해 볼 거야. 보안상 우려되는 부분이 있으면 지금 바로 해결하게. 이 프로젝트와 관련된 세세한 정보가 새어 나갔다간 대재앙이 벌어질 거란 얘기는 내가 새삼스레

할 필요 없겠지."

"잘 처리하겠습니다. 방금 프라하에 도착해서……."

문득 말을 너무 많이 했다는 걸 깨닫고 핀치는 입을 닫았다.

국장도 신중하게 말을 고르는 듯했다.

"프라하에 있다면 문제가 생겼다는 걸 벌써 알고 있겠군."

'게스네르가 실종되었다는 건 알고 있지.'

"네, 어젯밤에 몇 가지 일이 사소하게 엉키긴 했지만 모든 걸 잘 제어하고 있습니다. 지금 일을 마무리 지으러 가는 길입니다."

"잘해야 할 거야. 자네를 그 자리에 앉힌 걸 후회하게 하지 마. 이건 우리 조직이 운영하는 가장 중요한 프로젝트 중 하나니까."

"제 능력을 아시니 저를 선택하신 것 아닙니까."

"그래……. 그리고 경고 한마디 하지. 하이디 네이글에게 무슨 일이 생기면, 그게 *어떤* 일이든, 자네는 대가를 치러야 할 걸세. 이 모든 것에 대해서."

핀치는 경망스럽게 대꾸했다.

"저는 적이 아닙니다. 국장님 편이죠."

"처신 조심해. 날 시험하려 들지 마."

전화가 딸깍 끊겼다. 핀치는 프라하로 향하는 차 안에서 입을 꾹 다물었다.

속이 부글부글 끓어오른 그는 네이글 대사에게 전화를 걸었다.

신호음 한 번 울리지 않고 곧바로 음성 메시지로 넘어갔다.

'전화를 꺼놨어?'

불안해진 핀치는 크루시픽스 바스티온에 있는 하우스모어에게 전화했다. 다행히 이번에는 신호음이 들렸다. 하지만 신호음이 여덜 번 울리고 나더니 마찬가지로 음성 메시지로 넘어갔다.

'무슨 일이지?'

현장 요원 하우스모어는 평소 낮이든 밤이든 신호음이 한 번 가자마자 전화를 받았다……. 예외는 없었다. 다시 하우스모어에게 전화를 걸었는데 마찬가지로 받지 않았다.

핀치는 핸드폰을 주머니에 넣고 도시의 윤곽선을 바라보며 오랜 생각에 잠겼다.

그는 결심을 굳히고 운전기사에게 말했다.

"행선지가 바뀌었네. 대사 관저 말고 크루시픽스 바스티온으로 가지."

98

 지하 수술실 중앙을 차지한 거대한 기계는 초현대적인 고문 기구 같았다. 수술대 바로 위의 천장에 설치된 그 기계에는 로봇 팔 네 개가 달렸고 각 팔에는 복잡한 케이블과 전선으로 연결된, 집게발 같은 손가락이 달려있었다. 기계 손가락은 그 아래 판석 같은 수술대에 누운 불운한 대상자가 누구든 바로 공격할 태세를 갖춘 듯 보였다.
 랭던이 보기에 이 기계의 가장 섬뜩한 부분은 로봇 팔이 아니라 수술대의 결박 장치였다. 수술대에는 두툼한 벨크로 끈이 열 개 이상 달려있었는데, 환자가 조금도 움직이지 못하게 팔, 다리, 가슴을 결박하도록 설계되어 있었다. 수술대 한쪽 끝에는 반원형의 금속 밴드가 있었는데 밴드에 붙은 가느다란 막대 다섯 개가 사방으로 뻗쳐있었다. 그것이 두개골 고정 나사인 걸 깨달은 랭던은 몸서리를 쳤다. 두개골에 나사를 박아 고정하고 저 괴물 같은 기계가 위에서 내려다보는 가운데 여기 묶이는 건 상상만 해도 끔찍했다.
 '밀실 공포증이 극대화되겠어.'

캐서린이 말했다.

"놀라워……. 로봇이 보조하는 뇌 수술을 할 계획인가 봐. 최초로 발명된 이런 종류의 기계 이름이 다빈치라는 거 당신도 기억할 거야."

랭던은 그 뉴스를 본 기억이 어렴풋이 났다.

캐서린은 두개골 고정 장치 앞으로 와서 사방으로 뻗친 긴 나사를 자세히 들여다보며 말했다.

"내가 꿨던 악몽이 떠올라."

'그러게. 방사형 후광과 같은 모양이네.'

그 말을 듣고부터 랭던은 그 물건이 달리 보였다.

"이쪽에 제어실이 있어."

캐서린은 그리로 걸어가 두꺼운 판유리 창문 너머를 들여다보았다.

랭던도 옆으로 다가갔다. 입체 3D 구현을 위해 LCD 어닝이 설치된 평판 모니터 앞에 인체 공학 의자 세 개가 놓여있었다. 그 앞에는 마우스, 롤러볼, 스타일러스 펜, 편집 셔틀, 콘솔, 조이스틱 등 기계와 잘 어울리는 눈부신 스테인리스강 입력 장치가 완벽하게 갖춰져 있었다. 그리고 '홀로그래픽 키네틱스'라고 표시된 상자에는 메시 장갑 한 켤레가 담겨있었다.

"대단하다. 로봇 수술 기술이 발전하고 있는 건 알았지만, 여기 있는 장비는 내가 들어본 것보다 몇 년은 앞서있는 것 같아."

랭던은 게스네르가 설계한 것이 아닐까 생각했다.

'게스네르가 보유한 또 다른 수익성 좋은 특허였는지도 모르지.'

"이런 기계로 게스네르가 뇌전증 환자에게 칩을 이식했을까?"

랭던의 물음에 캐서린이 대답했다.

"절대 그렇지 않아. RLS 칩을 이식하는 건 아주 기초적인 작업이거든. 뇌 수술이라고 부를 수도 없어. 그냥 두개골에 엄지만 한 홈을 파고 칩을 넣기만 하면 되거든. 뇌는 건드리지도 않아."

캐서린은 천장에 매달린 기계 앞으로 가서 여러 각도로 세심하게 살펴보았다.

"이건…… 완전히 차원이 달라. *심도 있는* 뇌 작업에 쓰이겠어. 복잡한 종양을 제거하거나 뇌동맥류를 수술하거나…… 특수하고 섬세한 조직 샘플을 떼어내서 분석하거나."

캐서린이 그를 돌아보며 물었다.

"사샤 베스나 머리에 상처가 있다고 했지? 상처가 컸어?"

그는 발작하는 사샤의 머리를 붙잡고 있었던 순간을 떠올리며 고개를 끄덕였다.

"대부분 머리카락 아래에 감춰져 있긴 했지만, 맞아. 다친 자국인 줄 알았는데 나중에 사샤가 말해줘서 알았어. 게스네르가 칩을 이식하면서 소소하게 합병증이 생겼다더라고. 수술은 성공적이었지만…… 예상한 것보다 범위가 조금 커졌다고 했어."

"조금?" 캐서린은 로봇 수술 기계를 올려다보며 말했다. "이 기계는 완전히 새것은 아니야. 사용 흔적이 있어. 이런 말 하고 싶진 않은데, 사샤는 피험자로 쓰기에 완벽한 조건을 갖췄을 거야. 순진하지, 가족도 없지, 자기 목숨을 구해주고 월급도 주는 유명한 의사가 권하는 후속 절차에 대해 의문도 제기 안 하지."

랭던은 그런 생각을 하는 것만으로도 비윤리적인 것 같아 수치심이 느껴질 지경이었만, 지금은 당장 해야 할 일에만 집중하기로 했다.

"여기에 당신이 쓴 원고와 관련된 게 *뭐라도* 있는 것 같아?"

캐서린은 고개를 저었다.

"아직. 게다가 그자들이 여기서 하는 일이 잘못됐다는 걸 입증할 증거도 못 찾았어. 지금 내가 말할 수 있는 건 그들이 여기서 최첨단 뇌 수술을 하고 있다는 거야."

"〈닥터 모로의 DNA〉라는 영화가 생각나네." CIA가 외국의 지하 연구소에서 비밀리에 수술을 진행하고 있다는 건 상상만 해도 끔찍했다. "계속 살펴보자."

의료 구역을 빠져나간 그들은 검은 타일로 꾸며진 통로로 돌아가 문지방 더 깊은 곳으로 향했다.

또 다른 우묵한 곳에 문이 있었다. 그런데 이 문은 두툼한 흡음재로 덮여있었다.

캐서린이 문 옆에 붙은 안내판을 읽었다.

"몰입형 컴퓨팅. 여기 뭔가 있을지도 모르겠어."

랭던은 안에서 뭘 보게 될지 짐작도 할 수 없는 상태로 캐서린을 따라 그 방으로 들어갔다. 벽, 천장, 바닥까지 전부 검은 카펫으로 덮여있었다. 벽 아래 굽도리널의 은은한 조명이 유일한 빛이었는데 그들이 안으로 들어가자 빛이 더 약해졌다.

방 한가운데에 의자 여덟 개가 나란히 놓여있었다. 별나게 깊숙한 리클라이너 의자인데 어깨끈을 안전벨트처럼 착용하게 되어있었고, 복잡한 유압 팔과 밸브가 연결돼 있었다.

랭던이 말했다.

"짐벌이야. 의자가 움직이게 되어있어."

캐서린은 고개를 끄덕이며 그 의자들 앞으로 걸어왔다.

"몰입형 컴퓨팅은 본질적으로 첨단 가상 현실이야. 이 의자들의 움직임은 여기로 입력되는 이미지, 소리와 동기화되어 있어." 캐서린은 초현대적인 디자인의 불투명 유리 헬멧을 의자에서 집어 들었다. "광범위한 스펙트럼을 한 화면에 담아내는 파노라마 디스플레이 기술이지. 이건 특별한 첨단 가상 현실 기술이야, 로버트."

'가상 현실? 대체 여기서 뭘 하는 거지?'

캐서린은 방 뒤쪽에 있는 컴퓨터 워크스테이션 앞으로 갔다.

"이런 가상 현실 시뮬레이션을 돌리는 데 필요한 데이터가 엄청나서…… 바로 이런 대규모 시스템을 써야 할 거야." 캐서린은 판유리 창문 너머 즐비하게 놓인 컴퓨터들을 가리켰다. "아마 모든 게 여기, 이 컴퓨터 단말기로 연결되겠지."

그러고는 그 앞에 앉아 컴퓨터 전원을 켰다.

단말기 전원이 켜지길 기다리며 랭던은 캐서린 옆으로 다가가 물었다.

"원고에서 가상 현실을 언급했어?"

캐서린은 그를 힐끗 올려다보며 고개를 끄덕였다.

"몇 번 언급하긴 했는데 그냥 일화 정도였어. 내가 예전에 프린스턴 공학 이상 현상 연구소에서 가상 현실 실험 피험자로 참여한 적 있거든. 내가 비국소적 의식을 연구하기로 결심하는 데 그때의 경험이 한몫했지. 그래서 그 얘길 원고에 썼어."

"그래? 관계가 있어 보이기도 하네."

"원칙적으로는." 캐서린은 회의적인 표정이었다. "하지만……."

"얘기해 봐."

"음…… 가상 현실의 목표는 본질적으로 뇌를 속여서 환상을 믿게 만드는 거야. 시각, 청각, 동작 같은 가상의 정보가 정신에 더 많이 입력될수록 뇌가 인공적 상황을 쉽게 현실로 받아들이지. 환상을 *믿기* 시작하는 지점이 심리학자들이 '현존감'이라고 부르는 상태이고."

"가상 현실로 암벽 등반을 한 적 있는데, 겁이 나서 몸이 마비될 지경이긴 했어."

"바로 그거야. 당신 몸이 절벽에 매달려 있고 위험한 상태라고 당신의 정신이 *믿는* 거지. 그런 환상이 당신한테는 일시적으로 현실이 되는 거야. 나도 프린스턴에서 가상 현실 실험에 참여하면서 그런 '현존감'을 경험했어. 다만…… 그 실험은 좀 달랐어. 어떤 변화가 있었거든."

"무슨 변화?"

캐서린은 컴퓨터에서 시선을 떼고 그를 올려다보며 미소 지었다.

"간단히 말하면…… 그때 내가 직접 비국소적 의식을 경험했어."

캐서린은 '자신에게서 분리된 기분'을 처음 느껴본 그 마법적인 순간을 잊지 못했다. 그 경험은 캐서린의 삶을 송두리째 바꿔놓았고 의식을 연구하겠다는 결심을 확고하게 만들었다.

그 실험은 캐서린이 다니던 프린스턴대 교수의 요청으로 시작됐다. 그는 캐서린에게 텅 빈 방에서 혼자 일어서라고 말했다. 그는 인터콤을 통해 캐서린에게 가상 현실 고글을 착용하라고 지시했다. 캐서린은 고글을 착용하자마자 순식간에 광대한 초원으로 옮겨가 꽃과 나무들 사이에 서있게 됐다.

전원의 풍경 속에서…… 한 가지 예상 못 한 반전이 있었다.

그곳에서 캐서린은 혼자가 아니었다.

60센티미터쯤 떨어진 곳에…… *자신과 똑같이 생긴 사람*이 서있었다. 그 복사본은 차분하게 미소 지으며 캐서린의 눈을 똑바로 들여다보았다. 캐서린은 다른 *자아*를 바라보면서, 그것이 자신의 모습을 투영한 것임을 알았지만 감각이 혼란스러워지는 것을 느꼈다. 그렇게 초원에서 1분 정도 자신을 대면했다.

인터콤에서 흘러나온 교수의 목소리가 캐서린에게 팔을 뻗어 유령 자아의 어깨에 손을 얹으라고 지시했다. 캐서린은 머릿속이 혼란스러웠다. '이 복제본은 진짜가 아니야.' 캐서린은 머뭇거리며 손을 들어 다른 자아의 어깨로 천천히 가져갔다. 당연히 *아무것도* 만져지지 않을 줄 알았는데, 손이 *실제*로 물리적인 어깨에 닿자 캐서린은 충격을 받았다. 더 충격적인 것은 바로 같은 순간에 자기 손이 *자기* 어깨에 닿는 것을 느낀 거였다!

머릿속이 완전히 뒤죽박죽되면서 캐서린의 뇌가 질문을 던졌다.

'어느 쪽이…… 내 *진짜* 몸이지?'

자기 손이 *상대*의 어깨를 짚은 모습을 보았는데, 자기의 *실제* 어깨에 손이 닿은 느낌은 캐서린의 '물리적 자아'가 다른 몸으로 옮겨간 것처럼 느끼도록 하기에 충분했다. 잠깐 동안 신비로운 경험을 하면서 캐서린의 의식은 자신 *바깥*에서 떠다녔다. 캐서린은 관찰자였고 육신을 떠난 정신이었다……. 임사 체험 환자가 자신의 죽은 몸 위에서 떠다니는 경험과 비슷했다.

그 순간 캐서린은 의식이 자유로워지고 물리적 형태로 존재할 필요가 없다는 데서 오는 더없는 행복을 느꼈다. 원래 *자아*로 돌아온 후에도 '육신에 얽매여 있지 않았던 경험'의 여파는 여러 날 지속되었다.

그 실험에서 강력한 영향을 받고 난 뒤 캐서린은 환상을 만드는 게 아주 쉽다는 것을 깨달았다. 알고 보니, 캐서린이 가상 현실 고글을 쓰고 서있는 동안 여자 연구원 한 명이 소리 없이 방으로 들어와 캐서린 바로 앞에 서있었다. 캐서린이 '유령 자아'의 어깨에 손을 얹었을 때, 실은 자기도 모르게 연구원의 어깨에 손을 얹은 거였고, 그 연구원은 동시에 캐서린의 어깨에 *자기* 손을 얹은 거였다. 그 순간 캐서린의 자아 감각은 물리적 육신을 떠난 느낌을 받았다.

엄밀히 말해 이것이 *진짜* 유체 이탈 경험은 아니었다. 하지만 비물리적 세계에 연결되었다는 그 느낌이 너무나 평화롭고 마음 편해서, 의식의 비국소성을 더 깊게 연구해야겠다는 결심을 굳히게 됐다.

캐서린이 설명을 마쳤을 때 컴퓨터의 전원이 들어오고 화면이 켜졌다. 캐서린이 말했다.

"암호로 막혀있네. 이럴까 봐 걱정했는데. 그자들이 어떤 종류의 시뮬레이션을 돌리고 있는지 정확히 알 수가 없어. 이 가상 현실 연구소가 내 책과 무슨 연관이 있는지 도저히 짐작도 못 하겠고."

랭던은 책상의 금속 의자에 앉아 이런저런 궁리를 해보았다. 하지만 딱히 그럴듯한 생각이 나질 않아 그는 고개를 절레절레 흔들며 일어섰다.

"유체 이탈 시뮬레이션을 돌리지 않았을까? 아까 당신이 얘기했던 것과 비슷한 거 말이야. 뇌전증, 사샤, 원격 투시와 관련된 실험일 수도 있고⋯⋯."

"맞아. 하지만⋯⋯." 캐서린은 헬멧과 짐벌 의자를 바라보며 덧붙였다. "아무래도 이 방은…… 다른 목적으로 만들어진 공간인 것 같아."

캐서린의 시선이 판유리로 된 창문, 그리고 그 너머 컴퓨터 방으로 향했다. 그리로 걸어간 캐서린은 창문 옆의 금속 문을 잡아당겨 보았다. 문은 꿈쩍도 하지 않았다. 캐서린은 얼굴을 유리에 대고 그 너머 공간을 둘러보았다. 그 안에는 컴퓨터, 다양한 전자 기기가 담긴 상자, 알록달록한 유리병이 잔뜩 늘어선 유리 패널 냉장고가 있었다.

캐서린이 갑자기 유리에서 얼굴을 떼고 몸을 움츠렸다.

"이게 뭐지?"

랭던이 옆으로 다가왔다.

"뭔데?"

"저거 말이야……." 캐서린은 뒷벽에 줄지어 세워진 물건 여덟 개를 가리켰다. "가상 현실 연구소에 저런 게 있을 이유가 없어."

랭던은 스테인리스강 소재의 바퀴 달린 정맥 주사용 스탠드 여덟 개를 바라보았다. 캐서린이 떨리는 목소리로 말했다.

"정맥 주사용 스탠드와 약병으로 가득한 냉장고! 이 시설은 정맥 주사 약물과 가상 현실을 결합해서 쓰고 있어."

"그래……. 그게 이상한 거야?"

"응! 이런 식으로 이중 자극을 주면 뇌가 크게 손상될 수도 있어. 자극에 과도하게 노출되면 뇌의 생리에 변형이 오니까……."

"변형된다니…… 어떻게?"

"어떤 약물을 사용하는지에 달려있겠지." 캐서린은 유리병에 붙어있는 라벨을 보기 위해 유리 패널 냉장고 방향으로 얼굴을 가까이 가져갔다. "로버트, 이 방에 들어가서 무슨 약을 쓰는지 *자세히* 봐야겠어. 그러면 여기서 무슨 일을 벌이고 있는지 알아낼 수 있을 거야……."

랭던은 캐서린을 가만히 바라보다가 고개를 끄덕였다.

"알았어. 뒤로 물러나 있어."

그는 책상 앞으로 성큼성큼 걸어가더니 묵직한 금속 의자를 들고 돌아와 유리창을 바라보았다.

"잠깐, 지금 뭐 하려는……."

"우린 이미 여기까지 들어왔어. 창문 한 장 깼다고 뭐가 더 달라지겠어."

그러고는 몸을 휙 돌려 해머던지기를 하듯 유리창을 향해 의자를 던졌다. 허공을 날아간 의자가 유리창에 부딪히면서 유리 일부가 부서졌다.

깜짝 놀란 캐서린은 경보음이 들리거나 소동이 날지도 모른다고 생각했다. 하지만 시설은 여전히 기괴할 정도로 고요했다.

랭던은 유리창 앞으로 걸어가 부서진 유리를 팔꿈치로 쳐서 떨어뜨렸다. 그리고 유리창 안쪽으로 손을 넣어 손잡이를 찾아 문을 열었다.

그는 미소 띤 얼굴로 말했다.

"우아하진 않지만 효과적이었어. 먼저 들어가시죠, 박사님."

99

"심문은 어떻게 됐어요?"

사무실로 돌아온 알렉스 코넌을 보며 포크먼이 물었다.

기술직원 알렉스의 머리카락은 아까보다 더 헝클어져 있었다. 알렉스는 어젯밤에 이 사무실로 처음 찾아왔을 때보다 확 늙어버린 것 같기도 했다.

알렉스는 지친 목소리로 말했다.

"괜찮아요. 팀장님도 이 일이 제 책임이 아니라는 걸 아시더라고요. 그래도 편집자님이랑 얘기를 하고 싶어 하세요. 일단 오늘은 휴가 내고 집에 가셨다고 말해뒀어요."

"고마워요."

"로버트 랭던 씨한테 소식 왔어요?"

"다행히 왔어요. 이메일을 보냈어요. 둘 다 무사하다고 하네요."

알렉스는 놀란 표정이었다.

"그분이 전화를 안 하신 거예요?"

포크먼은 고개를 저었다.

'아직은.'

"In-Q-Tel 투자 목록은 어떻게 됐어요? 솔로몬 박사님의 연구와 교차하는 부분을 찾아내셨어요?"

"아뇨. AI가 나한테 쓰레기 데이터만 던져주던데요. 난 역시 AI 랑 안 맞아요."

"제가 좀 찾은 게 있어요." 알렉스는 가져온 노트북을 열어 보여주었다. "편집자님은 AI 검색을 하면서 온라인에 올라온 솔로몬 박사님의 글만 참고로 하셨을 것 같더라고요. 오디오-비디오 콘텐츠 같은 말로 하는 내용은 포함이 안 됐을 거예요. 그래서 수정해서 상호 참조해 보니까 In-Q-Tel과 솔로몬 박사님이 둘 다…… 프랙털 관련 과학에 관심이 있다고 나왔어요."

프랙털에 대해서 포크먼은 무한히 되풀이되는 패턴으로 구성된 소용돌이 디자인 외에는 아는 게 없었다.

알렉스가 핸드폰을 꺼내 들며 설명했다.

"지난 3년 동안 Q는 프랙털 기술에 엄청 투자했고 캐서린 솔로몬 박사님은……."

그는 영상을 켜고 포크먼에게 핸드폰 화면을 들어 보여주었다.

화면에는 캐서린이 다른 연사들과 함께 연단에 앉아있었다. 그들 뒤로 노에틱 과학 연구소(IONS) 로고가 보였다. 캐서린은 청중 가운데 누군가를 가리키며 말했다.

"방금 흥미로운 질문을 하셨어요. 우연하게도 제가 인간 의식에 관한 책을 집필 중인데, 그 책에서 프랙털에 관해 *광범위하게* 썼습니다."

포크먼은 귀를 쫑긋 세웠다.

영상 속에서 캐서린이 말을 이어갔다.

"아시다시피 프랙털은 놀라운 특징을 가지고 있습니다. 확대해 보면 작은 구조가 전체와 닮은 형태로 끝없이 되풀이되는 자가 유사성을 갖고 있죠. 즉 개별 지점이 *전체*를 포함하고 있는 겁니다. 개인은 없고…… 전체만이 있을 뿐이죠. 우리가 사는 우주도 프랙털과 같다고 믿는 물리학자들이 점점 늘어나고 있어요. 그렇다는 건 이 방에 있는 개인이 누구나 다른 개인을 포함하고, 너와 나를 구분할 수 없다는 뜻이 됩니다. 우리는 *하나의* 의식이니까요. 상상하기가 쉽지 않죠. 하지만 코흐 눈송이나 멩거 스펀지 이미지를 보시거나 아니면《홀로그램 우주(The Holographic Universe)》라는 책을 읽어보시면……."

알렉스가 영상을 멈추고 말했다.

"바로 이게 요지예요."

포크먼은 확신이 서지 않았다.

"알렉스, CIA가 프랙털에 관심을 갖는 게 우주와 인류의 상호 연결성하고 무슨 관계가 있는 거죠? 이해가 안 돼요."

"그렇죠. 하지만 프랙털은 암호화 체계, 네트워크 토폴로지, 데이터 시각화 등 모든 종류의 다른 국가 보안 기술과 관련이 있어요. 솔로몬 박사님은 책에서 프랙털에 관해 광범위하게 썼다고 했죠. 아마 Q가 투자한 분야의 무언가를 그분도 발견했을 거란 생각이 들어요. 그렇다면 CIA가 그 원고를 들여다볼 가치가 있겠죠."

"일리가 있네요. 확인해 볼게요. 고마워요."

"뭐든 찾으면 알려주세요. 바로 오겠습니다."

알렉스는 다시 심문을 받으러 돌아갔고 포크먼은 컴퓨터 앞으로 갔다.

바깥에서는 비가 더 세차게 내리고 있었다.

100

'환각을 일으키는 물질은 다 모아놨잖아……'

효과가 강력한 약들이 들어있는 냉장고를 보며 캐서린은 말문이 막혔다. 정체를 알 수 없는 몇 가지 약 외에 디에틸아미드, 실로시빈, LSD와 환각 버섯과 아야와스카(환각을 일으키는 아마존의 음료—옮긴이)의 주성분인 DMT가 담긴 약병이 눈에 들어왔다. 샐비어 추출물과 MDMA가 담긴 약병도 보였는데 둘 다 이런 형태로 추출하는 것은 불법이었다.

가상 현실 연구소에 이런 약물이 있다는 것은 하나를 의미했다.

'문지방이 최첨단 가상 현실 몰입 장비와 약물을 함께 쓰고 있다는 거야.'

가상 현실과 약물이라는 이중 자극은 아직 그 결과를 장담할 수 없기에 의학계에서 엄격히 규제되고 있었다. 두 가지 자극을 함께 작용하면 그 효과가 너무 강력해서 뇌의 구조가 순식간에, 예측할 수 없는 방향으로 변형됐다. 신경 과학자들은 컴퓨터 게임을 하면서 불법 합성 약물을 복용한 젊은 사람들의 뇌 구조가 경악스러울 정도로 변했다고 이미 보고한 바 있었다.

 자극을 추구하는 신세대는 이미 소비자용 가상 현실 고글을 착용하고 가상 현실 속을 떠다니면서 몇 시간 동안 대마초를 피웠다……. 가상 현실 롤러코스터를 타면서 코카인을 코로 흡입하거나…… 가상 현실 포르노를 보면서 시간 지연 효과가 있는 여러 가지 섹스 약물을 복용하기도 했다. 그런 경험은 중독성이 아주 강하기 때문에 과학자들이 젊은 세대에게 무수히 경고했지만 별 소용없었다.

 '그게 얼마나 위험한 짓인지 들으려고도 하질 않지…….'

 작년에 캐서린은 최신 기술에 익숙한 게임 팬들 앞에서 연설 도중, 극사실주의적 일인칭 슈팅 게임에 장시간 노출되면 뇌의 민감도가 게임 그래픽에 맞춰지고 뇌 구조가 변형되어 정상적인 자극에 제대로 반응할 수 없게 된다고 설명했다. 곧바로 청중 사이에서 야유가 쏟아졌다.

 캐서린이 온라인 포르노의 무분별한 소비가 젊은이들의 정신을 물리적으로 변형시켜, '인간의 성욕에 굳은살이 생기는' 효과가 나타나 실제 성관계에 둔감해진다는 새로운 뇌 연구 결과를 언급하자 야유는 더 커졌다. 연구 결과에 따르면, 젊은이들은 다양한 자극에 엄청난 양으로 노출되어야만 성적 자극을 받을 수 있는 것으로 나타났다.

 랭던은 캐서린 옆에 서서 냉장고에 담긴 약병과 상자를 훑어보며 물었다.

 "이건 무슨 약이지?"

 "확실히 알 수 없는데 이 중에 몇몇 약은 엄청 강력한 환각제야."

캐서린은 빠르게 생각을 이어가며 주변을 둘러보았다. "이 방은 한 가지 목적을 위해 지어진 것 같아. 인간의 뇌를 *재구성*하는 것."

"뭐? 재구성?"

캐서린은 고개를 끄덕였다.

"신경 가소성이라고 하지. 우리 뇌는 새로운 환경의 요구에 맞춰 물리적으로 *진화*해 왔어. 뇌는 새로운 경험을 처리하면서 새로운 신경 경로를 만들거든. 그런데 이런 약물을 복용하면서 가상 현실 시뮬레이션을 하면 말도 못 하게 강렬한 경험을 하게 되는 거야. 일상에서 일어나는 것과는 비교가 안 될 정도로 생생하게 말이야. 이런 경험이 되풀이되면 뇌의 신경망은 엄청난 속도로 재구성되기 시작해."

"뇌를 재구성해서⋯⋯ 뭘 하려는 걸까?"

캐서린은 생각했다.

'그 질문이 바로 핵심이겠지.'

평생 명상을 해온 전문가의 뇌가 해부학적으로 독특한 양상을 보인다는 사실을 캐서린은 잘 알고 있었다. 수년 동안의 명상으로 뇌는 언제든 의지에 따라 깊은 평온 상태에 다다를 수 있도록 점차 재구성된다. 즉 그 뇌는 평온을 새로운 정상 상태라고 인식하게 되는 것이다.

"로버트, 이런 생각이 들어. 문지방 프로젝트가 환각제를 사용해 피험자를 인공적 유체 이탈 상태에 놓이도록 반복적으로 유도했다면, 피험자의 뇌는 그런 유체 이탈 상태를⋯⋯ 정상이라고 인식하게 됐을 거야. 즉 의식이 몸 *바깥*에서 더 편안하다고 느끼게끔 조종이 가능한지 실험한 거지."

고요한 지하 공간에서 그녀의 말이 오랫동안 허공에 걸려있는 듯 느껴졌다.

마침내 랭던이 입을 열었다.

"비국소적 의식에 대한 내용이…… 당신 원고에 있었겠네."

"맞아, 당연히 있지."

캐서린은 말을 하며 동시에 생각했다.

'스타게이트에 대한 언급은 말할 것도 없고.'

"사샤는 가상 현실을 이용한 뇌 재구성 작업에 쓰기에 완벽한 대상이었을 거야. 뇌전증 환자라서 뇌가 이미 유체 이탈 체험에 부분적으로 맞춰진 상태일 테니까. 사샤를 피험자로 쓰는 건 실험 과정에서 지름길을 선택하는 셈이지."

"사샤한테 그런 얘기는 듣지 못했어."

"본인이 기억을 못 하거나 인식조차 못 했을 수도 있어……." 캐서린은 냉장고를 가리키며 말끝을 흐렸다. "저 보이지? 로힙놀이야."

"데이트 폭력에 쓰이는 수면제?"

캐서린은 고개를 끄덕였다.

"저 약물은 뇌의 기억 기능을 손상시켜서 기억 상실을 일으켜. 대상자의 다른 기능은 멀쩡한데 자기한테 무슨 일이 일어났는지에 대한 부분을 기억해 내기가 몹시 어려운 상태가 되는 거야."

랭던의 얼굴에 두려움이 스며들었다.

"사샤는 기억에 문제가 있다고 말했어. *뇌전증* 때문인 줄 알던데."

"그럴 수 있어. 사샤가 정기적으로 로힙놀을 투여받았다면 기억 능력이 심각하게 훼손됐겠지……. 여기로 오게 된 것조차 기억 못

할 만큼."

"아까 트램에 실려있던 휠체어가 그런 용도였나? 사샤를 휠체어에 태워서 시설을 왔다 갔다 하게 하는?"

"그럴 수 있어. 그리고 보니 당신이 말한 다른 뇌전증 환자도 생각나네. 게스네르가 같은 정신병원에서 데려왔다는 남자 말이야. 게르네르는 사샤에게 그 남자가 고향으로 돌아갔다고 말했겠지만 이건 심각하게 위험한 약물이거든……. 무슨 일이 일어날지 몰라. 그 남자는 미쳤거나 죽었을 수도 있어……. 아무도 모르지. 정부가 운영하는 정신병원에 버려진 환자는 사라져도 찾는 사람이 없으니까."

랭던은 어느새 문 쪽으로 걸어가고 있었다.

"조금씩 이해가 되네. 우리 생각이 맞다면…… CIA가 무고한 사람들에게, 그들 모르게 실험을 자행하고 있어. 그 증거를 찾을 수 있을 거야……."

'그럼 게임 끝이지.'

캐서린은 이게 사실이라면 세상에 알려졌을 때 얼마나 큰 파장과 분노를 일으킬지 상상이 됐다.

통로로 나온 랭던은 문지방 시설 더 깊은 곳으로 들어가 봐야겠다는 결심을 굳혔다. 주요 통로는 오른쪽으로 꺾여있었고, 왼쪽으로 작은 통로 두 개가 갈라졌다. 이 시설은 그 자체가 미로였다.

'냉전 시대 방공호라 구불구불하고 복잡하겠지……. 어디까지 뻗어있는 걸까?'

랭던은 나중에 여기서 빠져나가는 길을 찾으려면 들어갈 때부터 동선에 신경 써야겠다고 생각했다.

모퉁이에서 그들은 큰 통로를 끼고 오른쪽으로 돌았다. 그리고 다시 한번 어두운 공간에 들어서자 곧장 바닥 조명이 켜졌다.

 멀지 않은 곳에 홀을 가로막은 쌍여닫이문이 보였다. 랭던은 그 문에 나있는 달걀형 창문이 컴컴한 걸 보고 마음을 놓았다. 그 너머 공간에 조명이 켜있지 않은 것이다.

 '적어도 이쪽 구역에만큼은…… 우리 말고 다른 사람은 없나 보네.'

 그들은 쌍여닫이문을 밀고 컴컴한 곳으로 들어갔다. 이번에도 바닥 조명이 켜지면서 또 다른 통로가 드러났다. 그런데 여기는 뭔가 달랐다……. 기온이 10도 정도 낮았고 박물관처럼 독특한 탄소 냄새가 났다.

 '여과를 많이 한 냄새인데.'

 랭던이 알아차린 두 번째 사실은 이 통로가 막다른 길이라는 점이었다. 이쪽 홀에는 반 층 내려간 곳 왼쪽에 우묵한 곳이 하나 있었는데, 다른 시설로 연결되는 입구인 듯했다.

 만약 거기서 필요한 것을 찾아내지 못하면 그들은 메인 홀로 돌아가 다시 다른 구역을 수색해야 한다. 그가 아무리 직관 기억을 가지고 있다고 해도 이런 복잡한 미로를 돌아다니다 보면 길을 헤맬 것 같았다.

 그들은 계속 걸어갔다. 랭던은 자신들의 현재 위치가 폴리만카 공원 어디쯤일지 파악하려 애썼다. 통로 끝의 막다른 벽을 바라보면서 어쩌면 저 벽 너머는 방공호의 개방된 구역이라 관광객들이 돌아다니고 있을지 모른다고 생각했다. 바로 옆에 이런 무시무시한 시설이 있는 줄도 모르고 말이다.

두 사람은 하나뿐인 벽감 쪽으로 돌아가 그 앞에 섰다. 그들 앞에는 공기 질을 유지하기 위해 두툼한 고무 개스킷이 끼워진 커다란 유리 회전문이 서있었다. 또 다른 연구실 문인 것 같은데 그 너머는 칠흑처럼 어두웠다.

"RTD." 캐서린이 회전문 위에 스텐실로 새겨진 글자 세 개를 읽었다. "여기라면 가능성이 있겠는데."

"그래?"

랭던이 아는 RTD는 초등학교 수학 시간에 배운 Rate×Time=Distance(속력×시간=거리)라는 공식이 다였다.

"연구 및 기술 개발의 약자야. 유럽에서는 R&D라고 해." 캐서린은 어두운 유리를 들여다보며 말했다. "우리가 찾는 게 바로 여기 있다는 뜻이지."

101

CIA 국장 그레고리 저드는 아내의 지프 그랜드 체로키를 몰고 CIA 랭글리 본부를 향해 조지타운 파이크 도로를 빠르게 달렸다. 평소 그의 차를 운전하던 기사는 이렇게 이른 시간에 근무하지 않았다. 저드 역시 기사를 기다릴 시간이 없었다. 핀치의 방식이 혐오스럽긴 했지만 그는 CIA 국장으로서 이 나라를 최우선으로 생각해야 할 의무가 있었다……. 대부분의 미국인은 이 나라가 직면한 위협이 어느 정도인지 이해 못 할 것이다.

'미국과 동맹국은 늘…… 공격받고 있어.'

최근 몇 년 동안 적들은 가장 기본적인 소셜 미디어를 이용해 헤아릴 수 없이 많은 사람의 심리와 선택에 영향력을 끼치고 있었다. CIA는 선거, 소비자 습관, 경제적 결정, 정치적 유행에 영향을 미치는 무수한 외국 세력을 추적해 왔다. 하지만 그런 공격은 앞으로 다가올 폭풍에 비하면 아무것도 아니었다.

'새로운 전장이 펼쳐질 거야. 그 전쟁터에서는 새로운 종류의 무기가 필요해.'

러시아, 중국, 미국은 모두 이 새로운 경기장을 지배하기 위해 경쟁하고 있었다. 그레고리 저드가 CIA 고위직으로 20년 넘게 근무하면서 내린 지시 덕분에 미국은 이 경쟁에서 앞서고 있었다. 문지방과 그 놀라운 기술 덕에 그는 더욱 우위에 설 것이다.

랭글리로 달려가면서 저드는 네이글 대사가 그의 보안 서버로 보낸 영상이 어떤 내용일지 떠올려 보았다. 네이글은 그 영상이 CIA의 목줄을 쥘 수 있을 만큼 영향력이 대단하다고 믿는 듯했다.

'허풍일까?'

그럴 리 없었다.

'무리수를 두는 건가?'

네이글은 그런 짓을 하기엔 너무 똑똑한 사람이었다.

그들이 문지방 시설 안에서 무슨 일을 하고 있는지 네이글이 알아냈을 수도 있다. 만약 그렇다면 저드는 네이글의 입을 닫기 위해 모든 수단을 동원해야 한다. 네이글이 그토록 민감한 정보를 일반에 공개하면…… 전 세계적으로 엄청난 파장이 일 것이다.

눈 뜨고 일어나면 초능력 무기 경쟁이 걷잡을 수 없이 확대되어 있을 것이다.

폴리만카 공원의 지하 깊숙한 곳. 골렘은 묵직한 금속 문에 등을 기대고 앉아 숨을 골랐다.

'더 이상 발작을 참아낼 수 없어. 여기서 살아 나가서…… 사샤를 풀어줘야 해.'

맥박이 느려지자 그는 조심스럽게 일어나 다시 문에 붙은 묵직한 바퀴를 움켜잡았다. 어지럼증이 마저 가라앉을 때까지 10초 정도 가만히 있다가 다시 온 힘을 다해 바퀴를 돌렸다. 마침내 안쪽에서 묵직한 걸쇠가 풀리는 소리가 들렸다. 골렘은 강철 문을 안쪽으로 밀어 열었다. 아무것도 보이지 않는 어둠 속에서 얼음처럼 차가운 바람이 그의 몸을 스쳤다. 그는 망토 자락을 펄럭이며 고개를 숙이고 기밀 문을 통과했다. 안으로 들어가자마자 조명이 켜졌다. 그는 등 뒤로 문을 닫았다.

곧바로 바람이 잦아들었다.

요새 같은 그 공간은 지독히 추웠다. 에어컨 바람이 아니었다. 프라하의 겨울이 스며들고 있었다. 천장에 직경 2미터가 넘는 동그란 구멍이 뚫려있었다. 그 구멍은 건물로 치면 몇 개 층에 해당하는 높이로 뻗어 올라간 수직 강철 도관의 끝이었다. 도관은 폴리만카 공원 한가운데에 교묘하게 위장한 환기구로 연결되었다.

골렘은 그 환기구를 자주 보았다.

모두가 보았다.

공원 한가운데에 3미터 높이로 솟아있는 환기구 위쪽은 구멍이 숭숭 뚫린 콘크리트 반구형 지붕으로 덮여있었다. 수십 년 동안 공원을 지나다닌 사람들 눈에 그것은 공원에 설치된 콘크리트 어뢰를 닮은 시설물일 뿐이었다.

관광 안내서에는 그것이 더 이상 사용되지 않는 폴리만카 방공호의 최초 환기구라고 소개되어 있었다.

냉전 시대를 떠올리게 하는 흉측한 '어뢰 꽁다리'를 없애라는 민원이 빗발쳤는데, 무명의 거리 예술가들은 그 시설물에 완전히 다른 아이디어를 적용했다. 아방가르드 예술의 도시 프라하답게, 몇 년 전부터 콘크리트 환기구는 신비로울 만큼 완전히 다른 모습으로 바뀌었다. 할리우드에서 가장 사랑받는 배우 중 하나이며, 편리하게도 어뢰 끄트머리를 닮은 로봇, 영화 〈스타 워즈〉의 드로이드 R2-D2의 모습으로 채색된 것이다.

R2-D2는 폴리만카 공원에서 인기 많은 캐릭터가 됐다. 특유의 은색, 파란색, 흰색 몸체로 사람들을 내려다보면서 사진을 찍기에 알맞은 포즈까지 취하고 있으니 더할 나위 없었다. 프라하시 당국은 체코의 작가 카렐 차페크가 1920년에 쓴 희곡에서 최초로 '로봇'이라는 용어를 만들어 냈으니, 무명 예술가의 이 작품을 그 자리에 두는 것이 역사적으로 적절하다고 판단했다.

버려진 이 환기구가 완전히 새로운 목적으로 사용되고 있는 것을 외부에서는 아무도 모를 것이다. 공기를 *빨아들이는* 용도로는 더 이상 사용되지 않으니까. 이제는 무언가를 *배출하기* 위한 용도로 만들어진 비상 안전장치였다.

빗방울이 포크먼의 사무실 창문을 단조롭게 두드렸다. 큰 위기를 모면한 그에게 잘 어울리는 배경음이었다. In-Q-Tel의 프랙털 관련 투자를 모조리 조사했는데 캐서린의 원고와 연관시킬 만한 부분을 찾아내지 못했다.

'프랙털 망원경? 프랙털 쿨링 부품? 프랙털 스텔스 기하학?'

좌절감에 찬 그는 고개를 절레절레 흔들었다. 간밤의 피로가 뼛속 깊이 스며들었다. 확실히는 알 수 없지만, 캐서린의 원고에 담긴 내용 때문에 이런 공격을 받았으니…… 단순한 프랙털보다는 훨씬 중요한 내용이지 않을까.

102

랭던과 캐서린은 회전문을 통과해 RTD 시설로 들어갔다. 문 안쪽은 아주 깨끗한 유리로 지어진 대기실이었다. 신발장과 수납공간이 있고 벽에 붙은 고리에는 깨끗한 흰색 점프슈트들이 걸려있었다. 여과된 공기를 고속으로 내뿜어 옷과 피부에 붙은 입자와 오염 물질을 털어내는 밀폐형 '에어 샤워' 장치도 두 개 갖춰져 있었다.

랭던은 생각했다.

'성당 입구에 있는 나르텍스 같네. 성소로 들어가기 전에…… 부정함을 정화하는 방.'

여기서 성소는 그들 바로 앞 유리 벽 너머에 있을 것이다. 다만 입구는 고딕풍의 아치문이 아니라 또 다른 밀폐형 회전문이었다.

캐서린이 앞장서서 두 번째 회전문을 밀고 안으로 들어갔다. 랭던도 바로 뒤따랐다. 머리 위에 지독하게 밝은 할로겐 조명이 켜졌다. 방 자체의 색감 때문에 더 밝게 느껴졌을 수도 있다. 이 거대한 공간은 모든 게 흰색이었다. 벽, 바닥, 테이블, 의자, 작업대는 물론이고 장비를 덮은 비닐 커버까지도 희었다.

캐서린이 말했다.

"클린 룸이구나."

줄지어 놓인 작업대에는 플라스틱 보호 덮개를 씌운 전자 기기와 기계 장치를 비롯해 각종 도구가 완벽하게 정리되어 있었고, 정교해 보이는 컴퓨터 시스템의 모니터는 전부 꺼져있었다.

캐서린은 방 한가운데로 걸어갔다. 랭던은 측벽으로 가서 옆 공간과 연결된 유리창을 들여다보았다. 유리창 너머는 대부분 포장도 뜯지 않은 현미경, 플라스크, 페트리 접시가 갖춰진 생물학 실험실이었다. 뒤쪽 벽에 설치된 유리 부스 안에는 랭던이 처음 보는 장비가 세워져 있었다.

정교해 보이는 그 장비는 구멍 뚫린 플랫폼을 통해 수직으로 매달린 길쭉한 유리병 수백 개로 구성되어 있었다. 각 유리병에는 기계의 상체에서 내려온 아주 얇은 튜브가 연결되었다. 그 장비들을 보며 랭던은 예전에 인디고 전시회에서 본 정밀한 수경 재배 점적(點滴) 시스템을 떠올렸다.

'여기서 뭘 키우는 건가?'

"이쪽이야." 캐서린은 초현대적인 루브 골드버그 장치(미국 만화가 루브 골드버그가 1928년에 고안한 개념. 생김새나 작동 원리는 아주 복잡하고 거창한데 하는 일은 아주 단순하고 재미만을 추구하는 매우 비효율적인 기계를 의미—옮긴이)처럼 생긴 크고 기묘한 기계 장치 옆에 서서 그를 불렀다. "이건 포토리소그래피(photolithograph) 기계야."

랭던은 그리스어 지식을 동원해도 그 의미를 좀처럼 알 수가 없었다.

"음…… 빛으로…… 바위에 글씨를 새기는 장치?"

"맞아. 빛은 심자외선이고…… 바위는 *실리콘 웨이퍼*지만." 캐서린은 기계 옆에 쌓여있는 반짝이는 금속 원반을 가리켰다. "이 연구실은 커스텀 컴퓨터 칩을 설계하고 만드는 데 필요한 모든 걸 갖췄어."

'컴퓨터 칩?'

인간의 의식이나 캐서린이 원고에 썼을만한 내용과는 무관하게 들렸다.

"왜 여기서 *컴퓨터* 칩을 설계하고 있을까?"

랭던의 질문에 캐서린이 답했다.

"*뇌* 임플란트를 만들고 있는 것 같아."

랭던은 놀라면서도 곧장 연결 고리를 만들어 냈다.

"아까 본 뇌 수술용 로봇 장비가……."

"맞아. 아까 그걸 봤을 땐 뇌에서 샘플을 추출하기 위한 용도인 줄 알았는데 잘못 생각했어. 뇌에 칩을 이식하기 위한 용도로 로봇을 사용하려는 것 같아."

환한 방에 불안한 침묵이 감돌았다. 랭던이 물었다.

"아까 뇌 임플란트가 *기초적인* 수술이라고 하지 않았어?"

"뇌전증 칩 같은 경우는 그렇지. 전기 충격을 일으키는 작은 장치를 두개골에 삽입하는 거니까. 하지만 첨단 임플란트는 더 깊은 곳에 설치해야 해서 로봇 수술 장비를 쓰는 게 훨씬 나아."

랭던은 사샤를 떠올리며 두려움을 느꼈다. 사샤는 뇌전증 치료를 받는 줄 알고 프로토타입 칩을 이식받았을 것이다. 그녀는 자기 머리 안에 들어있는 게 무엇인지…… 문지방이라는 게 존재하는지도 모를 가능성이 높았다.

랭던이 말했다.

"게스네르가 사샤를 속여서 머릿속에 칩을 넣었다면, 아마 두개 골 아래 첨단 칩을 삽입했겠지……."

"그 칩은 사샤의 뇌전증 발작을 제어하는 RLS 자극 장치 역할을 하고 있을 거야. 동시에…… 다른 무수한 기능도 하겠지만."

"물어보기도 겁나는데…… 어떤 기능을 말하는 거야?"

캐서린은 포토리소그래피 기계 위쪽을 검지로 탁탁 두드리며 생각하다가 입을 열었다.

"그 칩을 검사해 보지 않는 이상 정확히 알 수 없어. 다만 여기서 칩을 자체 제작하는 것 같아. 아마 사샤와 또 다른 남자 피험자는 첫 환자였을 거야……. 이 시설을 본격적으로 가동하기 전 초기 실효성 연구와 개념 입증 차원에서 사용하는 재료였겠지."

랭던은 듣고도 믿기질 않았다. 캐서린이 설명을 이어갔다.

"그들이 뭘 어떻게 했든 초기 연구는 잘된 것 같아. 문지방이 이렇게 대규모로 가동될 준비가 되어있는 걸 보면." 캐서린은 방을 둘러보며 미간을 찌푸렸다. "안타깝지만 여기엔 그들의 유죄를 입증할 만한 증거가 없어. CIA가 뇌 임플란트를 개발하고 있다는 것밖에 알릴 수 없으니까. 그런 프로젝트가 있다고 알린다 한들 놀라는 사람은 없을 테고."

'그러게. 뇌 임플란트는 유망한 분야지.'

평소 과학 칼럼을 많이 읽는 랭던은 뇌에 심는 칩이 사이보그나 과학 소설을 떠올리게 하는 측면이 있긴 하지만, 이미 그 기능이 존재하고 관련 기술이 놀라울 정도로 발전했다는 것도 알고 있었다.

일론 머스크의 뉴럴링크 같은 회사들은 2016년부터 인간-기계 인터페이스로 알려진 장치를 개발하고 있었다. 뇌가 수집한 데이터를 기계가 이해할 수 있는 2진 부호로 바꾸는 장치였다. 머스크는 원숭이의 뇌에 뉴럴링크 칩을 이식하고 뇌 활동만으로 비디오 화면상의 막대를 움직여 '퐁'이라는 컴퓨터 게임을 하도록 가르쳤다.

마침내 인간 실험에 관한 미국 식품의약국의 승인을 받은 뉴럴링크는 놀런드 아르보라는 30세 사지마비 환자의 뇌에 프라임(PRIME) 장치를 삽입해 환자가 생각만으로 여러 가지 활동을 할 수 있게 해주었다. 안타깝게도 100일 후 칩의 전선 몇 가닥—칩이 뇌의 뉴런과 소통하게끔 해주는 금속성 센서—이 뇌에서 수축됐는데, 이는 생물학적 뉴런으로부터 거부당한 것으로 여겨졌다. 그래도 그만하면 기술적으로 대단한 도약이었다.

빌 게이츠와 제프 베이조스가 설립한 싱크론, 블랙록의 뉴로텍 같은 업계를 선도하는 회사들은 덜 침습적이면서도 더 전문화된 칩을 설계하고 있었다. 그들은 칩을 통해 실명을 극복하고, 마비를 치료하고, 파킨슨병 같은 신경 질환을 낫게 하며, '머리로 타이핑하는' 기능을 제공하는 등 놀라운 결과를 이뤄낼 것이라 주장했다.

랭던은 이 기술과 인간의 의식, 캐서린의 원고가 무슨 관련이 있는지 명확하게 알 수 없었지만, 뇌 칩이 군사 정보와 관련해 매우 중요한 의미가 있으리라는 것은 의심의 여지가 없었다. 정신으로 조종하는 드론, 전장에서 텔레파시를 이용한 의사소통, 데이터 분석을 위한 무한한 적용 등 활용 범위가 무궁무진했다. CIA가 거액을 투자할 만했다.

'인간-기계 인터페이스가 바로 우리의 미래구나.'

그는 바르셀로나 슈퍼컴퓨팅 센터에서 목격한 것을 떠올렸다. 그곳에서 모델링 소프트웨어는 인류의 진화를 예측하면서, '인간은 빠르게 진화하는 또 다른 종족…… 즉 기술과 결합하게 될 것이다'라고 말했다.

"그렇군. 짚어볼 게 있는데, 이 프로그램이 당신 원고와 겹치는 부분이 있어?" 그는 연결 고리를 얼른 알아내고 싶었다. "컴퓨터 칩에 관한 내용을 쓴 거야?"

"조금." 캐서린은 답답해하는 표정이었다. "하지만 이 프로그램에 이득이 되거나 위협이 될만한 내용은 아니야."

"확실해?"

"응. 마지막 장에서 뇌 임플란트에 관해 언급했는데, 노에틱 과학의 미래에 관한 이론적인 이야기일 뿐이야."

'노에틱 과학의 미래.'

랭던은 도서관에서 원고를 불태우기 전에 본 목차를 얼핏 떠올렸다. 그는 답에 가까워진 것을 느끼며 다시 물었다.

"마지막 장에서 뇌 임플란트에 관해 중요하게 다뤘어?"

"가상의 임플란트 얘기를 했지. 앞으로 수십 년…… 어쩌면 아예 못 갖게 될 수도 있는 그런 임플란트."

랭던은 정보기관들이 쓰는 기술이 일반에 알려진 것보다 몇 년 앞서있다는 얘길 들은 적 있었다.

"캐서린, CIA의 기술이 당신이 상상하는 것보다 더 앞서있을 가능성이 있을까?"

"가능은 하겠지만 그렇게 많이 앞서있을 수는 없어. 내가 원고에 쓴 건 그럴듯한 기술이 아니라 사고 실험에 관한 내용이야. 맥스웰의 악마나 쌍둥이 역설을 생각해 봐. 분자의 속도를 구분하는 악마를 만들거나 쌍둥이를 빛의 속도로 이동시키는 건 불가능해. 그런 개념을 상상하는 건 보다 큰 그림을 이해하는 데 도움이 될 뿐이지."

'그래, 그렇다고 믿을게.'

"당신이 원고에 뭐라고 썼는지 말해줘."

캐서린이 한숨을 쉬었다.

"감마 아미노부티르산에 관해 내가 발견한 것과 관련 있는 환상 같은 내용이야. 뇌가 수신기라는 가정하에 우리가 나눈 얘기 기억하지? 뇌가 우리를 둘러싼 모든 곳, 즉 우주에서 오는 신호를 받는 라디오 같은 거라고 했잖아."

랭던은 고개를 끄덕이며 말했다.

"응. 감마 아미노부티르산이라는 뇌의 화학 물질이 라디오 다이얼 같은 기능을 한다고 했잖아. 원치 않는 주파수를 걸러내고, 흘러들어 오는 정보와 의식의 양을 제한한다고."

"맞아. 언젠가 먼 미래에 우리가 뇌의 감마 아미노부티르산 수치를 조정할 수 있는 임플란트 장치를 만들게 되면 어떨까 가정하고 글을 썼어. 원할 때 언제든 필터 기능을 낮춰서…… *진짜 현실을 더 경험할 수 있도록* 말이야."

"놀랍네." 랭던은 생각만으로도 황홀했다. "지금 그게 가능한 건 아니고?"

"당연히 불가능하지!" 캐서린은 고개를 절레절레 흔들었다. "최첨단 노에틱 과학도 아직 그 정도 수준에 도달 못 했어. 이론적으로 만물을 아우르는 의식의 영역을 뭐라고 부르든 간에, 일단 보편 의식이나 아카식 필드, 아니마 문디(우주 만물이 연결되어 있는 하나의 영혼을 뜻하는 라틴어—옮긴이)에 관한 노에틱 이론부터 제대로 정립해야 해."

"*당신*은 의식의 영역을 믿잖아."

"그렇지. 우리는 이런 우주적 영역이 존재하는지도 아직 증명 못했어. 변화된 상태의 의식이 그것을 얼핏 보고 있기는 하지만, 그런 경험은 너무 순식간이고 제어할 수도 없고 주관적이야. 반복하기 어려울 때가 많아서 과학적으로 의심만 살 뿐이지."

"회의론자들이 공격하기 딱 좋겠네."

"맞아. 우리는 우주의 영역에서 오는 신호를 받더라도 그걸 수량화할 방법, 기계, 기술이 없어. 그걸 할 수 있는 건 *뇌*뿐이야." 캐서린은 가볍게 어깨를 으쓱했다. "그래서 뇌에 설치해서 감마 아미노 부티르산 수치를 낮추고 뇌의 대역폭을 넓혀서 뇌를 훨씬 *강력한 수신기*로 바꿔주는 가상의 칩을 만들면 어떻겠냐고 원고에서 제안했지."

랭던은 경외를 담은 눈빛으로 캐서린을 바라보았다. 캐서린의 아이디어는 매우 뛰어날 뿐 아니라 CIA가 그녀의 원고에서 그 내용을 읽고 충분히 기겁할 만했다.

'CIA가 이미 만들고 있는 극비 칩에 관한 내용을 캐서린이 책으로 출판하려 한 건가?'

"캐서린, 문지방은 의식 연구를 한 차원 높였어. 당신 책에는 그들의 비밀 기술을 세상에 노출할 수 있는 내용이 담겨있고."

"그럴 리 없어. 아까도 말했지만 내가 원고에서 말한 칩은 현재 기술로 못 만들어. 흥미로운 개념이긴 한데 가설일 뿐이야. 기술 장벽을 극복 못 했어. 칩으로 뇌 시스템 전반에 걸쳐 신경 전달 물질의 수치를 조절하려면 칩과 뇌의 신경망이 물리적으로 완벽하게 통합되어야 해……. 게다가 뇌에는 추적 관찰해야 할 시냅스가 100조 개가 넘고."

"하지만 과학적 진보가 빨라지면……."

"로버트, 내 말 믿어. 완벽한 물리적 통합은 있을 수가 없어. 지구상의 모든 전구를 스위치 *하나*에 직접 연결하는 일에다가 숫자 백만을 곱한 것만큼 벅찬 일이야. *진짜 불가능해*."

"핵분열 같은 건가……. 무한에 가까운 예산을 투입하면 과학계가 방법을 찾아낼 수도 있지 않을까 싶은데. 맨해튼 프로젝트(제2차 세계 대전 도중 미국이 주도하고, 영국, 캐나다 자치령이 참여한 극비 핵무기 개발 계획—옮긴이) 기억하지?"

"그거랑은 완전히 달라……. 1940년대에는 핵기술이 이미 *존재했어*. 우라늄도 있었고. 당시 과학자들은 기존에 있던 기술을 그냥 결합했을 뿐이야. 내가 원고에서 제안한 칩을 만들려면 지구상에 존재하지 않는 기술과 재료가 필요해. 우리가 뇌의 수상돌기를 통합하는 기술을 논하기 전에 누군가 나노 전기 바이오필라멘트를 고안해 놔야 가능한 얘기라고."

"나노 전기 뭐?"

"그래. 그건 아직 *실제로* 있지도 않아. 아직 존재하지 않는 기술 얘기를 하려고 내가 원고에서 지어낸 용어거든. 전자 신호와 이온 신호를 모두 전달할 수 있고 생체에 거부반응도 일으키지 않는 재료로 만든, 미래에나 가능할 초박형의 유연한 필라멘트야. 한마디로 인공 뉴런이지."

"인공 뉴런을 만드는 게 불가능하다고?"

"그래. 거기까지 가려면 아직 멀었어. 작년에 스웨덴 과학자 두 명이 파리지옥에 인공 뉴런 칩을 이식하고 화학적 자극을 가해서 잎을 여닫게 만들었다는 기사가 전 세계 뉴스를 장식한 적 있어. 잎이 열리고 닫히는 이진법적 자극이었을 뿐인데 전 세계 과학계에 충격을 줬지. 지금 제일 앞서있는 기술이 그 정도야, 로버트. 우리가 생각하는 수준의 인공 뉴런을 만들려면 앞으로 몇 세대는 지나야 해."

랭던은 방을 가로질러 조금 전에 본 생물학 실험실 창문 앞으로 걸어가며 말했다.

"그럼 이론적으로 말해서, 인공 뉴런을 만들거나…… 키울 수 있어?"

캐서린은 잠시 생각에 잠겼다.

"나노 전기 바이오필라멘트 같은 거? 글쎄. 생체 필라멘트니까 *키워야겠지.*"

랭던은 창문 앞에 서서 수백 개의 긴 유리병과 튜브로 이루어진 기계를 바라보며 물었다.

"부유액에 넣어서 키워야겠네?"

"그렇지. 손상되기 쉬운 미세 구조니까 부유 배양 방식을 써야겠지."

"여기로 좀 와봐." 그가 캐서린을 창문 쪽으로 불렀다. "문지방 프로젝트가 뭔가를 키우고 있는 것 같은데…… 아루굴라 같은 채소는 아닌 것 같아."

103

에버렛 핀치는 크루시픽스 바스티온의 박살 난 입구를 지나 홀 안쪽의 유리 벽으로 된 대기실로 성큼성큼 들어갔다.
 '다들 대체 어디로 간 거야?'
 하우스모어는 물론이고 대사관에서 보내기로 한 해병대 경비단도 보이지 않았다. 그는 개인적으로 소지한 RFID 키 카드를 꺼내 들고 승강기로 향했다.
 대기실을 가로질러 가는 동안 RFID 키 카드의 생체 인식 센서가 그의 손가락 끝을 인식하고 활성화됐다. 문득 하우스모어든, 아니면 다른 누구든, 승강기를 타고 문지방 시설로 내려갔을 리 없다는 사실을 떠올린 핀치는 걸음을 멈췄다.
 '하우스모어는 위층에 있을 거야……. 아니면 무슨 이유가 있어서 요새를 떠났나?'
 그는 하우스모어의 핸드폰으로 한 번 더 전화를 걸었다.
 통화 버튼을 누르자마자 근처에서 핸드폰이 울리기 시작했다.
 '이상하네.'

저쪽 벽 끝에 있는 소파에서 그 소리가 들리고 있었다.

'하우스모어가 핸드폰을 잃어버린 건가?'

그렇다면 아까부터 전화를 받지 않는 이유가 설명됐다.

소파 앞으로 다가갔는데 핸드폰은 보이지 않았다. 벨 소리가 그치자 그는 다시 전화를 걸었다. 또 벨 소리가 들려왔다.

'소파 아래서 들리는데?'

핀치는 고급스러운 소파 아래쪽을 살펴보려 엎드렸다.

컴컴한 소파 아래를 들여다보자마자 그는 문지방 프로젝트가 공격받았다는 사실을 깨달았다.

소파 밑에서 현장 요원 수전 하우스모어의 죽은 두 눈이 그를 마주 보고 있었다.

얼어붙을 것 같은 추운 방 안에서 골렘은 앞에 놓인 강력한 기계를 바라보았다. 기계의 빛나는 금속 몸체는 둥글납작한 고리 형태였고, 윤기 나는 알루미늄 소재로 되어있었으며, 콘크리트로 만든 이 방을 거의 다 차지할 정도로 거대했다. 폭 5미터, 높이 1미터 정도 되는 이 기계는 거대한 금속 도넛을 닮았다. 오늘 아침에 조사한 대로라면 이런 특이한 도넛 모양, 즉 '토로이드'는 어마어마한 양의 에너지를 축적할 수 있는 자기장을 만드는 데 필요한 초전도 코일을 감아 쓰기에 가장 효율적인 형태였다.

'SMES는 초전도 자기 에너지 저장(Superconducting magnetic energy storage) 장치를 뜻하는 거였어.'

이것이 바로 문지방 프로젝트의 은밀한 힘의 원천이었다.

토로이드 자기장으로 흘러드는 에너지는 손실 없이 무한히 순환하며 필요에 따라 다른 곳으로 옮길 수도 있었다. 초전도 코일을 차갑게 유지하는 게 유일한 전제 조건이었다.

'극도로 차갑게 유지해야 한다고 했지.'

이 코일의 임계 온도는 섭씨 영하 260도이고 코일의 온도가 이것보다 조금만 올라가면 초전도성을 잃고 저항이 나타나기 시작한다. 저항은 코일의 빠른 온도 상승을 야기하고 그로 인해 저항은 더 커지며 몇 초 내에 피드백 루프가 통제 불능 상태가 된다……. 그 결과 초전도 *상태를 상실하는* 위험한 일이 일어나고 만다.

이런 사태를 방지하기 위해 지구상에서 가장 차가운 액체인 *액체 헬륨*을 냉매로 사용했다.

SMES 장치를 바라보던 골렘은 그 옆방으로 시선을 돌렸다. 그곳에는 뮤메탈 금속 메시 케이지 안쪽에 액체 헬륨이 담긴 오스테나이트계 스테인리스강 탱크 열두 개가 서있었다. 각 탱크의 용량은 1,900리터이고, 초저온 용기의 높이는 골렘의 키 정도이며, 극저온 베이오넷, 그리고 초전도체를 차갑게 유지하기 위해 냉매를 SMES 장치로 운반하는 진공 단열 배관을 갖췄다.

대부분의 측정에 따르면 액체 헬륨은 폭발성, 가연성, 독성이 없고 무해했다. 유일하게 위험한 특징은 인간에게 알려진 물질 중 끓는점이 제일 낮은…… 섭씨 영하 270도라는 것이었다. 헬륨의 온도가 절대 영도에 가까운 영하 270도에서 더 '올라가면' 즉시 끓어 올라 헬륨 가스로 전환된다.

가스 자체는 무해하지만 위험성은 전환 과정의 물리적 특성에 있었다. 액체 헬륨의 가스 전환은 충격적일 정도로 빠르고 격렬했다. 문지방 프로젝트가 폴리만카 공원의 R2-D2 환기구를 굳이 써야 하는 것도 그런 이유 때문이었다.

　액체 헬륨이 가스로 전환되면 부피가 1 대 750이라는 엄청난 비율로 증가한다. 이는 이 방에 있는 액체 헬륨을 방출했을 때 올림픽 수영 경기장 일곱 개를 채울 수 있을 만큼의 가스로 빠르게 전환된다는 뜻이었다.

　통풍이 안 되는 공간이라면 이 정도로 늘어난 부피를 감당할 수 없고, 따라서 압력이 급속도로 증가하면서 '압력 폭탄'이 생성된다. 격렬한 힘이 즉각 사방으로 팽창하게 되는 것이다. 공간을 확보하려 필사적으로 시도하던 가스는 결국 터져나가 전술 핵무기 못지않은 충격파를 발생시키면서 해당 범위 내에 있는 모든 것을 파괴한다.

　이런 위험을 완화하기 위해, MRI 기계가 설치된 병원을 포함해 액체 헬륨을 사용하는 모든 시설은 건물 옥상으로 연결된 환기 파이프인 '냉각 통풍구'를 설치하게 되어있었다. 이는 의도치 않게 헬륨이 노출되는 사고가 발생했을 때, 건물이 폭파되는 일 없이 급속도로 팽창한 가스를 안전하게 배출하기 위한 대체 경로였다. 문지방 프로젝트의 냉각 통풍구가 거대하긴 하지만, 여기 저장된 액체 헬륨의 양도 그만큼 어마어마했다.

　골렘은 SMES 장치서부터 초저온 용기 열두 개를 다시 찬찬히 바라보며 계산했다.

　'이 정도 양이면 2만 리터가 넘겠어.'

　헬륨이 기체로 팽창했을 때의 양은 계산이 거의 불가능한 수준이었다.

　온라인에서 알아보니, 액체 헬륨으로 인한 폭발 사고는 꽤 흔했다. 스페이스X의 팔콘9 로켓 사고, 유럽 핵입자 물리 연구소(CERN)의 거대 강입자 가속기 사고도 있었고, 뉴저지주의 어느 동물 병원에서는 MRI 기계의 작은 누출로 인해 폭발이 일어났다.

바로 이 SMES 장치에 예기치 않은 문제가 발생하면, 저장돼 있던 액체 헬륨이 순간적으로 끓어올라 가스가 팽창하면서 몹시 차가운 헬륨이 마치 간헐 온천처럼 수직 강철 도관을 타고 프라하의 하늘로 솟구칠 것이다.

'R2-D2의 머리도 날아가겠네.'

SMES 기계에 들어있는 액체 헬륨은 그 옆 탱크 열두 개에 들어있는 액체 헬륨의 양에 비하면 소량에 지나지 않았다. 이 시설에 보관된 헬륨을 전부 한꺼번에 방출시키면…… 액체를 단숨에 가스로 전환하면 무슨 일이 일어날지 상상도 할 수 없었다.

지금까지 그런 일은 일어난 적이 없었다. 한 번도. 어디에서도.

고장을 대비한 안전장치가 너무 많아서였다.

액체 헬륨 용기는 다중 안전장치를 갖추고 있어 매우 견고했다. 이중벽 구조의 '듀어' 설계는 거대한 보온병 같은 방식이었다. 내부의 액체가 가스로 전환되지 않도록 충분히 차가운 상태를 유지할 수 있게 가장 효율적인 자연 단열재인 순수 진공을 사용했다. 추가 안전 조치의 일환으로 각 용기는 액체 헬륨을 극도로 높은 압력으로 저장했다. 이렇게 하면 헬륨의 끓는점이 높아지기 때문에 임계 온도에 도달하기 전 더 넓은 오차 범위를 확보할 수 있었다.

액체 헬륨 용기의 최종 안전장치는 탱크 내부에 있는 작은 구리 원반인 '파열판'이었다. 이 파열판은 일부러 설계해 놓은 것으로, 내부 압력이 너무 높아지면…… 파열되어 탱크 폭발로 인한 대재앙을 피할 수 있었다.

파열판은 바깥쪽으로 폭발하게 되어있지만, 바깥 압력이 너무 커지면 안쪽으로도 파열될 수 있었다. 물론 액체 헬륨을 밀폐된 공간에 보관할 정도로 부주의한 사람은 지금까지 없어서 그런 일은 한 번도 발생하지 않았다.

이 세 가지 안전장치를 고려할 때, 탱크 여러 대가 동시에 고장 날 확률은 통계적으로 0에 가까웠다.

'도움을 받지 않으면 쉽지 않겠어.'

문지방 프로젝트가 사샤에게 저지른 끔찍한 짓을 생각하며 골렘은 조용히 웅웅대는 SMES 장치를 마지막으로 바라보았다. 그리고 이 역설적인 상황을 즐겼다. 문지방 프로젝트의 은밀한 힘의 원천인 이 기계는…… 곧 이곳을 완전히 날려버릴 파괴의 주체가 될 것이다.

104

랭던과 함께 생물학 실험실로 들어간 캐서린은 정교한 기계를 꼼꼼하게 살펴보았다.

'제대로 된 인공 뉴런은 존재하지 않아. 아직까지는.'

캐서린은 그렇게 믿어왔지만…… 지금은 확신할 수 없었다. 이 기계는 정교한 수경 재배 인큐베이터처럼 생겼는데 맨눈으로 봐서는 유리병에 담긴 액체의 정체를 알 수 없었다.

'불가능……하잖아?'

캐서린이 대학원생 때만 해도 뇌 과학 관련 연구는 신경 화학을 중심으로 하되, 뇌의 신경망이 작용하는 특정한 화학 기전을 주로 다루었다. 인공 뉴런이라는 개념은 1943년 미국 과학자인 워런 매컬러와 월터 피츠가 처음 제시했다. 하지만 그 개념을 실현하는 것은 늘 요원한 꿈이라서, 생물학자들은 이런 농담을 흔히 주고받았다. '우리가 인공 뉴런을 만드는 것보다 인간이 화성에서 거주하는 날이 더 빨리 올걸.'

캐서린이 방 저쪽에 있는 책장을 가리키며 말했다.

"저기서 설명서 좀 확인해 줘. 이 인큐베이터에 관한 것이든 여기에 관한 것이든 뭘 키우는지 적혀있나 살펴봐. 나는 서랍을 뒤져볼게."

랭던이 책장 앞으로 가는 동안 캐서린은 이 방의 번쩍거리는 작업대에 붙박이로 설치된 서류 서랍을 뒤져보았다. 노에틱 과학 연구소 같은 꼼꼼한 연구소들은 으레 모든 프로젝트에 관해 '업무 규정집'을 만들게 마련이었다. 결과의 일관성과 재현성을 확보하기 위해 절차 관련 지침을 적어놓은 인쇄본 책이었다. 캐서린은 그런 업무 규정집을 찾아보려고 했는데 서랍 안에는 딱히 흥미로운 자료가 보이지 않았다.

그러다 테이블에 내장된 '평평한 트레이' 서랍에서 묵직한 검은색 3공 바인더를 포함해…… 괜찮은 자료를 발견했다. 캐서린이 찾고 있던 업무 규정집이라고 보기엔 너무 두꺼웠다. 하지만 커버에 새겨진 단어를 본 순간 소름이 돋았다.

일급비밀
미 중앙정보부 자산

캐서린은 즉시 그 바인더를 꺼내 작업대에 올려놓고 읽기 시작했다.

'제발 뭐라도 나와라…….'

처음 몇 페이지를 훑어보던 캐서린은 이 바인더의 저자들이 스웨덴의 유명한 유기 전자 연구소(LOE) 출신인 걸 알고 놀랐다.

'CIA가 LOE 연구원들을 채용했단 말이야?'

스웨덴의 유기 전자 연구소는 인공 뉴런을 개발하려는 분야에서 세계 최고의 두뇌 집단으로 알려져 있었다. 캐서린이 조금 전 랭던에게 말한 혁신적인 파리지옥 관련 실험의 주역이 바로 그들이었다!

캐서린은 홀린 듯 바인더를 넘기며 부문별 제목을 훑어보았다. 익숙한 주제들이 대부분이었는데 그중 하나에 시선이 꽂히자 몸까지 얼어붙었다.

혼합 이온-전자
전도성 고분자를 통한 변조

'변조?' 캐서린은 즉시 그 부분의 내용을 읽기 시작했다. '그들이 정말 변조 문제를 풀었단 말이야?'

인공 뉴런 제작에서 가장 큰 장애물이 '이온 변조'를 모방하는 것이었다. 그것이 바로 나트륨 이온 채널을 활성화 및 비활성화하는 뉴런의 고유한 능력이었다. 이 제목대로라면 이제 이온 변조가 가능해졌다는 얘기였다.

'하지만…… 대체 어떻게?'

심장이 마구 뛰었다. 캐서린은 변조 문제에 대한 문지방의 해결책을 읽기 시작했다. 내용이…… 지나치게 완벽할 정도로 맞아떨어졌다. 읽을수록 숨도 쉬기 힘들 지경이었다.

'안 돼…… 안 돼……. 이럴 순 없어!'

"캐서린? 괜찮아?"

조금 전부터 캐서린이 밭은 숨소리를 뱉어내자 랭던은 그녀의 곁으로 다가와 몇 번이나 물었다.

하지만 캐서린은 대답도 않고 시선을 바인더에 고정한 채 혼잣말을 해가며 바인더의 페이지를 하나하나 넘겼다.

랭던은 캐서린이 무엇 때문에 이렇게 정신을 못 차리는지 보려고 그녀의 어깨 너머를 살폈지만 문서의 제목조차 무슨 뜻인지 알 수 없었다.

'혼합 이온-전자 전도성 고분자를 통한 변조?'

잠시 후 랭던은 캐서린이 충격을 받은 상태임을 알고 그녀의 팔에 손을 얹으며 다시 물었다.

"이게 뭔데?"

그를 돌아보는 캐서린의 눈이 이글거렸다.

"뭐냐고? 문지방이 합성 BLL을 유기 전기-화학 트랜지스터로 사용하고 있어! 그것을 박막에 캐스팅하고 메탄술폰산에 녹여서……"

"진정해. 뭘 어쨌다고?"

"BBL! 그들이 인공 뉴런 작업에 그걸 사용하고 있어! 그건 내 아이디어였어, 로버트!"

"일단, BBL이 뭐야?"

"벤즈이미다조벤조페난트롤린. 독특하게도 단단하면서 탄력적인 특성이 있는 전도성 높은 폴리머야."

"그래. 그리고……?"

"그들은 BBL을 합성하기 위해 중축합을 구현하고 있어. 이것도 내가 제안한 거야. 그 결과, 전자에 대해 전도성이 매우 높은 물질이 생성돼…… 뉴런과 아주 흡사하게." 캐서린은 바인더 페이지를 넘겼다. "이것 봐! 이 바인더에 있는 화학 프로토콜은 내가 원고에 쓴 프로토콜과 똑같아! 세세한 부분까지! 내가 전해질 용액에 글루타민 3밀리몰을 추가하는 방식으로 전도도를 조정하도록 제안했거든. 그들이 여기서 정확히 그렇게 하고 있어!"

랭던은 그 말을 대부분 알아듣지 못했지만, 캐서린의 원고와 문지방 프로젝트 사이에 겹치는 부분을 그녀가 확인했다는 것만은 깨달을 수 있었다.

'그걸 확인하러 여기 온 거잖아.'

그가 차분하게 말했다.

"캐서린, 진정하고 쉬운 말로 다시 설명해 줘. 뭐가 어떻게 된 거야?"

캐서린은 숨을 내쉬며 고개를 끄덕였다.

"알았어, 미안." 그녀는 목소리를 낮추고 설명했다. "간단히 말하자면, 나는 이 기술이 언젠가 미래에 어떤 식으로 *구현될지*를 이론화해서 그 내용을 원고에 썼어. 그렇게 생성한 물질을 신경'망'에 짜 넣는 방법도 구체적으로 제안했단 말이야. 뇌에 모자를 씌우듯이…… 신경 덮개가 뇌에 직접 접촉하는 거야." 캐서린은 한숨을 쉬었다. "그런데…… 놀랍게도 여기서 그들이 *정확히* 그렇게 하고 있어. 정말이지…… 믿기지가 않아."

"당신이 원고에서 인공 뉴런에 관해 썼다는 거지?"

"응. 나는 감마 아미노부티르산을 조절하기 위한 가상의 뇌 칩에 대한 아이디어를 제시하면서도 인공 뉴런 없이는 그런 칩을 만들 수 없다는 걸 알고 있었어. 그래서 언젠가 머나먼 미래에…… 인공 뉴런을 어떤 식으로 만들게 될지를 최대한 추측해서 쓴 거야."

'그 미래가 바로 지금이 된 거군.'

랭던은 이런 생각을 하며 바인더를 내려다보았다.

"문지방이 당신이 제안한 바로 그 감마 아미노부티르산 칩을 만들었다고 생각해?"

"아니, 아니야." 캐서린은 고개를 저었다. "그들이 무슨 칩을 만들었는지는 모르겠어. 내가 제안한 대로가 아닌 것만은 확실한 것 같아. 그들이 인공 뉴런을 갖고 있다면 활용 범위는 무한대야. 말 그대로 상상하는 무엇이든 만들 수가 있어. 인공 뉴런은 완전한 인간-기계 통합에 필요한 비약적 기술 도약이니까. 이 부분을 잘 이해해야 해, 로버트……" 캐서린은 그의 눈을 똑바로 바라보며 덧붙였다. "이 뉴런 기술은 미래의 핵심 기술이야. 모든 걸 바꿀 수 있어."

랭던은 캐서린의 말이 옳다고 믿었다.

미래학자들은 인공 뉴런이라는 기술적 돌파구가 뇌와 뇌의 직접 소통, 기억 증강, 가속 학습, 밤에 꿈을 기록했다가 아침에 그것을 재생할 수 있는 능력 제공 등 향후 놀라운 시대를 열 것으로 예측했고, 랭던은 그런 내용의 글을 여러 번 읽은 적 있었다.

하지만 랭던이 제일 불안하게 느끼는 점은 '궁극적 소셜 미디어', 즉 사람들이 자기가 경험한 모든 감각 정보를 기록해서 개인 '채널'을 통해 다른 사람들과 공유하게 된다는 미래 예측이었다. 이는 사람들이 타인의 시각, 청각, 후각, 감정적 경험을 고스란히 재현할 수 있다는 얘기였다. 그러다 보면 오래지 않아 충격적이고 자극적이며 끔찍한 기억을 제공하는 암시장 도서관이 생길 것이다. 1990년대 사이버펑크 영화 〈스트레인지 데이즈(Strange Days)〉가 선견지명으로 묘사한 암울한 세상이…… 고스란히 실현될 수도 있었다.

랭던은 이것이 과학사의 중대한 전환점이 될 수 있다는 것을 알지만, 지금 그에게 제일 중요한 건 이 돌파구가 미치게 될 중차대한 영향이 아니었다. 그는 캐서린에게 닥친 큰 불운이 미치게 될 영향에 더 집중할 수밖에 없었다.

'캐서린은 원고에서 대단히 놀라운 아이디어를 제시했고……CIA는 그 아이디어를 바탕으로 이미 비밀리에 기술 개발을 하고 있었어.'

놀라운 우연의 일치였다. 하지만 랭던은 '위대한 지성들은 비슷하게 작업한다'는 진부한 표현이 시대를 막론하고 숱하게 적용됐다는 것을 알고 있었다. 뉴턴과 라이프니츠는 각각 독자적으로 미적분을 발견했다. 다윈과 월리스도 자연 선택에 의한 진화론을 독자적으로 구상했다. 알렉산더 그레이엄 벨과 엘리샤 그레이도 거의 동시에 전화기를 발명해 몇 시간 차이를 두고 특허를 신청했다. 지금 봐서는 캐서린 솔로몬과 CIA도 인공 뉴런 만드는 방법을 거의 같은 시기에 알아낸 것 같았다.

캐서린이 허공을 바라보며 혼잣말처럼 중얼거렸다.

"이제 이해가 되네……. 내가 표적이 된 건 이상한 일이 아니었어……."

랭던은 마음이 아팠다.

"운 나쁘게도 우연이었을 뿐이야. 적어도 지금 우리는……."

"이건 우연이 *아니야*, 로버트!" 캐서린의 눈이 분노로 이글거렸다. "CIA가 내 아이디어를 훔쳤어!"

'훔쳤다고?'

억지 같았다. CIA는 캐서린이 원고를 집필하기 한참 전부터 인공 뉴런을 개발하고 있었던 것으로 보였다.

"그들이 내 설계를 훔쳤어! *전부 다!*"

그는 캐서린 솔로몬과 알고 지낸 오랜 세월 동안 그녀가 비이성적인 주장을 쏟아내는 걸 한 번도 본 적 없었다. 이런 피해망상적인 감정 분출은 더더욱 처음이었다.

그는 그녀를 달래려고 미소 지으며 말했다.

"이해가 안 되는 게, 당신은 이 책을 1년 전부터 썼잖아. CIA가 문지방 프로그램을 시작한 지는 20년이 넘었는데……"

"정확하진 않지만." 캐서린이 그의 말을 끊었다. 그녀의 눈빛에는 그가 지금껏 본 적 없는 사나운 기운이 담겨있었다. "내 *원고*에는 인공 뉴런에 관해 쓴 대목이 있고, 이런 설계를 세세한 부분까지 설명했어. 그리고 내가 젊은 *대학원생* 시절에 품었던 열정과 당시 진행한 작업에 관해서도 썼어. 당시 나는 이미 노에틱 과학의 미래를 꿈꾸면서…… 언젠가 미래의 과학자들이 가상의 기술로 인간 의식에 관한 우리의 이해를 깊게 해주리라고 믿고 그 가상의 기술을 설계했어."

랭던은 이 말이 무슨 뜻인지 문득 깨달았다.

"맙소사…… *설마?*"

캐서린이 고개를 끄덕였다.

"그래! 로버트, 내가 이런 인공 뉴런의 설계 방법을 최초로 제시했고…… 문서로도 남겼어. 23년 전…… 대학원생 시절에 쓴 논문에서."

105

랭던의 아연실색한 표정을 보면서 캐서린은 그가 방금 들은 설명의 세세한 내용까지 이해하지는 못했다는 것을 알 수 있었다.

캐서린은 문지방의 기밀문서가 담긴 바인더를 손으로 톡톡 두드리며 말했다.

"이건 내가 23년 전에 설계한 인공 뉴런 제작 방식 그대로야. 틀림없어."

"인공 뉴런을 주제로 박사 학위 논문을 썼어?"

"그건 아니야. 당시 나는 신경 과학 전공이었고 내 논문 제목은 '의식의 화학적 성질'이었어. 신경 전달 물질과 인식에 관한 괴짜 같은 논문이었지. 논문 끝에 가서, 이번 내 원고와 마찬가지로, 의식 연구의 *미래*에 관해 써놨어. 내 연구 분야에서 일어날 수 있는 가장 중대한 기술 발전 결과물인 인공 뉴런을 포함해, 다양한 가상의 기술적 돌파구를 상상해서 쓴 내용이었어. 인공 뉴런 기술이 있으면 진정한 인간-기계 인터페이스를 만들 수 있고, 과학자들은 새로운 방식으로 뇌의 의식을 관찰해서…… 마침내 뇌의 작용 방식을 알아낼 수 있게 돼."

"CIA와 우연히 연구가 겹쳤을 리는…… 없다는 거지?"

"로버트, 이 바인더에 기록된 뉴런은 내가 논문에서 제시한 방식과 완전히 똑같아. 명명법까지 똑같다고! 여기 적힌 '나노 전기 바이오필라멘트'며 '양측 유기-기술 융합'이라는 용어도 내가 만든 거야!"

랭던은 이제야 납득된다는 표정이었다.

"우아…… 일단, 그렇다는 건 캐서린 솔로몬이 대학원생 시절에…… 인공 뉴런 만드는 방법을 알아냈다는 거네?"

"당시 나는 상상력이 지나친 어린애였어. 그 아이디어는 판타지일 뿐이었고. 23년 전만 해도 인공 뉴런은 과학 소설에나 나오는 얘기였어!"

"유전 공학, 자율주행차, AI도 마찬가지지. 하지만 지금은 다 구현되고 있잖아. 무어의 법칙(인텔의 공동 창립자인 고든 무어가 1965년에 발표한 관찰 결과. 반도체 집적회로의 성능이 24개월마다 두 배로 증가한다는 법칙―옮긴이)대로."

캐서린은 생각했다.

'맞아. 미래는 하루가 다르게 점점 빨리 우리에게 다가오고 있어.'

"20여 년 전에 그 분야에 몸담고 있던 사람들은 인공 뉴런이 실리콘 기반으로 만들어질 거라고 생각했어. 뉴런이 컴퓨터 칩처럼 이진 방식으로 작용하는 켜짐/꺼짐 스위치라고 여겼지. 내 생각은 달랐어. 인공 뉴런의 궁극적인 목적은 뇌와의 통합이기 때문에 *생물학적* 해법을 찾아야 한다고 논문에서 주장했지. 상상력이 마구 뻗어나갔고, 언젠가 미래에 인공 뉴런이 어떤 식으로 만들어질지를 최대한 상세하게 추측한 설계 내용도 논문에 적어 넣었어."

"추측을 아주 잘했네." 랭던은 깊은 인상을 받은 표정으로 말을 이었다. "CIA는 수십 년 동안 개발을 진행해서…… 드디어 성공했어. 그 기술에 대한 소유권이나 인정은 다른 문제지만."

"그들이 어떻게 내 아이디어를 전해 듣고…… 그걸 손에 넣었을까?"

랭던은 어깨를 으쓱했다.

"음, CIA는 세계에서 제일 큰 정보 수집 조직이잖아."

캐서린은 과거의 기억을 더듬으며 말했다.

"지금 떠오르는 게 있는데……"

생각에 잠긴 그녀는 말끝을 흐렸다.

"나가면서 얘기하자." 랭던은 바인더를 챙겨 들고 문으로 향했다. "이걸 들고 여기서 빠져나가서…… 네이글 대사에게 전해야 해. 이 정도로 충분하길 바라야지."

캐서린은 숄더백을 집어 들고 랭던을 따라 실험실을 가로질렀다. 그녀는 빠르게 생각을 이어가며 말했다.

"그 논문과 관련해서 이상한 일이 있었어. 그때는 정확히 이해를 못 했고 수십 년 동안 생각도 안 했던 일인데…… 관련이 있었던 것 같아."

"무슨 일이었는데?"

그들은 환하게 불 켜진 컴퓨터실을 가로질러 회전문 쪽으로 걸음을 재촉했다.

"프린스턴 대학에서 내 논문 지도 교수가 바로 전설적인 화학자 A. J. 코스그로브 교수님이었어. 그 교수님이 나를 제자로 데리고 계셨단 말이야. 그분은 내 논문을 무척 마음에 들어 하면서 이 논문으로 블라바트니크 상(42세 이하 젊은 과학자와 엔지니어에게 주는 국제적 연구 지원 상—옮긴이)을 받을 수 있을 거라고 하셨어. 박사후 과학 연구 부문에 수여되는 상이야. 어쨌든 나는 그 상을 못 받았어. 나는 별 상관 없다고 여겼는데, 무슨 이유에서인지 코스그로브 교수님은 화가 뻗쳐서 위원회 측 회장과 옥신각신하셨나 봐. 당시 그 상의 위원회장은 스탠퍼드에서 아주 잘나가는 교수였어. 상황이 진정된 후에 코스그로브 교수님이 말씀하시길, 내가 상 받을 자격이 충분한데 '어떤 다른 이유로' 수상하지 못했다고 하시더라고. 나는 학계의 정치 싸움 때문이겠거니 했어. 그래서 어차피 노에틱 과학 쪽으로 갈 거라서 상관없다고 말씀드렸지. 그때 교수님이 좀 이상한 말씀을 하셨어. 내가 신경 과학 분야를 완전히 떠나기 전에……." 캐서린은 문 앞에서 우뚝 멈춰 섰다. "아…… 이런."

랭던이 그녀를 돌아보았다.

"왜?"

캐서린은 믿기지 않는 마음에 가방을 작업대에 내려놓으며 눈을 감았다. 혼란스러운 상황 속에서 묻혀있던 생각이 지금에야 떠오른 것이다. 눈을 뜬 캐서린은 숱 많은 짙은 색 머리카락을 손으로 쓸어 넘기며 나지막하게 말했다.

"CIA가 내 책을 영원히 없애려고 한 더 큰 이유가 있어."

핀치는 현장 요원 하우스모어의 시그 사우어 권총을 손에 쥐고 문지방 시설 내 수송 트램에서 내렸다. 익숙한 플랫폼을 재빨리 가로질러 아무도 없는 보안 센터를 지나갔다. 로비에서 하우스모어의 시신을 발견한 그는 게스네르의 작업실로 달려 내려갔고, 그곳에서 그가 상상한 가장 두려운 상황을 목격했다.

'게스네르가 살해당했다.'

핀치는 곧바로 조직에 지원을 요청했다. 하지만 현장 요원이 살해당한 지금, 이 지역 지원팀이 도착하려면 시간이 걸릴 것이다. 상황이 점점 급박하고 민감하게 돌아가고 있었다. 신중한 판단 끝에 그는 곧장 이 위기를 해결하기로 했다. 뛰어난 저격수인 핀치는 누구를 맞닥뜨리더라도 상대를 효과적으로 무력화할 자신이 있었다.

운영부 통로로 들어선 그는 이 구역의 조명등이 모두 꺼져있는 걸 보고 안도했다. 하지만 이 시설을 설계하는 데 중요한 역할을 맡고 있는 그는 이곳 조명등이 10분 단위로 소등된다는 것 또한 알고 있었다. 지금 여기가 어둡다고 해서 그가 여기 혼자 있다는 뜻은 아닐 수도 있었다.

하우스모어와 게스네르가 살해당했다는 게 믿기지 않았다. 살인자의 정체를 가늠할 수 없으니 더 골치가 아팠다. 소파 뒤에서 하우스모어의 시신을 끌어내고 보니 카펫에 뇌전증 관련 금속 막대가 떨어져 있었다. 그것을 본 핀치는 놀랐다. 누군가 그걸 떨어뜨렸다는 건데, 크루시픽스 바스티온에 들어왔던 뇌전증 환자는 단 두 명뿐이었다. 같은 정신병원에서 데려온 사샤 베스나 그리고 드미트리 시세비치.

'드미트리는 더 이상 우리와 함께하지 않잖아.'

사샤가 사람을 죽였다고는 생각할 수도 없었다. 게스네르는 늘 사샤에 대해 소심하고 다정한 사람이라고 말했다. 하지만 오늘, 핀치는 사샤가 우지 경찰을 공격했다는 보고를 받았다. 사샤가 심적으로 크게 동요했다는 의미일 수도 있었다. 사샤의 뇌는 엄청난 압박을 받고 있으니 신경 쇠약에 빠졌을 가능성을 완전히 배제할 수 없었다.

'사샤가 게스네르를 죽였을까?'

상상할 수 없는 일이었다……. 하지만 게스네르가 자기한테 무슨 짓을 했는지 사샤가 알았다면 충분히 살인을 저질렀을 수도 있다. 그렇다고 해도…… 사샤 혼자 이런 짓을 벌일 수는 없을 텐데.

생물학 구역으로 진입한 그는 수술실에 불이 꺼진 걸 보고 안심했다. 곧 조명이 켜지고 질서 정연한 광경이 눈앞에 펼쳐졌다. 핀치는 천장에 매달린 로봇 수술 기계를 올려다보았다. 지금까지 게스네르가 이 기술을 써서 사람을 수술한 건 두 번이었다. 한 번은 성공했고, 다른 한 번은 비극으로 끝났다.

핀치는 나중에 습격당하는 사태를 방지하기 위해 이 시설을 철저히 수색하기로 했다. 의료 구역을 샅샅이 뒤져, 동작 감지 조명이 꺼질 때까지 침상 밑이나 수납장 안에 숨어있는 자가 있는지 찾아보았다.

문지방 시설에 침입한 자가 있다면 절대 놓치지 않을 것이다.

이 시설을 본 자는…… 여기서 살아 나가선 안 되었다.

SMES 방 깊숙한 곳에서 골렘은 열린 환기 도관을 올려다보았다. 저 위 높은 곳, 몇 개 층 위의 폴리만카 공원에는 R2-D2 로봇이 서있었고, 그 로봇의 반구형 머리에 뻥뻥 뚫린 구멍을 통해 햇살이 어룽어룽하게 흘러들었다.

이런 냉각 통풍구는 비상시 환기를 위해 항상 열어두게 마련이었다. 새는 곳이 없는지 확인하기 위해 압력 테스트를 할 때만 닫는데, 그것도 특정한 조건에서만 가능했다. 바로…… 액체 헬륨이 전혀 없어야 한다는 조건이었다.

'오늘은 그 조건이 좀 달라질 거야.'

힘을 끌어모은 골렘은 윙윙 소리를 내는 금속 고리 위로 기어 올라갔다. 꼭대기 면이 둥글어서 위험했지만, 그의 장화는 마찰력이 좋아 미끄러지지 않았다. 천장으로 손을 뻗어 튀어나온 크랭크 손잡이를 잡는 동안 기계의 희미한 진동이 느껴졌다. 그 손잡이는 천장에 붙은 두꺼운 금속판을 이리저리 당겨 옮기는 데 쓰이는 것이었다.

'이건 테스트 커버다.'

통풍구 양 측면에 붙은 레일이 네모난 강철 패널을 지지하고 있었다. 거대한 맨홀 뚜껑과 마찬가지로 이 패널을 제자리에 고정하고 나비나사로 조이면 입구가 완전히 봉해져 방을 밀폐 상태로 만들 수 있었다.

그리고 당연하게도 이 강철 커버에는 빨간색 경고문이 스텐실로 새겨져 있었다.

위험! 접근 금지!

골렘은 경고문을 무시하고 손잡이를 돌리기 시작했다.

몇 분 안에 이 방은 완전 밀폐 상태가 될 것이다.

106

'더 큰 이유?'

랭던은 CIA가 캐서린의 원고를 없애려 한 또 다른 이유가 무엇일지 전혀 짐작이 되지 않았다.

'캐서린의 책에 CIA의 최고 기밀 신기술이 담겨있었어. 그걸로 게임 끝인데······.'

캐서린은 멈춰 서서 그를 돌아보았다. 기분 나쁜 할로겐 불빛 아래 선 그녀의 얼굴에 우려가 담겨있었다.

"코스그로브 교수님은 뭔가 잘못됐다는 걸 아셨던 것 같아. 스탠퍼드 교수와 언쟁을 하고 나서 교수님은 내가 노에틱 과학을 연구하려면 신경 과학계를 떠나기 전에 해야 할 일이 있다고 하셨어. 나에게 주신 최종 과제였는데 생각해 보면 이례적인 지시였어."

"뭘 하라고 하셨는데?"

"미래의 과학자를 교육하는 과정의 일부라면서 특허 출원 과정을 진행하라고 하시더라고. 인공 뉴런에 대한 내 참신한 접근 방식이 마음에 든다고 하시면서, 특허 승인이 나지 않을 수 있지만 그래도 신청해 보라고……."

"잠깐……. 당신이 이런 인공 뉴런 제작에 관한 특허를 출원했다는 거야?"

캐서린은 고개를 끄덕였다.

"학문적 활동의 일환으로. 교수님은 내가 특허를 내봤자 당장 구현 가능한 기술이 아니기 때문에 '산업상 이용 가능성 결여'라는 사유로 거절당할 수도 있다고 하셨어. 그래도 아직 존재하지 않는 장비와 기술, 재료까지 할 수 있는 최대한으로 기술적인 부분을 채워서 특허 신청 과정을 진행해 보라고 하시더라고. 그래서 그렇게 했어! 최대한 내용을 채워서 열네 장짜리 특허 신청서를 작성하고 우편으로 보냈지. 예상대로 특허 출원은 거절당했고 그 후 나는 그 생각을 다시 할 일이 없었어……."

랭던은 믿기지 않았다.

'지금까지는 그랬겠지. 캐서린은 자기가 고안한 기술이 실현된 걸 눈으로 봤어.'

"생각해 보니까 그때 교수님은 나를 보호하려고 특허 출원을 지시하신 것 같아……." 캐서린은 울컥하며 말을 이었다. "내 논문이 상을 못 받은 *진짜* 이유도 알고 계셨던 것 같고."

"당신 기술을 CIA가 은밀하게 이용할 테니까?"

"맞아. 그들이 도둑질한 거지."

"코스그로브 교수는 CIA가 그런 짓을 할 거라는 걸 어떻게 알았지?"

"나도 그게 미스터리야. 그런 거란 걸 알고 계셨다는 느낌은 들어. 몇 년이 지나고 나서야 교수님이 특허를 내도록 끝까지 독려한 학생은 *나뿐이라는* 걸 알았지."

"이상하긴 하네."

"응. 교수님이 끝까지 고집하셨거든. 그분이 이런 말을 했던 게 기억나. '아무 말도 하지 말고 그냥 해, 캐서린.' 그분이 오래전에 돌아가시지만 않았으면 전화해서 물어보고 싶어."

"특허 신청서 사본은 지금도 가지고 있어?"

랭던은 아무렇게나 놓아두기엔 상당히 위험한 서류라는 생각이 들어 물어보았다.

"갖고 있었는데…… 이상하게 어느 시점에선가 내 서류철에서 사라졌어. 이사하면서 잃어버린 줄 알았는데 지금 생각해 보니까……."

'그것도 훔쳐 갔을 수 있겠네.'

랭던은 CIA가 캐서린을 그토록 오랜 시간 지켜보고 있었다고 생각하니 소름이 돋았지만, 그것으로 많은 의문이 설명됐다.

"특허 상표국에서 특허 승인을 거절당했을 때 웃음이 나오더라고……. 그동안의 과학적 노력의 결과물을 열네 페이지짜리 신청서에 열심히 써서 제출했는데 페이지마다 빨간 '거절' 도장이 찍혀있었어. 그걸 교수님한테 보여드렸지. 나만큼 재미있어하시지는 않더라. 교수님이 나중에 '자네가 유명해졌을 때' 후손에게 보여주고 싶다면서 특허 출원서 사본을 한 부 달라고 하셨어."

"코스그로브 교수가 사본을 가지고 있어?"

캐서린이 떨리는 목소리로 대답했다.

"응. 10년 전에 교수님이 돌아가셨을 때 그분 여동생이 우리 집에 찾아오셔선 봉인된 마닐라 봉투를 주셨어. 그걸 나한테 전해달라는 게 교수님의 유언이었대." 캐서린은 잠긴 목소리로 덧붙였다. "봉투 안에는 예전에 거절당했던 내 특허 출원서가 들어있었어. 색이 바랬지만 내용은 그대로더라고."

'놀랍네.'

캐서린의 옛 지도교수는 그녀의 논문과 특허 출원서와 관련해 미심쩍은 정황을 포착했던 게 분명하다. 코스그로브 교수가 어떻게 알고 있었는지는 영영 알 수 없게 됐지만, 그 교수는 캐서린이 나중에라도 증거를 손에 넣을 수 있도록 조치를 취해두었다.

랭던은 생각했다.

'이 정도 증거면 충분히 영향력을 발휘할 수 있어.'

문득 CIA가 그 서류마저도 손에 넣었을지 모른다는 불길한 생각이 들었다.

"그 사본은 지금 어디 있어?"

"우리 집 내 책상 속에. 마지막으로 봤을 때 거기 있었어."

랭던은 문을 가리키며 말했다.

"얼른 가자. CIA가 그걸 알아내면……."

"당신이 알아야 할 게 하나 더 있어." 캐서린은 초조하게 자세를 바꾸며 랭던의 눈을 바라보았다. "이번 원고의 마지막 장에서 노에틱의 미래에 관해 쓰면서, 젊은 시절에 인공 뉴런 제작과 관련해 품었던 순진한 꿈에 대해서도 풀어놨어. 거절당한 특허 신청서 사본을 책에 실으면 좋겠다는 생각이 문득 들더라고. '거절'이라는 도장이 찍힌 열네 장짜리 신청서 말이야. 다른 젊은 과학자들이 앞으로 연구하면서 거절당할 일이 있더라도 내가 젊었을 때 실패했던 걸 보면서 용기를 얻으라고."

랭던은 말문이 막혔다.

'이게 퍼즐의 마지막 조각이구나.'

캐서린의 특허 신청서는 온 세상이 볼 수 있도록 책에 실려 출판될 예정이었다. 그 정도면 CIA가 캐서린을 막으려고 다급하게 나설만했다.

'문지방은 뇌 과학의 미래에서 맨해튼 프로젝트와 마찬가지야……. 캐서린은 그들의 원자폭탄 청사진을 출판하려고 한 거였어.'

저명한 노에틱 과학자가 특허 출원을 거절당한 것…… CIA가 특허 출원자도 모르게, 그 사람에게 보상도 해주지 않고 자료를 도둑질한 것을 미국 과학자 연맹 같은 민간 감시 단체가 알게 된다면, CIA가 얼마나 끔찍한 법적 소송에 휘말리게 될지 랭던은 상상이 됐다.

'부정 폭로 기자가 원하는 꿈의 기삿거리네.'

캐서린의 책에는 혁신적 기술에 관한 대담한 비전이 담겨있었다. 그 기술은 진정한 인간-기계 인터페이스를 달성하기 위한 전 세계적 경쟁에서 승기를 잡을 수 있는 중요한 부분이었다. 그리고 현재 그 기술을 소유하고 있는 것은 CIA뿐이었다……. 하지만 캐서린이 책을 출판하게 되면, 독보적으로 앞서나가고자 하는 CIA의 계획은 백지화되고 만다.

CIA의 뇌 임플란트 프로젝트가 구체적으로 어떤 목적을 지니고 있는지는 알 수 없지만 문지방 프로젝트 덕분에 CIA는 아무도 모르게 그 무엇과도 비교할 수 없는 기술적 우위에 설 수 있었다.

랭던은 문득 깨달았다.

'그게 다가 아니야. 문지방은 잠재적인 금광이야.'

CIA가 독점적 인간-기계 기술을 시장에 내놓기로 하면, Q는 세계에서 가장 부유한 벤처 기업이 될 것이며 CIA가 운영하는 모든 작전에 자금을 댈 수 있을 것이다. 어느 쪽이든 CIA 입장에서는 기밀 유지가 가장 중요할 수밖에 없었다.

캐서린이 말했다.

"브리기타가 어젯밤에 자기가 가진 특허를 내세우면서 나한테 잘난 척했던 이유도 이제 알겠어. 그 여자는 정찰 임무를 띠고 내 앞에서 일부러 그 주제를 입에 올린 거야. 나더러 특허를 가지고 있냐고…… 아니면 특허를 출원한 적이 있냐고 물었던 거 기억나?"

랭던은 똑똑히 기억하고 있었다.

"당신은 없다고 대답했지!"

"그런 얘길 다시 끄집어내기 싫어서 그랬어. 오래전 일이기도 하고."

"어젯밤에 핀치가 발작할 만했네. 게스네르는 당신이 기밀 유지 서약서에 서명하라는 요청도, 원고 사본 한 부를 미리 달라고 한 요청도 거절했다고 핀치에게 보고했을 거야. *그리고 당신이 특허를 출원했던 사실에 대해서도 거짓말을 하더라고 핀치한테 말했겠지!* 핀치는 당신이 개인적인 이득을 노리고 엄청난 사실을 폭로하는 책을 출판할 작정이라 여겼을 거야."

"그래. *이제 우린 책을 출판할 수 있어.*" 캐서린은 그가 들고 있는 기밀문서 바인더를 가리키며 말했다. "뇌 임플란트에 관한 PALM도 갖고 있으니까. 아주 결정적인 증거거든."

"PALM이 뭔데?"

"광활성 국소화 현미경(Photoactivated localization microscopy)

의 머리글자야. 뇌 이미징 기술이지. 문지방은 언제든 그 상태를 관찰하고…… 성장을 추적하기 위해 형광성 단백질을 이용해 인공 뉴런을 유전 공학적으로 암호화했어. 영리해. 그건 내 아이디어가 아니라 그들의 아이디어야."

"잠깐. 이 바인더에 그 *이미지*가 들어있다고? 당신은……."

"당신이 너무 빨리 채갔어." 캐서린은 바인더를 달라고 손을 내밀었다. "보여줄게."

랭던은 곧바로 캐서린에게 바인더를 건넸다. CIA가 캐서린의 아이디어를 훔쳐 인공 뉴런을 만들고 있다는 것 외에 랭던은 문지방 프로젝트가 인간 실험을 하고 있다는 실제 증거를 보지 못했다.

'어쩌면 여기에……'

"여기 좋은 자료가 있어."

캐서린은 앞에 있는 작업대에 바인더를 펼쳐놓았다.

바인더 속 이미지를 본 랭던은 역겨움을 느꼈지만…… 그만큼 이 시설에 침입하길 잘했다는 생각도 들었다. 바인더에는 두개골 내의 인간 뇌를 컴퓨터 기반 엑스레이로 찍은 것 같은 컬러 이미지가 들어있었다. 끔찍한 것은 두개골 안에 뇌 말고 다른 것이 들어있다는 점이었다. 형광색 실로 짠 그물망 같은 것이 뱀처럼 구불구불한 선을 통해 칩에 연결되어 있었다. 머리에 쓰는 망처럼 생긴 그것은 레이스나 거미줄 같기도 했는데 뇌의 윗부분을 내리덮은 모습이었다.

캐서린이 말했다.

"이 신경 그물망은 *내* 아이디어야."

시간에 따라 뇌 임플란트를 관찰하면서 작성한 이미지, 그래프,

메모를 캐서린이 차례로 보여주었다. 랭던은 그저 놀라울 뿐이었다. 기록 자체도 경악스러웠지만 각 페이지 하단의 작은 꼬리말을 본 순간 충격은 더욱 커졌다.

2번 환자 / 베스나

"사샤……."
랭던이 나지막하게 말했다.
가장 두려워하던 짐작을 확인하고 말았다.
'그들이 당신한테 무슨 짓을 한 거야?'
두툼한 그물망의 촉수가 기생충처럼 사샤의 뇌를 점점 뒤덮는 것을 보면서 랭던은 욕지기가 치밀었다. 역설적이게도, 그와 캐서린은 저들의 범죄 행위를 입증할 증거를 찾으려고 문지방에 들어왔는데…… 가장 결정적인 증거는 이 시설 바깥, 즉 사샤 베스나의 머릿속에 있었다.
'네이글 대사가 사샤가 있는 곳을 찾아냈길 바라야지.'
이제는 정말 이곳을 떠나야겠다는 생각이 들었다. 캐서린이 말했다.
"베스나 씨의 머리에 뭐가 들었든, 단순히 뇌전증 치료 이상의 기능을 하고 있을 거야."
"그 칩의 기능에 관해 설명한 내용은 없어?"
"자세한 건 없어." 캐서린은 페이지를 넘겼다. "이 바인더는 신경 통합에 관한 내용이 전부야. 그들이 이렇게 빨리 통합을 이뤄낸 게 놀랍긴 해."

"무슨 뜻이야?"

"칩과 뇌의 통합 말이야. 살아있는 뇌에 인공 뉴런 그물망을 씌우면 두 요소가 하나의 시스템으로 결합할 때까지 시간이 걸리거든. 신경 가소성은 거의 기적이고, 하룻밤 새에 일어날 수 있는 일도 아니야. 뇌가 신경 임플란트와 완전히 접합되려면 최소한 10년…… 아마 20년은 걸릴 거야. 내가 논문에서 언급한 가장 큰 장애물 중 하나지."

"당신이 제안한 해결 방법은 뭐였는데?"

"없어. 그냥 기다리는 것 말고는 해결 방법이 없으니까. 생물학적 성장에는 *시간*이 필요해. 진화에 *시간*이 필요한 것처럼. 그런데……." 캐서린은 그래프들을 쭉 보면서 고개를 절레절레 흔들었다. "그들은 그 속도를 엄청 높였어. 10년 걸릴 과정을 1년 만에 이루어 낸 거야. 문제는 이거야……. *어떤 방법을 썼을까?*"

캐서린은 페이지를 휘릭휘릭 넘겼다. 그러다 지금보다 어린 긴 금발의 사샤 베스나 사진이 있는 페이지에서 멈췄다. 머리 부분만 찍은 작은 사진이었다. 랭던이 말했다.

"질문이 있는데, 사샤가 *2번* 환자면……."

캐서린이 그를 힐끗 쳐다보았다.

"그래. *1번* 환자도 있겠지."

캐서린은 1번 환자에 관한 자료를 찾기 위해 바인더의 페이지를 뒤로 넘기기 시작했다. 랭던이 추측하기에 1번 환자는 사샤와 같은 정신병원에 있었던 러시아인 뇌전증 환자 드미트리일 가능성이 높았다.

캐서린이 말했다.

"이상하네. 다른 데이터는 안 보이는데…… 아, 잠깐…… 여기 있다. 내용이 훨씬 짧아서 내가 못 봤나 봐."

그 부분에는 여러 가지 데이터, 그래프, 그리고 칩이 이식되고 신경 그물망이 씌워진 뇌를 찍은 괴상한 엑스레이 사진이 담겨있었다.

페이지 아래쪽에는 이런 꼬리말이 붙어있었다.

1번 환자 / 시세비치

그걸 보며 랭던은 생각했다.

'시세비치라는 성을 보면 러시아인이 맞는 것 같은데.'

"잘생겼네."

페이지를 넘긴 캐서린이 말했다. 짧은 흑발에 사각턱, 강렬한 인상을 가진 남자의 자그마한 얼굴 사진이었다. 이목구비를 보니 슬라브인인 것은 분명했다. 튼튼하고 당당한 얼굴인데 눈빛은 괴상하게 죽어있었다.

"이 남자도 사샤와 같은 칩을 이식받았어." 캐서린이 내용을 읽으며 말했다. "그런데 이상하게도 회복 후의 데이터가 없어. 아무것도."

랭던이 회전문으로 걸어가며 재촉했다.

"나가면서 얘기하자. 여기서 나가야 해."

캐서린은 바인더를 덮고 숄더백에 넣으며 말했다.

"이런 말 하고 싶지 않지만 이 남자의 기록이 너무 빨리 끝났어. 다음 기록이 아예 없잖아. 그들이 칩을 이식한 후에…… 뭔가 잘못됐을 거야. 이 남자가 죽었을 수도 있어."

그 생각을 하니 마음이 편치 않았지만, 그로 인해 랭던과 캐서린이 갖게 될 영향력은 더 커질 것이다. CIA가 아무것도 모르는 러시아인 뇌전증 환자를 데려다가 실험하고 죽이기까지 했다면, 이미 긴장감이 팽배한 세계에서 심각한 외교적 문제로 대두될 가능성이 있었다.

회전문을 밀고 통로로 나가면서 랭던은 그 너머가 칠흑처럼 어두운지 확인했다. 아까 그들이 실험실에 있는 동안에 이쪽에는 아무도 없었으니 불이 꺼져있어야 맞았다.

'아직 여기엔 우리뿐이야.'

바닥 조명이 즉각 켜졌고 랭던과 캐서린은 지나온 쌍여닫이문으로 돌아갔다.

몇 걸음 더 가다 말고 캐서린이 랭던의 팔을 잡으며 속삭였다.

"저길 봐!"

캐서린은 달걀형 창문이 있는 문을 가리켰다.

랭던도 그곳을 보았다.

그 문 너머의 조명이 방금 환하게 켜진 것이다.

의료 구역을 철저히 수색하고 나온 핀치가 모퉁이를 돌아갔다. 그쪽 바닥 조명이 켜지면서 홀 끝의 쌍여닫이문까지 길을 밝혀주었다. 혹시 모르니 그는 몰입형 컴퓨팅실 안으로 고개를 들이밀고 확인했다. 가상 현실 의자에는 아무도 앉아있지 않았고 헬멧도 가지런히 놓여있었다. 마음이 놓였다.

그 옆에 있는 책상 의자로 시선을 돌렸다.

그리고 컴퓨터실 창문 쪽을 돌아봤는데 유리에 금이 가있었다.

평소 같으면 곧장 달려가 컴퓨터를 확인했을 것이다. 하지만 지금은 더 경계해야 할 상황이었다……. 조금 전 복도에서 얼핏 본 장면이 다시 떠오른 것이다……. 쌍여닫이문의 달걀형 창문을 통해 새어 나오던 부드러운 불빛.

RTD 구역의 조명이 켜진 거였다.

'누가 오고 있어!'

청소 직원이든 보안 요원이든 아니면 더 무서운 존재든, 랭던은 캐서린과 여기서 들키게 되면 상황을 무사하게 넘기지 못할 거란 걸 잘 알고 있었다. 하지만 들어왔던 곳으로 다시 나가는 것 말고는 다른 길을 찾을 수도 없어 완전히 막다른 길에 몰린 형국이었다.

랭던은 RTD 실험실로 돌아가 숨을 곳을 찾아보았다. 클린 룸 문 앞으로 가고 있는데 캐서린이 통로에 멈춰 서더니 바닥을 가리키며 속삭였다.

"로버트, 여기 바퀴 자국이 있어!"

랭던도 아까 그 자국을 보았다. 소형 지게차가 매끈한 바닥을 지나가면서 남긴 자국이었다.

캐서린은 그의 옆을 스쳐 달려가면서 막다른 길 끝으로 따라오라고 손짓했다.

'뭐 하는 거야? 그쪽엔 출구가 없어!'

잠시 후에야 랭던은 캐서린이 무엇을 찾아냈는지 알아챘다. 타이어 자국이 통로를 지나 갑자기 저 끝의 벽 *아래로*…… 사라진 것이다.

'이건 말도 안 돼……. 혹시 이 벽이…….'

랭던은 캐서린이 있는 홀 끝까지 10미터 넘게 전력으로 질주했다. 전자 눈 센서를 발견한 그는 그 앞으로 가 손을 흔들어 센서를 작동시켰다. 벽 전체가 왼쪽으로 부드럽게 물러나자 그 너머 어두컴컴한 통로가 나타났다.

열린 공간에서 흘러나온 공기는 여기보다 확실히 차가웠다.

속도를 늦추지 않고 그대로 그 입구를 통과한 그들은 몇 미터를 못 가서 갑작스러운 어둠 속에 파묻혔다. 뒷벽이 스르르 닫히자 그들은 금속 난간을 앞에 두고 멈춰 섰다.

부드러운 조명이 켜지며 주변을 밝혀주었다. 랭던은 자신들이 콘크리트 경사로 위에 서있는 것을 깨닫고 깜짝 놀랐다. 그 경사로는 좁은 통로를 끼고 빙글빙글 돌며 아래로 이어지고 있었다. 난간 아래 어두컴컴한 곳을 내려다보며 그는 이 문지방 시설이 그들이 본 것보다 훨씬 규모가 크다는 것을 알았다……. 어둠은 끝도 없이 뻗어나가 있었다.

'저 아래로.'

107

네이글 대사는 대사관의 대리석 계단을 밟고 서둘러 아래층으로 내려갔다. 마음이 요동치는 것 같았다. 방금 CIA 국장을 사정없이 겁박하고 칵테일까지 마셨으니 놀라운 일도 아니었다.

'다나는 대체 어디 있는 거야?'

스콧 커블 하사가 다네크를 데려오기로 했는데 아무리 기다려도 그녀가 사무실로 올라오지 않았다. 이상하게도 커블도 보이지 않았다.

다네크의 사무실 앞에 서서 보니 호리호리한 공보관 다네크는 엎드려 울면서 개인 소지품을 판지 상자에 주섬주섬 담고 있었다. 네이글을 올려다보는 그녀의 벌겋게 충혈된 눈에 경멸이 담겨있었다. 다네크는 곧 고개를 숙이고 짐을 마저 쌌다.

'상황이 안 좋네.'

네이글은 잠시 뜸을 들이다가 차분하게 마음을 다잡고 입을 열었다.

"다네크 씨, 커블 하사가 자네한테 내 사무실로 올라가라고 전하지 않았어?"

"그랬어요."

"그 말을 안 듣기로 한 건가?"

"저는 더 이상 대사님을 위해 일하지 않으니까요."

다네크는 싸늘하게 대답했다.

네이글은 한숨을 길게 들이마시고 사무실로 들어가 등 뒤로 문을 닫았다.

"다나, 속상한 건 알겠어. 마이클 해리스 일 때문에 나도 마음이 많이 안 좋아. 하지만……."

다네크는 시선을 들지 않고 중얼거렸다.

"To je lež(거짓말)."

"나는 *진심*으로 마이클을 아꼈어. 마이클을 위험에 처하게 한 행동은 나 자신한테도 용서가 안 돼. 상사들한테 압박받아서 어쩔 수 없이 한 일이지만 굉장히 잘못된 짓이었고 너무 수치스러워. 나중에 전부 설명할게. 지금은 사샤 베스나를 찾는 게 중요해. 자네가 날 꼭 좀 도와줘, 부탁해."

다네크가 쏘아붙였다.

"왜 제가 대사님을 도와야 하죠? 마이클에게 잘 알지도 못하는 여자랑 사귀도록 강요하지 말았어야죠. 결국 그 여자가 마이클을 죽였잖아요!"

"사샤는 마이클을 죽이지 않았어. 사실 사샤는 지금…… 마이클을 죽인 사람 때문에 큰 위험에 처해있어. 그래서 난 자네 도움을 받아서 최대한 빨리 그 여자를 찾아야 해."

"그 여자를 왜 그렇게 신경 쓰세요?"

네이글은 가까이 다가가 목소리를 낮추고 말했다.

"다나, 이런 말 하기 부끄럽지만, 사샤도 마이클과 마찬가지로…… 우리 정부에게 당한 희생자야."

'사샤는 CIA의 자산인데…… 본인은 그걸 알지도 못해.'

"나는 그 여자를 도와야 할 의무가 있어." 네이글은 다네크의 시선을 붙잡고 있다가 잠시 후 덧붙였다. "마이클도 자네가 사샤를 돕길 바랄 거야."

조각상 같은 젊은 여성 다네크는 갑자기 몸을 떨며 두 팔로 자기 몸을 감쌌다. 그리고 터져 나오려는 눈물을 참는 듯 이를 악물었다. 네이글은 다네크를 보며 그녀처럼 미모가 특출난 사람에게도 인간이 지닌 연약한 구석이 있다는 사실을 쉽게 간과한다는 걸 떠올렸다.

다네크가 갈라진 목소리로 말했다.

"전 대사님 절대 못 믿어요."

"난 이제 잃을 게 없어, 다나. 그저 어떻게든 잘못을 만회하려고 할 뿐이야. 그리고 이미 돌아올 수 없는 다리를 건넜어. 예전 내 상사한테 전화해서 미국 정부를 협박했거든."

다네크는 믿지 않는 눈빛이었다.

"예전 상사요? CIA 국장을 협박했다고요?"

"그래." 네이글은 굳은 얼굴로 미소 지었다. "방금 말한 것처럼 난 잃을 게 없어. 내가 지금까지 지원해 온 프로그램에 관해 굉장히 안 좋은 소식을 들었어. 그 프로그램을 중단시키고 내가 무죄란 걸 입증할 수 있는 건 조금 전에 입수한 영상뿐이야. 그 프로그램에 깊이 관련되어 있는 인물이 죽어가면서 자백한 영상……."

등 뒤에서 남자 목소리가 들렸다.

"대사님?"

네이글이 뒤를 돌아보니 스콧 커블 하사가 조용히 문을 열고 그 틈으로 그녀를 들여다보고 있었다.

다네크가 날카롭게 말했다.

"노크 좀 하세요."

네이글이 말했다.

"*스콧? 어디 있었어? 자네는…….*"

"죄송합니다, 대사님." 스콧은 그답지 않게 단호한 목소리로 말했다. "대사님을 구금하라는 명령을 받았습니다."

네이글은 그동안 믿고 있던 경비 장교를 가만히 바라보았다. 이 상황이 너무나 어이가 없었다.

"CIA 국장에게 명령을 받았나?"

"저를 따라오십시오."

다네크가 나섰다.

"대사님을 체포할 수는 없어요! 대사님은 당신 상사예요!"

커블은 고개를 저었다.

"우리는 미국 군인입니다."

다네크가 네이글을 바라보자, 네이글은 그저 고개를 끄덕였다. 안타깝게도 해병대 경비단은 먹이 사슬의 더 높은 곳에서 명령을 하달받았다. 대사는 커블에게 외교 행낭을 맡긴 결정을 깊이 후회했다.

'유일하게 따로 둔 사본인데…….'

커블은 진심으로 불편해하는 표정을 지으며 말했다.

"대사님? 저를 따라오십시오."

"알겠어, 스콧. 잠깐만. 다네크 씨가 방금 사직하겠다고 했거든. 잠깐 작별 인사 좀 하고……."

"당장 두 손을 앞으로 하십시오!"

굵은 목소리가 명령하며 문을 확 열어젖혔다. 커블 뒤에서 다른 해병대원 두 명이 대기하고 있었다. 그들은 자기네 장교의 명령이 금방 먹히지 않자 지원하려 나선 듯했다.

네이글이 말했다.

"수갑까지 채울 필요 없어. 조용히 갈 테니. 일단 다네크 씨와 얘기 좀 하고……."

"안 됩니다." 방금 명령한 해병대원이 소리치며 문 안으로 들어왔다. "두 손을 앞으로 하십시오, 대사님."

네이글은 믿기지가 않아 커블을 바라보았다. 동료들 앞에서 커블의 표정은 더욱 싸늘해졌다. 커블이 말했다.

"양 손목을 내미세요. 다네크 씨와는 한 마디도 하지 마시고요. 저희는 명령을 받았습니다. 앞으로 다른 사람과 접촉은 금지합니다. 대사님의 사무실을 봉쇄하고 내부를 수색하겠습니다. 대사관의 나머지 공간에서도 수색을 진행하겠습니다."

"수색한다고?" 네이글은 유일하게 영향력을 발휘할 수 있는 수단이 점점 멀어지는 것을 느꼈다. "무슨…… 수색?"

커블은 질문을 무시하고 다네크를 돌아보며 말했다.

"다네크 씨, 사직하기로 했으면 즉시 대사관에서 나가주십시오. 이해하시겠습니까?"

"나는…… 하지만……."

"개인 물품을 그 상자에 담았습니까?"

다네크는 고개를 끄덕였다.

커블은 그 상자 앞으로 가서 안을 들여다보았다. 다른 해병대원들이 대사의 손목에 수갑을 채우는 동안 커블은 네이글을 힐긋 쳐다보며 잠시 눈을 맞췄다. 그러고는 다네크의 책상에 허리를 굽히고 접착식 메모지에 뭐라고 썼다. 그리고 제복 가슴 주머니에 손을 넣어 네이글이 맡긴 외교 행낭을 슬쩍 꺼내더니 접착식 메모지를 붙여 다네크의 소지품 상자에 쓱 집어넣었다. 외부에서 보이지 않도록 그녀의 물품 아래쪽으로 밀어 넣었다.

'지금 뭘 하는 거지?'

커블은 굳은 표정으로 네이글에게 돌아왔다. 네이글은 표준형 나일론 수갑으로 손목이 결박되어 있었다. 커블이 말했다.

"대사님, 지금부터 이 해병대원들의 명령에 따라주십시오. 대사님의 안전을 위해서입니다."

네이글의 대답을 듣지도 않고 커블은 다네크를 돌아보며 엄격하게 말했다.

"다네크 씨! 시간 다 됐습니다. 개인 물품이 담긴 상자를 들고 이곳에서 당장 나가십시오!"

겁먹은 표정으로 판지 상자를 집어 든 다네크는 수갑이 채워진 대사 옆을 지나 서둘러 건물 출구로 향했다.

'네이글 대사님이 심각하게 곤란한 상황에 놓였어.'

스콧 커블은 부하들이 대사를 데리고 건물 뒷계단을 통해 지하로 내려가는 모습을 바라보았다. 지금까지 쭉 외교관들을 보필하면서 커블이 제일 존경하고 믿는 사람이 바로 하이디 네이글 대사였다. 명령을 거부하고 대사를 보호하기로 한 그의 결정은…… 거의 반사적이고…… 본능적인 반응이었다. 그는 자기 경력이 망가질 줄 알면서도 직감을 따르기로 했다.

'뭔가 괴상하게 돌아가고 있어……'

CIA 국장 그레고리 저드는 자세한 설명도 해주지 않고 커블의 팀에게 간단한 명령만 내렸다. 대사를 대사관의 상황실에 가두고 추가 지시가 있을 때까지 감시하며 구금하라는 명령이었다.

'아주 이례적이야.'

국장은 대사의 개인 사무실을 철저히 수색해 컴퓨터, 하드 드라이브, DVD, USB 등 모든 디지털 매체를 수거하라는 이상한 명령까지 내렸다. 그렇다면 두 가지 시나리오가 가능할 것이다. 대사를 스파이로 의심하든가 아니면 대사가 CIA에 위협이 될만한 정보를 갖고 있든가. 일단 대사가 스파이라는 건 말도 되지 않았다.

국장이 압수하려는 게 무엇이든…… 행낭은 방금 다나 다네크의 판지 상자에 담겨 이 건물을 떠났다.

대사는 그에게 이렇게 말했다. '잘 갖고 있어. 아무한테도 말하지 말고.'

커블은 외교 행낭에 뭐가 들었는지 모르지만, 다네크도 그것을 절대 열지 않을 것임을 알고 있었다.

그래도 확실히 해두기 위해 아까 커블은 접착식 메모지를 행낭에 슬쩍 붙여두었다.

D— 이것에 대해 아무한테도 말하지 마세요. 누군가 당신한테

연락할 겁니다.

'행낭은 안전해. 적어도 당분간은.'

커블은 동료들에게 아무 말도 하지 않았다. 호위도 없이 걸어서 대사관으로 온 것을 포함해 대사가 저지른 일탈 행동에 대해서도 입을 닫았다.

'대사님은 내가 만난 사람 중에 제일 도덕적인 분이야. 내가 이해 못 하는 어떤 일에 휘말리신 게 분명해.'

대사가 감금된 상태인 것을 감안할 때, 도로에 방치되어 있는 대사의 개인 SUV 차량을 가져오는 것이 좋겠다는 판단이 섰다. 그 차를 찾아서 대사관 주차장에 가져다 놓아야겠다는 생각이 들었다. 커블은 보안 사무실로 가서 대사관의 모든 차량을 위해 보관 중인 비상용 차 키를 꺼냈다. 그리고 컴퓨터 앞으로 가 대사가 탈 가능성이 있는 모든 차에 미리 설치해 둔 비밀 추적 장치를 확인했다. 아까 대사가 걸어서 온 걸 보면 SUV는 가까이에 있을 것이다. 여기서 GPS 좌표를 확인하고 나가면 도로를 헤매면서 귀한 시간을 낭비하지 않아도 되었다.

그는 추적 장치가 활성화되는 동안 잠시 대기했다. 마침내 프라하 지도에 깜박이는 점이 나타났다. 커블은 혼란스러운 눈으로 그 점을 바라보았다. 예상과 달리 대사의 SUV는 근처에 세워져 있지 않았다. 여기서 4.8킬로미터 떨어진…… 폴리만카 공원 위쪽의 산등성이에 가 있었다.

지하 깊숙한 곳, 골렘은 SMES 방을 가로질러 액체 헬륨이 담긴 초저온 탱크 열두 개가 서있는 곳으로 걸어갔다. 거대한 탱크의 꼭대기 끄트머리에는 강화 전자 베이오넷, 그리고 SMES 장치에 액체 헬륨을 공급하는 단열 배관과 연결된 밸브가 붙어있었다. 탱크 근처 벽에는 열두 개의 용기를 나타내는 그림, 그리고 각 용기의 상태를 표시하는 제어 패널이 설치돼 있었다.

패널의 화면이 각 용기에 주입되는 헬륨을 제어하는 역할을 하는 듯했다. 골렘은 이 패널을 사용할 줄 몰랐고 사용할 생각도 없었다. 그는 그렇게 섬세한 작업을 하지 않을 것이다. SMES 장치로 흘러드는 초냉각 액체의 흐름을 아주 간단한 방법으로 중단시키면 되니까.

맨 앞에 있는, 그보다 높고 둥글납작한 스테인리스강 용기 앞으로 다가갔다. 진흙을 바른 얼굴이 용기에 비치면서 그를 마주 보았다.

'난 괴물이 아니야.'

그의 외모는 다른 사람들과 마찬가지로 그 속에 담긴 진실을 가리는 신기루에 불과했다.

'나는 그녀의 수호자야.'

예상대로 각 탱크 윗부분의 전자 연결 장치와 밸브 근처에 수동 차단 장치가 있었다. 비상시 돌려서 헬륨의 흐름을 중단시킬 수 있는 핸드 휠 밸브였다.

'정원 호스 물 잠그는 것처럼 간단하네.'

그가 읽은 자료에 따르면, 헬륨의 흐름이 중단되자마자 느린 연쇄 반응이 시작될 것이다. 그로 인해 초전도 코일이 달아오르기 시작하면서 전도성을 일부 잃게 되고 전류에 저항하며…… 치명적인 피드백 루프가 시작되는 것이다.

열→저항→열→저항→열…….

그는 계산해 보았다.

'밸브를 잠그고 20분 정도 시간이 있어.'

그 시간이 넘어가면 코일이 달궈지면서 임계 온도, 즉 '퀸치 임계 값'에 도달한다. 그때는 시스템 내부의 액체 헬륨이 모두 끓어오르며…… 가스로 변환되기 시작할 것이다. 지금은 밀폐된 저 위의 냉각 통풍구를 머릿속에 그려보았다. 그리고 빠르게 팽창하는 헬륨 가스 구름이 차가운 헬륨 증기로 이루어진 간헐 온천처럼 안전하게 빠져나가는 모습을 상상했다.

'그건 더 이상 불가능해. 오늘은 완전히 다른 일이 벌어질 거야.'

빠르게 팽창한 가스 구름은 빠져나갈 곳을 찾지 못하고 이 밀폐된 방 구석구석에 거대한 압력을 가하게 될 것이다.

'파열판을 포함해서.'

골렘은 깊게 숨을 들이마시며 나란히 서있는 용기들을 바라보았다. 이 방 안에 차오른 압력은 점점 커지다가…… 두꺼운 콘크리트 벽을 밀어내고…… 각 탱크 안에 있는 파열판을 부수겠지. 그러다 갑자기 헬륨 2만 리터가 한꺼번에 대기로 노출될 것이다.

그 후 곧바로, 절대 멈출 수 없는 연쇄 반응이 일어날 것이다. 재앙에 가까운 그 팽창은 이 좁은 공간에서 강력한 탄두를 점화하는 것만큼이나 격하고 파괴적일 것이다.

108

 아래로 내려가면서 랭던은 사방에서 벽이 다가오는 느낌을 받았다. 그는 점점 땅속 깊은 곳으로 내려가는 나선형 경사로가 아니라, 이대로 여길 탈출해 햇빛이 있는 곳으로 나가면 얼마나 좋을까 생각했다. 여기는 방공호이니 지하 깊숙한 곳까지 뻗어있는 게 논리적으로 당연했다. 미국 샤이엔산의 핵 사령부도, 러시아 야만타우산의 핵전쟁 방호 시설도 모두 단단한 화강암 지대에 지하 300미터 깊이로 파서 만들어 놓았다. 랭던은 여기서 수집한 증거를 가지고 문지방 시설 더 깊숙한 곳으로 들어가는 게 아니라…… 그대로 쭉 *위로* 올라가 밖으로 나갈 수 있길 바랐다.
 운이 따라준 덕분에, 그들 뒤에서 문지방 시설로 들어온 사람이 당장 그들에게 위협이 되지는 않았다. 하지만 랭던과 캐서린은 곧장 경사로를 따라 내려가면서 누군지 알 수 없는 상대와의 거리를 벌렸다. 드디어 고대하던 증거를 확보했으니 탈출할 길을 찾는 게 제일 중요했다.
 나선형 경사로를 따라 계속 내려간 그들이 바닥에 발을 딛자마자 저 위에서 무시무시한 소리가 들리기 시작했다. 단단한 신발 굽이 콘크리트를 밟으며 빠르게 달려오는 소리였다. 잡역부가 낼만한 발소리가 아니었다.

"빨리 가야 해!"

랭던이 속삭였다.

경사로 아래에 아까 위에서 그들이 통과한 것과 똑같은 움직이는 벽이 있었다. 서둘러 그 벽을 통과하자 900미터쯤 뻗어나간 으스스한 통로가 나왔다. 어둑한 빛 속에서 벽, 천장, 바닥이 모두 무광 블랙이라 기술 시설이라기보다 영묘 같은 분위기를 풍겼다.

캐서린이 조용히 말했다.

"이 아래는 분위기가 다르네……."

여기가 어디든 그들은 20초 안에 숨을 곳을 찾아야 했다. 나선형 경사로를 빙글빙글 돌며 내려왔더니 정신이 하나도 없었고, 걸음을 내디딜 때마다 크루시픽스 바스티온으로 이어지는 출구에서 점점 멀어지고 있었다. 여기서 들켜서 경보음이라도 울리면 탈출은 물 건너가는 것이다.

그들은 음침한 통로를 내달렸다. 오른쪽의 긴 유리창 너머 어둠 속에서 녹색, 빨간색 핀 조명이 바다처럼 깜박거렸다. 얼핏 보니 철망 케이지 안에 있는 거대한 컴퓨터 랙 수십 개의 윤곽이 보였다.

캐서린이 나지막하게 말했다.

"패러데이 차폐 장치야……. 저 안에 양자 컴퓨터가 있나 봐."

랭던은 양자 컴퓨터가 우주선(cosmic ray)이나 방사선에 취약해 차폐가 필요하다는 것 말고는 아는 게 별로 없었다.

'문지방 시설이 지하에 있는 또 다른 이유일까?'

컴퓨터실 입구를 지나면서 캐서린은 속도를 늦추지 않았다. 일이 꼬이면 저런 금속 케이지 안에 갇히는 신세가 될 수도 있다는 랭던의 본능적 두려움을 그녀도 느낀 듯했다.

통로가 왼쪽으로 꺾였다. 그들이 모퉁이를 돌아가자 부드러운 조명이 켜졌다. 아까보다 훨씬 길고, 비슷하게 검은 칠이 된 통로가 보였다.

"저기야!"

캐서린이 통로 끝을 가리키며 속삭였다.

저 앞에 희망의 빛이 보이는 듯했지만, 그들 뒤에선 여전히 발소리가 쾅쾅 울려 퍼지고 있었다.

'붙잡히기 전에 저기까지 가기는 힘들겠어.'

저 멀리 복도 끝에 금속 문이 있었고, 문 위쪽에는 가장 효율적이고 보편적인 언어로 안내문이 붙어있었다. 보자마자 의미를 알 수 있는 기호였다.

올라가는 계단 상징이 반갑기 그지없었다. 랭던은 저 계단으로 올라갈 수만 있다면, 그들이 들어왔던 요새로 이어지는 출구를 찾을 수 있을 거라고 자신했다.

'하지만 들키지 않고 저 계단까지 갈 수가 없어.'

쫓아오는 발소리가 점점 가까워지고 있었다.

저 앞 통로에 문 두 개가 있었는데 둘 다 오른쪽에 있었다. 하지만 둘 다 지금 상황에는 별로 도움이 될 것 같지 않았다.

바로 앞에 있는 첫 번째 문에 '비품실'이라고 적혀있었다. 위층에서 본 의약품 비품실과 비슷하다면 아마 길쭉한 토끼장처럼 생긴 선반들과 자동 조명이 있을 테고 출구는 없을 것이다.

'죽음의 덫이네.'

바로 그 너머에 있는 두 번째 문은 조금 더 컸고 안쪽으로 몇십 센티미터 정도 우묵하게 들어가 있었다. 그 문 너머에 뭐가 있는지 몰라도 중요한 물건이 들어있는 모양이었다. 여기서 보니 그 문에 눈에 익은 보안 장치가 붙어있었다. 검은색 둥그런 유리 패드였다.

'RFID 스캐너야······. 우리는 더 이상 출입 인증을 받을 수 없는데.'

쫓아오는 발소리가 점점 요란해졌다.

비품실 문 앞에서 좋은 생각이 떠오른 랭던은 걸음을 멈췄다. 의식의 가장 큰 불가사의 중 하나는 아이디어의 출처였다. 캐서린은 인간의 정신이 보다 거대한 의식의 장을 향해 맞춰진 수신기라고 했고, 게스네르는 뇌가 수조 개의 신경 스위치로 문제를 해결하는 컴퓨터라고 했다.

이 순간만큼은 누가 옳든 상관없었다. 아이디어의 출처 따위 아무래도 좋았다. 중요한 건 그가 별안간 어떻게 해야 하는지 정확히 알게 됐다는 것이었다.

'왜 멈췄지?'

캐서린이 돌아보니 랭던은 비품실 문을 열고 있었다. 들키지 않고 통로 끝의 계단 문에 다다르는 것은 불가능했지만, 그렇다고 이 비품실에 몸을 숨기는 건 자살 행위나 다름없었다.

캐서린은 랭던을 말리려고 서둘러 돌아갔지만 그는 이미 그 문 안으로 들어가 버렸다. 그가 비품실로 들어가자마자 바로 머리 위 형광등이 깜박이며 켜졌다. 안을 들여다보니 좁은 토끼장 같은 선반들이 저 멀리 어두운 곳까지 뻗어있었다. 랭던은 곧장 선반에 놓인 액체 세제 한 병을 집어 들고 선반 사이의 좁은 통로로 던졌다. 액체 세제 병은 양옆의 선반에 닿지 않고 저 끝까지 바닥을 데굴데굴 굴러갔다. 그 때문에 비품실 저 깊은 안쪽에 있는 동작 감지 조명이 차례로 켜졌다. 액체 세제 병이 비품실 끝의 벽에 닿기 전에 랭던은 통로로 나와서 비품실 문을 아주 조금 남겨놓고 닫았다. 그 틈새로 형광등 불빛이 어둑한 통로로 살짝 흘러나왔다. 그리고 그는 캐서린의 손을 잡고, 40미터 정도 남은 계단 문 쪽으로 달려갔다.

달리면서 캐서린은 자기도 모르게 희망을 품었다. 랭던이 무슨 생각으로 한 행동인지 이해가 된 것이다.

'우린 이 통로 끝까지 갈 필요가 없어······.'

캐서린의 예상대로, RFID 스캐너가 있는 우묵한 문 앞에 가까워지자 랭던은 바로 오른쪽으로 방향을 틀어 그녀를 그 문 앞으로 잡아당겼다. 우묵한 그곳은 깊이가 1미터도 안 된 탓에 그들은 뒤돌아 묵직하고 차가운 금속 문에 등을 대고 최대한 몸을 바로 세웠다. 부디 몸이 최대한 숨겨지길 바랄 뿐이었다.

1분 후, 그 통로로 다가오던 발소리가 돌연 멈췄다.

긴 정적이 흘렀다.

그리고 총의 공이치기를 당기는 소리가 들렸다.

조너스 포크먼은 눈을 번쩍 떴다. 책상 앞에서 깜박 잠이 든 모양이었다. 왜 갑자기 깼는지 이유는 알 수 없었다. 창문을 두드리는 빗소리 때문일까. 일어나 몸을 쭉 펴려는데 섬뜩한 두려움이 느껴져 깜짝 놀랐다.

그는 자신을 안심시켰다.

'모든 게 괜찮을 거야. RL&KSRGUD라고 했으니까.'

109

랭던과 캐서린은 벽, 아니 정확히 말하면 별스럽게 폭이 넓은 금속 문에 등을 붙인 채, 숨도 제대로 못 쉬고 나란히 뻣뻣하게 서있었다. 그들은 들키지 않고 이 우묵한 문 앞에 몸을 숨겼지만 곧 공이 치기를 당기는 달갑지 않은 소리가 들렸다.

랭던은 비품실의 형광등 불빛이 수색할 의지를 자극할 만큼 충분히 미심쩍게 보이길 바라며 가만히 서있었다.

'1분만 관심을 끌면 될 텐데.'

그렇지 않으면 그들은 여기서 꼼짝없이 잡히게 될 것이다.

발소리가 느려지더니 점점 가까워지고 있었다. 몇 초 후 랭던은 저쪽 벽에 형광등 불빛이 확 비치는 것을 보았다.

'저 사람이 비품실 문을 열었구나!'

그리고 별안간 형광등 불빛이 사라졌다. 비품실 문이 딸깍 닫히는 소리가 랭던의 귀에 들렸다.

'안으로 들어갔나?'

랭던은 발소리를 들으려고 귀를 쫑긋 세웠으나 정적이 흐를 뿐이었다. 캐서린이 옆에서 움직거렸다. 잠시 후 캐서린의 손이 그의 손을 잡으려는 게 느껴졌다. 캐서린이 감정적으로 안정되고 싶어 그런 줄 알았는데 그녀는 그의 손바닥에 자그마한 물건을 쥐여주었다. 힐끗 내려다보니 휴대용 접이식 거울이었다. 가방에 들어있던 그 거울을 꺼내서 건넨 것이다.

랭던은 거울을 엄지로 펼치고 우묵한 곳 끄트머리 너머로 살짝 조심스럽게 내밀었다. 그 작은 거울 속에 텅 빈 통로가 보이길 바랐지만 거울에는 이쪽으로 살그머니 다가오는 사람의 모습이 담겨있었다. 은발인 그 남자는 나이가 많아 보였고 짙은 색 정장을 입었으며 안경을 쓴 모습이었다.

그 남자가 누구든 잔꾀에 속아 넘어가지 않았다. 그는 랭던과 캐서린이 있는 곳을 향해 권총을 겨눈 채 다가오고 있었다.

에버렛 핀치는 시그 사우어 권총의 총신 너머로 통로를 살폈다. 침입자는 가까이에 있었다. 문지방 지하로 침입한 자가 누구든 비품실에 들어가 숨으려고 여기 오지는 않았을 것이다. 분명 다른 목적이 있을 테지.

'여기까지 들어왔으면 문지방의 가장 감추고 싶은 비밀에 거의 다 온 거지.'

그는 앞으로 나아가면서 이 통로에서 몸을 숨길만한 유일한 곳에 시선을 집중했다. 오른쪽 전방에 있는 우묵한 문이었다. 그 묵직한 금속 문은 안쪽으로 약간 들어가 있는데, 사람이 등을 대고 서서 숨어있을 만한 깊이였다.

그는 그 우묵한 곳을 향해 총을 겨누며 최대한 통로 왼쪽에 붙어 살금살금 움직였다. 각도가 조금만 더 나오면 우묵한 곳 안쪽이 보일 것이다. 마침내 금속 문의 왼쪽 가장자리가 보이자, 그는 두 걸음 만에 확 다가가 몸을 숙이면서 팔을 옆으로 휙 돌려 문 쪽을 겨눴다.

놀랍게도 그곳에는 아무도 없었다.

랭던과 캐서린은 서로를 바라보며 서있었다. 두 사람 모두 심장이 쿵쾅쿵쾅 뛰었다.

'방금 무슨 일이 일어난 거지?'

몇 초 전 널찍한 금속 문에 등을 대고 서있던 랭던은 권총을 들고 다가오는 남자의 모습을 거울로 보고 움츠렸다. 그러면서 등을 더욱 문 쪽으로 바짝 붙였는데 순간 몸이 휘청하는 느낌이 들었다. 캐서린도 믿을 수 없다는 듯 눈이 휘둥그레졌다. 랭던은 방금 무슨 일이 일어났는지 알아챘다.

등 뒤의 묵직한 문이…… 움직인 것이다.

랭던은 캐서린과 함께 그 문을 다시 등으로 밀어보았다. 용수철의 탄성력으로 자동으로 여닫히는 문 같기도 했다. 그들이 발에 힘을 주고 뒤로 밀자 문이 안쪽으로 열렸다. RFID 스캐너가 있는데 이렇게 열리는 건 말이 안 되는 일이었다. 하지만 캐서린과 함께 문 안으로 들어간 랭던은 어떻게 된 일인지 파악했다. 문설주의 걸쇠판에 녹색 천 같은 것이 끼워져 있어서 문이 잠기지 않았던 모양이다.

'누가 이런 걸 끼워서 문이 잠기지 않게 해뒀을까?'

통로에서 다가오는 총잡이가 두려운 나머지 랭던은 본능적으로 걸쇠판에서 그 녹색 천을 잡아당겨 빼고 조용히 문을 닫았다. 문이 딸깍 닫혔다.

'잠겼어.'

이제야 그는 손에 든 물건의 재질이 천이 아니라 비닐이나 고무인 걸 알았다. 이 문 안쪽에 있는 장식용 가짜 고무나무에서 잡아 뜯은 인조 잎사귀 뭉치 같았다.

랭던이 놀라 속삭였다.

"엄청 운이 좋았네."

캐서린은 생각보다 안도하는 낯빛이 아니었다.

"누가 나중에 *나가려고* 그렇게 해놓은 게 아니길 바라야지."

"무슨 뜻이야?"

캐서린은 가짜 고무나무 옆 벽에 붙은 두 번째 RFID 스캐너를 가리켰다.

"여기서 *나가려면* 출입 열쇠가 필요해, 로버트. 누가 저 문을 그걸로 받쳐서 잠기지 않게 해놓았던 거면…… 지금 우린 이 안에 갇힌 거야."

골렘은 네 번째 헬륨 탱크의 턴 휠을 잡고 오른쪽으로 돌렸다. 앞서 헬륨 탱크 세 개의 턴 휠도 그런 식으로 돌려놓았다.

'얼마 안 남았어.'

몇 바퀴 더 돌리자 밸브가 완전히 잠기면서 제어 패널이 긴급하게 삐삐삐 소리를 냈다. 네 번째 헬륨 탱크를 나타내는 아이콘이 빨간색으로 변했다. **꺼짐.** 표시등 네 개가 나란히 경고의 의미로 빨간빛을 띠었고, 그 옆에 있는 표시등 여덟 개는 녹색 빛을 띠고 있었다.

그는 다섯 번째 헬륨 탱크로 가서 같은 과정을 다시 시작했다. 천천히 힘을 주며 바퀴를 돌렸다. **꺼짐.**

그렇게 차례로 각 밸브를 잠갔다. 그가 헬륨 탱크를 끌 때마다 제어 패널이 알림음을 울리다가 조정을 시작하면서 헬륨이 다음 백업 탱크로 흘러 넘어갔다.

일을 빨리 끝내고 싶어 조바심이 났지만 골렘은 발작을 반복하지 않기 위해 천천히 깊은 호흡을 유지했다. 목표가 눈앞에 다가오자 그의 행동은 조심스러웠다. 밸브를 하나씩 잠그면서 그는 탈출을 위해 해야 할 일들을 머릿속으로 떠올렸다.

'20분이면 충분할 거야······.'

요란한 버저 소리에 생각의 고리가 끊어졌다. 제어 패널이 경고의 불빛을 깜박이면서 점점 다급하게 삐이삐이 소리를 내고 있었다. 디스플레이 화면에 탱크 열한 개가 꺼졌다고 표시되었다. 12번 탱크를 제외한 모든 탱크가 SMES 장치에서 수동으로 연결 해제됐다. 더 중요한 것은 탱크 아홉 개가 100퍼센트 차있는 것으로 표시되어 있다는 점이었다.

'이 작은 공간에 수천 킬로그램의 액체 헬륨이 들어있어.'

골렘은 깊게 숨을 들이마시며 마지막으로 다시 한번 계획을 머릿속으로 되새겼다. 그리고 12번 탱크의 틴 휠에 손을 얹었다.

'이건 너를 위해서야, 사샤.'

그는 밸브를 잠그기 시작했다.

'문지방은 네 피로 만들어졌어. 우리의 피로.'

드디어 밸브가 완전히 잠겼다.

'이제 나는 그걸 파괴할 거야.'

랭글리의 CIA 본부. 저드 국장은 보안 통신실에 홀로 앉아있었다. 그는 방금 본 끔찍한 영상에 어떻게 대응해야 할지 고민했다. 기술팀이 이 영상을 인터넷에서 삭제해 놓았지만 전혀 마음이 놓이지 않았다. 게스네르를 심문한 자가 언제든 이 영상을 다시 온라인에 올릴 수 있었다.

이 영상이 누출되면 순식간에 전 세계로 퍼져나갈 것이다. 그것은 저명한 과학자가 끔찍한 고문을 당하는 영상이면서, 미국 정보기관 극비 프로젝트의 존재…… 그 장소…… 기술적 혁신…… 비자발적 인간 피험자 사용에 이르기까지 온갖 정보를 자백한 내용이 담긴 영상이기도 했다.

이 영상이 퍼져나가면 그 여파는 CIA가 일찍이 경험하지 못한 어마어마한 수준일 것이다.

110

랭던은 캐서린과 방금 도망쳐 들어온 작은 방을 둘러보았다.

'여기가 어딘지 몰라도…… 내 손으로 우리를 가두고 말았어.'

문밖의 메마른 통로에 비하면 이 공간은 그나마 부드러웠다. 바닥에 카펫도 깔려있었고 진짜 같은 인공 나무도 많았으며 벽에는 추상화 몇 점도 걸려있었다. 랭던은 앞쪽의 아치형 문을 두려운 눈빛으로 바라보았다. 문 너머로 보이는 널찍한 콘크리트 터널은 왼쪽으로 구부러져 그 끝이 보이지 않았다. 그 터널과 관련한 세 가지 사항 때문에 랭던은 불길한 느낌을 받았다.

첫째, 터널의 조명등이 이미 켜져있다는 점이었다. 회색 벽을 연푸른 빛이 비추고 있다는 건, 누군가 이미 안에 들어가 있다는 뜻일 것이다. 둘째, 터널 바닥이 아래로 경사져 있었다. 랭던은 여기서 더 깊은 땅속으로 들어가는 게 내키지 않았다. 셋째, 이 구역을 드나드는 데 RFID 카드가 필요하다는 것은 저 터널을 지나면 출구가 아니라 문지방에서 제일 보안이 삼엄한 구역으로 가게 된다는 의미였다.

잠깐이지만 제일 안전한 방법은 항복인 것 같기도 했다. 하지만 그들 뒤를 쫓던 잘 차려입은 노인이 핀치 씨일 거란 예상이 점점 확신으로 바뀌었다. 네이글 대사의 말에 따르면 핀치는 적을 몰살시키는 데 능할 뿐 아니라, 문지방을 보호하기 위해서라면 수단 방법을 안 가릴 사람이었다.

'당장…… 숨을 곳이 필요해.'

랭던은 먼저 터널로 들어간 캐서린을 재빨리 따라잡았다. 그 길은 다른 아치형 포르티코로 이어졌다. 그곳에는 우아한 검은 돌로 된 틀에 불투명 유리를 끼운 널찍한 여닫이문이 달려있었다. 불투명 유리 표면에 새겨진 익숙한 이미지가 보였다.

PRAGUE

랭던과 캐서린은 조용히 눈빛을 주고받았다. 그들이 지금까지 본 것—로봇 수술 기계, 가상 현실 연구소, 인공 뉴런, 컴퓨터 칩—은 이 문 너머에 있는 것에 비하면 서문에 지나지 않았다.

랭던은 아드레날린이 치솟는 것을 느끼며 문으로 다가가 살며시 열고 안을 들여다보았다. 놀랍게도 그의 시선은 이 깊은 지하에서 전혀 예상하지 못했던 방향으로 향했다.

'위.'

랭던은 높은 반구형 천장을 올려다보았다. 부드러운 불빛이 오목한 덮개 모양 천장을 아래에서부터 비추고 있었다. 이 둥그런 돔을 보니 천체 투영관이 떠올랐는데, 그는 여기가 과거에 무슨 시설이 었는지 잘 알고 있었다.

'돔은 가장 강력한 건축 형태지.'

여기는 폴리만카 방공호의 '방폭 대피소'였다. 핵 공격 시 사람들이 모여 대피하는 곳으로 가장 깊고 안전한 공간이었다.

랭던은 예전에 이런 비밀 지하 돔에 가본 적이 있었다. 그곳도 미국 정부 소유였는데, 웨스트버지니아주 그린브라이어 리조트의 골프 코스 아래 숨겨진 시설이었다. 30년 넘게 미국 의회의 핵 낙진 대피소였던 그린브라이어 벙커는 《워싱턴 포스트》가 1992년 탐사 보도 기사로 그 존재를 알리기 전까지 미국에서 가장 잘 유지된 비밀 시설 중 하나였다.

랭던은 시선을 내리고 방 안을 둘러보았다.

'확실히 천체 투영관은 아니야.'

방은 넓고 완벽한 원형이었다. 이렇게 생긴 방은 한 번도 본 적이 없었다.

'여긴 뭐 하는 곳이지?'

캐서린은 어리둥절한 채 랭던과 함께 반구형 천장이 있는 방으로 들어섰다. 얼핏 봐서는 초현대적인 우주선의 함교 같기도 했다.

방 중앙에는 한 단 높은 원형 플랫폼이 있었고 그 위에 스무 대가 넘는 매끈한 워크스테이션들이 전부 바깥쪽을 향해 둥글게 배치되어 있었다. 각 지휘소는 모의 비행 장치를 닮은 정교한 조종석으로 구성됐다.

시선을 내려 방 안을 둘러보는데, 대체 뭐 하는 곳인지 감이 오지 않았다. 함교 주변 고급 카펫이 깔린 바닥에는 매끈한 금속 포드 여러 개가 방사형으로 배치되어 있었다. 반짝이는 각 포드는 현대 예술품을 보는 듯했다. 매끈한 검은 금속으로 된, 최소형화한 어뢰처럼 생긴 3미터 길이의 포드들은 각각의 지휘소가 전부 함교를 향하도록 배치되었다.

얼떨떨한 상태로 캐서린은 제일 가까운 포드로 다가갔다. 이제 보니 각 포드의 윗부분은 색유리로 된 볼록한 패널이라 이음매가 없었다. 유리 안을 들여다보려고 했는데 안쪽은 컴컴하기만 했다.

랭던이 다가오자 캐서린이 나지막하게 말했다.

"이게 다 뭐지?"

랭던은 포드를 잠시 살펴보고는 손을 아래로 뻗어 측면 우묵한 곳에 있는 버튼을 만졌다. 그 순간 진공이 해제된 것처럼 쉬익 소리가 나더니 포드의 유리 뚜껑이 자동차의 걸윙 도어처럼 위로 올라갔다. 부드러운 빛이 내부를 비췄다. 포드 내부는 초현대적인 개인용 수면 공간처럼 내부에 충전재가 설치돼 있었다.

'관 같기도 하네.'

랭던이 말했다.

"우리가 게스네르의 연구소에서 본 포드의 고급 버전 같은데."

캐서린은 고개를 끄덕이면서 벨크로 끈과 정맥 주사 연결 부속을 들여다보았다. 이 기계는 게스네르의 시신이 들어있던 기초적인 프로토타입의 자손 같았다……. 죽음의 문턱에 선 중상 환자를 이 세상에 붙잡아 놓기 위한 가사 상태 유지 장치.

조상인 프로토타입보다 크고 매끈하다는 점 말고도 이 버전의 기계에는 고급스러운 가죽 패딩과 두개골 크기의 구멍이 있는 특수한 머리 받침도 있었다. 그 구멍은 뇌자도(MEG) 검사 기계의 '측정 공동(sensing cavity)', 즉 뉴런 활동을 탐지하기 위한 자기 센서가 갖춰진 움푹한 공간처럼 보였다. 캐서린은 이게 뇌 칩과 관련된 기계라면 이 움푹한 공간에는 뇌 임플란트와의 인터페이스에 흔히 사용되는 근거리장 혹은 초광대역 기술이 적용됐을 거라는 생각이 들었다.

'두개골로 직접 침입하는 무선 통신.'

이 생각을 하니 소름이 돋았다.

'피험자에게 완전히 통합된 인간-기계 뇌 칩이 이식됐으면⋯⋯ 그 칩은 실시간 감시를 할 수 있어⋯⋯.'

이 방이 무엇을 위해 설계된 공간인지 확실하게 파악한 캐서린은 현기증이 날 지경이었다. 놀랍게도 그날 오후 내내 그녀와 랭던은 의식의 변화된 상태, 유체 이탈 체험, 환각제를 사용한 유체 이탈, 뇌전증 환자의 발작 후 행복감 등⋯⋯ 바로 이 방과 관련된 주제로 얘기를 계속 나눴다. 뇌 필터, 보편적 연결, 진짜 현실을 보다 폭넓게 볼 수 있는 인류의 미개척 능력 같은 개념이 캐서린의 머릿속으로 흘러들었다.

이 반짝이는 관은 한 시간 전까지만 해도 캐서린이 현대 기술로는 불가능하다고 말했던 연구 프로젝트의 마지막 조각이었다.

'이게 진짜 일어나고 있는 일 맞아?'

옆에서 랭던이 포드에서 시선을 들어 반구형 방 안을 빙 둘러보며 말했다.

"이해가 안 되네⋯⋯. 이 방은 대체 뭐야?"

그의 질문에 대한 답은 너무나 간단했다.

'이곳은 삶의 가장 불가사의한 비밀⋯⋯ 정신의 궁극적 변화 상태⋯⋯ 인류의 가장 불가해한 경험의 비밀을 밝히기 위해 만들어

진 거야.'

이 순간의 무게감이 온몸을 누르자 캐서린은 랭던의 손을 가만히 잡으며 속삭였다.

"로버트, 그들은 죽음의 실험실을 만들었어."

111

'죽음의 실험실.'

캐서린이 한 놀라운 말의 의미를 생각하던 랭던은 새로운 의문이 들었다.

'CIA가 왜 죽음을 연구하지? 뭘 찾으려고?'

죽음을 이해하는 일은 충분히 흥미로운 지적 활동이지만, 이 방은 인간의 의식이나 죽음을 연구하는 것 이상의 어두운 목적을 가진 듯했다. 사람의 생명 유지가 아닌 다른 이유로 누군가를 '죽음 상태'로 만드는 실험은 무시무시할 뿐 아니라 비양심적이기도 했다.

'아무리 환자에게 약을 투여하고 그 환자가 이런 경험을 기억 못 한다고 해도……'

캐서린이 포드들이 놓인 곳으로 다가가며 말했다.

"이 연구에 관해 전부 알아야겠어."

"여기 있지 말고 계속 가야 해."

랭던은 그들이 들어온 입구 쪽을 초조하게 뒤돌아보며 재촉했다. 그는 캐서린 옆으로 다가가 이 방의 끝으로 가자고 손짓했다. 그곳에 '시스템/장치실'이라고 적힌 안내판이 있었다. 장치실에 출구가 있을 것 같진 않지만 그래도 숨을 곳은 있지 않겠느냐는 생각이었다. 달리 선택의 여지가 없었다.

'어차피 여기서 빠져나가는 건 불가능해.'

그들은 미로 같은 포드 사이를 서둘러 지나 방을 절반쯤 가로질러 갔다. 랭던은 장치실 구역으로 가려면 문을 통과하는 게 아니라…… 바닥의 큼직한 직사각형 구멍으로 내려가야 한다는 것을 깨달았다.

'여기서 더 내려간다고?'

구멍에 계단이나 사다리, 승강기가 있다고 해도 여기서 더 땅속 깊이 내려가는 게 영 꺼림칙했다.

하지만 그것마저 선택의 여지가 없게 됐다.

그들 뒤에서 귀를 찢는 총성이 터져 나온 것이다. 반구형 천장에 총성이 떠나갈 듯 울렸다. 랭던과 캐서린은 그 자리에서 걸음을 멈추고 뒤를 돌아보았다. 짙은 색 옷을 입은 은발의 남자가 그들에게 총을 겨누며 다가왔다.

"솔로몬 박사, 랭던 교수?"

남자가 차분하게 말했다. 익숙한 목소리였다. 대사가 스피커폰으로 통화할 때 들은 특유의 남부 억양이었다.

'핀치구나.'

핀치가 다가오며 말했다.

"당신들 위험한 게임을 하고 있어. 그럼 끝이 좋지 않지."

이런 막힌 공간에서 울리는 총성만큼 관심을 사로잡는 것은 없을 것이다. 영화에서 사람들은 총성을 들으면 달아나지만 실제로는 그 자리에 얼어붙는다. 핀치는 랭던과 솔로몬이 팔을 들고 손바닥을 보이며 그 자리에 붙박인 모습을 만족스러운 눈빛으로 바라보았다. 그것은 항복을 나타내는 보편적인 표시였다. 표적들은 이제 반응 모드에 들어갔고 핀치가 모든 카드를 쥐고 있었다.

핀치는 캐서린이 무기를 갖고 있을지 모른다는 생각에 명령했다.

"가방 내려놔, 솔로몬 박사."

캐서린은 순순히 숄더백을 바닥에 내려놓았다. 가방에 담긴 두툼한 검은색 바인더가 핀치의 눈에 들어왔다……. 저들이 여기로 오는 길에 챙긴 기밀문서 중 하나일 것이다.

'당신들 덕분에 일이 더 쉬워지겠군.'

누가 보더라도 이 두 침입자는 정부의 비밀 프로젝트 시설에 침입해 극비문서를 훔쳤다. 핀치가 이들을 총으로 쏴 죽인다고 해도 그들이 이 깊숙한 제한 구역까지 침입한 사실 덕에 그는 아무 조사도 받지 않을 것이다. 역설적이게도 이 방은 바로 죽음을 위해 설계된 공간이었다.

그럼에도 불구하고 핀치는 그들을 일단 심문해서…… 이 일에 누가 어떻게 연루되어 있는지 확인해야 했다. 네이글 대사는 명백히 유죄였다. 그 여자는 핀치의 뜻을 거슬렀을 뿐 아니라 CIA를 협박하기까지 했다.

'아주 몹쓸 생각이었어.'

저드 국장은 지금쯤 대사를 구금하고 적절한 조치를 취했을 것이다.

'와일드카드는 사샤 베스나다.'

그는 위층에서 뇌전증 환자용 금속 막대를 찾아낸 것을 떠올렸다. 사샤가 사람을 둘이나 죽였다는 사실이 아직도 믿기지 않았다.

'그 의문은 나중에 해결하고 지금 두 사람을 잡았으니…… 이 문제부터 처리하자.'

전략적으로 따져볼 때 핀치가 랭던과 캐서린에게 총구를 겨눈 채 이 시설 밖으로 데리고 나가는 것은 불가능했다. 70대치고 아무리 몸이 다부지다고 해도 핀치는 키가 작았다. 180센티미터가 넘는 랭던과 맞붙었을 때 상황이 급변할 수 있었다. 게다가 요새로 돌아가는 길에 기습을 당할 가능성도 높았다. 문지방의 두 번째 접근로가 더 가깝긴 하지만 현재 공사 중이어서 미국 군인들이 배치되어 있었다. 핀치가 미국인 두 명에게 총구를 겨누며 그 출구로 나가면 많은 의문을 불러일으킬 것이다.

'좋아, 기다리자.' 그는 하우스모어의 시신을 발견하자마자 바로 지원을 요청했다. '지원팀이 오고 있으니까.'

이들을 심문하는 일은 문지방 안에서 해도 된다고 핀치는 결정했다. 이 시설은 높은 보안성과 효율을 자랑했다. EPR 포드를 사용하면 효과가 뛰어날 것이다. 그게 먹히지 않더라도 이곳에는 기억 손상을 일으키는 약물을 비롯해 심문에 유용한 약품이 잔뜩 있으니 필요에 따라 쓰면 된다.

상황을 완전히 장악했다고 확신한 핀치는 천천히 포로들에게 다가갔다. 하지만 그는 한 가지 사소한 실수를 하고 있었다. 바로 하우스모어의 권총이 얼마나 장전되어 있는지 확인하지 못한 점이었다. 위층에서 총격전의 흔적이 보이지 않는 것을 미루어 판단하건대 하우스모어의 시그 사우어 P226 권총은 완전 장전되어 있을 가능성이 높았다.

핀치는 일단은 무기를 사용하지 않는 게 낫겠다고 판단했지만, 두 사람이 달아나면 선택의 여지가 없었다.

'저들을 진정시켜야 해.'

포로를 다루는 가장 효과적인 방법은 딴생각을 품지 못하도록 유도하는 것이다. 편리하게도 랭던과 캐서린은 여기서 목격한 것 때문에 여전히 크게 놀란 상태인 듯했다. 핀치가 문지방에 관해 더 많이 설명할수록 CIA는 두 사람을 자유로이 풀어주기엔 그들이 너무 많이 알고 있다고 판단할 것이다. 그렇다면 영원히 자유롭지 않게 만들면 그만이다.

핀치가 가슴을 총으로 겨누며 다가가자 랭던이 말했다.

"총까지 쏘실 필요 없습니다. 기밀 유지 서약서에 서명할게요. 필요한 게 있으면 말하세요."

핀치가 싸늘하게 대답했다.

"아, 그렇게 넘어갈 수 있는 기회는 이미 날아갔어. 당신들은 기밀 시설에 너무 깊게 들어왔고 너무 많은 걸 봤어."

캐서린이 분노한 목소리로 말했다.

"그러게요. 당신들이 내 특허를 훔친 거 잘 봤어요."

기죽은 기색이 없는 걸 보니 저 여자는 자기가 얼마나 위험한 상황에 놓였는지 아직 판단이 안 서는 모양이었다. 핀치는 차분하게 대응했다.

"우린 아무것도 안 훔쳤어, 솔로몬 박사. 당신은 특허가 없어. 기억하는지 모르겠지만 특허 출원이 거부됐잖나."

랭던이 물었다.

"왜 이런 계략을 꾸민 겁니까? 캐서린이나 출판사에 연락해서 설명하지 않고……."

"우리는 자살하고 싶어 안달 나지 않았거든. 미 군대와 연구를 공유하는 것에 대해 어떻게 생각하느냐고 솔로몬 박사에게 물어봤었지. 솔로몬이 팟캐스트와 인터뷰한 걸 본 적 있어. 솔로몬이 대중 앞에서 조직이 우려하는 내용을 떠들어 대게 할 수는 없었지. 게다가 우린 시간이 없었어. 이 모든 일이 어젯밤에 갑자기 너무 빠르게 터져서……."

"여기서 대체 무슨 실험을 하는 거죠?" 캐서린이 경악을 감추지 않고 EPR 포드들을 돌아보며 그의 말을 잘랐다. "죽음을 연구하고 있는 건가요?"

"어디까지 알고 싶으신가?" 핀치는 제일 가까이에 있는 포드를 불길한 고갯짓으로 가리키며 물었다. "안에 들어가 봐. 직접 보여줄 테니."

랭던이 나섰다.

"그럴 필요 없습니다. 기밀문서 바인더를 도로 가져가세요. 우리는 기밀 유지 서약서에 서명하겠습니다. 당신네 시설을 일부 보긴 했지만 아무것도 이해 못 했습니다."

핀치가 피식 웃었다.

"똑똑한 사람들이 멍청한 척하기는! 안 통하네, 랭던 교수. 내가 자세히 설명해 주지."

"그럴 필요 없다니까요. 우리는 당신들이 여기서 하는 일에 대해 알고 싶지 않습니다."

핀치가 미소 지었다.

"그건 불공평하잖나. 솔로몬 박사가 이 시설을 짓는 데 얼마나 도움을 줬는데."

공압식 승강기에 탑승해서 반구형 방으로 다시 올라가던 골렘은 저 위에서 울린 총소리를 들었다. 깜짝 놀란 그는 승강기에서 내린 뒤 직사각형 입구 바로 아래서 조용히 기다렸다.
위에서 저들이 나누는 대화가 똑똑히 들려왔다.
총을 가진 남자가 반구형 방에 두 명을 잡아놓고 있었다. 그는 그들을 솔로몬 박사, 랭던 교수라고 불렀다. 저 두 미국인이 왜 여기 내려와 있는지 알 수 없었지만 둘 다 죽어야 하는 사람들은 아니었다.
오히려 총을 든 저 남자야말로 죽어 마땅했다. 골렘은 그 남자가 에버렛 핀치임을 알아차렸다. 게스네르의 자백에 따르면 핀치가 문지방 프로젝트 이면에 있는 총지휘자였다.
'뱀의 대가리지. 이렇게 직접 보게 됐군.'
우주는 골렘에게 뜻밖의 선물을 안겨주었다. 골렘은 사샤를 궁극적으로 배신한 자…… 이 공포의 집을 만든 자를 없앨 기회를 얻게 됐다.
당장 핀치를 죽이고 싶지만 그건 불가능했다. 지금 골렘의 수중에는 딱 한 번 쓸 수 있는 전력만 남아있는 전기 충격기밖에 없었다. 총에 비교할 수 있는 무기가 아니었다. 그가 공압식 플랫폼에 다시 올라서서 이 방 뒤쪽에서 불쑥 나타나면 당연히 그자의 눈에 띌 것이다.
'시간이 없어.'

앞으로 15분 후면 어마어마한 압력으로 폭발이 일어나면서 이 방은 터지게 될 것이다.

여기서 너무 오래 꾸물거리다가는 죽음을 면할 수 없었다. 긴 장치실 통로를 지나 SMES 방으로 빠르게 돌아가 폭발을 중단시켜야 할까. 그는 밖으로 나오면서 밀폐 문의 턴 휠을 힘껍게 잠갔다. 지금 가서 그 문을 다시 여는 것은 무리였다.

'금속 막대도 없는데 그건 너무 위험한 도박이야.'

골렘은 핀치와 목숨을 교환할 각오가 되어있었지만 사샤를 생각하면 그런 결정을 내려서는 안 되었다. 그가 여기서 탈출해 사샤를 풀어주지 않으면 사샤는 영원히 한낮의 햇살을 보지 못하게 될 것이다.

112

반구형 방의 괴기한 불빛 속, 가사 상태 유지 포드에 둘러싸인 로버트 랭던은 캐서린 옆에 서서 그들을 붙잡은 핀치를 가만히 살폈다. 에버렛 핀치는 안전하게 5미터 정도 거리를 두고 그들에게 총을 겨눈 채 포드에 편안하게 기대어 서있었다.

긴장된 상황인데도 핀치는 이상할 정도로 차분했다. 서늘하고 무심한 태도만 봐도 필요하다면 무슨 짓이든 할 수 있는 사람 같았다.

핀치가 말했다.

"제대로 된 인간-기계 인터페이스를 제일 먼저 개발하는 쪽이 미래를 지배하게 돼있어. 사람과 기계 사이의 편안한 소통을 말하는 거다. 타이핑을 하거나 말을 하거나 쳐다볼 필요도 없이…… *생각만으로 구현되는 기술이지.* 재정적으로도 새로운 세상의 초강대국이 될 수 있는 어마어마한 부를 창출하는 효과가 기대되지. 게다가 정보 분야에서 실제 응용 범위는…… 상상할 수도 없는 수준이다."

랭던은 실행 가능한 인간-기계 기술이 음흉한 무리의 손에 들어가면 조지 오웰이 소설 《1984》에서 묘사한 악몽쯤은 즐거운 꿈으로 여겨도 되지 않을까 싶었다.

"이런 이유로 CIA는 거대 생물 공학 기업들을 따라가려고 끝없이 노력했다. 뉴럴링크, 커널, 싱크론 같은 기업들은 다들 어마어마한 자금을 보유하고 고속으로 인간-기계 소통을 가능케 하는 최초의 뇌 임플란트 개발 기업이 되기 위해 뛰고 있지. 다행스럽게도 그들 모두 같은 장애물에 직면해 있다."

그러자 캐서린이 말했다.

"인터페이스가 문제겠죠. 인공 뉴런을 만드는 방법이요."

핀치가 고개를 끄덕였다.

"뉴럴링크는 꽤 성공을 거두긴 했지만 아직 필요한 만큼의 수준까지 올라서지 못했어. CIA가 지난 20년 동안 개발한 설계를 따라오려면 멀었거든."

"캐서린의 특허에서 가져간 것이잖습니까."

"다시 말하지만 솔로몬 박사는 특허가 없어. 있다고 해도, 국가 보안을 위해서라는 이유로 우리가 넘겨받았을 거다. 수용권(정부가 공공의 사용을 위해 보상을 대가로 사유 재산을 수용하는 권리—옮긴이)을 행사하다 보면 그 과정에서 논쟁이 벌어지면서 일반에 내용이 알려지는 게 문제지. 그러다 보면 조직이 비밀로 묻어두고 싶은 부분이 노출될 수 있고."

캐서린이 따져 물었다.

"내 설계로 뭘 하는 거죠? 문지방 시설은 대체 뭐예요?"

핀치는 권총을 들지 않은 손으로 안경을 벗고, 목을 천천히 돌렸다.

"솔로몬 박사, 캘리포니아 공과 대학이 대뇌 시각 피질에 임플란트를 설치해서 뇌의 주인이 눈으로 보는 영상을 타인도 효과적으로 같이 '볼 수 있게' 하는 기술을 개발한 거 기억할 거야."

"당연히 기억하죠. 임플란트가 시신경으로 들어온 시각 신호를 포착해 변환해서 생방송 영상으로 방송하는 기술이잖아요."

랭던은 그 기술에 익숙하지 않지만 어쩐지 뇌 속에 심어놓은 고프로 카메라처럼 들렸다. 다른 사람의 눈을 통해 보는 방식이니까.

'문지방은 피험자가 보고 있는 것을 관찰하는 건가?'

그렇다면 완전히 새로운 종류의 감시 방식이 될 것이다. 랭던은 이 방을 빙 둘러싼 비디오 화면을 올려다보면서, 일상을 살아가는 사람들이 직접 방송하는 모습을 상상했다.

'그럼 이 포드들은 왜 있는 거지?'

"우리 조직도 비슷한 걸 개발하고 있다. 그 임플란트보다 훨씬 앞선 버전인데, 물리적인 눈이 아니라…… *마음의 눈*으로 경험한 것을 관찰하는 장치지."

랭던은 '마음의 눈'이라는 말을 듣고 두 눈 사이에 찍는 알록달록한 점 '빈디'를 떠올렸다. 빈디는 영적 지혜를 향한 문을 상징하며 제3의 눈이라고도 불렸다.

랭던이 불안해하는 걸 느꼈는지 핀치가 말했다.

"랭던 교수, 마음의 눈은 뇌가 물리적 눈 없이 보는 메커니즘이야. 당신이 눈을 감고 어린 시절 살았던 집을 생각하면 생생한 이미지가 떠오르잖나. 그게 당신 *마음의 눈*이야. 뇌는 시각 정보를 입력할 필요 없이 상세한 이미지를 떠올릴 수 있다. 뇌는 기억, 환상, 백일몽, 상상을 계속 보고 있거든. 잠이 들면 당신 뇌는 꿈과 악몽이라는 형태로 이미지를 불러내지."

"그런 장치를 만드는 건 불가능한데……."

캐서린은 적절한 단어를 고민하며 말끝을 흐렸다.

핀치가 자랑스럽게 말했다.

"우린 해냈어. 문지방은 마음의 눈이 보는 내용을 같이 볼 수 있는 임플란트를 만들었지. 이제 우린 뇌가 불러낸 이미지 전체를 관찰할 수 있다……. 실시간으로 자세하게 그 내용을 펼쳐 볼 수도 있고."

캐서린의 충격받은 표정을 보고 랭던은 그것이 뇌 과학 분야에서 어마어마한 기술이라는 걸 눈치챘다. 그는 최근에 교토 대학교의 어느 과학자가 꿈을 녹화하고 조잡한 영상으로 재현하는 기술을 발표했다는 것을 알고 있었다. 그 과학자의 기술은 AI를 사용해 MRI 꿈 데이터를 대략적인 이미지로 해석하는 기초적인 수준이었다. 그것에 비하면 핀치가 말한 기술은 비약적인 발전이었다.

'문지방 프로젝트로 상상의 영역을 염탐할 수 있게 된 건가?'

랭던은 이 기술이 캐서린이 말한 수신기로서의 뇌라는 개념과 관계가 있는지 궁금했다. 이 임플란트로 뇌 속에서 *나타난* 이미지를 볼 수 있다면 그 이미지가 *어디서* 오는지도 알 수 있을 것이다. 유물론자들의 주장처럼 그 이미지는 물리적 기억 안에 저장되어 있었을까? 아니면 캐서린이 주장하는 비국소적 의식 모델에서처럼 *외부에서* 흘러들어 오는 걸까?

캐서린이 다시 입을 열었다.

"그 임플란트가…… 실제로 작용한다고요? 그 정도 기술이면 의식 연구 분야에 어마어마한 영향을 미칠 수 있을 텐데……."

"그렇겠지. 하지만 문지방은 오로지 국가 보안에 초점을 맞추고 있다."

반구형 천장 아래 방사형으로 놓인 매끈한 EPR 포드들을 둘러보는 캐서린의 낯빛이 창백해졌다. 그녀는 두려움에 찬 눈동자로 핀치를 돌아보며 침착하게 말했다.

"이건 가사 상태 유지 장치인데……. 피험자들을 죽음의 문턱에 놓아두고…… 그들이 무엇을 보고 있는지 관찰하는 건가요? 임사 체험을 추적 관찰 하려는 거예요?"

"어떤 의미에서는 맞아. 잘 알다시피 삶과 죽음 사이의 미묘한 '문지방'은 신비로운 영역이니까."

핀치는 자신이 뱉은 말을 상대가 받아들일 시간을 주려는 듯 잠시 뜸을 들였다.

'문지방.'

랭던은 지금까지 그 용어를 그런 식으로 생각해 보지 않았다.

"죽음의 경계에서 떠다니는 사람들은 우리의 인식 범위를 넘어서는 것들을 보고, 알고, 이해하게 되지. 우리 조직은 정보 수집을 위해 인간의 정신력을 사용하려고 반세기 가까이 초능력 연구를 진행했다. 초능력자, 영매, 천리안, 원격 투시력자, 예지 전문가, 심지어 자각몽을 꾸는 사람들까지 동원했지. 하지만 세계 최고의 두뇌들도 죽음에 도달했을 때 변화된 의식이 성취하는 것과 같은 수준의 결과를 얻어내지 못했다."

'캐서린이 쓴 내용과 같잖아……'

랭던은 죽음의 화학 작용에 관한 캐서린의 이론을 떠올렸다. 사람은 죽을 때 감마 아미노부티르산 수치가 급격히 떨어지면서 뇌의 필터가 사라지고 훨씬 더 넓은 대역폭의 진짜 현실을 수신할 수 있게 된다. 향상된 인식이 죽음에 동반되는 신비로운 선물이라면, 그것을 군사 정보 업무에 활용하려는 것은…… 신성 모독이었다.

"임사 체험이 너무 찰나의 순간에 이루어지고 혼란스럽다는 게 문제지. 정신이 들어서 그 내용을 떠올리려고 하면 마치 아침에 잠에서 깨어 꿈 내용을 기억하려고 할 때와 비슷해진다. 이미지가 흐릿하게 떠올랐다가 곧 사라져 버리지."

캐서린은 놀란 표정으로 물었다.

"이제 그 경험을 녹화할 수 있다는 건가요?"

"그래. 게다가 실시간으로 보면서 외부에서 지침을 내릴 수도 있다."

핀치는 그 방에 배치된 조종석처럼 생긴 장비들, 비디오 스크린을 가리켰다. 그것들은 전부 관처럼 생긴 각각의 포드에 연동되어 있었다.

"이 시설이 본격 가동되면, 궁극적으로 변화된 인간의 정신으로부터 직접 영상을 받아 송출할 수 있는 거야, 솔로몬 박사. 죽음의 경계에서 말이야……."

캐서린이 조용히 말했다.

"유체 이탈 체험으로. 비국소적 의식에서……."

랭던은 수술실에서 '죽었다가 되살아난' 환자들이 공통으로 한 말을 떠올렸다. 그들은 자기 몸 위에서 혹은 병원 위에서 떠다녔다고 하면서 이렇게 말했다. '나는 죽으면서 몸을 남겨두고 떠났습니다.'

"맞아. 이 포드에 들어간 피험자가 죽음 가까이 가게 되면 의식이 몸에서 분리된다. 강력한 정신이 의지를 발휘해서 몸에서 분리된 영혼이 되는 것이지……. 물리적 신체 *바깥*에 존재하는, 의식 있는 정신 말이야. 우리는 그런 상태에 있는 사람을 '정신 탐험가'라고 부르지. 그런 일이 일어났을 때 우리는 정신 탐험가가 포드에서 나가 저 반구형 지붕을 뚫고 위로 올라가서 세상을 돌아다닐 때 무엇을 인식하는지 정확히 관찰할 수 있다. 이 화면들은 몸에서 분리된 정신의 관점에서 보는 영상을 보여준다. ……비국소적 의식의 완전한 경험을 볼 수 있는 거야."

랭던은 생각했다.

'말도 안 돼.'

랭던이 보기에 캐서린은 핀치가 하는 얘기를 완벽하게 이해하는 듯했다. 그녀는 지금 저 남자가 총을 들고 있다는 것도 잊고 완전히 몰입해서 듣고 있었다.

'이건 캐서린이 찾던 성배나 다름없어.'

캐서린의 세상에서 유체 이탈 체험은 비국소적 의식이 있다는 가장 확실한 증거였다. 하지만 유지 시간이 너무 짧아서 증거로 삼기에는 한참 부족했다. 몸 밖으로 나가 떠다녔다는 개인의 주장은 변형된 의식 상태에서 홀로 인지한 주관적 경험이었다. 증인도 없고…… 과학적 사실로 받아들여질 수도 없었다. 제어된 실험실 환경에서 이런 신비로운 현상을 재현할 수 없기에, 캐서린의 말대로 재현성 위기에 봉착하게 되는 것이다. 그로 인해 발언의 진실성마저 의심받게 된다. 그런데 이 시설은 인간의 의식이 몸 밖에서 생존 가능하다는 걸 증명할 수 있었다. 기존의 패러다임을 바꾸는 돌파구가 될 것이며, 삶을 바라보는 인간의 관점에도 큰 영향을 미치게 될 것이다.

'죽음을 보는 관점도 달라지겠지.'

랭던은 조너스 포크먼이 캐서린의 원고에 크게 베팅하며 했던 말을 떠올렸다. '비국소적 의식이 있다는 증거는 인류의 궁극적 희망이에요……. 죽음 이후에 또 다른 삶이 있다는 증거니까요……. 보편적인 영향력이 있고 상업적으로도 엄청난 잠재력이 있는 주제죠.'

캐서린이 한 단 높은 플랫폼을 가리키며 물었다.

"저 조종석처럼 생긴 건 뭐죠?"

"믿거나 말거나 조종사를 위한 장비다. 우리는 조종 기술을 가다듬고 있다. 임플란트를 설치한 뇌는 상호 소통할 수 있는데, 우리는 그 부분을 배우는 중이야. 몸 밖으로 나간 정신 탐험가는 혼란스러운 세상에 직면하기 때문에 '지상에 있는 정신'과 짝을 이뤄 도움을 받아야 해. 조종석에 앉은 사람이 일종의 영혼 안내자 역할을 맡는 거지."

캐서린은 순간적으로 말이 나오지 않아 핀치를 멍하니 바라보다가 가까스로 입을 열었다.

"지금 당신들이 신체에서 분리된 의식을…… 조종한다는 말인가요? 드론을…… 조종하듯이?"

핀치는 캐서린의 직관적 해석이 마음에 드는지 씩 웃었다.

"당신은 이해할 줄 알았어, 솔로몬 박사. 그 말이 맞아……. 이 방이 완전 가동하면 조종석은 *보이지 않는* 드론 부대를 조종하는 소규모 조종사들의 자리가 될 거다. 우리는 세상 어디로든 그들을 보내 무엇이든 관찰할 수 있다……. 전장이든 작전실이든 회의실이든. 감지할 수도 없고, 피할 수도 없지."

랭던은 소리치고 싶었다.

'완전 불가능해! 미친 소리야……. SF에서나 나오는 얘기라고.'

하지만 비국소적 의식 이론에 따르면 받아들일 수밖에 없는 주장이었다.

캐서린은 물론 믿고 있지만, 랭던은 의식이 몸 밖으로 나가 물리적 세상을 관찰할 수 있다는 말을 순전히 받아들일 수가 없었다. 철저한 학자로서 그는 미신적 현상을 줄곧 의심하면서 합리성을 유지하는 것을 소임으로 알고 살아왔다. 그런데 문지방 프로젝트로 인해 그는 역설에 직면하고 말았다.

'어떻게 보면…… 여기서 회의론을 제기하는 게 비이성적일 수 있어.'

핀치의 주장에 냉소하는 태도를 유지하려면, 기존의 논리를 내려놓고 산더미 같은 합리적 증거를 무시해야 했다. 첫째, 정확히 이런 현상을 묘사한, 임사 체험에 관한 수천 건의 의료적 기록이 존재했다. 둘째, 양자 물리학 세계는 의식이 비국소적이며 우리가 이해하지 못하는 방식으로 작용한다는 압도적 증거를 내놓았다. 셋째, 텔레파시, 예지, 영매 능력, 여러 사람이 동시에 같은 꿈을 꾸는 공유몽, 갑작스러운 서번트 증후군 등 이미 수천 건의 '초자연적' 현상 사례가 있는데, 이 사례들은 기존 모델 내에서 불가능한 현상 취급을 받고 있었다. 랭던은 관점을 크게 바꾸든지, 아니면 그런 현상을 그가 좋아하는 '기적'이라는 범주 안에 분류해 넣어야 했다. 증거가 뻔히 있는데도 문지방 프로젝트가 제대로 작용한다는 사실을 믿지 않는 것은 월식을 보면서도 달을 신화적 존재로만 보는 태도와 다를 바 없었다.

캐서린이 랭던을 돌아보며 기쁨 어린 목소리로 말했다.

"로버트……. 이건 모든 것을 바꿨어! 기존의 이론을 뛰어넘는 기술이야……. 의식이 비국소적이라는 증거라고……."

랭던은 지금이 캐서린에게 얼마나 대단한 순간일지 헤아리며 고개를 끄덕였다. 그녀는 자기가 수십 년 동안 연구한 분야에서 이미 기하급수적 혁신이 일어났다는 사실을 갑작스레 알게 됐다.

캐서린은 핀치를 돌아보며 말했다.

"과학계도 이걸 알아야 해요. 노에틱 과학이……."

"문지방은 과학 프로젝트가 *아니야*." 핀치의 사나운 말투가 방 안 분위기를 압도했다. "이건 군사 정보 작전이다. 이 판에서 유일하게 진실한 힘은 *정보*밖에 없어. 적의 속내를 파악해야 이길 수 있는 전쟁에서 이 반구형 방은 우리의 핵무기이자…… 최고의 감시 도구다. 문지방은 차세대 원격 투시 프로젝트니까. CIA는 이 시설을 가동하기 위해 수십 년을 쏟아부었다."

'수십 년?'

랭던은 당황했다.

"30년 전에 실패한…… 스타게이트 같은 프로젝트에 CIA가 이렇게 막대한 투자를 한 이유가 대체 뭡니까?"

듣기 불편한지 핀치의 눈매가 매서워졌다.

"간단해, 랭던 교수. 스타게이트는 실패하지 않았어." 그는 권총으로 방 안을 쭉 가리키며 덧붙였다. "더 대단한 무언가로…… 진화했지."

113

CIA 본부의 보안 통신실. 그레고리 저드 국장은 프라하에서 소식이 오길 기다리며 초조하게 방 안을 서성였다. 게스네르의 상세한 자백이 담긴 영상은 재앙이나 다름없었다. CIA의 극비 시설에 관해 너무 많은 정보가 담겨있었다. 저드는 그 영상이 퍼져나가기 전에 막을 수 있기를 간절히 바랐다.

저드가 수십 년 동안 관여한 문지방 프로젝트는 이제 그의 삶의 일부였다.

젊은 시절 CIA 분석가로 일할 때 저드는 특이한 기중기 여러 대가 그려진 건설 현장 밑그림을 받은 적 있었다. 그는 같은 현장을 찍은 인공위성 사진과 그 그림을 비교하라는 업무를 지시받았다. 사진과 그림이 거의 똑같아서 저드는 화가가 이 현장을 직접 가서 봤거나 아니면 사진으로라도 보고 그렸을 거라고 논리적으로 결론지었다.

'그리고 나서 그들이 나한테 진실을 말해줬지.'

그림 속 시설은 러시아의 시베리아에 있는 극비 건설 현장이었다. 인공위성 사진은 그 그림이 그려진 후에 찍은 것이었다. 그 그림을 그린 사람은 잉고 스완이라는 이름의 젊은 남자로 미국 땅을 한 번도 떠난 적 없었다. 그는 그 건설 현장을 '원격 투시' 하고 그 정보를 바탕으로 그림을 그린 것이다. 잉고 스완은 눈을 감고 의식을 시베리아로 옮겨⋯⋯ 그 위를 떠다니면서 현장을 보고 특징을 외웠다고 했다.

'터무니없는 소리.'

저드뿐 아니라 당시 CIA의 많은 요원들은 그렇게 생각했다. 그래도 의문은 남았다⋯⋯. 이런 그림이 어떻게 존재하지?

1976년에 되어서야 답을 얻을 수 있었다. 소련에서 망명한 어거스트 스턴이 시베리아의 초능력 정보 시설에서 일하면서, 일급비밀에 속하는 미국 군사 시설을 원격 투시 하는 데 성공했다고 털어놓은 것이다. 미국 보안 시설에 대한 스턴의 묘사는 놀라울 만큼 정확해서⋯⋯ 바닥 타일 무늬까지 상세하게 맞혔다.

무방비 상태로 당했다고 느낀 CIA는 즉각 미국 최초의 원격 투시 프로그램을 시작했다. 소련이 성공한 것을 우리도 해내자는 목적에서였다. 스탠퍼드 대학교와 연계한 학계 싱크 탱크라는 무해한 위장막으로 시작된 이 극비 프로젝트는 그릴 플레임, 센터 레인 같은 암호명을 거쳐 1977년에 스타게이트로 공식 명명됐다.

스타게이트에 참여한 최초 원격 투시력자 잉고 스완, 패트 프라이스, 조지프 맥모니글 등은 큰 성공을 거두어 이 프로젝트에 관여한 과학자들을 충격에 빠뜨렸다. 유체 이탈 상태로 계속 진입하는 것은 쉽지 않았지만 그들은 '투시'라는 방식으로 놀라운 정보를 제공했다.

그야말로 '마티니 여덟 잔을 마셔야 할 만큼 대단한 성과'였다. 그들은 북극에 가있는 소련의 이중 선체 타이푼급 잠수함을 염탐하고, 아프리카에 추락한 소련의 Tu-95 폭격기를 찾아내고, 납치된 제임스 L. 도지어 준장이 이탈리아에 있다는 사실을 알아내고, KGB(소련의 국가보안위원회—옮긴이) 소속 대령이 남아프리카에서 염탐 중인 것을 확인하는 등 열두 건이 넘는, 도저히 가능할 것 같지 않은 성과를 이뤄냈다.

1979년 미국 하원 산하 정보 위원회에서 비공개로 원격 투시를 실시간 시연했고, 그 방에 있던 하원의원 여럿이 큰 충격을 받았다. 민주당 하원의원 찰리 로즈는 "소련이 가진 걸 우리가 못 가지고 있으면 심각한 어려움에 처할 수 있다"는 공식적인 말을 남겼다.

비밀리에 꾸준히 성장하던 스타게이트 프로그램은 1995년에 보안 정보가 유출되면서 대중의 큰 반감을 사게 됐다. 대중은 CIA가 초능력 스파이 훈련 같은 허무맹랑한 짓거리에 국민의 세금을 낭비하는 것으로 여겼다.

CIA는 비밀 프로그램이 실재한다는 사실을 부정하려 하지 않고 순순히 인정했다. 스타게이트 프로그램이 실제로 있긴 했지만 더 이상 존재하지 않는다고, 완전히 실패해서 세금 낭비 사례로 규정되어 문을 닫았다고 발표했다. 물론 사실이 아니었지만 CIA는 순순히 인정하고 사과했다. 그래서 이 프로그램을 향한 대중의 호기심을 잠재우고 미국의 적들이 초능력을 기반으로 하는 정보 작전을 따라 하지 않도록 막았다.

이런 작전은 대중에게 잘 먹혀들었지만 정작 스타게이트의 일원이었다가 은퇴한 원격 투시력자 몇몇의 화를 돋웠다. 그들은 자기네가 이뤄낸 놀라운 성공이 '허풍'으로 폄하되자 분노하면서 아래와 같은 제목을 단 비공인 자서전을 출판하기도 했다.

- 초능력 전사: 미국 최고의 초능력 스파이와 CIA 극비 스타게이트 프로그램에 관한 진실
- 초능력 스파이: 미국 초능력 전쟁 프로그램의 진짜 이야기
- 마법사의 제자: CIA 스타게이트 프로젝트를 둘러싼 회의론자의 여정
- 스타게이트 프로젝트와 원격 투시 기술: CIA 초능력 스파이 활동 파일

이런 책에 담긴 내용은 대부분 사실이었지만 너무 허무맹랑하게 들려서 아무도 믿지 않았다. CIA 입장에서는 참 편리하게 된 것이다. CIA는 작가에게 법적 소송을 걸어 그들이 쓴 책에 관심을 불러일으키기보다, 정신적으로 불안정해진 전직 직원들이 돈벌이 때문에 거짓말로 책을 썼다며 가볍게 무시했다.

하지만 그 후 좀 더 큰 말썽이 일어났다.

2015년, 《뉴스위크》는 스타게이트에 관한 또 다른 폭로 기사를 게재했다. 당시 저드는 스타게이트 프로젝트 관리자 출신인 브라이언 버즈비 중령이 20년의 침묵을 깨고 한 '나는 당시 그것을 믿었고 지금도 믿는다. 그것은 진짜였고 실제로 작용했다'라는 말이 인용된 것을 보고 충격받았다.

그 기사에는 스타게이트의 전설적인 1번 요원 조지프 맥모니글이 그린 그림에 관한 내용도 실렸다. 소련의 비밀 조선소에 있는 거대한 이중 선체 잠수함을 원격 투시 해서 그린 그림이었다. 《뉴스위

크〉는 훗날 미국 인공위성이 찍은 사진으로 소련의 세베로드빈스크 비밀 조선소의 존재, 이중 선체 타이푼급 잠수함의 존재가 확인됐으며 그런 시설과 장비는 미국의 국가 안보에 새로운 위협이 된다고 말했다.

당시 상원의원이었고 훗날 국방부 장관이 된 윌리엄 코언은 사라진 스타게이트 프로그램에 관해 어떻게 생각하냐는 질문을 받고 이렇게 대답했다.

"원격 투시라는 개념에 깊은 인상을 받았습니다……. 마음의 힘을 탐색하는 일은 과거에도 중요했고 현재에도 마찬가지입니다……. 나는 로버트 버드 상원의원, 그리고 그 외 위원회의 다른 위원들과 마찬가지로 스타게이트 프로그램을 지지했습니다. 완전히 다른 수준의 의식으로 진입할 수 있는 능력을 지닌 사람들이 소수 있는 것으로 보입니다."

그 기사가 보도되고 나서 텔레비전에는 스타게이트 음모 관련 다큐멘터리가 쏟아져 나왔다. 그중 〈제3의 눈을 가진 스파이들〉이라는 다큐멘터리 영화가 특히 경악스러웠는데, CIA는 여전히 무시로 일관하며 아무 반응을 보이지 않았지만, 저드는 그 영화의 음모론적 주장에서 상당 부분이 실은 정확한 사실이라는 점 때문에 식겁했던 기억이 있었다. 스타게이트 프로젝트를 공공연하게 실패로 인정한 모습 역시 일부러 실패한 것처럼 보이려는 술책이라는 의심도 그중 하나였다.

'그들이 증거는 없어도…… 틀리진 않았어.'

사실 원격 투시 연구는 랭글리, SPI 인터내셔널, 포트 미드 안에서 조용히 계속되었다. 스타게이트를 실패한 프로젝트로 위장함으로써 CIA는 더 큰 재정적 지원을 확보하고 더 높은 보안 수준으로 그 프로그램의 미래를 은밀하게 계획했다. 오염된 과거에서 멀리 벗어나 새로운 암호명 아래 기술적으로 앞서나갔다……

'그렇게 해서 문지방 프로젝트가 탄생했지.'

인터콤으로 지직거리는 목소리가 들렸다.

"국장님? 그분과 전화 연결됐습니다."

저드는 상념에서 깨어나 눈앞의 영상 스크린으로 시선을 들었다.

"그래. 연결해."

잠시 후 화면에서 CIA 인장이 사라지고, 양옆에 미 해병대원을 대동한 하이디 네이글 대사의 성난 얼굴이 떴다.

114

캐서린은 핀치가 겨누고 있는 총신을 멍하니 바라보다가 다시 현실로 돌아왔다. CIA의 '죽음의 실험실'은 의식 연구 시설이 아니라…… 경악스러울 정도로 새로운 종류의 무기, 즉 원격 투시라는 무기를 관리하기 위한 임무 통제 시설이었다.

캐서린이 속한 노에틱 과학계에서 문지방 프로젝트는 최고의 업적으로 평가받을 수 있을 것이다. 비국소적 의식을 이해하려면 유체 이탈 체험을 이해해야 하는데, 그동안 두 가지 거대한 장애물로 인해 쉽지 않았다.

'문지방 프로젝트는 그 두 가지 난제를 해결했어.'

첫 번째 장애물은 유체 이탈 상태가 매우 드물고 아주 짧은 순간에 일어나며 예측도 불가능하다는 점이었다. 소수의 독특한 능력자들은 '자기 의지대로 의식을 투사'할 수 있었지만, 유체 이탈 상태를 1분 동안 유지하는 것조차 버거워했다. 하지만 문지방 프로젝트에서는 게스네르의 포드를 사용해 누구든 유체 이탈 상태로 들어가 한 시간 이상 떠다닐 수 있었다.

'두렵지만 사실이야.'

두 번째 장애물은 유체 이탈 후 기억 회상이었다. 유체 이탈 상태에 있다가 몸으로 돌아오면 피험자들은 마치 꿈을 꾸다 깬 것처럼, 경험했던 내용이 순식간에 흐려진다고 말했다. 따라서 연구자들은 믿을 수 있는 상세한 데이터를 얻기 어려웠다. 하지만 지금 여기서는 뇌 임플란트를 이용해 그 경험을 녹화하고 연구할 수 있었다.

의식 연구의 비약적 발전을 이뤄낸 이 시설은 인간 정신의 가장 심오한 비밀을 밝혀낼 잠재력을 충분히 갖추고 있었다.

'죽음 그 자체의 본질을 비롯해서.'

하지만 CIA가 의식과 죽음의 신비를 파고드는 대신, 비국소적 의식을 이용해 상상할 수 없을 만큼 엄청난 감시 체계를 만들려고 하는 상황을 알게 된 캐서린은 깊이 좌절했다. 그녀는 이 정도의 기술이 실재한다는 것, 그것을 이토록 아무렇지 않게 무기화할 수 있다는 사실을 받아들일 수 없었다.

"이해 안 되는 게 있어요. 뇌 임플란트요……. 신경 그물망이 그렇게 빨리 통합된다는 게……."

"그만하면 충분히 들었습니다." 랭던은 핀치의 총이 그들을 계속 겨누고 있는 것을 의식하며 캐서린의 말을 막았다. "캐서린의 원고는 파기됐습니다. 책을 출판하지 않을 거예요. 기밀 유지 서약서에 서명하겠습니다. 그러니 총 좀 치워주세요."

"그건 때가 되면 내가 알아서 해." 핀치는 이렇게 말하며 어깨 너머로 문 쪽을 돌아보았다. 누가 오기로 한 모양이었다. "박사가 제안한 신경 그물망을 우리가 단시간 내 통합했다는 걸 알아봐 주니 기쁘군."

'말도 안 되게 빨랐지.'

캐서린은 생각했다. 두 사람이 찾아낸 기록을 보면 사샤의 기존 뉴런이 인공 뉴런과 결합한 시간은 자연 성장 패턴이나 캐서린이 실험실 환경에서 본 것에 비해 열 배나 빨랐다.

핀치는 뿌듯해하며 설명했다.

"우리는 '강제 협력'이라는 신기술로 그 문제를 해결했다. 일종의 공동 퍼즐 해법이라고나 할까. 가상 현실을 사용해서 피험자의 뇌와 이식한 칩에 동시에 퍼즐을 집어넣는 방법을 썼지. 분리된 상태의 뉴런은 정보를 공유할 때 더 효율적이 된다는 걸 알고 새로 시냅스를 형성하거든."

'가장 간단한 방법이 가장 뛰어난 해법이 되기 마련이지.'

캐서린은 생각했다. 이 전략은 간단하면서도 우아했다. 두 개의 처리 기계—인간의 뇌와 컴퓨터 칩—는 같은 문제를 받으면 최대한 빠르게 시냅스를 형성하면서…… 협력하게 된다.

'두 뉴런이 동시에 반복적으로 활성화될 때…… 그 사이의 시냅스 연결 강도는 강화된다.'

1930년대 도널드 헵은 뇌가 강도 높은 작업을 반복적으로 해야 하는 상황에서 아주 빠르게 새로운 신경 경로를 성장시킨다는 사실을 발견했다. 그에 따르면 이는 역도 선수가 연습을 통해 근육을 성장시키는 것과 같았다. 헵 학습으로 알려진 이 과정은 그 후 신경 과학 분야의 일부가 됐다. 캐서린이 물었다.

"가상 현실 연구소에 있는 약물은요? 환각제가 신경 가소성을 증폭시키는 건가요?"

"그래. 약물을 사용하면 성장을 자극할 뿐 아니라 뇌가 안개 속에서 집중해야 하는 상황에 처하니 퍼즐을 더 어렵게 느낄 수 있지. 무거운 운동화를 신고 훈련하는 마라톤 선수처럼 되는 거야. 짐을 없어놓으면 그만큼 적응 속도가 빨라지지."

캐서린은 놀랐다.

"그 아이디어는 내 논문에서 나온 게 아니에요. 게스네르의 아이디어인가요?"

"대부분 그렇지. 게스네르는 다루기 쉽지 않았다. 우린 기본적으로 여러 면에서 부딪쳤거든. 하지만 게스네르가 없었으면 문지방 시설을 지을 수 없었을 거야."

랭던이 물었다.

"CIA가 캐서린의 논문을 어떻게 알고 접근한 겁니까?"

"블라바트니크 상에 논문을 제출했잖나. 그 상에 제출되는 논문에는 뛰어난 젊은 과학자들의 가장 대담한 아이디어가 담겨있지. 그 시절에 CIA는 스탠퍼드 연구소 소속 교수 한 명을 그 상 위원회에 넣어놨다."

'스탠퍼드 연구소(SRI)?'

CIA가 원고 삭제에 관여한 사실을 알았을 때 그 연결 고리를 재깍 떠올리지 못했다는 것이 캐서린은 어이가 없었다. 음모론자들은 오랫동안 CIA와 손을 잡은 스탠퍼드 연구소를 스타게이트 프로젝트의 발생지라고 믿을 정도였다. 당시 블라바트니크 상 심사위원 중 하나였던 스탠퍼드 연구소 '교수'는 CIA의 스파이였을 가능성이 높았다.

"당신 논문이 감투상도 못 받으니까 코스그로브인가 하는 프린스턴대 교수가 상 위원회에, 특히 스탠퍼드대 교수인 심사위원한테 의문을 제기했어. 그러다 스탠퍼드 연구소가 관여돼 있는 걸 알고는 물러나서 다시는 입도 뻥긋 안 했지."

랭던이 말했다.

"이만 여기서 나가고 싶습니다. 당장."

"당신은 그런 요구를 할 입장이 아니야, 랭던 교수. 당신은 최고 기밀 시설에 침입했고 법을 아주 다양하게 위반했다. 대사가 와서 당신을 구해줄 거라고 생각하나 본데, 그 여자도 지금 자유롭게 나다닐 입장이 아니야."

랭던은 위협하듯 말했다.

"캐서린과 내가 실종되면 많은 사람이 알아차릴 겁니다. 당신이 이용한 무명의 피험자 시세비치와는 경우가 달라요."

"드미트리 시세비치에게 무슨 일이 일어났는지 당신은 모르잖아."

캐서린이 말했다.

"당신이 그 사람을 기니피그처럼 취급했다는 건 알죠. 사샤 베스나도요."

"그자들은 고통스럽게 살고 있었어. 게스네르가 구해준 거다. 게스네르는 둘의 뇌전증을 치료하고 새롭게 살 수 있게 해줬어."

랭던이 나섰다.

"그런 논리로 정당화하겠다고요? 그래서 드미트리가 지금 더 나은 삶을 살고 있습니까? 그 사람의 기록을 봤어요. 여기서 죽은 것 같더군요!"

핀치는 자세를 바꾸고 랭던에게 총구를 겨눴다.

"랭던 교수, 당신은 우리나라에서 벌어지는 실제적인 문제에 맞닥트리는 일 없이 교수라는 자리에서 명예롭고 여유 있게 살아왔어……. 서구식 생활 방식을 파괴하려는 자들을 걱정할 일 없이 말이야. 세상은 극도로 위험해. 나 같은 사람들 덕분에 당신이 사는 보스턴시가 아무 일 없이 굴러가는 줄이나 알아. 말 그대로 진실이야."

"그렇겠죠. 그렇다고 당신에게 무슨 일을 당할지 알지도 못하는 사람들을 잡아다가 멋대로 실험할 권리가 있는 건 아닙니다."

핀치가 그를 노려보았다.

"진정한 양심을 판단하는 기준은 미래 세대에게 감사의 말을 듣지 못할지라도 그 철딱서니들을 위해 오늘 무언가를 희생할 의지가 있는지에 달려있다."

랭던이 받아쳤다.

"다른 사람이 한 말을 훔칠 거면 그 뜻을 정확히 알고 인용하세요. 게이로드 넬슨은 무고한 사람들을 학대하라는 게 아니라 환경을 구하자는 뜻으로 그 말을 한 겁니다."

"사샤는 무고하지 않아. 게스네르 박사를 살해했다."

"말도 안 되는 소리. 사샤는 게스네르 박사를 따랐어요. 그럴 리가……."

"사샤는 저 위층에서 우리 현장 요원도 죽였다. 문지방 시설에 침입한 게 사샤인지 아닌지 긴가민가했는데 이제 확실해. 현장 요원의 시신 옆에 뇌전증 환자용 막대가 떨어져 있었다……. 그 물건의 주인은 한 명뿐이지."

그때 어둠 속에서 유령 같은 목소리가 들렸다.

"그 막대는 *내 거야*. 돌려줘."

115

놀란 핀치는 재빨리 방을 둘러보았다.

'누구지?'

반구형 천장에 소리가 왕왕 울려 정확히 어디서 그 말이 들려오는지 구분하기 어려웠다. 랭던과 캐서린도 깜짝 놀란 얼굴이었다.

"어디냐?" 방금 들은 힘없는 남자 목소리의 주인이 누구인지 알 수 없지만 핀치는 억양을 듣고 러시아인인 것 같다고 판단했다. "모습을 보여라!"

부드럽게 쉬이익 하는 소리가 들렸다. 방 안의 정적을 가르는 유일한 소리였다. 그 소리는 방 뒤쪽, 랭던과 캐서린의 뒤에서 들려오고 있었다. 핀치는 뒤를 돌아보는 랭던과 캐서린 너머를 살폈다. 알고 보니 쉬이익 소리는 장치실의 공압식 승강기에서 울리는 소리였다.

승강기가 위로 다다른 순간 핀치가 꿈에서도 상상하지 못했던 것이 눈앞에 나타났다.

밑에서 올라온 것은…… 괴물이었다.

얼굴부터 보이기 시작했는데, 온통 창백한 회색 피부였다. 털 하나 없는 머리에 검은 망토에 달린 모자를 내려썼다. 싸늘한 두 눈은 핀치와 그의 손에 들린 권총에 고정돼 있었다. 망토를 입은 몸이 올라오는 동안 가만히 보니, 괴물은 마치 승천하는 그리스도처럼 두 팔을 양옆으로 벌린 채 손바닥을 내보이고 있었다.

공압식 승강기가 멈추고 승강기에서 내린 괴물이 그들을 향해 걸어왔다. 묵직한 장화가 카펫 깔린 바닥을 밟으며 쿵쿵 소리를 냈다. 그는 항복하듯 두 팔을 벌린 채 검은 망토를 펄럭이며 포드 사이로 뚜벅뚜벅 걸어왔다. 그제야 핀치는 괴물의 머리와 얼굴에 진흙이 두껍게 발려있다는 것, 이마에 글씨가 새겨져 있다는 것을 알았다.

'제기랄, 이건 또 뭐야?'

괴물과의 사이가 15미터 정도 줄어들자 핀치가 소리쳤다.

"멈춰! 더 다가오지 마!"

괴물은 두 팔을 벌린 채 순순히 멈춰 섰다.

핀치는 괴물을 완벽하게 조준하기 위해 랭던과 캐서린 옆을 지나 오른쪽으로 물러섰다.

"넌 누구냐?"

'넌 뭐냐?'

괴물의 목소리가 공허하게 울려 퍼졌다.

"넌 사샤의 믿음을 배신했다. 나는 사샤의 수호자다."

"사샤가 여기 어디 있나?"

"아니, 안전한 곳에 있지. 사샤는 두 번 다시 여길 볼 일이 없어."

"넌?"

괴물이 별안간 몸을 움찔거렸다. 괴물은 자신의 그런 상태에 놀란 듯했지만 곧 차분하게 입을 열었다.

"나……는……."

괴물의 목소리가 갈라졌다. 이번에는 핀치가 괴물의 눈에 담긴 두려움을 읽어냈다. 괴물은 두 팔을 벌린 채 부들부들 떨고 있었다. 저항하던 모습도 사라졌다.

"안 돼……. ne seychas! 지금은 안 돼……."

괴물은 말을 더듬으며 겁에 질린 목소리로 애원했다.

그러곤 갑자기 바닥으로 쓰러지더니 걷잡을 수 없이 몸을 떨었다. 등을 바닥에 대고 속절없이 떨어댔다.

핀치는 뇌전증 발작을 본 적이 있었다. 이놈이 누구인지 모르겠지만 상태를 보니 그가 위층에서 발견한 뇌전증 환자 전용 막대의 주인이라는 생각이 들었다.

'게스네르의 또 다른 환자인가? 프로그램과 별도로 데려온 건가?'

괴물은 몹시 떨면서 망토 주머니에 손을 넣었다. 다급히 무언가를 찾는 듯했다.

주머니에서 금속 막대를 꺼내 든 핀치가 바닥에서 떨고 있는 괴물을 놀리듯 말했다.

"잃어버린 게 이거냐? 네가 누구인지 말해. 그럼 이걸 주마."

랭던이 소리쳤다.

"지금은 말할 수 있는 상태가 아니잖아요! 맙소사, 저 사람을 도와야죠!"

"이 막대를 갖고 싶어?"

핀치는 무력하게 떨고 있는 괴물에게 다가갔다. 괴물의 머리가 바닥에 딱딱 부딪히고 있었다. 캐서린도 외쳤다.

"그 사람을 도와줘요!"

손에 권총을 든 채 핀치는 떨고 있는 괴물 옆에 웅크리고 앉아 금속 막대를 눈앞에 들이댔다.

"네 정체부터 말해주면······."

핀치는 그 말을 끝마치지 못했다.

떨고 있던 괴물은 정확히 균형 잡힌 동작으로 일어나 앉아 마치 뱀처럼 핀치의 가슴을 향해 한 팔을 뻗었다. 치이익 소리와 함께 파란 불꽃이 터지고 핀치의 온몸에 말할 수 없는 고통이 가해졌다. 핀치는 포드 옆에 권총을 떨어뜨리고는 뻣뻣하게 굳은 채 고꾸라졌다. 괴물은 재빨리 몸을 틀어서 핀치의 얼굴을 바닥에 처박았다.

그 충격으로 핀치는 코뼈가 으스러진 걸 직감했다. 어찌나 아픈지 욕지기가 날 정도였다. 이런 통증은 생전 처음 느껴봤다. 얼굴에 피가 흐르고 마비된 몸이 옆으로 돌아갔다. 망토를 입은 괴물이 아무렇지 않게 일어나 핀치가 떨어뜨린 권총과 금속 막대를 집어드는 모습이 보였다. 묵직한 통굽 장화가 핀치의 얼굴 바로 앞으로 다가왔다. 핀치는 숨을 헐떡이며 고개를 돌리려 애썼다. 괴물의 몸통을 지나 그의 얼굴을 올려다보았다. 그를 내려다보는 괴물을 보면서, 핀치는 어쩌면 자기가 이미 죽어 지옥에 떨어졌는지도 모른다고 생각했다.

그를 내려다보고 있는 괴물은 인간이 아니었다. 얼굴은 말라붙은 흙덩이였고 쫙쫙 갈라져 있었다. 이마에는 상징 세 개가 깊게 새겨져 있었다. 괴물의 눈빛은 단호했다. 결코 자비를 베풀지 않을 눈빛이었다.

로버트 랭던은 복잡한 정보를 빠르게 정리하는 데 능숙했다. 하지만 눈앞에서 벌어진 일은 너무도 순식간에 일어난 탓에 제대로 이해할 수가 없었다. 핀치는 몸이 뻣뻣하게 굳은 채 바닥에 쓰러져 덜덜 떨고 있었다. 랭던과 캐서린을 돌아보는 망토 차림의 괴물은 코스프레 의상을 차려 입은 듯했다. 머리와 얼굴에는 진흙을 두껍게 발랐고 이마에는 히브리어 단어를 새겼다.

אמת

랭던은 히브리어를 잘 읽지 못했지만 저 세 글자는 워낙 유명했다. 이마에 새겨진 '에메트'의 뜻은 분명했다.

진실……

'프라하의 골렘이구나.'

랭던이 상황을 파악하기도 전에 귀청이 터질 듯한 사이렌 소리가 방 안의 정적을 가르며 울리기 시작했다. 머리 위에서 들리는 그 소리는 몹시 높고 날카로웠다. 빙글빙글 돌아가는 경고등이 방 내부에 빛을 뿌렸다.

망토 입은 자가 그들이 왔던 길을 손으로 가리키며 외쳤다.

"가! 어서! 이 시설 전체가 곧 폭발할 거다!"

랭던은 잘못 들었기를 바랐다.

'폭발한다고?'

캐서린이 괴물에게 말했다.

"우리가 RFID 문을 잠갔어! 카드가 없어서 못 나가!"

"이리 와!"

괴물이 핀치 옆에 웅크려 앉으며 말했다. 핀치는 여전히 꼼짝 못한 채로 떨고 있었다. 랭던이 조심스럽게 다가갔다. 괴물이 핀치의 주머니를 뒤지더니 지갑을 빼내고 그 안에서 'PRAGUE'라고 적힌 검은색 카드를 꺼냈다. 게스네르가 가지고 다니던 것과 같은 카드였다.

"20초 남았어."

괴물이 소리쳤다. 경고음이 워낙 커서 그의 목소리가 잘 들리지 않았다. 괴물이 핀치의 손을 잡더니 엄지를 카드 표면에 갖다 대자 카드의 작은 표시등이 녹색으로 변했다. 괴물은 활성화된 카드를 랭던에게 주며 소리쳤다.

"20초 남았어! 가!"

랭던이 물었다.

"당신은?"

"난 골렘이야. 무수히 죽어봤어."

'행운이 따르기를.'

골렘은 로버트 랭던과 캐서린 솔로몬이 반구형 방에서 달려나가는 모습을 보며 마음을 놓았다.

'저들은 죽을 필요 없어.'

하지만 핀치는 달랐다.

골렘은 피범벅이 된 핀치…… 이 프로젝트를 감독한 꼭두각시 주인을 내려다보았다. 반구형 천장에서 빙글빙글 돌아가는 불빛 속에서 괴물은 가장 가까이에 있는 EPR 포드로 향했다. 해제 버튼을 누르고 뚜껑을 열었다. 그리고 자그마한 체구의 핀치를 들어

마치 시체를 다루듯 그 안에 던져 넣었다.

핀치의 눈이 휘둥그레졌다. 그는 이제 움직일 수 있었지만 이미 늦었다. 골렘이 두툼한 벨크로 끈으로 그의 팔과 다리를 재빨리 결박해 관처럼 생긴 장치 안에서 꼼짝 못 하게 만들었다.

"제발…… 멈춰……."

핀치가 쉰 목소리로 꺽꺽거렸다.

골렘은 포드 안쪽으로 몸을 기울여 핀치의 귀에 입술을 가까이 대고 속삭였다.

"당신 피를 얼음처럼 차갑게 만들어서 내가 셀 수 없이 느낀 고통을 맛보게 하고 싶지만…… 지금은 그럴 시간이 없어."

"넌…… 누구……냐?"

핀치가 더듬더듬 물었다.

"알잖아. 당신이 날 만들었어."

핀치는 그를 공격한 자를 올려다보며 얼굴을 자세히 살펴보았다. 하지만 골렘은 그가 답을 찾을 때까지 기다려 줄 마음이 없었다.

골렘은 차분하게 핀치를 내려다보며 마지막 말을 내뱉었다. 반투명한 걸윙 뚜껑이 아래로 내려와 그 안에 갇힌 핀치의 고통에 찬 비명 소리를 덮었다. 골렘은 만족스러운 눈으로 그를 내려다보았다. 핀치의 비명은 사이렌의 다급한 울부짖음에 파묻히고 말았다.

116

 랭던과 캐서린은 반구형 방에서 통로로 달려 나왔다. 랭던이 핀치의 카드를 RFID 스캐너에 갖다 대고 잠금장치를 열자마자 카드가 비활성화되더니 빨간불이 깜박거렸다.

 그들은 동시에 오른쪽으로 방향을 돌려 통로 끝의 계단 쪽으로 내달렸다. 여기로 들어올 때 이용했던 빙글빙글 돌아가는 경사로보다 이 계단을 이용하는 편이 빠를 것 같았다.

 비상등이 계속 돌아가고 있어 혼란스러운 가운데 통로 끝의 문 앞에 도착했다. 둘은 칙칙한 콘크리트 계단실로 들어갔다. 계단을 한 번에 두 칸씩 뛰어 올라가는데, 아까 탈출을 도와준 진흙 얼굴 괴물의 공허한 목소리가 여전히 랭던의 귓가에 맴돌았다. '이 시설 전체가 곧 폭발할 거다.' 어떻게, 무슨 이유로 그런 일이 일어나는지는 알 수 없지만, 사이렌 소리나 번쩍이는 비상등 불빛만 봐도 문지방 시설 내에서 뭔가 큰 사건이 벌어진 것 같은 분위기였다. 그 괴물 남자가 벌인 짓일 가능성이 높았다.

 두려움, 그중에서도 죽음에 대한 두려움의 부산물 중 하나는 목표를 또렷하게 인식하게 해준다는 점이었다. 조금 전 반구형 방에서 일어난 상황을 놓고 머릿속에서 온갖 질문이 복잡하게 얽히고 있었지만, 랭던의 머리는 그런 소음을 싹 죽이고 오직 한 가지 채널에 맞춰졌다.

'살아야 해.'

위층으로 올라간 랭던과 캐서린은 '관리부'라고 적힌 금속 문 앞에 멈춰 서서 숨을 몰아쉬었다. 랭던은 망설이지 않고 그대로 문을 밀고 안으로 들어갔다. 그곳 복도 바닥에는 카펫이 깔려있었고 벽에는 오크나무 패널이 붙어있었다. 운영 시설 같은 딱딱하고 차가운 통로는 더 이상 없었다. 어느 세련된 케임브리지 법률 회사 사무실에 들어선 것 같은 분위기였다.

그들은 복도를 달리며 회의실, 사무실을 지나 칸막이로 나뉜 길쭉한 공간으로 들어갔다. 거기서 캐서린은 우뚝 멈춰 서더니 손을 뻗어 랭던을 잡아 세웠다. 그 방 끄트머리에서 정장 차림의 여자가 자기 칸막이에서 급히 물건을 챙기고 있었다. 오늘 문지방 시설에 아무도 없던 것은 아니었다. 곧 정장을 입은 젊은 남자 두 명이 달려 들어와 그 여자에게 따라오라고 손짓했다. 그들은 뒤도 돌아보지 않고 달려 나갔다.

랭던은 생각했다.

'저 사람들을 따라가자. 나가는 길을 알고 있을 거야.'

사람들이 시야에서 사라지자마자 랭던과 캐서린은 그 뒤를 따라갔다. 아마 아까 랭던과 캐서린이 본 폴리만카 공원 가장자리의 정문으로 가고 있는 것 같았다. 랭던은 캐서린의 숄더백에서 살짝 삐져나온 기밀문서 바인더를 힐끗 바라보았다. 긴급 상황이니 혼란스러운 틈에 들키지 않고 무사히 벗어날 수 있기를 바랐다.

'제때 빠져나갈 수 있으면 다행이겠어.'

머리 위에서 사이렌이 요란하게 울렸다.

캐서린이 복도 끝에서 빛나는 '비상구'라는 표지를 가리키며 소리쳤다.

"저쪽이야!"

그들은 문 여러 개를 차례로 밀어 열었다. 이 시설물에 들어와 처음 통과했던 것과 비슷한 금속 탐지기, 엑스레이 컨베이어, 전신 스캐너 등 보안 시설이 보였다. 다행히 여기엔 아무도 없었다. 랭던과 캐서린은 그대로 그곳을 통과해 널찍한 지하 주차장 같은 곳으로 뛰어나갔다. 건설 중기, 일반 자동차, 평상형 트럭에 실려있는 큰 기계 몇 대를 제외하고 거의 비어있었다.

랭던은 다시는 못 보게 될까 두려웠던 그것을 주차장 출입구를 50미터쯤 앞두고 바라보았다.

'햇빛.'

주차장 저 끝에 벙커의 아치형 입구가 경사진 진입로로 이어졌다. 조금 전 내부에서 봤던 직원 세 사람이 경사로를 서둘러 올라가더니 이내 시야에서 사라졌다. 랭던과 캐서린도 그 입구로 뛰어가는데 햇빛이 점점 흐려지면서…… 입구도 작아지기 시작했다.

'저 사람들이 문을 닫고 있어!'

"잠깐! 기다려!"

랭던이 소리쳤지만 경고음의 불협화음 속에 묻혀버렸다.

아무래도 문을 통과하지 못할 것 같았다. 아직 20미터가 남았는데 햇빛이 점점 가늘어지더니 이내 아예 사라졌다. 문이 쿵 소리를 내며 닫혔다. 그들은 안에 갇히고 말았다.

 세 개 층 아래서 격렬하게 몸부림치는 정신 질환자처럼 끈에 묶인 채 저항하던 핀치는 움직임을 멈췄다. 그는 투명한 EPR 포드의 덮개 너머를 믿기지 않는 눈빛으로 멍하니 올려다보았다. 반구형 천장을 빙글빙글 돌며 비추는 비상등 불빛이 덮개에 가려 흐릿해 보였다.

 시설 전체에 울리는 경보음으로 미루어 보아 두 가지는 짐작할 수 있었다. 첫째, 그를 공격한 자의 마지막 말이 사실이라는 것. '나는 헬륨 밸브를 잠갔고…… 환풍구도 봉했다.' 둘째, 문지방과 그 안에 있는 모든 것이 파괴되기 직전이라는 것.

 'SMES가 과열되고 있구나.'

 이곳에 초전도 자기 에너지 저장 시스템을 설치한 것은 핀치의 아이디어였다. 이 시설을 운영하려면 어마어마한 전력이 필요한데, 엄청난 에너지를 소비한다는 사실을 외부에 노출하지 않으려면 그렇게 하는 게 최선이었다. 지역 전력 회사의 관심을 끌 일이 없이, 24시간 내내 전력망에서 눈에 띄지 않을 만큼 낮은 초전도 코일 안에 전력을 당겨다 축적해 두고 필요할 때마다 사용했다.

 '사고 없이 꾸준히 전력을 공급하는 설비지.'

 그것은 매우 안정적이고 안전한 기술이었다. 대부분 기술이 그렇듯 누군가 그걸 무기로 쓰겠다고 결심하지 않는 한 그랬다.

 '스파이를 완전히 막을 수 있는 장치는 없어.'

 핀치는 곧 죽게 될 것임을 알았다. 지금까지 살면서 어떤 결정을 해야 하거나 갈림길에 설 때마다 늘 그랬듯 이번에도 초연하고 냉정하게 사실을 받아들이기로 애써 마음먹었다. 자신을 죽이려는 자의 정체를 알고 나니 고전 신화 속에 갇힌 것처럼 느껴지기도 했다.

'창조주를 죽이러 돌아온 괴물.'

프라하의 역사 속 골렘은 그에게 반어법적 의미를 갖게 됐다.

저 아래 SMES의 상태를 생각하면 이제 몇 초 남지 않았다. 곧 엄청난 폭발이 일어날 것이다.

'지하 깊은 곳에서…… 어마어마한 압력이 폭발하겠지.'

고막이 파열되기 전 핀치가 마지막으로 들은 건 그의 몸을 덮은 포드 덮개가 탁탁 소리를 내며 부서지는 소리였다. 다음 순간 그의 시점은 반구형 천장으로 쭉 상승했는데 영혼이 육신을 벗어나 로켓처럼 치솟는 것인지, 아니면 바닥 전체가 하늘로 솟구치는 것인지 알 수 없었다. 어느 쪽이든 그는 고통을 느끼지 않았다……. 그의 육신이 울부짖는 하얀 바람에 조각조각 찢기는 동안에도 아무렇지 않았다.

충격파가 지하 감옥에서부터 어마어마한 힘으로 분출됐다. 충격파가 찰나에 반구형 방의 바닥을 찢고 문지방 저층을 따라 측면으로 뻗어나갔다. 양자 컴퓨터 실험실부터 시작해 그 위의 연구 및 기술 개발실, 의료 센터, 수술실을 모조리 없애고 있었다. 가스 구름이 나갈 곳을 찾아 줄곧 팽창하면서 사방으로 퍼져나갔다.

잠시 후 가스 구름은 길을 찾아냈다.

미 해병대원은 어지간해서는 당황하는 일이 없었다.

스콧 커블 하사가 해병대에서 복무하면서 이토록 평정심을 잃은 적은 처음이었다. 지금껏 본 적도, 상상해 본 적도 없는 장면이 눈앞에 펼쳐졌다.

크루시픽스 바스티온으로 이어지는 진입로 옆 나무 몇 그루 사이에 숨겨진 대사의 SUV를 찾아낸 커블은 어떻게 된 상황인지 의아해하며 능선에 서있었다. 그런데 발아래 땅이 격하게 흔들리기 시작했다.

처음에는 지진인가 했는데 한 번 크게 흔들리고 나더니 땅 밑이 깊게 울렸다. 눈 덮인 폴리만카 공원을 내려다본 그는 예상과는 전혀 다른 일이 벌어졌다는 걸 깨달았다.

공원 한가운데가 서서히 위로 부풀어 오르기 시작했다. 마치 지하에 숨어있던 거대한 짐승이 세상을 찢고 나오려는 듯 땅이 크고 둥근 언덕처럼 부풀었다. 땅이 점점 더 크게 부풀면서 쌓여있던 눈이 아래로 흘러내렸다. 그러다 우레가 치듯 짜작 소리가 나면서 하얀 가스가 땅을 뚫고 간헐 온천처럼 수십 미터 위로 치솟았다.

증기 기둥이 공원 위 하늘로 솟구치는 광경을 보며 깜짝 놀란 커블은 뒤로 휘청했다. 귀가 먹먹해지는 거대한 소음이 저 아래서 터져 나와 몇 초 동안 지속되다가 가라앉았고…… 산처럼 솟구쳤던 땅도 내려앉았다.

그는 믿기지 않는 눈으로 황폐해진 공원을 내려다보며 앞으로 천천히 걸어갔다. 폴리만카 공원 한가운데에 깊은 분화구가 생겨났다. 구덩이에는 돌무더기와 치솟는 먼지가 가득했다.

잠시 후 지독한 추위가 공원에서부터 퍼져나갔다.

그리고 마치 마법처럼, 주변의 공기가 결정화되더니 온통 정제 설탕 같은 고운 눈송이로 변했다.

117

폭발이 일어나기 몇 초 전, 강화 처리된 주차장 문이 닫히고 그 안에 갇히게 된 랭던과 캐서린은 살려달라고 외쳤다. 다급해진 랭던은 근처 세단의 운전석 문을 열어젖히고 경적을 울려댔지만 엄청나게 큰 경고음에 소리가 묻히고 말았다.

어차피 상관없었다. 랭던은 공기 변화를 감지했다……. 깊게 울리는 첫 번째 충격파와 함께 귓속 압력이 달라졌다.

문지방에서 벌어진 일…… 이제 *바로 지금* 이곳에서 벌어지고 있었다. 랭던은 이 주차장이 폭발을 피할 수 있을 만큼 시설 중심에서 멀리 떨어져 있기를 바랐다.

"앞좌석에 타!" 캐서린이 세단의 뒷문을 열고 올라타며 소리쳤다. 랭던은 운전석으로 훌쩍 뛰어 올라탔다. 둘은 동시에 차 문을 세차게 닫았다. "벨트 매고 엎드려……."

차창이 폭발하고 차 안으로 놀랄 만큼 차가운 바람이 몰려 들어왔다. 바로 옆에서 고속 열차가 지나가는 듯, 엄청난 힘으로 밀어닥친 허리케인이 삽시간에 조명을 죄다 꺼뜨리고 세단을 장난감처럼 들어 올렸다. 순식간에 어둠 속에서 거꾸로 뒤집혀 바닥을 올려다보는가 싶더니, 그들이 탄 차가 주차장 바닥을 데굴데굴 굴러갔다.

"캐서린!"

귀청이 떨어질 듯한 폭풍 속에서 랭던이 소리쳤다. 차가 옆으로 구르는 동안 그는 온 힘을 다해 운전대를 잡고 버텨냈다.

전투기의 배럴 롤(전투기에서 조종사가 기체를 수평으로 회전시키는 기동—옮긴이)은 구심력이 작용해 조종사를 좌석에 고정하기 때문에 가장 부드러운 기동으로 분류된다.

랭던은 그 말이 사실이라는 것을…… 적어도 2분 동안 실감했다.

그리고 충격이 왔다.

세단이 고정된 무언가에 충돌하면서 갑자기 회전을 멈췄다.

랭던은 앉은 자리에서 튕겨 나가 *어딘가에*…… 엎어지고 말았다. 멍하고 정신이 없었다. 캄캄한 어둠 속에서 지독한 추위가 느껴졌다. 그의 뇌가 몸 상태를 **빠르게** 파악했다. 지금 이 통증은 사지가 뜯겨 나가서가 아니라 자상과 타박상 때문인 듯했다. 폭발의 충격은 가해질 때만큼이나 **빠르게** 가라앉았다. 경고 사이렌 소리도 덩달아 잦아들었다.

귀가 왕왕 울렸고, 빛이 없는 탓에 방향을 구분할 수가 없었다. 매서운 추위가 그들을 내리덮었다. 그는 여전히 차 안에 있다는 걸 알 수 있었다.

"캐서린?"

대답하는 목소리에 힘이 없긴 했지만 아주 가까이에서 들렸다.

"여기 있어."

랭던은 안도했다.

"괜찮아?"

"모르……겠어. 당신이…… 나를 누르고 있어."

그제야 랭던은 자기가 캐서린의 몸 바로 위에 엎어져 있는 걸 알아챘다. 그는 조심스럽게 무게 중심을 옆으로 옮기고 몸을 굴렸다. 깨진 안전유리 파편에 어깨가 닿자 통증이 느껴졌다. 그는 다시 몸을 움직여 파편이 없는 곳을 찾았다. 주변을 확인해 보니 그들이 대피소로 택한 이 차는 위아래가 뒤집힌 상태였고 그들은 차 천장에 누워있었다.

랭던은 꿈틀거리며 어둠 속을 손으로 더듬다가 부서진 창문 프레임을 찾았다. 하지만 그 구멍이 너무 작아서 빠져나갈 수가 없었다. 그는 손으로 이리저리 더듬다가 더 큰 구멍을 찾아냈다. 앞유리창 아니면 뒷유리창이 있던 자리 같았다. 그는 한쪽 틀을 붙잡고 앞으로 몸을 끌어당기며 단단한 주차장 바닥으로 미끄러지듯 나갔다.

바닥이 성에 같은 것으로 뒤덮여 있어 미끄럽고 차가웠다. 그는 엎드린 채로 몸을 돌려서 방금 나온 구멍을 향해 최대한 차분하게 말했다.

"캐서린, 이쪽이야." 캐서린이 많이 다치진 않았는지 걱정됐다. "내 손 보여? 몸은 괜찮아?"

어둠 속에서 캐서린이 움직이는 소리가 들렸다. 그는 계속 말을 걸면서 그녀가 나와야 할 방향을 알려주었다. 마침내 서로의 손이 닿았다. 캐서린의 손가락은 몹시 차가웠고 충격 탓에 손을 덜덜 떨고 있었다. 그는 그녀를 조심스럽게 끌어당겨 차에서 꺼내주었다. 차에서 나오자마자 일어선 캐서린이 그를 두 팔로 부둥켜안았다.

그렇게 서로를 안고 있는데 랭던은 예전에 춥고 캄캄한 곳에서 그녀를 안았던 기억이 떠올라 기시감을 느꼈다. 그녀가 무사한 것을 확인하니 안도감이 밀려왔다. 캐서린이 속삭였다.

"가방을…… 잃어버렸어……. 바인더가……."

"괜찮아."

그는 캐서린을 더욱 꼭 끌어안았다.

'우린 살아있어. 그거면 돼.'

랭던은 무슨 일이 일어났는지, 피해 규모가 어느 정도인지 짐작도 할 수 없었다. 하지만 앞으로 미국 정부는 한동안 오만 질문에 대답해야 할 것이다. 운이 좋다면, CIA가 랭던과 캐서린에게 관심을 둘 여유가 없을 것이었다.

'핀치는 아마 죽었겠지.'

그자의 죽음은 전혀 슬프지 않았다. 랭던이 느끼는 슬픔과 죄책감은 다른 상처 입은 영혼, 즉 골렘 진흙 가면을 쓴 남자…… 말 그대로 흙에서 나와 그들의 목숨을 구해준 남자에게로 향해있었다.

핀치가 정체를 물었을 때 그 침입자는 차분히 대답했다. '넌 사샤의 믿음을 배신했다……. 나는 사샤의 수호자다.'

랭던은 사샤 베스나를 생각했다. 그녀는 지금 어디 있을까. 이 도시 어딘가에 살아있기는 한 걸까. 캐서린과 함께 온전히 여길 빠져나가면 사샤를 찾아 *도와줘야겠다*고 마음먹었다. 사샤는 그런 도움을 받을 자격과 필요가 있을 뿐 아니라, 랭던과 캐서린은 그들의 목숨을 구해준 남자에게 빚을 갚아야 했다.

남자는 자기를 '사샤의 수호자'라고 불렀다.

'그 남자가 죽었다면 이제 사샤를 돕는 건 우리의 도덕적 의무야.'

"저기 좀 봐." 캐서린이 랭던의 어깨에 손을 얹으며 어둠 속에서 그를 돌려세웠다. "저기."

랭던은 실눈을 뜨고 어둠 속을 응시했지만 아무것도 보이지 않았다.

"어디?"

"바로 앞."

캐서린은 그의 몸을 잡고 오른쪽으로 약간 돌렸다.

그제야 보였다.

저 멀리 가라앉는 부연 먼지 사이로, 어둠을 뚫는 햇빛이 보일 듯 말 듯 빛나고 있었다.

여느 평범한 날 같으면 프라하를 뒤흔든 지진은 네이글 대사의 걱정거리 목록 중 상위에 올랐을 것이다. 하지만 지금은 달랐다. 방금 느낀 진동은 CIA 저드 국장과의 대화에 비하면 사소할 문제일 뿐이었다.

"수갑 풀어." 국장은 전화가 연결되자마자 경비단 소속 해병대원들에게 명령했다. "방 밖으로 나가서 보초 서도록 해. 아무도 드나들지 못하게 하고."

해병대원들은 지시를 따랐고 네이글은 수갑을 푼 채 혼자가 됐다. 저드가 목소리를 낮추고 말했다.

"펀치가 어디로 뛸지 몰라. 이 상태를 보호 구치라고 생각하면 좋겠군."

더 이상 자세한 설명 없이 CIA 국장은 네이글이 영상에서 들은 게스네르의 끔찍한 자백과 관련해 독백하듯 하나하나 정당화하기 시작했다. 그렇게 한바탕 자기 입장을 떠들어 댄 후 저드는 카메라 쪽으로 몸을 기울였다. 그는 극도로 진지한 얼굴로 애원하듯 말했다.

"우리는 무기 경쟁을 하고 있어, 하이디. 적들은 나날이 강해지고 위협적으로 변해가고 있어. 어떻게 하면 미국을 거꾸러뜨릴지를 늘 계획해. 자칫 대참사를 불러일으킬 수도 있을 정도야. 우리는 일이 터지기 *전에* 그들에 대해 알아야만 해. 문지방 프로젝트는 우리 정보기관이 다가오는 폭풍에 맞서 이 나라의 생존을 위해 갖춰야 하는 기술적 우위를 상징해. 만약 우리가 인간 정신과 관련된 기술에서 앞서나가지 못하면 다른 누군가가 *치고 나가겠지*……. 그럼 우리는 관찰자가 아니라 관찰당하는 입장이 되는 거야."

그 말을 들으며 네이글은 생각했다.

'케케묵은 주장이네. 어차피 누군가 해야 한다면 우리가 하는 게 낫다는 주장.'

역사상 가장 위험하고 윤리적으로 의심스러웠던, 원자폭탄 제조를 해야 한다는 주장도 그와 비슷하게 정당화하는 논리를 기반으로 삼았다. 윤리적, 정치적 논쟁을 떠나서 미국이 *제일 먼저* 폭탄을 가져야 한다는 논리는 결국 끔찍한 전쟁을 야기했고 그 후 50년 동안 미국은 초강대국으로 군림했다……. 목적이 수단을 정당화한다는 것을 설득력 있게 보여주는 예시였다. 하지만 이것은 전혀 다른 얘기였다.

네이글은 세상이 이 영상을 어떻게 받아들일지 상상이 되지 않았다. 이 영상은 충격적인 기밀 기술의 존재를 알릴 뿐 아니라, 끔찍하고 용서할 수 없는 사실마저 드러낼 것이다. 미국이 러시아인 정신 질환자들을 잡아다가 실험했다는 사실이었다. 그중 한 명인

드미트리 시세비치는 실험 과정에서 사망한 것으로 보였다.

'CIA는 국장부터 시작해서…… 호된 비판을 받게 되겠지.'

저드가 말했다.

"자네도 짐작하겠지만 In-Q-Tel은 문지방 프로젝트에 관여하고 있지도 않아. 내가 그럴듯한 구실로 핀치를 런던 사무실에 배치하긴 했지만, 그냥 운영 지원이나 하라고 했던 건데 그 친구가 선을 넘었어." 국장은 후회한다는 표정이었다. "핀치한테 그렇게 많은 권한을 주지 말았어야 했는데."

네이글의 등 뒤에서 문을 세차게 두드리는 소리가 들렸다. 대사관 경비단의 해병대원이 문 안으로 고개를 들이밀며 동요한 표정으로 말했다.

"대사님? 방해해서 죄송합니다. 대사님께 비상 전화가 왔습니다."

'지금 이미 비상 전화를 받고 있잖아.'

네이글은 소리치고 싶었다.

"누군데?"

"커블 하사입니다. 폴리만카 공원 지하에서 대규모 폭발이 있었다고 합니다."

118

 폭발의 진원지에서 300미터 떨어진 곳, 크루시픽스 바스티온으로 연결되는 지하 트램 터널은 더 이상 전원이 공급되지 않고 조명도 켜지지 않지만 크게 손상되지 않은 채 원래 모습을 유지하고 있었다. 문지방 시설 입구 바깥의 작은 플랫폼은 파편과 먼지투성이였다.

 레일이 깔린 콘크리트 터널 바닥에 쓰러져 있던 그가 부스스 움직였다.

 완벽한 어둠 속에서 골렘은 천천히 무릎을 바닥에 대고 일어섰다. 운 좋게 살아남은 모양이었다. 문지방에서의 탈출은 계획대로 되지 않았다. 그는 트램에 도착하기 직전 폭발의 여파로 콘크리트 터널 안쪽으로 날아갔다.

 이제 문제는 이 지하 무덤에서 **빠져나갈** 방법을 찾는 것이었다. 뒤는 완전히 파괴되어 잔해로 틀어막혔다. 앞은 칠흑 같은 어둠 속으로 길게 뻗어나간 터널이었다. 그리로 갔다가는 터널이 언제 압력파로 인해 무너질지 알 수 없었다. 크루시픽스 바스티온으로 연결되는 승강기 수직 통로가 온전하게 남아있는지도 모르는 상황이었다. 골렘은 몹시 지친 상태였지만 여기서 죽을 수는 없었다.

'탈출해서 사샤를 풀어줘야 해.'

골렘은 사샤를 생각하며 마음을 다잡았다. 터널 벽을 찾아 손을 대고 어둠 속으로 나아가기 시작했다. 손으로 벽을 짚으며 일정한 속도로 발을 옮겼다. 충격파의 영향으로 부서진 파편이 떨어져 있는 울퉁불퉁한 바닥을 통굽 장화로 밟으며 걸어가는데, 한 걸음 옮길 때마다 다리가 점점 무거워지는 듯했다.

'수호천사는 잠을 잘 수 없어.'

타박상을 입은 랭던과 캐서린은 덜덜 떨면서 어두컴컴한 주차장에서 조금씩 앞으로 나아갔다. 여기저기 흩어져 있는 박살 난 차들과 콘크리트 덩어리 사이에서 유일하게 빛이 보이는 곳을 향해 걸어갔다. 부연 먼지가 차츰 가라앉으며 빛이 조금씩 밝아졌다.

마침내 그 빛에 다다른 랭던은 주차장의 커다란 미닫이문이 레일에서 분리된 것을 볼 수 있었다. 패널 아래쪽이 바깥으로 휘면서 틈새가 약간 생겼다. 랭던은 웅크린 채 그 사이로 바깥을 내다보았다. 몇 미터 앞에 경사진 진입로가 보였다.

바깥으로 나가면 무엇이 있을지 알 수 없었지만, 랭던은 먼저 나가기로 했다. 일단 바닥에 모로 누워 틈새에 머리부터 집어넣었다. 생각보다 틈이 좁아서 반쯤 나갔을 때 밀실 공포증이 밀려왔다. 다급해진 그는 몸을 마구 흔들어 엉덩이를 빼낸 다음 몸을 굴려 엎드린 채 밖으로 나갔다.

자유로워졌다는 안도감도 잠시, 시선을 들고 보니 검은 제복 차림의 군인 두 명이 그에게 자동 소총을 겨누며 서있었다.

'오늘 일진이 왜 이러지.'

랭던이 미처 알리기도 전에 캐서린이 이미 틈새로 나오고 있었다. 날씬한 그녀는 랭던에 비해 훨씬 수월하게 진입로로 빠져나왔다. 캐서린이 고개를 드는 순간 두 번째 군인이 그녀에게 총을 겨누며 소리쳤다.

"신분을 밝혀라! 당장!"

랭던은 눈을 가늘게 뜨고 주변을 둘러보았다. 걱정한 대로였다. 이곳은 두 사람이 몇 시간 전 보았던 경비가 삼엄한 건설 현장 입구로, 삼각형 담장으로 둘러쳐진 안쪽이었다.

"신분을 밝혀!" 군인이 다가오며 다시 말했다. "정확히……."

"물러서!" 미국식 억양의 위엄 있는 목소리가 진입로 위쪽에서 소리쳤다. 푸른 제복 차림의 위풍당당한 미국 해병대원이 경사로를 따라 성큼성큼 내려왔다. "그 두 분은 나와 함께 오신 분들이다!"

놀란 경비병들이 랭던과 캐서린한테서 한 걸음씩 물러섰다. 해병대원이 그들보다 계급이 높은 모양이었다. 그들은 짧게 얘기를 나눴고, 두 경비병은 신분을 확인하려다가 제지당한 것을 불쾌해하는 기색이 역력한 채로 경사진 진입로 위쪽으로 물러갔다.

총구가 자신들을 향하지 않게 된 것만으로도 다행이라 여기던 랭던은 문득 더 심각한 상황에 놓이게 된 것은 아닌지 긴장했다.

'이 해병대원은 누구지? CIA 소속? 핀치의 패거리 중 하나일까?'

경비병들이 자리를 떠나자 해병대원의 엄중한 태도가 누그러졌다. 그는 꼿꼿한 자세와 어울리지 않는 상냥한 표정을 짓고 그들의 손을 잡아 일으켜 세워주었다.

"랭던 교수님…… 솔로몬 박사님. 저는 네이글 대사님 밑에서 일하는 스콧 커블이라고 합니다."

랭던은 그 말이 사실이길 바라며 말했다.

"대사님을 당장 만나야겠습니다."

해병대원이 대답하려는데 조금 전 경비병 중 하나가 진입로를 도로 내려와 그들 셋이 모여있는 모습을 카메라로 찍고 다시 물러나면서 어딘가로 전화를 걸었다. 커블이 나지막하게 욕을 하고는 말했다.

"두 분을 당장 여기서 모시고 가야겠습니다."

랭던이 물었다.

"대사관으로요?"

"그 얘기는 차 타고 가면서 하시죠." 커블은 진입로를 걸어 올라가기 시작했다. "따라오세요."

'그 얘기라니?'

그 말에 랭던은 두 배는 더 경계심이 들었다.

"어디로든 가기 전에 네이글 대사와 먼저 얘기하고 싶습니다."

랭던의 말에 캐서린도 맞장구를 쳤다.

"나도 같은 생각이에요. 만약 우리가……."

"잘 들으세요." 해병대원은 다정한 태도를 버리고 그들에게 가까이 다가와 말했다. "조금 전 대사님이 CIA 국장 명령으로 구금됐습니다. 아마 두 분이 국장의 다음 목표물일 겁니다."

119

대사관 세단 운전석에 앉은 스콧 커블은 강을 끼고 북쪽으로 차를 몰았다. 왔던 길을 되짚어가고 있었다. 반대 방향에서 구조대 차량들이 줄지어 폴리만카 공원으로 향하는 모습을 보며 커블은 생각했다.

'구조할 게 아무것도 없을 텐데.'

뒷좌석에 앉은 랭던과 캐서린은 침묵을 지켰다. 자신들은 살아남았지만 황폐해질 정도로 파괴된 그곳을 보고 줄곧 망연자실한 채 말이 없었다. 폴리만카 방공호는 이제 돌과 흙, 부서진 콘크리트, 뒤틀린 강철로 채워진 몇 개 층 깊이의 구멍만 남았다.

커블은 그런 흔치 않은 폭발을 일으킨 게 무엇인지 짐작조차 할 수 없었다. 그가 파악할 수 있는 건 불이나 열기는 없이 냉기만 가득했다는 점이었다. 소련 시대에 만들어진 그 방공호에서 지난 2년 동안 미 육군 공병단이 재건 작업을 하고 있었다. 그 안에 폭탄이 있을 리 없었다.

뒷좌석에서 랭던이 물었다.

"우리를 어디로 데려가는 겁니까?"

'좋은 질문이네요.'

커블은 아직 큰 그림을 그리지 못했다. 다만 네이글 대사와 CIA 국장 저드가 힘겨루기 중이며, 그 싸움에 랭던과 캐서린이 관련되어 있다는 것은 알고 있었다.

폭발 후 커블은 서둘러 절벽을 내려가면서 네이글에게 전화를 걸어 그녀의 안전을 확인했다. 네이글은 국장과 통화 중이라고 했다. 커블이 방금 일어난 진동은 지진이 아니라 폴리만카 공원 지하에서 일어난 폭발이라고 전하자 네이글은 이상하게도 랭던과 솔로몬의 소재부터 물었다. 그러고는 현장으로 가서 그들을 찾으라고 지시했다.

대사와 CIA 국장 사이에서 무슨 얘기가 오가는지 알 수 없지만 커블은 한 시간 전 네이글의 외교 행낭을 대사관 밖으로 몰래 빼낼 때부터 이미 누구 편에 설 것인지 결정했다. 국장이 커블 자신을 포함해 대사와 가장 가까운 직원들까지 동원해 대사관 구석구석을 수색하라고 즉시 명령한 것을 보며 그는 판단이 적절했다고 생각했다.

'내가 외교 행낭을 갖고 있었으면…… CIA 손에 넘어갔을 거야.'

일단 대사관으로 차를 몰고 있었지만, 이 세단이 추적당하고 있을지도 몰랐다. 커블은 네이글이라면 분명 랭던과 솔로몬이 CIA 국장의 손에 넘어가는 것을 결코 바라지 않을 거란 확신이 들었다. 뒷좌석의 미국인들이 그에게 해주지 않은 말도 많을 것이다.

랭던은 이런 상황에서도 놀랄 만큼 준엄한 목소리로 말했다.

"우리를 내려주시죠. 자세히는 말할 수 없지만…… CIA 국장이 구금까지 했으니 지금 대사님은 큰 위험에 처해있을 겁니다."

'큰 위험이라고?'

커블은 그레고리 저드 국장이 국가 보안이 걸린 문제에서 일절 타협이 없는 인물이라는 명성을 익히 들어 알고 있었다.

'설마 국장이 대사님을 해치기까지 할까?'

커블은 국장이 찾으려고 혈안이 된 외교 행낭이 있다는 사실을 말하려다가 대사의 명령을 떠올렸다. '아무에게도 말하지 마.'

랭던이 말했다.

"대사님이 이 사태에서…… 목숨을 유지하고 정치적으로도 살아남으려면 그분을 도울 수 있는 건 하나밖에 없습니다. 난 그걸 찾을 수 있어요."

대담한 주장이었다. 이 남자는 자기가 하는 말이 옳다고 믿는 듯했다.

"그게 뭡니까?"

"물건이 아니라 *사람*이에요."

커블은 시선을 들어 백미러를 통해 랭던 교수와 눈을 마주쳤다.

"누굽니까?"

"사샤 베스나라는 여자요. 대사님이 이 폭풍을 무사히 헤쳐나가기 위해 필요한 모든 게 사샤의 머릿속에 들어있습니다."

'로버트가 사샤를 찾을 방법을 알고 있다고?'

캐서린은 랭던이 허풍을 치는 건가 싶어 겁이 났는데, 그가 확신을 갖고 고개를 끄덕이는 모습을 보고 솔직히 말하고 있다는 것을 알았다.

'사샤를 찾으면 모든 일을 해결할 수 있다……'

캐서린이 폭발 중에 잃어버린 바인더보다 훨씬 더 결정적인 증거, 문지방 프로젝트가 존재했었다는 반박할 수 없는 증거가 바로 사샤였다. 뇌 스캔 한 번만으로도 이 최첨단 뇌 임플란트가 실재하며, CIA가 젊은 러시아인 정신 질환자를 속여 실험 대상자로 만들었다는 사실을 증명할 수 있을 것이다.

문지방 시설이 파괴되어 안 그래도 위태로웠던 그들의 입장이 더욱 위험해졌으니, 사샤를 찾아내는 게 지금은 무엇보다 중요했다. CIA는 지금쯤 진화 국면에 접어들었을 것이다. 그들이 잘못을 저질렀다는 증거는 죄다 폴리만카 공원 지하에 파묻혔으니 서둘러 일을 마무리 지으려 손을 쓸 게 분명했다.

'CIA는 로버트와 나를 처리하려 들겠지. 사샤 베스나와 드미트리 시세비치에게 그랬던 것처럼.'

캐서린은 문지방 시설에서 본 기괴한 망토 차림의 남자를 떠올렸다. 그 남자는 자기가 '사샤의 수호자'라고 했는데 아마 그가 바로 시세비치일 것이다. 사샤와 같은 정신병원에 있었던, 짙은 색 머리카락의 러시아인 뇌전증 환자. 얼핏 그 남자의 의료 기록을 보고 그가 죽었다고 생각했는데, 지금 보니 다른 상황이 전개된 듯싶었다. 그 남자는 그들의 손아귀에서 벗어나 탈출한 것 같았다. 상황이 어떻든 드미트리 시세비치만큼 그 지옥 같은 시설을, 그에게 말도 못 할 공포를 안긴 그 장소를 없애고 싶은 사람은 없었다.

정신 질환도 관계가 있을 거라고 캐서린은 생각했다.

'그 남자는 얼굴에 진흙을 발랐고 자기 목숨을 걸고 문지방을 파괴했어.'

드미트리는 원래 앓고 있던 정신 질환이 있었을까, 아니면 침습적 뇌 수술을 받고 억지로 환각제를 투여받게 되면서 정신 질환이 유발되었을까. 어느 쪽이든 드미트리 시세비치는 멀쩡한 상태가 아니었을 것이다.

'사샤는 안전한 곳에 있다'라고 그 남자는 말했다.

캐서린이 물었다.

"로버트, 사샤를 어디 가면 찾을 수 있는지 진짜 알아?"

"추측해 봤어. 사샤가 가있을 만한 곳은 한 군데뿐이야……. 사샤를 찾으려면 우선 그 여자의 아파트에 가봐야……."

커블이 나섰다.

"사샤 베스나는 그 집에 없습니다. 제가 그 집에서 해리스의 시신을 발견했는데 베스나는 한참 전에 그 집을 떠나고 없었습니다. 우리 팀은 신속하게 해리스의 시신을 수거하고 아파트 문을 잠근 뒤 떠났습니다."

"그렇군요. 하지만 나는 그 안에 들어가야 합니다. 도움이 될만한 게 거기 있어요. 사샤의 아파트엔 어떻게 들어갔죠?"

"동료인 다나 다네크가 그 집 열쇠를 갖고 있었습니다."

"미친 새끼고양이 열쇠고리?"

커블이 어깨 너머로 그를 힐끗 돌아보며 물었다.

"어떻게 아십니까?"

"내가 그 열쇠를 다네크 씨한테 줬으니까요. 그 열쇠를 도로 받아와야겠어요."

"그럴 필요 없습니다. 다나는 그 열쇠를 안 갖고 있어요."

랭던은 속으로 욕을 하며 물었다.

"그럼 누구한테 있죠?"

커블은 주머니에 손을 넣더니 자그마한 물건을 랭던에게 휙 던졌다.

"교수님이요."

'프라하에서 거대한 폭발이 있었다고?'

조너스 포크먼은 컴퓨터에 뜬 《뉴욕 타임스》 속보를 미친 듯이 확인했다. 그 폭발은 그저 우연일 뿐이라고 스스로를 달랬다. 랭던이 폭발 현장 근처에 있는 건 통계적으로 가능한 일 같지 않지만, 그 친구는 툭하면 말썽의 진원지에 가있곤 해서 사람을 불안하게 만드는 구석이 있었다.

랭던한테서 이메일이 오고 한 시간이 넘도록 별다른 소식이 없었다. 속에서 치받아 오르는 걱정을 밀어낼 길이 없어 포크먼은 프라하의 포시즌스 호텔로 전화를 걸어 랭던의 방으로 연결해 달라고 부탁했다.

위아래로 막힌 터널의 어둠 속을 터벅터벅 걸어가던 골렘은 문득 발걸음에 따른 울림 소리가 달라진 것을 알아챘다.

'덜 울려……. 열린 공간으로 나왔구나.'

손으로 벽을 더듬어 보니 튀어나온 턱이 느껴졌다. 다행히 그는 드디어 크루시픽스 바스티온 지하의 트램 플랫폼에 도착했다. 돌출된 그곳은 눈높이 정도였는데 생각보다 높아서 몸을 끌어 올려야 했다.

무거운 망토와 통굽 장화를 벗어서 발밑에 뭉쳐놓았다. 그것을 밟고 올라가 팔을 뻗어 도드라진 턱을 만져보며 높이를 가늠했다. 팔꿈치와 팔뚝을 플랫폼에 걸치려면 그 자리에서 높이 뛰어야 했다.

'이곳에서 빠져나가야 해. 사샤의 목숨이 달려있어.'

골렘은 다시 한번 다짐하며 몸을 움츠렸다가 온 힘을 다해 뛰었다. 가까스로 턱에 팔을 걸칠 수 있었다. 힘 빠진 다리를 버둥거려 위로 들어 올리고 그곳에 발꿈치를 걸었다. 중력과 고갈되어 가는 체력을 버티며 금속 플랫폼 위로 기어 올라간 그는…… 그대로 쓰러지고 말았다.

1분 정도 눈을 감고 심호흡하며 누워있었다.

다시 눈을 뜬 골렘은 어둠 속에…… 작게 빛나는 동그라미가 떠 있는 것을 보았다.

'터널 끝에 빛이 있네.'

그것은 크루시픽스 바스티온의 승강기 버튼이었다.

120

캐서린은 랭던과 함께 대사관 세단에서 조심스럽게 내려 찬바람이 몰아치는 구시가지 광장 근처에 섰다. 랭던의 요청에 따라 커블 하사는 그들을 이곳에 내려주고 대사관으로 돌아가기로 했다.

'로버트가 생각한 대로 돼야 할 텐데.'

차 안에서 랭던은 이 해병대원과 이상하게 거리를 두면서 사샤의 위치를 정확히 말하지 않으려 했다. 그저 도움이 될만한 무언가를 찾으러 사샤의 아파트로 가야 한다고만 말했을 뿐이었다. 커블은 상황이 상황이니만큼 말조심을 하는 랭던을 이해하는 것 같았다.

'CIA 국장도 사샤 베스나를 찾으려고 하겠지. 커블이 심문을 받더라도 아는 게 없으면 말할 게 없을 거야.'

커블과 함께 있는 게 더 안전하겠지만 그는 대사관으로 돌아가야 했다. 그 해병대원은 네이글 대사의 유일한 협력자인 듯했다. CIA 국장으로부터 어떻게든 네이글을 지키려면 그가 대사관에 가 있어야 할 것이다.

커블은 차창을 내리고 서둘러 작별 인사를 하며 말했다.

"대사님이 두 분의 노고에 감사할 겁니다. 어디로 가시든 행운을 빕니다."

랭던이 말했다.

"이해해 줘서 고맙습니다."

"민감한 정보를 보호하는 운영 보안 구획화 전략이죠. 해병대원이 되실 걸 그랬네요."

"무슨 그런 무서운 말씀을."

랭던은 차창 안으로 손을 내밀어 커블과 악수했다.

"하사님 직통 번호를 받았으니 뭐든 찾으면 바로 연락드리죠."

캐서린이 이어서 말했다.

"사샤를 찾으면 안전한 곳으로 데려갈게요. 그러면 대사님에게도 스스로를 방어할 수 있는 무기가 생기는 셈이에요."

"그렇게 되길 바라야죠. 군법회의는 비상시면 주말에도 열려서 휴일을 망쳐놓거든요."

커블이 떠나자 랭던은 캐서린에게 한 팔을 두르고 혼잡한 광장을 함께 가로질렀다. 그들은 한옆으로 빠져 아치길을 지나 좁은 골목 몇 개를 통과했다. 광장의 소음이 멀어지고 비로소 둘만 있게 되었다고 여긴 캐서린이 물었다.

"어떻게 된 거야? 우리 어디로 가는 거야? 사샤는 어디 있어?"

"사샤의 아파트로 가고 있어. 사샤는 그 집을 떠난 적이 없어. 떠날 수도 없고. 그 안에 있어."

캐서린은 우뚝 멈춰 섰다.

"아까 그 해병대원이 사샤는 그 집에 없다고 했잖아."

"잘못 안 거야."

"법의학팀이 그 아파트를 수색했다고 했는데!"

"그래. 하지만 아파트 전체를 수색하진 않았어."

"이해가 안 돼."

"곧 알게 될 거야." 그는 손을 내밀었다. "가자."

캐서린은 랭던을 따라 프라하의 마을 광장을 둘러싸고 미로처럼 뻗어있는 깊숙한 골목으로 향했다.

랭던이 사샤를 따라서 오늘 아침에 가봤던 길을 그대로 되짚어 가는 모습을 보며 캐서린은 생각했다.

'이 사람 기억력은 정말 대단하다니까.'

골목이 점점 좁아졌다. 희미해지는 오후의 햇살에 자갈로 된 골목에 짙은 그림자가 드리워졌다.

"여기야."

마침내 랭던은 지금까지 지나온 집들과 다를 게 없는, 평범한 출입문 앞에 섰다.

"확실해?"

건물에는 번호나 표식이 없었다.

랭던은 문 옆 창문을 가리켰다. 캐서린은 그녀를 지켜보고 있는 네 개의 눈동자를 확인하고 깜짝 놀랐다. 샴고양이 두 마리가 주인을 기다리는 듯 바깥을 열심히 내다보고 있었다. 여기가 사샤의 집인 건 알겠는데, 고양이들을 보니 랭던이 왜 사샤가 여기 있다고 확신하는지 더욱 의문이 들었다.

"로버트, 저 고양이들은 사샤가 집에 오길 기다리는 것처럼 보이는데."

"맞아. 고양이들도 사샤가 여기 있는지 모르거든."

캐서린은 그 말도 이해가 안 됐다.

랭던은 주변을 손으로 가리켰다.

"이 골목을 잘 봐. 오늘 아침에 사샤네 현관문 아래로 쪽지가 들어왔다고 말한 거 기억하지? 그 쪽지가 들어오고 몇 초 만에 내가 바로 이 골목으로 달려 나왔어. 그런데 쪽지를 전한 사람이 안 보이는 거야. 불가능한 일이지. 사람이 허공 속으로 사라질 수도 없고."

캐서린은 골목을 둘러보며 생각했다.

'그러게. 숨을 곳이 없는데.'

"생각해 보니까 답은 간단하더라고. 쪽지를 넣어둔 사람은⋯⋯ 여길 떠나지도 않은 거였어. 편리한 은신처로 숨었지."

캐서린은 혼란스러워하며 주변을 두리번거렸다.

"어디로?"

"바로 여기."

캐서린은 랭던의 손가락을 따라 시선을 들었다. 랭던이 가리킨 곳은 사샤의 집 바로 위층 창문이었다. 창문은 전부 묵직한 나무 덧문으로 막혀있었다.

"이 아파트 위층이야. 게스네르는 1층과 2층을 전부 소유하고 있었고, 병든 어머니와 주로 2층에서 생활했다고 말했어. 사샤에게 1층을 빌려줬으니 2층은⋯⋯ 비어있겠지."

캐서린은 덧문으로 창문을 가린 텅 빈 아파트, 그리고 누군가—아마 드미트리이지 않을까—사샤의 아파트 현관문 아래로 쪽지를 밀어 넣고, 랭던이 쓸데없이 골목을 살피는 동안 조용히 위층으로 올라가는 모습을 상상했다.

'가능한 얘기지⋯⋯.'

랭던은 건물 공동 현관 앞으로 걸어갔다. 두툼한 나무로 된 그 문은 사선 무늬가 들어갔고 방충망도 달려있었다. 그는 주머니에서 미친 새끼고양이 열쇠고리를 꺼내 공동 현관문을 열고 우중충한 실내로 캐서린을 안내했다.

수수한 로비로 들어가서 보니 사샤가 이곳을 자기 집으로 삼고 잘 꾸며놓은 것을 확인할 수 있었다. 사샤의 집은 로비 바로 오른쪽이었는데 화분 식물, 등나무 화환, 그리고 '앞발과 뒷발을 잘 닦아주세요'라고 적힌 도어매트가 놓여있었다.

로비 뒷벽에는 작은 창고가 하나 있었는데 그 안에는 낡은 판지 상자들이 천장까지 가득 쌓여있었다. 캐서린은 랭던이 그리로 걸어가 상자에 가슴이 닿을 정도로 그 앞에 바짝 몸을 밀착하는 모습을 의아한 눈빛으로 바라보았다. 그는 벽감의 구조를 살피듯 위를 올려다보더니 고개를 끄덕이고는 캐서린에게 따라오라고 손짓했다.

캐서린이 다가가자, 랭던은 오른쪽으로 옆걸음질 해 상자와 벽감 벽 사이의 공간으로 들어가 모습을 감췄다. 워낙 눈에 띄지 않아서 있는 줄도 몰랐던 틈새였다. 깜짝 놀란 캐서린은 비좁은 입구를 통과해 바로 따라 들어갔다. 상자 더미를 끼고 왼쪽으로, 다시 왼쪽으로 빙빙 돌아가자 랭던이 나타났다. 상자들 사이로 흘러드는 희미한 햇빛 덕분에 여기가 좁은 계단실 아래임을 알 수 있었다. 저 위쪽은 캄캄했다.

'여긴 창고가 아니라 계단실이야.'

"이 로비를 처음 봤을 때는 2층으로 올라가는 계단이 없는 걸 미처 몰랐어. 나중에 생각해 보니까 계단이 있어야 하겠더라고. 별도의 계단 문도 없고, 두 집 모두 이 로비를 통해 드나들어야 하는 구조야. 누군가 사샤의 집 현관문 아래로 쪽지를 밀어 넣자마자 흔적도 없이 사라지려면 이런 구조여야겠지."

캐서린은 고개를 끄덕였다.

"몇 걸음 만에 숨을 수 있었겠네. 영리한걸."

"맞아. 내가 페트르진 전망대로 달려 나가고 나서 그 남자는 숨어있던 곳에서 나와 사샤의 아파트로 들어갔을 거야. 사샤를 설득해 위층으로 보냈거나 아니면 못 움직이게 묶어놨을 수도 있어. 어느 쪽이든 그자는 해리스를 죽이는 모습을 사샤가 못 보게 하려고 위층에 데려다 놨을 거야."

'간단하고 깔끔하네.'

캐서린은 고개를 끄덕였다.

"대사관 직원들은 여기서 해리스의 시체를 발견했는데, 사샤가 없으니 현장에서 도망친 거라고 생각했겠네."

"맞아."

"저 집으로는 어떻게 들어가려고?"

캐서린은 위층을 눈짓으로 가리켰다.

"문을 두드려서 사샤가 내 목소리를 듣게 할 거야."

"그게 계획이야? 약물에 취해서 당신 목소리를 못 들으면? 묶여 있어서 현관으로 나올 수 없으면?"

랭던이 미간을 찌푸리며 말했다.

"플랜 B가 있어."

랭던은 어둑한 계단을 올라가기 전에 전등 스위치를 켰지만 불이 들어오지 않았다. 캐서린은 천장의 빈 조명등을 가리켰다.

"전구가 없어."

캐서린이 사샤의 집에 먼저 들어가서 손전등을 가져오자고 말하려는데 랭던은 이미 어둠 속으로 올라가고 있었다. 비좁은 계단실에서 어서 벗어나고 싶어 하는 듯했다.

랭던이 비좁은 공간을 질색하는 것처럼 캐서린도 어둠을 싫어했지만, 어쩔 수 없이 따라가야 했다. 부서질 듯한 난간을 단단히 잡고 계단을 올라간 캐서린은 손을 이리저리 뻗어 랭던을 찾았다. 그는 캄캄하고 좁은 층계 위 공간에 서서 하나뿐인 문을 바라보고 있었다. 그가 문을 두드리며 소리쳤다.

"사샤? 여기 있어요?"

문 너머는 조용했다. 그는 더 세게 두드렸다.

"사샤? 로버트 랭던입니다! 무사해요?"

여전히 반응이 없었다.

랭던은 문을 밀어보았지만 잠겨있었다.

몇 번 더 두드린 후 문에 귀를 대고 10초 정도 조용히 기다렸다. 그는 뒤로 물러나 고개를 흔들었다.

"안에서 아무 소리도 안 들려. 사샤가 무사해야 할 텐데."

"플랜 B는 뭔데?" 어둠 속에서 캐서린이 물었다. "쇠 지렛대나 망치 같은 걸 찾아야 해?"

"그것보다는 간단한 방법이지." 랭던은 생각을 말로 하듯 중얼거렸다. "게스네르는 위아래 아파트를 둘 다 소유하고 있었고 아픈 어머니와 위층에서 살았어······."

그는 어둠 속에서 문손잡이를 자세히 들여다보았다.

캐서린은 눈을 가늘게 뜨고 그가 뭘 하는지 지켜보았다.

"열쇠를 따려고?"

"아니."

그가 손을 이리저리 움직였고 잠시 후 딸깍 소리가 들렸다. 랭던은 손잡이를 살짝 들어 올리고 문을 가만히 밀었다. 문이 열렸다. 캐서린은 그를 바라보았다.

"어떻게 한 거야?"

랭던은 미친 새끼고양이 열쇠고리를 들어 보였다.

"게스네르는 여기 살았고 위아래층 아파트를 모두 소유했어. 모친은 아팠지. 그렇다면 두 개 층 모두를 열쇠 하나로 열고 잠그는 게 간단하고 편하지 않았겠어?"

'그러네. 어차피 2층은 비어있으니까 사샤가 1층에 들어와 살더라도 자물쇠를 바꿀 이유가 없었겠지.'

문이 안쪽으로 삐거덕 열렸다. 집 안은 빛 한 줄기 없이 캄캄했다. 창문을 묵직한 나무 덧문으로 죄다 막아놓았으니 이상한 일도 아니었다. 캐서린은 문틀 안으로 손을 뻗어 더듬더듬 전등 스위치를 찾았다. 스위치를 딸깍 켜자마자 두 사람은 놀라 뒷걸음질 쳤다. 그들 앞에는 너무나 이질적인 세상이 펼쳐져 있었다.

텅 빈 집 안을 기괴한 보라색 불빛이 가득 채우고 있었다.

121

골렘은 진흙을 바른 얼굴을 거울에 비춰 보았다. 다시는 못 보게 될 얼굴이었다. 끝이 가까워졌다. 다행히 그가 생각한 끝맺음이 되었다.

'나는 골렘이야. 내 시간이 거의 다 됐어.'

게스네르의 연구소로 무사히 올라온 그는 크루시픽스 바스티온 지하 1층에 있는, 작은 연구실의 화장실 안에 서있었다.

세면대 앞에 선 그는 이마에 거칠게 새긴 히브리어 글자 세 개를 바라보았다. 땀과 먼지로 희미해졌어도 강력한 고대 글자의 의미는 그대로였다.

אמת

진실.

골렘은 이 순간이 오리라는 것을 늘 알고 있었다.

'진실은 죽음이 된다.'

랍비 예후다 뢰브가 수 세기 전 자기가 만든 흙 괴물을 죽여 자유로이 풀어준 것처럼, 골렘은 두꺼운 흙덩어리를 검지로 눌러 맨 오른쪽 글자 '알레프'를 뭉갰다. 자아를 잃은 느낌에 들기 시작했다. 그는 손가락을 아래로 내리 긁어 그 글자가 사라질 때까지 진흙을 벗겼다.

고대의 약속에 따라 그의 이마에는 이제 완전히 다른 글자가 남아있게 됐다.

מת

그 히브리어 단어의 의미는 '죽음'이었다.

골렘은 겉으로는 달라진 게 없었지만 내면의 자아, 영혼, 의식이…… 변하는 것을 느꼈다. 빌린 이 몸에서 그는 마지막으로 분리되기 위한 준비를 하고 있었다.

골렘은 무수히 죽어보았다. 앞으로도 그의 본질은 여전히 남아있을 것이다. 다만 이번 죽음은 약간 다른데, 이번에 맞는 죽음은 그가 선택한 것이기 때문이었다.

'나는 그녀를 살리기 위해…… 이 세상에 왔다. 나는 그녀가 살 수 있도록…… 여길 떠날 것이다.'

오늘 그는 무수한 것들의 죽음을 보았다.

문지방의 죽음.

사샤를 고문하던 자들의 죽음.

그리고 곧 골렘 자신의 죽음을 보게 될 것이다.

거울에서 고개를 돌리고 옷을 마저 벗기 시작했다. 옷을 다 벗은 그는 연구실의 비상용 샤워 부스로 걸어 들어가 샤워기를 틀었다.

미지근한 물이 지친 머리와 어깨에 닿자 기운이 회복되는 느낌이 들었다.

그는 변화를 받아들이며 시선을 내렸다. 창백한 피부를 타고 진흙물이 흘러내렸다. 긴 회색 물줄기가 마지막으로 나선형을 그리며 배수구로 흘러 내려갔다.

122

로버트 랭던은 자체적으로 빛을 내는 듯한 아파트 안으로 조심스럽게 발을 들여놓았다. 그는 눈앞에 펼쳐진 광경을 이해하려고 애썼다. 자외선램프 빛이 2층 공간을 밝히고 있었고, 흐릿한 보라색 연무 외에는 아무것도 없었다. 벽, 바닥, 천장 모두 오로지 검은색으로 칠해져 있었다. 한쪽 구석에 싸구려 의자와 테이블이 하나씩 있고 그 테이블 위에는 물이 반쯤 담긴 유리잔이 놓였다.

'누가 여기 살기는 하는 건가?'

랭던은 잠시 후에야 이 아파트에 사는 불가사의한 입주자가 드미트리 시세비치인 것 같다고 결론을 내렸다. 그러고 나니 답이 맞지 않는 질문이 잔뜩 쏟아졌는데, 어쨌든 그 남자는 여기로 돌아올 것 같지 않았다.

'그 남자는 문지방 시설 아래에 묻혔을 거야.'

사샤는 자기 집이 위층의 이 버려진 것이나 다름없는 아파트와 같은 열쇠로 여닫힌다는 사실을 몰랐을 것이다. 드미트리는 알았을 테지만.

'자칭 사샤의 수호자라고 했으니…… 사샤의 아파트에 드나들 수 있었겠지.'

이 생각을 하니 랭던은 소름이 돋았다.

그는 집 안으로 들어가며 소리쳤다.

"사샤? 로버트 랭던입니다! 여기 있어요?"

대답이 없었다. 집 안 공기는 퀴퀴했고, 그와 캐서린이 돌아다니자 바닥이 삐걱거렸다.

캐서린이 소리쳐 불렀다.

"사샤!"

이 집은 사샤가 살고 있는 1층 아파트와는 달랐다. 비좁기는 마찬가지였지만. 랭던과 캐서린은 내부를 꼼꼼하게 확인했다. 주방에는 아무것도 없었다. 냉장고에는 큼직한 포데브라트카 미네랄워터 두 병뿐이었다.

침실 바깥의 작은 벽장에는 옷걸이 세 개만 달랑 걸려있었다.

랭던은 이 아파트가 사람이 거주하는 곳이 아니라 간간이 들르는 괴상한 은신처처럼 느껴졌다.

캐서린이 스위치를 똑딱거리며 말했다.

"침실에 불이 안 들어와."

랭던이 옆으로 다가가며 말했다.

"사샤?"

대답이 없자 그는 캐서린 옆을 지나 어두운 침실 안으로 들어갔다. 두 팔을 벌리고 조금씩 앞으로 나아가면서 창문이 손에 닿기를 바랐다. 덧문이라도 열면 될 것 같았다. 중간쯤 갔는데 그의 발이 바닥에 있는 부드러운 무언가를 밟았다. 쿠션이나 매트 같았다.

뒤에서 치익 소리와 함께 유황 섞인 성냥 냄새가 풍겼다. 돌아보니 캐서린이 낮은 탁자 앞에서 웅크린 채 초 여러 개에 불을 붙이고 있었다. 촛불이 켜지자 탁자 위에 제단처럼 차려진 초 세 개와 말린 꽃이 보였다. 그 위의 벽에는 여자의 사진이 걸려있었다.

랭던은 사진 속 금발 여자를 바로 알아보았다.

"맙소사……. 사샤야."

그는 캐서린에게 이렇게 말하며 그 기괴한 제단 앞으로 걸어갔다. 사샤를 향한 드미트리의 애정은 거의…… 집착에 가까운 듯했다. 랭던은 '사샤의 수호자'라던 그자의 말을 곱씹으며 퍼즐 조각을 맞춰보았다.

"이거 봐."

캐서린이 바닥 한가운데 놓인 큼직한 매트리스를 가리켰다.

"여기서 가끔 잔 건가."

랭던이 말했다.

"아닌 것 같아, 로버트. 이건 잠을 자는 용도가 아니야. 베개도 없고 이불도 없어. 그리고 저기 볼 *재갈*이 있어."

그랬다. 매트리스 위에는 검은 플라스틱 공에 쇠사슬와 머리 고정 끈이 달린 물건이 놓여있었다. 네오프렌 고무로 만든 것 같은 부드러운 재질의 공에는 위플볼처럼 구멍이 뚫려있어서 그걸 입에 문 사람이 숨을 쉴 수 있게 되어있었다.

"여기 혹시…… 섹스를 위한 방인가?"

랭던의 물음에 캐서린이 답했다.

"이 볼 재갈이 섹스를 위한 용도인 것 같지는 않아. 뇌전증 발작이 일어났을 때 치아와 혀를 보호하는 용이지."

그 말을 듣고 놀란 랭던은 그의 강의실에 갖춰진 구급상자에서 PATI 발작 대비용 입 보호 기구를 봤던 기억을 떠올렸다. 이 볼 재갈의 구멍 뚫린 공도 같은 용도로 쓰일 수 있을 것 같았다.

캐서린이 말했다.

"드미트리는 뇌전증 발작이 일어났을 때를 대비한 안전한 장소로 이 방을 썼을 거야. 베개가 있으면 질식할 위험이 있고 이불이 있으면 목에 감기겠지. 그 사람한테는 여기가 가장 안전한 곳이야. 입에 볼 재갈을 물고 있으면 특히 더 안심이 될 테고."

랭던은 게스네르가 준 발작 대비 금속 막대를 소지한 드미트리가 발작을 미리 막지 않고 이런 도구를 썼다는 게 의아했다. 그러다가 문득 뇌전증 환자들 중에는 발작 후 정신이 맑아지고 행복감을 느낄 수 있어서 몸은 힘들어도 거기에 의미를 두고 발작을 감수한다는 이들이 있다는 사실을 떠올렸다. 그렇다면 드미트리의 뇌전증 발작 대비용 막대는 양쪽 세계의 좋은 점을 모두 취할 수 있게 해 주는 장치였다.

'이렇게 안전하고 통제된 환경에서 발작하면 되니까……. 언제 어디서 발작할지를 자기가 정했겠군.'

확실한 것은 사샤가 여기 없다는 점이었다. 이제 화장실만 확인하면 됐다. 캐서린이 침실의 초에 붙인 불을 끄는 동안 랭던은 복도를 걸어갔다. 가서 보니 역시 화장실과 욕조는 비어있었다. 드미트리가 사샤를 어디 숨겼는지 몰라도 이 아파트는 아니었다.

화장실 조명등도 이 아파트의 나머지 공간과 마찬가지로 자외선 램프라서 세면대와 욕조까지 하얗게 발광했다. 이상하게도 세면대 위에 거울은 없고 벽에 나사 구멍만 남아있었다.

세면대 옆 선반에는 손거울, 팔레트 나이프, 믹싱볼, 흰색 고무 모자 더미가 놓였다. '울트라머드'라는 공연용 화장품 세 통도 발견했는데 이 화장품 통의 라벨에는 갈라진 진흙을 잔뜩 바른 배우의 무시무시한 얼굴 사진이 담겨있었다. 진흙을 얼굴에 바른 그 분장법이 눈에 익었다.

화장실을 둘러보던 랭던의 시선이 세면대 아래 쓰레기통 안에서 빛나고 있는 무언가에 꽂혔다. 흰 수건을 뭉쳐서 버려놓은 것 같았다. 그리고 피…… 그것도 다량의 피가 묻어있는 듯했다.

깜짝 놀라 쓰레기통을 들어 세면대에 내용물을 쏟아놓고 보니 잘못 본 거였다. 세면대에는 수건이 아니라 진흙이 묻고 구겨진 흰 고무 모자가 놓여있었다.

'피가 아니구나.'

그는 안도했다. 보라색 불빛 때문에 색을 잘못 본 것이다.

그런데 그 모자를 살펴보던 랭던의 눈에 불빛에 반짝이는 무언가가 포착됐다. 고무 모자에 붙어있는 작은 섬유였다. 그 섬유는 너무 얇아서 자외선램프 빛을 받아 스스로 발광하지 않았으면 랭던의 눈에 띄지 않았을 것이다.

'진짜 그게 맞나……'

그는 손을 뻗어 그것을 모자에서 조심스럽게 떼어내 램프 빛 가까이 가져갔다. 그가 보고 있는 그것의 정체는 틀림이 없는데, 그게 왜 여기 붙어있는지 이해되지 않았다.

'이건 말도 안 돼.'

그러다 그는 뜻밖의 상황 전개에 두려움을 느꼈다.

'설마……'

랭던이 기호학 수업을 할 때 자주 하는 격언이 있었다. '관점을 달리하면 숨겨진 진실이 드러날 때가 있다'는 말이었다. 이 말은 랭던이 지금껏 경력을 쌓아오는 과정에서 좌우명이 되어주었다. 남다른 시각으로 흩어진 조각들을 꿰어보는 능력 덕분에 그는 다른 사람들이 놓치는 진실을 보곤 했다.

손가락 끝에 쥔 자그마한 그것을 들여다보는 지금도 진실을 발견하는 순간이 아닌가 싶어 두려웠다.

랭던은 갑작스레 휘청하며 중심을 잡느라 세면대를 한 손으로 짚었다. 그는 지금까지 모은 퍼즐 조각을 마음의 눈으로 쭉 둘러보았다. 퍼즐 조각들이 쫙 갈라져 허공에서 이리저리 돌다가 다시 연결되어 지상으로 내려왔다. 그의 머릿속에서 하나씩 재조립된 퍼즐 조각들이 새로운 그림을 이루었다.

'맙소사……. 내가 어떻게 이걸 놓쳤지?'

그것은 감히 상상하기도 힘든 개념이었다. 그는 본능적으로 그게 진실임을 알았다. 대부분의 순전한 진실이 그렇듯, 그것으로 모든 질문에 대한 답이 나오고…… 모든 변칙이 해결되었다. 그것은 그동안 줄곧 랭던의 눈앞에 있었다.

그가 중얼거렸다.

"비국소적 의식……. 캐서린이 옳았어."

화장실에서 뛰쳐나온 랭던이 문간을 나서며 말했다.

"내가 놓친 게 있어! 일단 가자. 이따가 설명할게!"

서둘러 그를 쫓아가던 캐서린이 속으로 물었다.

'뭘 놓쳤다는 거야?'

캐서린이 그 집 문을 벗어날 때쯤 랭던은 이미 어두컴컴한 계단을 달려 내려가고 있었다. 아래층으로 내려가서 보니 그는 사샤의 집 현관문 앞에 깔린 도어매트 앞에 무릎을 굽히고 문짝 아래를 손으로 더듬고 있었다.

'뭐 하는 거지?'

"로버트, 우리한테 집 열쇠가 있는데……."

"이건 말도 안 돼!"

그는 소리치며 벌떡 일어나 주머니에 손을 넣더니 종이쪽지를 꺼냈다. 아침에 사샤의 집 현관문 밑으로 들어왔다는 종이쪽지였다.

캐서린은 랭던이 문 밑으로 그 쪽지를 밀어 넣으려고 몇 번이나 시도하는 것을 황당한 눈빛으로 바라보았다. 종이는 밖에서 들어오는 냉기를 막기 위해 문 밑에 설치된 두툼한 틈새막이에 걸려 안으로 들어가지 못했다.

"*가능한 게 아니었어.*" 랭던은 드디어 일어섰다. "여기서 틈새막이를 봤는데 알아채지 못 했어. 애초에 밖에서 현관문 아래로 이 쪽지를 넣을 수가 없었던 거야!"

"그건 알겠는데 그게 무슨……."

"모르겠어, 캐서린? 이 쪽지는 문밖에서 들어온 게 아니야……. 이 쪽지를 문 밑에 둔 사람은 줄곧 집 안에 있었어!"

캐서린은 소름이 확 돋았다.

'이미 집 안에 들어와 숨어있었구나.'

"현관 벽장에……."

캐서린은 나지막하게 말하며 머릿속에 그려보았다. 짙은 색 머리카락의 러시아인이 조용히 때를 기다리다가…… 벽장에서 나와…… 현관문 아래에 쪽지를 놓아두고…… 문 안쪽을 두드린 후…… 재빨리 벽장으로 다시 들어가는 모습. 놀라운 속임수였다. 사샤와 로버트 둘 다 깜빡 속았다.

랭던이 창백해진 얼굴로 말했다.

"아니, 벽장 안에 있었던 게 아니야."

캐서린은 그가 이토록 어이없어하는 모습은 처음 보았다.

"벽장 안에는 *아무도* 없었어. 은신처는…… 훨씬 독창적인 곳이었어." 그가 떨리는 목소리로 중얼거렸다. "어떻게 내가 이걸 몰랐을까……."

"뭘 몰랐다는 거야? 무슨 소린지 모르겠어."

랭던이 일어섰다.

"당신이 어제저녁에 강의하면서 언급했던 내용이야." 랭던은 캐서린의 눈을 바라보며 설명했다. "비국소적 의식의 증거라고 했잖아……. 우리 뇌가 수신기로 작용한다는 증거. 만약 그 부분이 손상되면 신호에 혼란이 오고……"

"갑작스러운 서번트 증후군 말이야? 이해가 잘 안 되는데……."

"아니! 당신이 그 말을 한 *직후*에 한 얘기!"

캐서린은 강연 내용을 쭉 돌이켜 보았다. 그러다 랭던이 무슨 뜻으로 말하는 건지 느낌이 왔고, 잠시 후 그가 무슨 얘기를 하려는지 짐작했다.

"아…… 로버트…… 설마……."

"화장실에서 이걸 찾았어." 그는 엄지와 검지로 그 자그마한 것을 들어 보여주었다. "그 남자가 쓰고 버린 흰색 고무 모자 안쪽에 이게 끼어있었어."

캐서린은 랭던이 손가락 끝으로 쥔 것을 보았다.
그의 말대로라면 지금까지 그들이 골렘의 정체에 대해 추측한 것은 전부 틀렸다.

123

 크루시픽스 바스티온 연구실의 샤워 부스에 증기가 가득 차올랐다. 골렘은 고개를 젖히고 얼굴에 와닿는 매끄러운 물의 감촉을 즐겼다. 손바닥으로 뺨을 부드럽게 문지르며 살에 붙은 마른 진흙이 마저 깨끗이 떨어지는 것을 느꼈다……. 골렘의 마지막 흔적이 쓸려 내려가고 있었다.

 손으로 머리를 쓸어 넘기려던 그는 너무 지친 나머지 고무 모자를 벗지 않고 여전히 머리에 쓰고 있다는 걸 깨달았다. 피부에 딱 붙는 모자의 끄트머리를 손가락 끝으로 잡아서 이마 위로 벗겨냈다. 모자가 머리 뒤로 벗겨지면서 어쩔 수 없이 두피에서 머리카락 몇 가닥이 뽑혀 나갔다.

 골렘은 모자를 바닥에 떨어뜨리고 두피를 부드럽게 문질렀다. 숱 많은 머리카락 사이로 물이 흘러들어 남아있는 진흙을 마저 헹궈 냈다. 나선을 그리며 배수구로 흘러내리는 물이 완벽하게 깨끗해진 후에야 그는 샤워 부스에서 나갔다.

 수건으로 몸을 감싸고 세면대 앞에 서서 거울에 비친 자기 모습을 오랜만에 보았다.

그를 바라보는 눈은 충혈되고 지쳐있었다……. 폭력적인 과거로 인해 얼굴에는 상처가 나있었다. 예쁜 얼굴이 아니라는 걸 알지만, 그가 부여받은 얼굴이었다.

'이 얼굴에도 아름다움이 있어.'

시간이 흐르면서 골렘은 이 얼굴과…… 순진한 눈동자를 감싸며 어깨로 흘러내리는 금발을 사랑하게 됐다. 휘어진 코도 이제는 매력적으로 보였다. 그는 성소 벽에 걸어둔, 촛불 위의 사진을 떠올리며 미소 지었다. 그는 거울 속 존재에게 속삭였다.

"사샤, 당신이 나를 알면 좋을 텐데."

거울 속 금발 여성은 대답하지 않았다.

사샤의 몸은 이 방에 있지만 사샤는 아무 소리도 듣지 못했다. 골렘이 그녀를 잠과 같은 텅 빈 공간에 가둬두었기 때문이다. 그곳에서 사샤는 아무것도 모르고, 심지어 자기 자신도 모르는 채로 더없이 행복하게 존재했다.

그들은 이 물리적 형태를 공유했지만 골렘은 이미 오래전에 우위를 점했다. 언제나 이 육신을 지배하면서 사샤가 무엇을 목격하고, 기억하고, 이해해야 하는지를 신중하게 골랐다. 사샤를 보호하고, 사샤의 온화한 영혼을 지키기 위해서였다. 그는 그녀의 고통을 담아두는 금고이며, 그녀를 위해 싸우는 군대였다.

'당신이 나를 불러냈어, 사샤……. 나는 응답했고.'

골렘은 러시아의 정신병원에서 고통을 견디다 못한 사샤의 영혼이 우주를 향해 간절히 도움을 청한 그 끔찍했던 순간을 잊지 못할 것이다.

'내가 태어난 순간이었지…….'

그 순간을 기억하는 이들은 거의 없지만, 골렘은 또렷이 기억했다. 그는 어느 순간 갑자기 의식 속으로 들어와 깨어났다. 그는 무자비하게 폭행당하고 있는 몸속에 갇혔다는 걸 알고 공포를 느꼈다. 두려움과 분노가 차올라 그는 본능적으로 일어섰다. 그리고 이 몸에는 원래 없던 힘의 원천을 소환해 공격하는 자의 목을 졸랐다. 사샤의 야간 담당 간호사의 시체를 내려다보며 서있는 동안 골렘은 처음으로 자신의 공허한 목소리를 들었다.

"나는 당신의 수호자야, 사샤. 이제 당신은 안전해."

사샤의 집을 나와 로비에 선 캐서린 솔로몬은 랭던의 말을 듣고 떠올린 온갖 불안한 생각들을 정리하느라 여념이 없었다. 랭던의 말대로 어제저녁 캐서린의 강연에 갑작스러운 서번트 증후군에 관한 내용이 있었던 것은 사실이었다. 손상된 뇌가 다중 신호를 받게 되는 그 상태는…… 비국소적 의식의 명백한 증거였다.

또한 랭던의 말대로 캐서린은 그 후에 두 번째로 중요한 현상에 대해서도 언급했다.

"갑작스러운 서번트 증후군과 관련된 흥미로운 상태가 하나 더 있습니다. 이 상태도 다중 신호를 받을 수 있는 뇌의 능력과 관련이 있죠. '해리성 정체감 장애'라는 의학 용어로 불리는 이 현상은 흔히 '다중 인격 장애'로 알려져 있습니다. 몸 하나에 여러 개의 인격이 들어있는 심리적 현상이죠."

전 세계에서 보고된 이 현상은 여성에게 흔히 나타나며, 반복된 신체적 학대나 성적 학대에 대응하는 메커니즘으로 발현할 수 있었다. 원래 몸 주인인 '주 인격'을 대신해 트라우마를 견디며 고통을 흡수하기 위해 나타난 두 번째 정체성—일종의 대리 희생자—은 괴로움을 견디고 관련된 모든 기억을 차단해 주 인격이 고통으로부터 '분리'되도록 만들었다.

두 번째 인격은 '다른 인격'으로 알려져 있는데, 격심한 트라우마를 겪는 과정에서 갑작스럽게 분리되어 나타난다. 이렇게 나타난 다른 인격은 몸속에 자리를 잡고 오랜 시간 혹은 평생 머물면서 일종의 수호자 역할을 하기도 했다. 선택적 기억 상실증으로 몸 주인의 가장 어두운 기억을 차단하면서, 깨끗한 상태로 앞으로 나아갈 수 있게 하는 것이다. 흔히 보호자 역할을 하는 다른 인격이 몸을 장악해 *지배* 인격이 되면서, 트라우마를 겪는 대상자가 언제 어떻게 '수면 위로' 안전하게 올라올지를 결정하기도 했다.

해리성 정체감 장애는 1800년대에 처음으로 진단되었으며 당시에는 '이중 의식'이라고 명명됐다. 개인이 다른 의식의 지배를 받는 것처럼 보이는 일종의 몽유병으로, 다른 의식은 원래 몸 주인의 허락 없이 행동을 수행하는데 몸 주인은 그것을 인지하거나 기억하지 못했다.

역사상 가장 잘 알려진 두 가지 특별한 사례가 있는데, 매우 꼼꼼하게 기록되어 있어서 베스트셀러인 《이브의 세 얼굴(The Three Faces of Eve)》, 《내 몸 안의 낯선 자들(Strangers in My Body)》, 《시빌(Sybil)》의 토대가 됐다. 물론 이 증상과 관련해 가장 유명한 책은 로버트 루이스 스티븐슨의 《지킬 박사와 하이드》였다.

캐서린은 해리성 정체감 장애의 사례에서 다른 자아가 여럿인 경우가 많다는 것을 알고 있었다. 한 몸에 열두 명 이상의 다른 인격들이 살고 있는 경우도 있었다. 놀랍게도 이 다른 인격들은 하나같이 목소리, 억양, 필체, 재주, 식성, 심지어 성별 인식도 달랐다. 걸음걸이와 선호하는 생활 공간, 앓고 있는 신체적 병, IQ, 시력도 제각각이었다.

'여러 개의 방송국으로부터 동시에 주파수를 수신하는 하나의 라디오……'

다른 자아들이 이렇게까지 극명한 차이를 보이는 일이 어떻게 가능한지를 놓고 정신과 의사들 사이에서 의견이 갈렸다. 일부 회의론자들은 해리성 정체감 장애 환자들이 관심을 끌고 싶어 하는 능숙한 배우일 뿐이라고 비난하기도 했다. 하지만 이 환자들에게 MRI, 거짓말 탐지기, 정교한 질문을 포함해 철저한 검사를 실행했을 때 늘 같은 결과가 나왔다. 한 몸에 정말로 별개의 인격들이 존재했다.

일부 인격들은 한 몸, 즉 '시스템' 안에서 같이 살고 있는 여타 인격들에 대해 인지했는데, 이렇게 인지하는 인격들은 '공동 의식'이라 불렸다. 반면에 시스템이 존재한다는 것조차 모르고 몸 안에 자기 혼자만 있다고 믿는 인격들도 있었다. 강한 인격들이 정신 안에서 '우세'를 점하고 전면에 나서서 다른 인격들을 차단하면 기억에 구멍이 생기는 현상이 발생했다.

랭던과 함께 우중충한 로비에 선 캐서린은 그가 고무 모자에서 떼어낸 금발 머리카락을 멍하니 바라보았다. 그의 결론은 충격적이지만…… 논리적이었다.

'로버트는 골렘과 사샤가 동일 인물이라고 생각하는 거야.'

랭던의 결론대로라면 사샤를 찾는 일은 더 이상 불가능했다. 사샤의 목숨을 구하려고 나타난 또 다른 인격은 비극적인 최후를 맞이했다. 골렘은 폭발 속에서⋯⋯ 사샤와 함께 죽었다.

골렘은 옷을 다 입고 거울 앞에서 자기 모습을 꼼꼼하게 살펴보았다. 사샤의 이미지는 볼 때마다 낯설지만 이 세상에서 그의 모습은 대부분 이러했다. 사샤처럼 옷을 입고, 매일 아침 사샤가 입는 옷을 입었다.

오늘의 복장은 청바지, 흰 블라우스, 테니스화, 파카였다. 바로 이 순간을 위해 골렘이 사샤의 사무실에 놓아둔 옷이었다. 매력적이지도 않고, 머리카락이 물에 젖어 들러붙어서 안쓰러워 보였지만⋯⋯ 지금 사샤에게 간절히 필요한 건 연민 어린 시선이었다.

'사샤를 도와주세요⋯⋯.'

골렘은 사샤의 삶에서 최선을 다해 묵묵한 파트너 역할을 해왔다. 사샤의 마음 가장 깊은 곳에 숨어, 사샤가 새로운 삶을⋯⋯ 그녀가 마땅히 누려야 하는 삶을 용감하게 살아가는 모습을 지켜보았다. 여느 세심한 보호자들과 마찬가지로 골렘은 때로는 사샤를 지키기 위해 나섰다. 앞으로 나서서 조용히 고삐를 쥐고 사샤의 몸을 장악했다. 그녀의 목소리와 태도를 흉내 내기는 무척 쉬웠다. 이 모든 게 사샤를 보호하기 위해서였다⋯⋯. 위험한 상황, 고통스러운 정보, 준비되지 않은 상태에서 사샤가 해야만 하는 어려운 결정으로부터 그녀를 보호하기 위해 개입했다.

사샤에게는 그런 순간이 삶과 기억의 짤막짤막한 구멍으로 남았다. 차를 운전하다가 어느 순간 목적지에 도착했는데 도중에 멍해져서 언제 그곳에 도착했는지 모르는 느낌과 비슷했다. 사샤는 자기 기억에 가끔 구멍이 나는 것을 그냥 받아들였다. 요즘은 사샤가 어느 때보다 행복했기 때문에 골렘의 개입이 전보다 줄었다.

사샤가 행복해진 이유는 마이클 해리스 때문이었다.

사샤는 사랑에 빠졌다.

잘생긴 법률 담당 직원 마이클 해리스는 어느 날 우연히, 아니 우연인 척 사샤의 삶에 들어왔다. 골렘은 그들이 육체적 관계로 발전하는 게 불편했지만 나서지 않기로 했다. 사샤는 첫사랑을 누릴 자격이 있고, 마이클은 괜찮은 남자 같았으니까.

하지만 얼마 후 속았다는 걸 알게 됐다.

3주 전 골렘은 성소의 헴프 매트리스에 누워 발작 후의 행복감을 누리고 있었다. 그런데 아래층에서 목소리가 들려왔다. 당황한 그는 바닥에 귀를 바짝 대고 소리를 들어보았다. 누군가 사샤의 아파트를 뒤지고 있었다. 옷을 입고 아래층으로 달려 내려가려는데 아래층에서 그 목소리가 말하기 시작했다.

바로 마이클 해리스의 목소리였다.

놀란 골렘은 해리스가 미국 대사와 나누는 전화 통화에 귀를 기울였다. 들어보니 해리스는 검은 속내를 감추고 사샤에게 접근했던 것이고, 사샤가 믿고 의지하는 멘토 브리기타 게스네르 박사도 사샤에게 친절을 베푸는 표리부동한 이유가 따로 있었다.

순식간에 골렘은 사샤가 마침내 찾았다고 여긴 행복한 삶을 재평가했다. 그는 사샤가 광범위한 의학 치료를 받고 있는 것을 알고 있었다. 그동안 그는 브리기타 게스네르 박사가 자애로운 마음으로 사샤의 병을 치료하고, 완벽을 기하기 위해 후속 조치를 하고 있다고 믿었다.

이제 그는 다른 현실에 눈을 떴다. 그 순간부터 그는 사샤의 눈을 통해 늘 지켜보면서 소리를 듣고, 길을 알려주고, 진실을 드러낼 기회를 기다렸다. 어젯밤 골렘은 드디어 그 기회를 포착했다. 게스네르를 연구실에 고립시키고 배신의 증거를 영상에 담았다. 그가 녹화한 게스네르의 자백에는 수술, 뇌 임플란트, 드미트리의 죽음, 환각성 약물, 핀치, CIA, 그리고 그들이 프라하에서 추구하는 진짜 목적 등…… 모든 내용이 담겨있었다.

'문지방은 이제 사라졌어.'

골렘은 기쁜 마음으로 연구실 화장실에서 나와 복도로 향했다. 로버트 랭던과 캐서린 솔로몬이 무사히 탈출했기를 바랐다. 미국인 교수는 오늘 사샤에게 진심으로 다정하게 대해주었고, 그의 과학자 친구는 골렘 같은 존재들만이 가능한 방식으로 우주를 이해할 줄 알았다.

결국 승리로 끝났지만, 그는 오늘 여러 번 뜻밖의 문제에 봉착했다. 첫 번째 문제는 크루시픽스 바스티온에서 우지 경찰들을 만난 것이었다. 두 번째는 랭던이 게스네르의 시신을 보게 된 것이었다. 세 번째는 앞의 두 가지 일로 인해 발생했는데, 바로 그가 게스네르의 연구실에서 뇌전증 발작을 겪은 것이었다.

발작의 문제는 뇌가 재부팅되면서 항상 최초의 디폴트 상태인 사샤로 돌아간다는 거였다. 사샤는 늘 홀로, 취약한 상태로 깨어났다. 발작이 있은 후에는 늘 사샤의 의식이 몸을 지배했고, 그 후 시간이 조금 지나서야 골렘이 다시 온라인 상태가 되어 몸을 지배할 수 있었다. 이런 이유로 그는 성소를 검은색으로 유지했다. 에테르를 받아들이면서 발작하고 나면 사샤가 낯선 방이 아니라 익숙한 어둠 속에서 깨어날 수 있도록 배려한 것이다.

오늘 아침, 게스네르의 시신 옆에서 발작하고 난 후 그는 의식을 밀어붙여 일부러 전면에 나섰다. 그는 로버트 랭던의 품에 안겨있었다. 어쩔 수 없이 문지방 시설로 내려가는 것을 잠시 미룬 골렘은 랭던을 설득해 요새에서 달아나도록 했다. 랭던은 표면적으로 사샤와 함께 달아났다. 하지만 랭던이 눈 덮인 경사면을 밟고 폴리만카 공원으로 내려가는 내내 골렘은 그와 함께 있으면서 사샤의 눈으로 지켜보았다.

사샤의 집에 도착했을 때 해리스가 곧장 아파트로 찾아왔다. 사샤를 가장 잔인하게 배신한 자를 벌할 완벽한 기회가 주어졌다. 골렘은 랭던에게 해를 입히고 싶지 않았기에, 간단한 속임수로 랭던을 아파트 밖으로 내보냈다. 골렘은 현관문 아래에 종이쪽지를 놓아두고 문을 두드린 후 잠시 욕실로 물러가 있었다. 그 쪽지를 발견한 랭던은 양말 바람에 골목으로 달려나갔다. 랭던은 골렘이 사샤의 집 창문을 통해 그를 지켜보고 있다는 사실을 알아채지 못했다.

한 시간쯤 전에 골렘은 이 요새에서 여자 요원에게 공격받았다. 싸우다가 골렘의 가슴에 손을 댄 그 여자의 놀란 표정이 아직도 눈에 선했다……. 사샤의 가슴을 만졌으니 물컹한 느낌을 받았을 것이다.

'난 당신이 생각하는 그런 존재가 아니야.'

마지막 문제는 저 아래 문지방 시설에서 일어났다. 자성 막대를 잃어버린 골렘은 발작을 앞두고 반구형 방에서 안전한 곳을 찾으려 주변을 두리번거렸다. 결국 그가 선택한 것은 그 방에 있는 EPR 포드였다. 포드 안에 충전재가 덧대어 있다는 것을 그는 잘 알고 있었다.

'나는 거기서 무수히 죽었어.'

게스네르가 진행한 실험의 진정한 목표를 떠올린 그는 몸서리를 쳤다. 게스네르는 사샤를 끝까지 밀어붙였다가 다시 데려오기를 몇 번이고 되풀이했다. 그때는 게스네르의 관대함을 믿었기에 그는 최선을 다해 고통을 흡수하면서, 사샤가 힘들거나 두려워하지 않도록 보호했다. 다행히 사샤는 게스네르가 그녀에게 수도 없이 약을 먹이고 휠체어에 태워 문지방을 오가게 하며 수술실과 포드가 설치된 방에서 온갖 실험을 한 것을 기억하지 못했다.

'하지만 나는 기억해.'

그리고 희미한 기억의 조각들이 여전히 그의 머릿속을 맴돌았다.

'또 다른 삶. 그건 이제 과거일 뿐이야.'

이제 미래가 가까워지고 있었다. 그가 사샤를 위해 준비한 미래이자 사샤가 누려 마땅한 미래였다.

'곧 사샤를 자유롭게 풀어주고 나는 사라질 거야.'

이제 이 지하 세계에서 지상으로 올라가…… 미국 대사관으로 가는 일만 남았다.

124

 랭던은 사샤 베스나의 주방에 서서 캐서린과 함께 발견한 사실을 받아들였다. 사샤가 키우는 샴고양이 두 마리가 그의 발목을 휘감으며 애교를 부렸다. 방 안에는 러시아 카라반 티의 향기가 맴돌았다. 어쩐지 이 집이 그에게 낯설게 느껴졌다.
 '오늘 오전에 내가 여기서 이야기 나눈 상대는 진짜 사샤가 아니었을 수도 있어.'
 그 생각을 하면 몹시 불안했다. 하지만 사샤의 정신적 상태는 수많은 의문에 답을 주었다. 골렘이 크루시픽스 바스티온에 출입한 것…… 사샤의 기억 상실…… 위층의 괴상한 아파트…… 그리고 사샤가 그에게 이 아파트 열쇠를 주면서 다시 이곳으로 돌아오라고 한 것까지.
 '내가 해리스의 시신을 발견하고 그 봉투를 대사에게 전하기를 바란 건가?'
 어느 쪽이든 사샤의 정체성을 깨닫고 나니 상황을 명확히 이해할 수 있었다.

아파트를 둘러보던 캐서린이 주방으로 들어오며 말했다.

"문지방 프로젝트가 뇌전증 환자들을 실험 대상자로 삼은 이유가 뭘까? 그 환자들이 유체 이탈을 늘 체험하는 사람들이기 때문일까, 아니면…… 뇌전증 환자들을 데리고 있어야 게스네르가 혹시라도 외부의 의심을 사지 않고 편하게 뇌 수술을 할 수 있기 때문이었을까."

좋은 질문이었다. 랭던은 아마 두 가지 이유 모두 해당할 거라고 생각했다.

"어느 쪽이든 용서받을 수 없는 짓이야. 기록으로 보면 드미트리는 심각한 문제가 벌어져서 죽은 것 같던데."

그들 사이에 긴 침묵이 흘렀다. 랭던은 유치하게 느껴질 만큼 아기자기하게 꾸며진 주방을 둘러보았다.

바닥에 웅크리고 앉은 캐서린이 깔끔하게 잘 관리된 고양이들을 쓰다듬으며 말했다.

"고양이들은 어떻게 하지? 마지막으로 밥을 먹은 게 언제일까?"

그 말을 듣고 랭던은 생각했다.

'그러게. 누가 이 고양이들을 입양해야겠구나.'

그는 싱크대 아래 찬장 문을 열고 고양이 사료 봉지를 꺼냈다.

"내가 할게." 캐서린이 사료 봉지를 받아 들었다. "당신은 전화해."

랭던은 벽에 붙은 유선 전화기 앞으로 가서 스콧 커블이 준 번호로 전화를 걸었다. 신호음을 들으며 그는 커블이 사샤 베스나에 관해 물으면 뭐라고 대답해야 할지 생각했다.

'그 여자를 못 찾았습니다. 그 여자는 문지방 시설에서 죽었어요. 어쨌든 그 여자가 마이클 해리스를 죽이긴 했습니다.'

사샤가 해리스에게 깊이 빠져있던 상황에서 그녀의 수호자는 진상을 깨닫고 그를 혐오했을 것이다. 랭던은 그 점을 이해하려고 애썼다.

'한 몸에 들어있는 두 사람.'

그는 강간을 저지른 혐의로 기소된 윌리엄 밀리건 사건을 떠올렸다. 거짓말 탐지 테스트를 한 결과 밀리건은 범죄를 저지른 기억이 없는 것으로 증명됐다. 알고 보니 그는 스스로 인지 못 한 해리성 정체감 장애 환자였고, 그의 다른 인격 중 하나가 주 인격 모르게 범죄를 저지른 것이었다. 배심원단은 밀리건에게 무죄를 선고하고 정신병원에서 치료받도록 명령했다.

현대적 정신병 치료가 시작되기 전, 다중 인격 장애 증상을 보인 환자들 대부분은 당시 정신 전문가인 신부들을 찾았다. 성당에서는 대개 그런 환자들을 '악마에 빙의되었다'고 진단하면서 '퇴마'라는 치료를 실시했다. 요즘도 정신 질환을 앓는 사람들에게 '퇴마 의식'을 하는 경우가 종종 있었다. 랭던은 그런 걸 보면서 늘 경악했는데, 비국소적 의식에 관한 캐서린의 설명을 듣고 나서부터는 새로운 관점을 갖게 됐다.

'어쩌면 퇴마사는 몸에서 악마를 끄집어내는 게 아니라…… 원치 않는 방송국을 차단해서 몸의 수신기를 재조정하는 일을 하는 것일 수도 있어.'

"커블입니다."

전화선 너머로 익숙한 목소리가 들리자 랭던은 다시 현실로 돌아왔다.

"안녕하세요, 로버트 랭던입니다."

"기다리고 있었습니다, 교수님. 네이글 대사님을 바꿔드리겠습니다."

대사가 전화 통화를 할 수 있는 상태라니 놀라웠다.

'구금된 줄 알았는데.'

대사관에서 상황이 달라진 건가. 곧 대사의 목소리가 들렸다.

"교수님, 두 분이 무사하다는 걸 알고 얼마나 마음이 놓였는지 모릅니다. 스콧에게 들으니…… 거의 죽을 뻔하셨다고요."

"죽음에 바짝 다가갔었죠. 대사님은 CIA 국장의 명령으로 체포되셨다고 들었습니다만?"

"예. 저드 국장이 저의 안전을 위해 임시로 보호하는 차원에서 구금 명령을 내린 거라고 하더군요."

"그 사람을 믿으십니까?"

"믿고 싶네요. 국장은 핀치의 행동이 우려스럽다고 했는데…… 모르겠어요. 어쨌든 마지막 통화 이후 핀치와도 연락이 안 되네요."

랭던이 불쑥 말했다.

"핀치는 죽었습니다. 폭발 직전에 그자가 문지방 시설에 있는 걸 봤어요. 캐서린과 제가 그 시설에서 마지막으로 나왔으니 핀치는……"

"알았어요." 대사는 감정이 격해진 듯 말을 끊었다. "전화로 할 얘기는 아니고, 만나서 얘기하시죠."

"서로 할 얘기가 많을 것 같네요. 대사관이 얘기를 나누기에 안전할까요?"

"잘 모르겠어요. 교수님이 머무는 호텔에서 만나자고 하고 싶지만 너무 뻔한 장소라 우리 안전을 보장 못 할 것 같아요. 아직은요." 대사는 잠시 후 덧붙였다. "드립스톤 벽 아세요?"

"예." 그는 대사가 그런 공개적인 장소…… 유난히 기괴한 느낌이 가득한 곳을 입에 올리자 의아했다. "대사관 근처에 있잖습니까. 하지만 아무래도……."

"최대한 빨리 그리로 오세요."

우지 본부에서 파벨 중위는 개인 물품 보관함에 있던 자기 물건을 마저 챙겼다. 그는 새 상관에게 장시간 조사를 받았고, 좌천과 3개월 수습 휴가로 매듭이 지어졌다.

'난 돌아오지 않을 거야.'

이제 모든 게 달라졌다. 오늘 하루 동안의 기억이 안개 낀 듯 흐릿했다. 다만 얼어붙은 협곡 아래에 죽어있던 삼촌의 모습은 절대 못 잊을 것이다. 삼촌의 죽음은 공식적으로 사고사로 처리됐다. 파벨은 항의하고 싶었지만 그럴 위치가 아니었다. 게다가 야나체크가 저명한 미국인 두 명을 속이면서까지 무리하게 구속했다는 사실을 밝혀낸 미국 대사가 완전히 우위를 차지하고 막아서자 우지는 더 이상 사건을 조사할 수 없었다.

건물을 나선 파벨은 버스 정류장으로 터벅터벅 걸어갔다. 그곳에서 젊은 여자 하나가 버스를 기다리고 있었다. 상냥한 얼굴을 한 그 여자에게 파벨은 억지로 미소 지으며 정중하게 말을 걸었다.

"To je ale zima(날씨가 많이 춥죠)."

여자는 곧장 돌아서더니 버스 정류장 저 끄트머리로 자리를 옮겼다.

파벨은 세상에 혼자 남은 기분이었다.

버스가 도착하자 파벨은 차에 올라타 맨 뒷자리로 갔다. 다른 승객들은 죄다 휴대폰만 내려다보고 있었다. 파벨도 의자에 앉아 핸드폰을 꺼냈다. 습관적으로 가상 데이트 앱 드림 존을 열었다.

몇 건의 새로운 요청이 들어와 알림음을 울렸다. 다른 때 같으면 새로운 가능성이 열린 것 같아 기대에 부풀어 가슴이 두근거렸을 텐데 오늘은 그렇지도 않았다. 그는 차가운 핸드폰을 손에 쥐고 한참 바라보다가 돌연 전원을 끄고 주머니에 넣어버렸다. 눈을 감고 삼촌을 위해 기도하면서 집으로 가는 버스의 웅웅 소리에 귀를 기울였다.

125

 바위들이 녹아내리는 절벽 같은 형상을 한 프라하의 드립스톤 벽은 비현실적인 분위기가 물씬 풍기는 오래된 명소 중 하나였다. 발렌슈타인 궁전 정원에서 10미터쯤 솟아오른 이 신비로운 17세기 조각품은 녹아내리는 용암의 강이 절벽을 타고 흘러내리다 종유석과 둥그런 노두, 무정형의 구멍으로 굳어진 것처럼 보였다.

 공식적인 이름은 그로토이고 지금도 프라하에서 제일 괴상한 장소 중 하나였다. 돌 표면에 유기적인 형체가 섞여서 환상적인 분위기를 자아내, 방문객들은 이 벽을 들여다보면서 기괴한 얼굴을 찾아내기를 즐겼다. 수 세기 동안 성당 관계자들은 이 벽 주변에 유령이 나타나고 악령을 불러들인다며 벽을 허물어 달라고 청원했다. 어떤 관광객들은 이 벽을 구경하고 나서 악몽을 꿨다고 호소했고, 일부 저명한 고위 관리들은 이 벽 앞에 서있기만 해도 속이 울렁거린다고 했다.

 네이글은 그런 사람들과 달랐다.
 그녀는 벽을 올려다보며 생각했다.

'평온하기만 하네.'

오후의 햇살을 받으며 조용히 잿빛으로 빛나는 그로토는 더욱 아름답기만 했다. 무수한 얼굴 사이사이의 구멍과 틈새에 하얀 눈이 끼어있었다.

네이글은 사그라드는 빛 속에서 벽에 형상화된 새로운 얼굴을 바라보았다. 그녀는 건축가가 의도적으로 얼굴 형태의 조각 일부를 실제로 이 벽에 만들었다는 것을 알고 있었다. 그 외에 다른 얼굴들은 네이글의 머리가 만들어 낸 환상으로, '파레이돌리아'(무의미하고 연관성이 없는 이미지에서 의미를 추출하려는 행위—옮긴이)라는 심리적 현상에서 비롯된 것이었다. 뇌는 본래 모호한 윤곽에서 의미 있는 형태를 떠올리는 경향이 있어서 사람들은 구름에서부터 직물 패턴, 수프 그릇, 호수의 그림자에 이르기까지 온갖 사물에서 얼굴을 봤다. 점 두 개와 선 하나만 있으면 모든 인간의 뇌는 같은 것을 연상했다.

CIA에서 일한 네이글은 음모론자들이 일종의 인지적 파레이돌리아를 겪는다고 여겼다. 그들은 실제로 패턴이 존재하지도 않는데 혼란에서 질서를 보았다고 착각하며 미심쩍은 패턴을 머릿속에서 지어냈다.

에버렛 핀치는 그 반대였다. 세상의 질서를 지키기 위한 노력의 일환이었지만, 그는 *실제* 패턴을 포착해 혼란을 조장하는 일에 사용했다……. 핀치가 죽었다는 소식을 듣고 나니 네이글은 형 집행이 유예된 기분이 들었다. 축하할 일도 아니었다. 그녀는 CIA에서 일하면서 단순한 진리를 깨달았다. '선도, 악도 순수한 형태로 존재하지 않는다'는 것. 핀치의 무자비함은 뇌 기술이라는 멋진 신세계에서 발판을 구축하려는 CIA 조직에 대한 깊은 헌신에서 비롯된 것이었다.

"올빼미들은 자나 보네요."

뒤에서 들려온 굵직한 목소리가 드립스톤 벽의 으스스한 표면에 울렸다.

일순간 네이글은 비밀 첩보원의 말을 엿들은 줄 알았다. 뒤를 돌아보니 익숙한 얼굴들이 보였다. 로버트 랭던과 캐서린 솔로몬이 정원의 새장 앞을 지나 이쪽으로 걸어오고 있었다. 발렌슈타인 정원에 사는 올빼미들은 어깨 깃털에 얼굴을 묻은 채 새장 안에서 홰 위에 올라앉아 있었다.

네이글은 미소를 지으며 그들과 악수했다. 항상 그녀를 경호하는 스콧 커블이 어둠 속에서 나와 그들에게 다가왔다. 랭던과 캐서린은 여전히 외투도 걸치지 않은 상태였는데, 다행스럽게도 대사가 자리를 옮겼다.

네이글이 드립스톤 벽 쪽으로 두 사람을 이끌었다.

"따라오세요. 안에 들어가서 얘기하죠."

랭던은 당황한 얼굴로 단단한 절벽을 올려다보았다.

"어디로…… 들어가자는 말씀이신지?"

말없이 앞장서서 벽 아래쪽으로 걸어간 네이글은 작은 나무 문 앞에 섰다. 높이가 1미터를 조금 넘는 그 문은 섬뜩한 해골 형체들에 둘러싸여 있었다. 네이글이 열쇠를 꺼내 그 문의 잠금쇠를 열자 랭던은 더욱 놀랐다.

네이글이 속으로 중얼거렸다.

'미국 대사에게 주어진 특전 중 하나지.'

이 문 너머의 시설을 소유한 부유한 미국인들은 네이글이 은밀한 뒷문을 통해 이 시설을 자주 방문하기를 바라며 그녀에게 열쇠를 빌려주었다. 실제로 네이글은 이곳을 자주 찾았다.

안으로 들어가면서 네이글은 지금 어디로 가고 있는지를 알려주면 랭던이 어떻게 반응할지 궁금해졌다. 이 벽 뒤 촛불 여섯 개를 켜놓은 방에서 랭던 교수는 과연 벌거벗고 화강암 판에 누워, 예복 차림의 참석자들이 그의 맨살에 붓는 뜨거운 밀랍을 기꺼이 견디려고 할까.

'열쇠를 가지고 있다고?'

랭던의 기억대로라면 프라하의 명소 드립스톤 벽은 13세기에 지어진 아우구스티누스 수도원, 즉 성 토마스 수도원 뒷벽과 나란히 서있었다. 그러니 그는 벽을 통과해 고대의 신성한 통로로 들어가고 있는 것이었다.

그는 생각했다.

'이제 그렇게까지 신성하다고 할 순 없지.'

유럽의 여러 수도원과 마찬가지로 이 웅장한 수도원도 세속의 필요에 따라 개조되었다. 지금은 메리어트 호텔 계열의 어거스틴 럭셔리 호텔로 변모했다. 수도사들의 유서 깊은 양조장도 최신 유행 식당으로 재창조되었지만, 수도원의 기록실은 고대 문서, 필기구, 깃펜을 가는 숫돌까지 온전하게 보존되었다.

"최대한 조용히 갑시다."

네이글이 속삭였다. 그녀는 일행을 이끌고 좁은 통로를 지나 직원 전용 출입문으로 향했다. 네이글이 그 문을 열자 티트리, 향, 유칼립투스 내음이 나는 우아한 통로가 나왔다.

금색 문 앞에 이르자 랭던이 물었다.

"우리를 스파로 데려가시는 겁니까?"

문 앞에는 수도원 예식 같은 특별 서비스를 비롯해 다양한 치료 항목이 적힌 안내문이 있었다. 그는 수도원 전문가는 아니지만, 수도원 예식에 라벤더 마사지 오일 캔들과 콜라겐 얼굴 마사지가 포함되지 않는다는 것 정도는 알고 있었다.

네이글이 조용히 말했다.

"여기가 안전해요. 여기 직원과도 잘 알아요. 벽에도 방음 처리가 되어있고요."

네이글은 그들에게 기다리라고 손짓하고는 안으로 들어갔다. 금방 전자 열쇠를 들고 돌아온 네이글은 그들을 홀 안쪽으로 데려가더니 어느 잠긴 문을 열었다. 마사지 치료를 받고 나온 사람들이 이용하는 스파의 전용 라운지 중 하나였다.

창문 없는 라운지는 깜박이는 전자 초, 스테인드글라스 예술품, 그레고리안 성가가 어우러져 기독교적인 분위기를 물씬 풍겼다. 하지만 랭던은 그레고리안 성가가 이곳 수도원이 지어진 시기보다 4세기 앞선 것임을 알고 있었다. 시대에는 맞지 않았지만 이만하면 괜찮았다.

'개별 공간이 있고 따뜻하니까.'

커블은 음식을 가져오겠다며 호텔 안쪽으로 들어갔다.

겨울 외투를 벗은 네이글이 그들에게 편안한 소파에 앉으라고 손짓하며 입을 열었다.

"우선, 두 분이 오늘 얼마나 고생하셨을지 상상도 못 하겠습니다. 무사하신 걸 보니 제가 다 기쁘네요. 할 얘기가 많을 것 같아요. 본론으로 들어가기 전에 좋은 소식부터 전할게요." 네이글은 애써 미소를 지으며 덧붙였다. "문지방 프로젝트의 유죄성을 입증하는 증거를…… 손에 넣었습니다."

'어떻게?'

랭던은 의아했다. 문지방의 존재를 증명하는 물리적 증거는 가루가 되어 돌 더미에 묻혀버렸고…… 안타깝게도 가장 결정적인 증거인 사샤 베스나도 같이 묻히고 말았다.

네이글은 피로에 전 눈빛으로 두 사람을 바라보면서 힘주어 말했다.

"알고 보니 우리에겐 수호천사가 있었어요. 정확히 말하면 사샤 베스나의 수호천사죠."

랭던은 그 말을 듣고 흠칫했다. 사샤의 수호자이자 보호자라고 했던 망토 입은 괴물의 모습이 떠올랐다.

'사샤의 이중인격을 알고 있었다는 건가?'

네이글이 말했다.

"사샤의 수호천사가 저한테 이걸 보냈어요."

네이글은 종이쪽지를 꺼내 그들 앞에 내려놓았다.

그걸 본 캐서린이 조그맣게 탄식했고, 랭던도 고양이 테마 편지지에 쓴 손 글씨 메모를 보고 울적해졌다.

사샤를 도와주세요.

'맙소사.'

랭던은 이 메모를 적는 사샤의 모습을 머릿속으로 상상해 보았다. 그것은 도와달라는 간절한 요청이자…… 사샤의 결백을 주장하는 메시지였다.

네이글은 이 메모에 같이 적힌 URL이 게스네르가 고문을 받으며 자백한 영상의 링크라고 간단한 설명을 덧붙였다. 이 영상에서 게스네르는 인간 실험, 뇌 수술, 뇌 임플란트, 향정신약, 임사 체험, 이 일에 연루된 사람 등 문지방 프로젝트에 관해 아는 사실을 털어놓았다고 했다. ……전부.

"이 영상은 보기 어렵게 됐지만, 이런 영상이 있는 것만으로도 CIA는 두 분을 함부로 못 건드릴 겁니다."

네이글은 자기가 한 말을 두 사람이 쉽게 이해할 수 있도록 뜸을 들이다가 입을 열었다.

"백업용으로 따로 영상 사본을 만들어 뒀어요. 요약하자면 무슨 일이 일어나든, 이 영상은 두 분에게 필요한 유일한 보험인 거예요." 촛불에 네이글의 눈이 번뜩였다. "두 분의 원자폭탄이라고요."

캐서린이 조용히 말했다.

"대사님의 원자폭탄이기도 하죠."

네이글은 고개를 끄덕였다.

"우리에게 이 영상이 얼마나 필요할지는 모르겠어요. 국장은 문지방 프로젝트에서 무슨 일이 벌어졌는지 깨닫고 저만큼이나 충격을 받은 것 같았어요."

랭던이 말했다.

"이미 알고 있었을 겁니다. 국장이잖아요."

"국장이라서 모르고 있었을 수도 있어요. CIA는 부문별로 세분화되어 있어요. 그래야 일이 틀어졌을 때 관련 사실을 부인할 수 있고, 독재적 효율성을 위해 그렇게 하기도 하죠. 국장은 핀치를 책임자로 앉혔고, 핀치가 내주는 정보만 알았을 수도 있어요."

랭던은 생각했다.

'그럴 수도 있고 아닐 수도 있겠지.'

그는 편지를 집어 들며 네이글 대사가 사샤의 상태에 대해 전혀 모르고 있다는 느낌을 받았다.

"사샤의 수호천사가 왜 이 편지를 대사님 앞으로 보냈을까요? 왜 언론사에 영상을 직접 보내시 않고요."

"영상에서 게스네르 박사는 제가 문지방 프로젝트의 진짜 목적을 모른다고, 알면 아마 경악할 거라고 했어요. 그 말 때문에 사샤의 수호천사는 영상을 저한테 맡기려고 한 것 같아요. 제가 영향력을 발휘해 사샤를 돕거나…… 상황을 바꿀 수 있을 거라고 생각했겠죠. 사샤를 찾아낼 수만 있으면 저는 힘 닿는 데까지 도울 거예요. 사샤는 희생자고 저는…… 강압에 의해 잘 알지도 못하긴 했지만, 문지방 프로젝트를 실현하는 데 일조했으니까요."

네이글은 고개를 돌려 허공을 바라보며 말을 이었다.

"하지만 마이클 해리스는……." 그녀는 목이 멘 목소리로 속삭이듯 말했다. "저는 핀치를 위해 그 청년한테…… 사샤를 염탐하는 일을 하도록 했고…… 결국 마이클은 목숨을 잃었어요." 네이글이 그들을 향해 시선을 돌리며 말했다. "저는 그 죄책감과 부끄러움을 평생 지고 갈 거예요."

랭던은 네이글이 해리스를 죽인 인물에 얽혀있는 복잡한 진실을 알면 어떤 기분일지 궁금했다.

'당신이 해리스를 시켜 접근하게 한 여자가 바로 해리스를 죽인 자입니다.'

캐서린이 말했다.

"사샤의 수호자, 대사님 말씀대로라면 사샤의 '수호천사' 말인데요. 그자의 정체를 아세요?"

"정확히는 모릅니다. 그 남자는 영상에 스쳐 지나가듯이 나타났고 변장을 했어요. 하지만 누구인지 짐작 가는 사람이 있긴 해요."

랭던과 캐서린은 놀란 눈빛을 주고받았다.

"영상에서 게스네르를 고문한 남자가 러시아 억양을 쓰더라고요. 그 남자는 게스네르한테 사샤의 믿음을 배신한 벌을 주는 거라고 말했어요. 분노하는 모습에서 *개인적인* 배신감이 느껴졌어요……. 마치 그 사람도 문지방 프로젝트의 피험자였던 것처럼요."

'그랬지. 어떻게 보면 그는 3번 환자였던 셈이니까.'

랭던은 해리성 정체감 장애의 복잡한 내용을 완벽하게 알지는 못하지만, 게스네르가 사샤를 대상으로 진행한 온갖 실험을 사샤의 다른 인격도 같이 겪었으리라 생각했다. 특히 그 인격이 주 인격을 보호하려 하고, 사샤의 인생에서 고통스러운 상황을 자기가 나서서 대신 견디려는 성향이 강할 때는 더더욱 그럴 것이다. 캐서린의 설명에 따르면 지배적인 인격은 어떤 인격이 의식을 차지할지, 어느 순간에 어떤 인격이 앞으로 나설지를 관장할 수 있다고 했다.

네이글이 계속해서 말했다.

"국장한테 들었는데 문지방의 첫 번째 피험자는 사샤가 있던 정신병원에서 데려온 러시아인이었어요. 이름은 드미트리 시세비치고요. 핀치는 드미트리가 프로그램 진행 도중 죽었다고 했는데 국장은 그가 죽었다는 증거를 찾지 못했다고 했어요. 어떤 이유 때문인지 모르겠지만 핀치가 거짓말을 했을 수도 있어요."

랭던은 생각했다.

'핀치는 거짓말을 안 했습니다. 드미트리는 죽었어요. 우리가 그의 의료 기록을 봤어요.'

네이글은 안타까워하는 목소리로 말했다.

"그 영상을 보고 국장과 저는 드미트리 시세비치가 구사일생으로 프로그램에서 살아남아 도망쳤다가 복수하러 돌아왔다고 판단했어요."

불편한 침묵이 이어지는 가운데 랭던은 캐서린을 힐끗 쳐다보았다. 두 사람은 서로를 한참 바라보았다. 둘은 무엇을 해야 하는지 알고 있었다. 대사가 진실을 알아야 할 시간이 됐다.

랭던이 대사를 바라보며 말했다.

"대사님, 게스네르를 죽인 자는…… 드미트리 시세비치가 아닙니다."

126

네이글 대사는 일행과 함께 다시 드립스톤 벽으로 나왔다. 시간이 얼마나 흘렀을까.

'한 시간? 두 시간?'

발렌슈타인 정원에 어둠이 내렸고 그림자에서 냉기가 느껴졌다.

사샤에 관한 랭던의 설명을 듣고 네이글은 줄곧 마음이 편치 않았다. 머리로는 진실을 차분히 받아들였지만…… 심장을 칼로 찔린 듯 감정적으로 평생 치유하지 못할 깊은 상처를 입었다.

'마이클 해리스가…… 사샤의 손에 죽었다니.'

캐서린이 강조했다.

"마이클을 죽인 게 사샤가 *아니라는* 걸 기억하세요. 사샤는 마이클을 사랑했어요. 그 둘을 별개의 사람으로 생각하셔야 해요."

어느 쪽이든 그 소식으로 네이글은 다시 죄책감의 파도에 휩쓸렸다. 마이클과 시샤에게 용서를 구하고 싶어도…… 둘 다 이 세상 사람이 아니었다.

발렌슈타인 정원조차도 이제 생기 있는 것은 하나도 존재하지 않는 것처럼 보였다. 장미 덤불은 마대로 감쌌고, 연못은 겨울을 대비해 물을 전부 빼놓았다. 네이글은 내년 봄에 매년 열리는 르네상스 축제를 과연 볼 수 있을까 싶었다. 몇 시간 전 네이글은 정치적 영향력을 확보했지만, 프라하에서 미국 대사로 계속 살아갈 마음은 없었다.

'나는 여기 있으면 안 돼. 누군가가 이곳에 꽂아놓은 꼭두각시일 뿐이야.'

미국 대사관이 현재의 위기를 잘 헤쳐나가도록 한 달 정도 협조하고 나서 사표를 제출할 생각이었다. 그 후에는 무엇을 할지 알 수 없었다. 아직 해야 할 싸움이 남아있었고…… 해야 할 일도 많았다.

지금은 스콧 커블이 다네크의 소지품 상자에 몰래 담아 대사관에서 영리하게 빼돌린 USB를 회수하는 일이 시급했다. 네이글은 커블을 빨리 다네크의 아파트로 보내 USB를 가져오도록 지시해야겠다고 생각했다.

정원을 나선 네이글은 뒤따라오며 조용히 대화 중인 랭던과 캐서린을 돌아보았다. 두 사람 모두 몹시 지치고 조금이라도 눈을 붙이고 싶은 상태일 듯했다.

네이글의 생각을 정확히 읽은 커블이 말했다.

"대사님을 대사관에 내려드린 다음 이분들을 호텔로 모셔다드리겠습니다."

그들은 가로등 불빛이 환하게 쏟아지는 거리로 나섰다. 네이글은 누구보다 스콧 커블이 그리울 것 같았다. 그녀는 부드러운 목소리로 말했다.

"스콧, 자네가 오늘 나를 위해 얼마나 큰 위험을 감수했는지 잘 알아……. 자네의 충성심을 당연시하지 않을게."

커블은 드물게 미소를 지으며 모자에 손을 갖다 댔다.

"저도 *마찬가지입니다.*"

127

 랭던은 유럽에서 제일 충격적이고 효과적인 예술품이 〈공산주의 희생자들〉이라고 오랫동안 생각했다. 실물 크기의 청동 조각상 여섯 개가 널찍한 콘크리트 계단을 내려오는 형상으로 구성된 작품이었다. 이 조각상들은 하나같이 수척하고 턱수염이 있으며, 각자 다른 칸에 자리했다. 기괴하게도 여섯 남자 모두 같은 사람인데…… 각각 다른 부패 단계에 있었다……. 누구는 팔이 없고, 누구는 머리의 절반이 없고, 누구는 가슴이 깊게 파여있었다.
 '저항과 인내의 상징이지.'
 랭던은 예술가의 메시지를 떠올렸다.
 '고통의 강도는 다르지만 이들은 다들 굳건히 서있어.'
 랭던은 프라하에서 그 조각상을 보게 될 줄 몰랐다. 그런데 우예즈트 거리를 달려가는 대사관 세단의 창문 밖으로 그 조각상이 스치고 지나갔다. 캐서린에게 말할까 했는데 그녀는 이미 그의 어깨에 기댄 채 잠들어 있었다. 캐서린의 헝클어진 머리카락이 그의 뺨에 부드럽게 와닿았다.

커블 하사는 대사를 대사관에 내려주고 페트르진 공원을 따라 남쪽으로 차를 몰았다. 세단이 향하는 포시즌스 호텔에서 랭던과 캐서린은 절실하게 필요한 휴식을 취할 예정이었다. 레기온교를 지나 좌회전을 할 즘 랭던은 눈을 감고 캐서린의 부드러운 숨소리에 귀를 기울였다. 그…… 생명의 소리에 마음이 놓이면서 위로를 받았다.

오늘은 죽음이라는 개념을 너무 가까이에서 마주했다. 죽음에 대한 논의를 실컷 했을 뿐 아니라 실제로 랭던은…… 블타바강에서 얼어 죽을 뻔했고, 파벨의 총에 맞아 죽을 뻔했으며, 문지방 시설에서 죽기 직전까지 갔다가 가까스로 살아남았다.

지난 1년 동안 랭던은 캐서린에게서 의식에 관해 많은 것을 배웠다. 덕분에 죽음을 보는 관점이 달라지면서…… 노화와 죽음에 대한 공포를 많이 덜어낼 수 있었다. 캐서린의 비국소적 의식 모델이 옳다고 판명되면 랭던의 일부, 그의 존재, 그의 영혼, 그의 정신은…… 육체의 죽음을 초월해 계속 살아가게 될 것이다.

'빨리 알아내려고 할 필요 없어.'

그는 어깨에 기댄 캐서린의 머리에서 온기를 만끽했다.

어제 비셰흐라드를 구경하면서 둘은 인간의 어깨뼈를 전시한 유별나게 섬뜩한 성유물함을 보았다. 성 발렌타인의 어깨뼈라고 했다. 그 앞에서 캐서린은 어이없을 정도로 단순한 질문으로 그를 놀라게 했다. '당신은 죽음을 어떻게 정의해?'

죽음을 문자 그대로 생각해 본 적이 없었던 랭던은 잠시 아무 말도 못 하다가, 학생들에게 들었으면 기막혀했을 빈약한 순환 논리적 정의를 내놓고 말았다. '죽음은 생명이 없는 상태지.'

놀랍게도 캐서린은 그의 대답이 공식적인 의학적 정의와 매우 가

깝다고 말했다. 의학적으로 죽음은 '모든 세포 기능이 돌이킬 수 없이 중단된 상태'를 의미했다. 그리고 그녀는 그런 의학적 정의가 100퍼센트 틀렸다고 말했다.

"죽음은 물리적 신체와는 무관해. 우리는 죽음을 *의식*의 관점에서 정의하잖아. 생명 유지 장치에 의존한 채 소통이 불가능한 뇌사 상태의 환자를 떠올려 봐. 그 사람의 몸은 살아있지만 결국에는 생명 유지 장치를 떼어낼 수밖에 없잖아. 아무리 완벽하게 물리적 기능을 하고 있다고 해도…… 우리는 의식이 없는 인간의 몸을 본질적으로 죽었다고 여기니까."

'그건 그렇지.'

캐서린이 계속 설명했다.

"그 반대의 경우도 존재해. 휠체어를 타고 다니는 사지 마비 환자 말이야. 신체의 물리적 기능을 잃고 *의식*만 남아있는데 살아있는 상태라고 여겨지잖아. 스티븐 호킹은 어떻게 보면 육체 없이 정신만 남아있는 상태였어. 그런데 누군가 그의 생명 유지 장치 플러그를 뽑아버리겠다고 하면 어떨지 상상해 봐!"

랭던은 그 문제를 그런 식으로 해석하는 것은 처음 들어봤다.

"로버트, 의식이 신체 *바깥에*…… 뇌라는 조직에 국한되지 않고 존재할 수 있다는 증거가 점점 많아지고 있어. 더 이상 부정할 수 없어……. 이제 의식은 물론이고 죽음에 대해서도 새롭게 정의 내려야 해!"

랭던은 캐서린이 옳기를 바랐다. 대부분이 상상하듯 죽음이 우리에게 벌어지는 '마지막' 일이 아니기를. 기억 깊은 곳에서 의술의 신 아스클레피오스의 오랜 가르침이 떠올랐다.

'너무 많은 이들이 죽음을 두려워하고 자기에게 일어날 수 있는 최악의 재앙으로 간주한다. 잘 모르고 하는 소리다. 죽음은 지친 몸의 소멸이다……. 몸이 충분히 무르익으면 어머니의 자궁을 떠나듯이, 영혼은 완벽의 경지에 다다랐을 때 몸을 떠난다.'

비교종교학을 전공한 젊은 학생 시절 랭던은 환생과 죽음 이후의 삶을 약속하는 종교의 *보편성*에 놀란 적이 있었다. 어떤 종교든 시대와 전통을 초월해서 하나같이 내세우는 확신이었다. 그는 그런 한결같은 특징을 다윈의 '적자생존'의 예라고 보았다. '인류의 가장 큰 두려움에 해법을 주는 종교만 살아남은 것이지.'

랭던은 영생이라는 오랜 약속이 종교를 앞서는 날이 오게 될지를 좀 더 영적인 측면에서 숙고하곤 했다……. 고대인들의 잃어버린 지혜에 뿌리를 둔 생각일 것이다……. 언젠가 인간의 마음이 우주의 가장 깊숙한 진실을 깔끔하게 받아들이는 날 말이다.

'하루 더 생각해 보자.'

포시즌스 호텔 앞에서 차가 속도를 줄였다. 그는 옆에 앉은 캐서린에게 속삭였다.

"어이, 잠꾸러기. 다 왔어."

포크먼은 부리나케 전화기를 집어 들었다.

"여보세요?"

"조너스, 로버트예요." 틀림없는 바리톤 목소리였다. "호텔로 돌아왔어요. 지배인 말이 당신이 계속 전화했다고 하더라고요."

"그랬죠! 프라하에서 폭발 사고가 났다면서요? 걱정돼서……."

"괜찮아요. 우린 둘 다 무사해요."

포크먼은 안도의 한숨을 내쉬었다.

"작가들 대부분이 원고를 늦게 줘서 내 신경을 곤두서게 하지만, 특히 당신은 정말 짜증 나는 습관이……."

랭던은 웃으며 대꾸했다.

"걱정해 줘서 고마워요. 폭발 현장 가까이에 있기는 했습니다."

"아주 반가운 소리네요. 믿기진 않지만요. 당신이 시련과 함께하려는 성향이 있다는 건 잘 알고 있어요."

"당신은 피해망상적 추정을 좋아하는 성향이 있고 말이죠."

포크먼이 웃으며 말했다.

"아무리 당신이라도…… 빈틈없이 잘 받아치네요, 로버트. 혹시 AI 챗봇 아니에요?"

"AI라면 저자가 생략 부호를 너무 많이 썼다는 이유만으로 당신이 지난 20년을 통틀어 최고의 베스트셀러 소설이 된 원고를 거절했던 과거를 모르겠죠."

"뭡니까! 그거 비밀이라고요!"

"알겠어요. 무덤까지 가져가죠. 이제 더 이상 말 안 할게요."

포크먼이 기대에 차서 물었다.

"캐서린의 원고는요?"

랭던은 풀이 죽은 목소리로 대답했다.

"미안합니다. 좋은 소식을 전하고 싶었는데……."

저녁 7시를 얼마 안 남겨둔 시각, 랭던은 로열 스위트룸의 스팀 샤워기를 잠갔다. 아직 이른 저녁이었지만 겨울의 어둠은 한참 전에 프라하를 뒤덮었다. 그와 캐서린은 곧장 침대로 향했다.

수건을 허리에 감고 샤워 부스에서 나온 랭던은 욕조에서 거품 목욕을 하는 캐서린을 보았다. 캐서린은 늘씬한 한쪽 다리를 욕조 바깥으로 내놓고 손에는 안전면도기를 들었다.

'제모를 한다고?'

그가 놀라서 물었다.

"우리 외출하는 거야?"

캐서린이 웃었다.

"아니야, 로버트. 외출 안 해. 여자가 자기 전에 제모하는 이유 알아?"

"아…… 나는 당신이…… 많이 피곤한 줄 알았는데."

"맞아. 그런데 당신 샤워하는 모습을 보니까 잠이 확 깨는 거 있지." 캐서린은 그의 탄탄한 복근을 손으로 가리켰다. "몸 좋네, 아쿠아맨…… 그 나이치고는."

"뭐 *나이*? 당신이 나보다 많으면서!"

"혼나볼래? 내가 그리로 갈까?"

"아니, 자기야……. 안 와도 돼."

욕조로 다가간 랭던은 가장자리에 걸터앉아 캐서린의 목덜미에 부드럽게 손을 얹었다.

"아름답고 멋지고 재미있는 당신을 숭배한다는 말을 하려고 했어." 그는 그녀의 입술에 부드럽게 입을 맞췄다. "이따가 침대에서 봐."

'난 정말로 사랑에 빠졌어.'

캐서린은 준비를 마치고 욕조에서 나가며 생각했다.

어쩌면 그동안 쭉 랭던을 사랑했는데 이제 때가 된 것일 수도 있었다. 상관없었다. 어느 쪽이든 그들은 이제 여기 있었다. 함께.

'이 순간을 즐기자.'

몸을 말리고 세면대 아래에서 아까 숨겨둔 깔끔한 포장 꾸러미를 꺼냈다. 캐서린이 지금까지 구매한 속옷 중 제일 우아한 란제리가 들어있었다.

'무려 시몬 페렐 마키아토 실크 란제리라고.'

캐서린은 로버트가 그 브랜드의 꿈의 컬렉션인 이 섬세한 란제리를 마음에 들어하길 바랐다.

머리카락을 늘어뜨리고 수건을 바닥에 내려놓은 다음 무게가 거의 느껴지지 않는 란제리를 몸에 걸쳤다. 따뜻한 피부에 닿으면서 몸에 딱 맞게 떨어지는 비단이 호사스럽게 느껴졌다. 평소 쓰는 발라드 소바쥬 향수 대신 이 란제리와 함께 온 모하비 고스트 향수의 작은 견본품을 꺼냈다. 공기 중에 한 번 뿜고 그 아래로 걸어가 샹티 머스크와 파우더리 바이올렛 향기로 온몸의 감각을 되살렸다.

마지막으로 거울 속 모습을 점검한 후 욕실 문을 열었다. 다행히 랭던이 침실 조명을 꺼놓았다.

'완벽해.'

욕실 조명만 켜진 상태라 저쪽에서는 란제리를 입은 그녀의 나긋나긋한 윤곽만 보일 것이다. 그녀는 욕실 문 앞에서 수줍게 미소 지으며 유혹적인 포즈를 취하고 랭던의 반응을 기다렸다.

하지만 돌아온 건 부드럽고 일정하게 이어지는 코 고는 소리뿐이었다.

128

데이비체 구역의 어느 소박한 아파트 안. 다나 다네크는 소파에 홀로 앉아 텔레비전 뉴스를 보고 있었다. 미군이 폴리만카 공원 폭발 사고의 모든 책임을 지고 나섰다. 엔지니어들이 작업 중인 콘크리트에 열을 가하는 바람에, 양생하려고 들여온 어마어마한 양의 천연가스가 폭발했다고 했다. 외부 시공 전문가들은 콘크리트에 열을 가하는 건 특히 한겨울에 축축한 지하 공간에서 공사할 때 흔히 쓰는 건축 기술이며, 이런 사고가 일어난 게 처음도 아니라고 말했다.

잔뼈 굵은 정치인들은 그 이야기에 의문을 제기했지만, 폭발의 원인이 무엇이든 미군은 이미 그 지역을 봉쇄하고 대규모의 청소 작업을 준비 중이었다.

"다네크 씨?"

복도에서 어떤 남자가 그녀의 집 문을 두드렸다.

"커블 하사입니다."

깜짝 놀란 다네크는 현관문 앞으로 걸어가 문구멍으로 내다보았다. 대사를 모시는 경비 대장이 맞았다.

'나 큰일 난 건가?'

경비단 소속 해병대원이 그녀의 집을 찾아온 건 처음 있는 일이었다. 다네크는 스웨트셔츠 차림에 안경을 꼈고 화장도 하지 않아서 커블 하사가 그녀를 알아보기나 할지 의문이었다.

문을 열자 동안의 해병대원이 정중하게 거리를 유지한 채 서있었다.

"다네크 씨, 집에 계신데 불편을 끼쳐 죄송합니다. 대사님이 세상을 떠난 해리스 직원에 대해 개인적으로 깊이 조의를 표한다고 전해달라 하셨습니다. 대사관 전 직원이 슬퍼하고 있습니다만, 대사님께서는 두 분이 특별히 친한 친구 사이였다고 하셨습니다."

"고마워요, 스콧."

"그리고 대사님이 체포되신 것은 오해에서 비롯된 일이었습니다. 현재는 오해를 벗고 풀려나셨습니다."

"대사님은 풀려난 걸 후회할 거예요." 다네크는 등 뒤의 텔레비전을 가리키며 말했다. "이 사태 때문에 엄청 바빠지시겠죠. 미국 정부가 비난받고 있잖아요."

"그렇죠. 모든 상황이……."

"엉망진창이라고요?"

커블이 미소를 지으며 말했다.

"'정치적으로 미묘하다'라는 말을 하려고 했습니다."

"그럼 당신이 내가 하던 공보관 일을 맡아서 하든지요."

"실은 그래서 찾아오게 됐습니다. 대사님께서는 이번 위기 상황을 맞아 다네크 씨가 복귀해서 공보 업무를 해주시기를 간절히 바라고 계십니다."

다네크는 웃음이 터져 나왔다.

"스콧, 오늘 나한테 무슨 일이 일어났는지 알아요? 어떤 여자가 내 얼굴에 총을 겨눴고, 남자친구는 목이 졸려 죽었어요. 미국 대사는 내 앞에서 체포됐고, 나는 대사관에서 호송돼 쫓기듯 나왔고, 폴리만카 공원은 폭발했다고요! 내가 또 놓친 거 있나요?"

커블은 한숨을 쉬었다.

"유감입니다, 다나. 오늘은 정말이지……."

"정치적으로 미묘한 상황이었다고요?"

"'엉망진창'이었다는 말을 하려고 했습니다."

다네크는 애써 미소 지었다.

"대체 뭐가 어떻게 돌아가는 거죠?"

"저도 정확히 알지는 못 합니다. 업무에 복귀해서 내일 대사님께 물어보세요."

"당신은 어떻게 생각해요?"

"제가 워낙 말주변이 없어서요. 제안을 생각해 보시겠습니까?"

"그러죠. 안녕히 가세요."

다네크가 문을 닫으려는데 커블이 한 걸음 다가서며 말했다.

"저기, 저 판지 상자를 한번 볼 수 있을까요." 그는 그녀의 등 뒤 거실에 놓인 상자를 가리켰다. 다네크가 사무실에서 개인 물품을 담아 가지고 나온 상자였다. "저 안에 대사님 소유인 외교 행낭이 있을 것 같아서 말입니다. 실수로 제가 그 물건을 저 상자에 떨어뜨린 것 같습니다. 들어가도 될까요?"

다네크는 그동안 오만가지 방식으로 수작 거는 사람들을 견뎌냈다. 커블 하사를 존경하지 않았으면 그 역시 개수작하는 거라 생각했을 것이다. 다네크는 그에게 문간에서 기다리라고 손짓하며 말했다.

"제가 찾아볼게요."

거실로 돌아가 상자를 뒤지던 다네크는 그 안에서 하이디 네이글 대사 앞으로 된 봉인된 외교 행낭을 발견하고 깜짝 놀랐다. 그 외교 행낭에는 접착식 메모지가 붙어있었다.

D— 이것에 대해 아무한테도 말하지 마세요. 누군가 당신한테 연락할 겁니다.

충격에 휩싸인 다네크가 커블을 돌아보며 물었다.
"이게 뭐예요? 이런 게 왜 내 상자 안에 있어요?"
"죄송합니다. 제가 그 안에 넣었습니다. 이제 돌려받겠습니다."

미국 대사관. 하이디 네이글은 사무실에 홀로 앉아 베체로브스카 술을 담아 마시던 텀블러를 들여다보았다. 텀블러가 텅 비었다. 어지간해서는 이렇게 센 술을 잘 마시지 않았다. 하루에 각테일을 두 잔이나 마신 적도 없었다.

'오늘 같은 날 안 마시면 언제 마셔?'

네이글과 국장은 드디어 합의에 도달했다. 일종의 데탕트(긴장 완화)였다. 그래도 네이글은 영향력을 행사할 수 있는 수단을 포기하지 않을 것이며 국장을 맹목적으로 믿지도 않을 것이다.

'영상이 담긴 USB를 쥐고 있을 거야.'

커블이 그 USB를 가지러 다네크의 집으로 갔다. 대리석 계단을 밟고 올라오는 발소리가 들리는 걸로 보아 커블이 돌아온 모양이었다……. 그런데 막상 문을 열고 들어온 사람은 커블이 아니라, 대사관에 새로 온 해병대원 중 하나였다.

젊은 해병대원이 불안한 얼굴로 말했다.

"대사님? 죄송합니다만 정문에 확인해 주셔야 할 일이 생겼습니다."

"오늘은 더 이상 일이 안 생기면 좋겠어. 자네 팀이 알아서 처리해."

"저희는 공식적으로 그럴 권한이 없습니다. *외교적 문제라서요.*"

네이글은 머릿속이 흐려지는 기분이었다.

'정문에서…… 외교적 문제가 생겼다고?'

젊은 군인이 종이쪽지를 들고 안으로 들어왔다.

"이걸 전해달라고 했습니다."

네이글은 종이를 받아 들고 손으로 쓴 글씨를 확인했다.

САША ВЕСНА

네이글은 짜증이 치밀었다.

"무슨 말인지 모르겠는데. 난 러시아어를 할 줄 몰라."

해병대원은 의아한 표정이었다.

"그 여자는 대사님이 자기를 아실 거라고 하던데요."

"누가 그런 말을 해?"

"정문으로 찾아온 러시아 사람이요. 그 여자가 마이클 해리스와 얘기하고 싶다고 요청했습니다."

'마이클을 찾는 러시아인? 여기서? 지금?'
"제가 그 여자한테 종이에 이름을 적어달라고 했습니다."
해병대원은 종이쪽지를 가리켰다.
"'사샤 베스나'라고 발음해야 할 것 같습니다."

129

다네크의 아파트를 떠나 차를 운전하면서 커블 하사는 진이 빠졌다. 정신을 차리려고 라디오를 켜고 소리를 높였다. 외교 행낭은 바로 옆 조수석에 놓여있었다. 명령을 받은 대로 그는 그것을 당장 대사에게 가져갈 것이다.

비테즈네 광장의 거대한 로터리를 반쯤 돌고 있는데 주머니에서 핸드폰이 진동했다. 핸드폰을 꺼내 발신자를 확인했다. 미국 대사관의 유선 전화였다.

그는 라디오 소리를 낮추고 전화를 받았다.

"커블입니다."

"천만 다행이야, 자네가 전화를 받아줘서." 익숙한 여자 목소리인데 평소 같지 않게 정신없는 목소리였다.

"대사님?" 그는 바짝 긴장하며 물었다. "아무 일 없으신……."

그녀가 다짜고짜 물었다.

"지금 어디야?"

이렇게 말을 끊는 것도 이례적이었다. 커블은 대사가 술을 마신 것 같다는 묘한 느낌을 받았는데, 그 또한 평소 대사답지 않았다.
 "저는 데이비체 구역을 막 지나고 있습니다. 요청하신 물건을 가지고 가는 중……."
 "자네가 해줘야 할 일이 있어. 당장."
 대사의 말을 듣고 커블은 본능적으로 뭔가 심각하게 잘못되었다는 느낌을 받았다.
 "대사님, 소리가 잘 안 들립니다."
 거짓말이었다. 그는 대사와 합의한 보안 프로토콜대로 했다.
 "시내에 계십니까? 심부름하고 계세요?"
 "맙소사, 스콧! 내가 심부름 안 하는 거 알잖아! 내가 말한 대로 해!"

 대리석 계단을 밟고 대사관 로비로 내려가는 동안 네이글은 심장이 마구 뛰었다. 대사관과 길거리를 나누는 공간인 대기실은 평소 해병대원 한 명이 지키고 있는데, 오늘 밤은 네이글이 조금 전 지시한 대로 근육질의 해병대원 세 명이 로비에 배치되어 있었다. 분대장인 젊은 상병은 내려오는 대사를 보고 안도하는 표정을 지었다.
 해병대원들 옆에는 청바지에 파카, 운동화 차림의 금발 여자가 서있었다. 어깨까지 내려오는 머리카락은 물에 젖은 채 헝클어졌고 몹시 지친 것인지 아니면 어딜 다쳤는지 자세가 구부정했다.
 네이글은 사진에서 본 그 여자를 단박에 알아보았다.
 '사샤 베스나구나……. 전쟁터에서 돌아온 것 같은 몰골이네.'
 후줄근해 보이지만 저 러시아 여자가 살아있는 상태로 여길 찾아왔다는 사실이 충격으로 다가왔다. 사샤의 이중인격에 관해 알고 난 터라 더더욱 혼란스러웠다. 랭던과 솔로몬이 말한 대로 사샤가 해리성 정체감 장애 환자라면, 네이글이 우선적으로 해야 할 일은, 상당히 괴상하긴 하지만, 지금 대사관을 찾아온 이가 어떤 사샤인지를 판별하는 것이었다.

대사는 거리를 두고 정중하게 입을 열었다.

"베스나 씨. 저는 네이글 대사입니다. 마이클 해리스를 찾아왔다고 들었습니다만?"

"네." 여자의 유약한 목소리에 러시아인 억양이 진하게 배어있었다. "저는 마이클의 친구예요. 제가 곤경에 처하면 여기로 찾아오라고 했어요." 그녀는 추위로 덜덜 떨었고 목소리도 떨리고 있었다. "그런데 제가…… 곤경에 처한 것 같아요."

'곤경에 처한 것 같다고?' 네이글은 소리치고 싶었다. '당신은 마이클 해리스를 죽이고 극비 정부 시설물을 폭파했어!'

하지만 대사는 차분하게 입을 열었다.

"마이클은 지금 여기 없어요."

'당신도 이미 알고 있잖아. 안 그래?'

사샤가 물었다.

"언제 돌아오나요? 마이클이 저더러 위험하다는 생각이 들면 미리 알리지 않고 와도 된다고 했거든요."

"지금 위험한 상황에 놓였나요?"

"네. 그런 것…… 같아요."

사샤의 눈에 눈물이 차올랐다.

"누구 때문에 위험하죠?"

"모르겠어요!" 사샤가 눈물을 흘렸다. "저한테 무슨 일이 일어났는지 모르겠어요! 너무 혼란스러운데 기억이 안 나요……. 안전한 곳이 필요해요!"

"지금 망명을 신청하는 건가요?"

"전 그런 거 잘 몰라요." 사샤가 한 걸음 다가왔다. "저는 그저……."

"*거기서 멈춰요, 베스나 씨!*"

네이글이 소리치자 해병대원 두 명이 다가와 사샤가 네이글에게 다가가지 못하게 막아섰다. 사샤는 자기가 무슨 잘못을 저지르기라도 한 듯 겁에 질린 표정이었다.

네이글이 다시 차분하게 말했다.

"베스나 씨. 저는 당신을 돕고 싶어요. 그러려면 당신이 우선 제 말을 차분히 잘 들어야 해요. 그게 아주 중요합니다."

사샤가 고개를 끄덕였다.

"이 대사관은 미국 땅으로 간주돼요. 미국 시민이 아닌 사람이 미국 땅에서 안전하게 머물 곳을 요청하는 것을 우리는 '망명 신청'이라고 불러요. 모든 망명 신청에 대해서는 영사급 공무원이 즉각 평가 면접을 실시해야 합니다. 그 면접을 할 사람이 바로 저예요."

사샤는 알겠다는 듯 고개를 끄덕였다.

"이 면접의 규칙은 아주 엄격합니다. 망명 심사와 관련한 표준화 규정에 따르면, '통제된 제지' 상태라는 절차적 요구를 충족해야 합니다."

사샤 바로 옆에 선 해병대원이 네이글을 곁눈으로 슬쩍 보았다. 대사가 말을 지어내고 있으니 그럴만도 했다.

"그렇다고 당신이 곤란한 상황에 놓인 것은 아닙니다, 베스나 씨. 물론 기분은 좋지 않겠지만요. 통제된 제지는 망명 절차의 일부예요. 이 예방 조치는 당신과 대사관 직원들을 위해 안전한 환경을 확보하고자……."

"알겠습니다." 사샤는 수갑을 채우라는 뜻으로 손을 내밀었다. "저를 구속하셔도 괜찮아요."

네이글은 순순히 말을 따르는 사샤를 보고 놀랐다.

"협조 고마워요. 우리 팀이 규정에 따라 당신을 구금하겠습니다. 당신은 문이 잠긴 안전한 회의실에 있게 될 거예요. 그곳에서 음식과 물을 제공받고, 화장실을 이용하고, 필요한 치료를 받도록 하세요."

다른 해병대원들이 네이글의 날카로운 눈빛을 보고도 망설이자 분대장이 바로 행동에 나섰다. 순식간에 그는 표준형 나일론 수갑을 사샤의 손목에 채웠고 다른 해병대원들과 함께 사샤를 보안 칸막이 안쪽으로 데려갔다.

네이글은 그들과 충분히 거리를 두면서 손목시계를 확인했다. 저녁 8시 30분이었다.

"곧 당신이 있는 곳으로 가겠습니다, 베스나 씨. 시간이 좀 걸릴 수 있어요. 우리 직원들이 필요한 물품을 드릴 거예요. 그동안 편안하게 쉬고 계세요."

사샤는 두 눈에 그렁그렁한 눈물을 담고 지나가면서 속삭이듯 말했다.

"친절하게 대해주셔서 감사합니다."

네이글은 정신을 바짝 차리고 위층으로 올라갔다. 이제 그녀는 예상치 못한 중대한 결정을, 그것도 신속하게 내려야 한다는 사실을 깨달았다.

130

브로드웨이를 걸어 올라가는 포크먼의 발아래서 맨해튼 보도가 반짝거렸다. 오후를 적시던 비가 드디어 지나가고 집으로 돌아갈 시간이었다.

랭던이 전화로 많은 얘기를 하고 싶어 하지 않아서 프라하 쪽과의 통화는 짧게 끝났다. 랭던은 자기도 캐서린도 모두 무사하다면서, 나중에 집으로 가는 길에 뉴욕에 들러 원고로 인해 벌어진 사건을 직접 들려주겠다고 했다.

'더 논의할 거리가 뭐 있겠어요.'

편집자 포크먼은 한탄했다.

캐서린이 어떻게든 머리를 쥐어짜 책을 다시 집필한다고 해도 CIA가 나서지 않으리란 보장이 없었다. 포크먼 입장에서는 이 책을 출판하지 못하게 되어 출판인으로서 타격이 컸지만 랭던과 캐서린이 무사하다는 사실을 확인한 것만으로도 위안을 얻었다.

콜럼버스 서클에 가까워지자 다크 로스트 커피의 흙 향기가 코끝을 자극했다. 그는 이 도시에서 가장 붐비는 스타벅스로 들어갔다. 집으로 걸어가는 길에 카페인을 조금 더 마셔줘야 하는 날이 있다면, 그날이 바로 오늘일 것이다.

'로버트에게는 미안하지만.'

그는 주문을 넣으며 생각했다.

하버드대 로버트 랭던 교수는 스타벅스 측이 '고전적 상징을 지독하게 오용'한다는 이유로 오래전부터 스타벅스를 보이콧했다.

포크먼은 이 브랜드의 커피 컵마다 박혀있는 익숙한 로고를 보며 웃었다.

예전에 랭던은 그 로고를 보며 격분했다.

"스타벅스의 인어는 꼬리가 두 개잖아요! 그럼 인어가 아니라 실은 *세이렌*이죠. 선원들을 유혹해서 무작정 뒤따라오게 했다가 배를 난파시키고 죽음으로 몰아넣는 사악한 바다 요정이요! 나는 상징을 제대로 연구하지도 않고 치명적인 바다 괴물로 프라푸치노가 든 컵을 장식할 만큼 무성의한 기업을 믿을 수 없고……."

'멀쩡한 커피 컵을 욕하는 건 기호학자에게 맡겨둬야지.'

포크먼은 우유 거품을 얹은 플랫 화이트의 천국 같은 첫 모금을 이 도시에서 죄책감 없이 음미했다. 그러고는 빈티지풍 회색 울 숏코트의 목깃을 세우고 거리로 나가 집으로 향했다.

어둠 속에서 로버트 랭던은 프라하 상공을 떠다녔다. 저 아래 카를 교와 검은 강을 가로질러 진주 목걸이처럼 반짝이는 가스 가로등들이 보였다. 무게도 없이 초연히 강 하류로 떠가면서 폭포 위를 가로지르는데, 멀리서 들려오는 쿵쿵 소리 때문에 약간 신경이 쓰이는 것 말고는 아무 감정도 느껴지지 않았다. 쿵쿵 소리가 점점 커지면서 돌연 중력이 작용하자 랭던은 깜짝 놀라 쭉 끌려 내려갔다……. 얼어붙은 강을 향해 빠르게 추락하던 그는…… 거울 같은 수면에 부딪혀 산산이 부서졌다.

잠이 확 깨면서 벌떡 일어나 앉았다. 꿈을 꾸고 있던 것을 인지하지 못한 점이 놀라웠다. 당황스러운 역설이었다. 인간의 정신력은 말도 안 되는 상황에 놓여도 그 상황을 사실로 수용하면서 상황과 조화를 이루지 않는 것은 전부 무시한다. 그래서 꿈을 꾸는 동안에는 꿈이 실제로 일어나는 일이 아니라는 걸 의심하지 않는다.

악몽으로 분출된 아드레날린으로 잠이 확 달아난 랭던은 어둠에 잠긴 호텔 방을 둘러보았다. 옆에 누운 캐서린의 부드러운 숨소리

말고는 온통 고요했다. 그녀의 이국적인 향수 내음이 공기 중에 떠다녔다. 캐서린이 침대 가장자리에 걸터앉아 그에게 "너무 미안해서 못 깨우겠네, 랭던 교수……"라고 속삭일 때 입고 있던 매끄러운 옷의 감촉이 여전히 느껴졌다.

그 여운이 줄곧 남아있었다.

'솔로몬 박사, 그런 일이라면 언제든 날 깨워도 돼.'

그는 조용히 침대에서 일어나 목욕용 가운을 입고 거실로 걸어 나갔다. 당황스럽게도 거실의 대형 괘종시계는 막 밤 9시를 지난 시각을 가리키고 있었다.

'잔 것도 아니네.'

그는 퇴창을 내다보았다. 기괴한 꿈을 꾼 게 놀라운 일도 아니었다. 그의 뇌는 그가 바로 이 창문을 통해 얼어붙을 것처럼 차가운 강물로 뛰어내리면서 받은 정신적 외상을 여전히 소화하고 있었다. 꿈은 늘 그를 사로잡는 소재였다. 오늘 그는 무엇이 꿈을 유발하는지 알아냈다는 캐서린의 얘기를 듣고 충격을 받았다.

놀랍게도 캐서린은 꿈꾸는 동안의 뇌는 죽어가는 뇌와 비슷하다는 사실을 실험으로 밝혀냈다. 두 경우 모두 감마 아미노부티르산 수치가 급격히 떨어지고 뇌의 필터 기능이 낮아지면서 뇌로 흘러드는 정보의 대역폭이 넓어졌다. 걸러지지 않은 데이터가 유입되면서 꿈에서 이미지와 생각이 비논리적으로 뒤죽박죽됐다. 잠에서 깬 지 몇 초 만에 꿈 내용이 증발해 기억이 안 나는 이유도 그래서였다. 아무리 생생한 꿈이라도, 꿈 내용을 기억해 내려 아무리 애를 써도 소용이 없었다. 뇌가 리셋되고 감마 아미노부티르산 수치가 올라가고 필터가 다시 작동하면서…… 꿈의 정보가 제거되고 현실

인식 기능이 재작동하기 때문이었다.

죽는다는 건 꿈꾸는 것과 상당히 비슷하다고 캐서린은 설명했다. 꿈에서 우리는 무게도, 질량도 없는 존재가 되어 장애물을 쑥쑥 통과하고 하늘을 날아다니며 이 장소에서 저 장소로 순식간에 이동한다. 즉 물리적 형태가 없는 의식이 되는 것이다. 예전에 읽은 《티베트 사자의 서》에서는 이런 상태를 '바르도'(티벳 불교에서 죽음과 환생 사이의 상태를 이르는 말—옮긴이)의 몸이라고 했다. 많은 문화권에서 꿈의 몸은 삶과 죽음의 영역을 오가는 능력이 있기에 신성하게 여겨졌다.

'의식이 신체에서 놓여나면 인식의 힘이 증가하지.'

랭던이 퇴창 앞에 서있는데 이 스위트룸에 있는 전화기가 한꺼번에 울리기 시작했다. 그는 캐서린이 깨지 않게 재빨리 거실에 있는 유선 전화기로 달려가 수화기를 집어 들었다.

"랭던 교수님, 야간 담당 지배인입니다." 익숙한 목소리였다. "주무시는데 깨워서 죄송합니다. 노크했는데 대답이 없으셔서요."

'꿈에서 들은 그 쿵쿵 소리였나.'

"예, 무슨 일…… 있습니까?"

"무슨 일인지는 잘 모르겠습니다." 지배인은 당황한 듯했다. "미국 대사관에서 커블이라는 해병대원이 찾아오셨는데, 대사님이 당장 교수님을 모셔 오라고 했답니다."

미국 대사관의 문 잠긴 회의실 안에서 골렘은 손목의 수갑을 조용히 내려다보았다.

'사샤에게 결박당한 모습을 보여주지 않을 거야. 사샤는 정신병

원에서 지낸 수년 동안 이런 일을 실컷 겪었어.'

골렘은 문지방 시설의 잔해를 떠난 이후 사샤를 한 번도 의식의 전면으로 풀어주지 않았다. 그러나 그렇게 해야 하는 순간이 빠르게 다가오고 있었다.

'모든 게 계획대로 될 거야.'

사샤를 효과적으로 가둬두긴 했지만 골렘은 미국 대사가 사샤를 안타깝게 여겨 도와줄 것이라 확신했다.

'게스네르에게 자백을 받아서 필요한 정보는 다 얻어냈어.'

게스네르는 이렇게 털어놓았다. "네이글 대사는 아무것도 몰라! 저 아래서 무슨 일이 일어나고 있는지 알면 그 여자는 겁먹을 거야. 그 여자는 핀치한테 꿰어서 프라하에 올 수밖에 없었어. 핀치는 자기 뒤를 봐줄 외교관이 필요했고. 그래서 그 여자를 끌어들인 거야!"

'나도 뒤를 봐줄 사람이 필요해.'

그래서 그는 대사를 만나러 왔다.

'사샤를 도와주세요.'

대사는 '사샤를 도우려면' 어떻게 해야 할지 궁리하고 있는 게 분명하다. 그러려면 가능한 시나리오가 하나뿐이라는 걸 곧 깨닫게 될 것이다. 골렘이 정교하게 심어놓은 구상은 이미 효과를 발휘하고 있었다.

조금 전 대사는 골렘이 듣고 싶어 하는 단어를 이미 입에 올렸다.

'망명.'

132

하이디 네이글은 전문 분야에서 나라를 위해 봉사하는 마음으로 일해왔다. 항상 공공선을 우선하도록 훈련받았기에 자기 자신을 먼저 생각한 적이 별로 없었다. 하지만 지금 네이글은 자신을 위주로 생각하고 있었다.

그녀는 이미 대사 자리에서 물러나 프라하를 떠나기로 결심했다. 몇 년 전부터 그러고 싶었는데 그녀를 둘러싼 세상이 갑작스레 변했다. 핀치가 죽었고, 네이글은 가장 혹독한 정치적 폭풍을 무사히 헤쳐나갈 수 있는 든든한 수단을 손에 넣었다.

하지만 놀랍게도 생존에 대한 자신감도 그다지 위안이 되지 못했다……. 지난 몇 시간 동안 줄곧 괴롭고 헛헛할 뿐이었다.

'내 인생을 한낱 생존 따위보다…… 그 이상의 무언가에 쏟아붓고 싶어.'

그때 사샤 베스나가 대사관 정문으로 걸어 들어온 것이다.

캐서린 솔로몬은 방금 전까지 만족스러운 꿈의 세계 깊숙이 들어가 있다가 별안간 가혹한 현실의 빛 속으로 끌려 나왔다.

'지금 여기서 뭘 하고 있는 거지?'

커블 하사는 그들을 네이글 대사의 사무실로 데려갔다. 대사는 사무실 내 미니 바 앞에 서서 대사관 공식 인장이 새겨진 고운 도자기 잔 세 개에 커피를 따르고 있었다. 대사가 말했다.

"늦은 시간에 방문을 부탁드려서 다시 한번 사과드립니다. 한 시간 전에 갑작스럽게 큰일이 벌어져서 두 분을 급히 여기로 모셔야 했어요. 워낙 급박하고…… 민감한 사안이라서요."

랭던이 네이글에게 물었다.

"여기서 얘기를 나누자고요? 대사관의 보안을 더 이상 못 믿으시는 줄 알았습니다만."

"맞아요. 하지만 상황이 달라졌어요. 제가 여러분께 알려드릴 정보는 어차피 CIA 국장과도 공유해야 하는 거예요." 대사는 바에서 커피가 담긴 쟁반을 들고 그들이 앉아있는 구석 자리로 왔다. "지금도 아마 듣고 있을 테니 그냥 얘기하겠습니다."

유일한 동맹이 그 관계에 대해 딴생각을 품은 건 아닌가 싶어 불안해진 캐서린이 물었다.

"상황이 어떻게 변했는데요?"

네이글은 앉으라고 손짓했다.

"많은 변수들이 있습니다. 두 분께 직접적인 영향을 미치게 될 상황 변화부터 말씀드릴게요."

캐서린은 본론을 듣지도 않았는데 꺼림칙한 기분이었다.

"미군 특수 임무단이 현재 독일 람슈타인 공군 기지에서 이곳으로 오고 있다고 해요. 그들은 곧 여기 도착해 폴리만카 공원을 공식적으로 봉쇄하고 청소 작업을 시작할 거예요." 네이글은 그들 앞에 커피를 내려놓고 맞은편 자리에 앉아 진지한 목소리로 말했다. "CIA 팀이 랭글리에서 날아와 폭발을 일으킨 범인을 찾는 비밀 수사를 시작할 거예요. 그들이 두 분을 제일 먼저 수사하기로 했다고 하더군요."

"우리요?"

캐서린은 충격을 받았다.

네이글은 진지하게 고개를 끄덕이며 말을 이었다.

"미 육군은 승인받지 않은 민간인 두 명이 폭발 후 얼마 지나지 않아 그 시설에서 나오는 모습을 포착한 사진을 입수했어요. 바로 두 분의 사진이에요."

'제기랄.'

캐서린은 랭던을 힐끔 돌아보았다. 그는 꽤 긴장한 표정이었다.

네이글이 말했다.

"두 분이 무단으로 그 시설에 들어갔기 때문에 시설을 파괴한 용의자로 의심받을 수 있어요. 책 원고 때문에 CIA와 갈등을 빚고 있었으니 복수하겠다는 앙심을 품었다고 여겨질 수도 있고……."

랭던이 항의했다.

"하지만 게스네르 박사의 자백 영상이 있으니 대사님이……."

"맞아요. 우리에겐 영향력을 행사할 수단이 있죠. 저는 두 분을 보호할 수 있어요. 보호할 의지도 있고요. 문제는 어떻게 해야 두 분을 가장 잘 보호할 수 있느냐예요. 앞으로 몇 시간 내에 우리가 어떤 조치를 취하느냐에 달려있어요."

랭던이 물었다.

"알겠습니다. 계획이 있습니까?"

"네. 아마 마음에 안 드실 거예요. 그래서 계획을 말하기 전에 이 얘기부터 할게요. 두 분이 CIA라는 조직을⋯⋯ 우리가 무엇을 상대하고 있는지를 이해해야 할 필요가 있어요."

캐서린과 랭던은 동시에 커피로 손을 뻗었다. 어차피 당분간은 잠을 못 잘 것 같았다.

"국장이 통화 중에 말하길, 문지방은 CIA가 기본적인 원격 투시 탐구 프로젝트였던 스타게이트부터 시작해서 수십 년 동안 진행해 온 작업의 연장선상에 있는 프로젝트일 뿐이라고 했어요. 두 분도 아까 스타게이트를 언급했죠. 어쨌든 시간이 흐르면서 문지방은 미래의 가장 긴급한 문제에 대한 답을 구하려는 프로젝트로 진화했고 다루는 범위도 훨씬 넓어졌어요. 인간 의식의 본질이 무엇이냐? 인간의 정신이 다른 정신과 직접 소통할 수 있느냐? 기계와도 소통이 가능하냐? 먼 거리에서도 소통할 수 있느냐? 심지어 다른 차원과의 소통도 가능하냐? 이런 식으로요."

캐서린이 끼어들었다.

"말씀 중에 죄송하지만, 군 정보기관이 어쩌다 인류의 가장 깊은 철학적 질문을 탐색하러 나섰는지 저로서는 이해가 잘 안 되네요."

네이글은 아무 말 없이 손가락을 똑바로 세워 들고 있다가 대답했다.

"솔로몬 박사님, 이건 철학적 질문이 아니에요. 기분 나쁘게 듣지는 마시고요. 박사님과 랭던 교수님이 학계에서 과학과 역사를 탐색하는 여유를 누릴 수 있는 건 우리나라 정보기관들이 성실하게 일하고 있는 덕분이에요. 저도 순수 과학의 매력을 잘 알지만, 우리 같은 사람들을 적으로부터 보호해 주는 건 순수 과학의 응용이죠. 적들은 기회만 있으면 우리나라를 지구상에서 지워버리려고 하니까요."

캐서린이 반박하려고 숨을 들이마시는데 대사는 단호한 눈빛으로 그녀를 바라보며 설명을 이어갔다.

"CIA 국장은 우리가 인간 의식의 잠재력을 가장 먼저 제어할 수 있느냐에 미국의 미래가 달려있다고 *굳게* 믿고 있어요. 그는 아인슈타인이 원자 안에 응축된 막대한 에너지를 최초로 예측했을 때 미국 정부가 물리학 연구에 은밀히 엄청난 자금을 투입한 덕분에 우리 미국이 원자폭탄 분야에서 앞설 수 있었다는 사실을 콕 집어 말하더군요. 미국 정부가 그렇게 하지 *않았으면* 어떻게 됐을까요. 러시아가 단독으로 원자폭탄을 보유하게 됐다고 상상해 보세요. 아니면 독일이나 일본이."

캐서린도 그 주장에 일리가 있다고 인정할 수밖에 없었다.

네이글이 말을 이었다.

"인간의 정신력을 제어하기 위해 지금 벌어지고 있는 경쟁도 다르지 않아요. 러시아는 이미 초음파로 뇌파를 읽어냈어요. 중국은 뉴럴링크의 뇌 임플란트를 대량 주문했고요. 봇을 투입한 소셜 미디어 선거 운동이 우리나라 선거에 영향을 미쳐요. 해외에서는 이미 소셜 미디어 앱에 뇌 제어 기술을 적용하고 있어요. 우리는 다른 나라와 *비밀스러운 경쟁*을 하는 중이고 그 경쟁은 이미 정점에 달했어요. 솔직히 여러분이나 저나 이 경쟁에서 우리가 이기기를 바라야죠."

네이글은 뒤로 기대어 앉아 커피를 한 모금 마셨다.

캐서린이 한결 부드러워진 목소리로 입을 열었다.

"제가 한 말이 CIA가 하는 일에 고마움을 못 느낀다거나 세계적인 문제를 외면하는 것처럼 들렸다면 제가 말을 잘못한 거겠죠. 저는 기본적인 문제를 제기한 겁니다. 본인도 모르게 혹은 동의도 안 된 상태에서 침습적 뇌 수술을 받은 사람들이 있는데, 그런 점에서 윤리적인 문제가 없어야 한다는 거예요."

"전적으로 동의합니다. 문제는 저드 국장이 환자의 사망이라든지 핀치가 실험 대상자를 조달한 방법에 대해 전혀 몰랐다는 거예요."

랭던이 말했다.

"그 말을 곧이곧대로 믿는 건 아니시겠죠."

네이글은 어깨를 으쓱했다.

"핀치가 국장에게 사실대로 정보 공유를 했든 안 했든, CIA 국장은 상황에 따라 못 본 척해야 하는 입장인 건 맞아요. 국가 안보 문제에서는 방법보다 *결과*가 더 중요하니까요. 분노할 만한 일이기는 하지만 사실 대안도 없죠. 덜 불쾌한 결과를 이끌어 내는 게 최선의 선택일 때도 있어요."

랭던이 조용히 입을 열었다.

"대사님, 캐서린과 저는 CIA가 하는 일의 특수성을 잘 이해하고 있습니다. 대사님이 우리를 여기로 부른 이유는 우리가 위험에 처했다는 걸 알려주기 위해서겠죠. 우리를 보호할 계획도 갖고 계실 테고요……. 그건 우리가 앞으로 빠른 시간 내에 뭘 해야 하는지에 달린 거겠죠?"

네이글은 커피를 테이블에 내려놓았다.

"맞아요. 복잡한 상황이긴 하지만 헤쳐나갈 방법이 있어요. 옳은 방법이고, 괜찮은 방법이에요." 네이글은 고개를 앞으로 기울여 랭던과 눈을 마주쳤다. "하지만 그 일을 해내려면 당신의 도움이 필요합니다, 교수님."

랭던은 확신이 서지 않는 표정이었다. 네이글이 말했다.

"한 시간쯤 전에 사샤 베스나가 멀쩡하게 살아서…… 우리 대사관으로 걸어 들어왔어요."

133

'망명?'

로버트 랭던은 대사의 사무실 안을 서성거리며 생각을 정리해 보았다. 사샤가 살아있다는 소식을 듣고 나니 몸과 마음이 바짝 긴장하는 것을 느꼈다. 사샤의 생존에 안도하면서도 여러 가지 민감한 질문들을 떠올리지 않을 수 없었다.

제일 먼저 떠오른 질문은 이것이었다. '사샤가 위협적인가?' 사샤가 손목에 수갑을 차고 해병대원들이 지키는 회의실 안에 홀로 갇혀있으니 이 문제는 해결되었다고 봐도 될 것이다. 가혹할 수도 있지만 지금까지 일어난 온갖 사건을 헤아려 보면 네이글이 달리 할 수 있는 조치가 있었을까?

랭던은 사샤가 왜 그녀를 괴롭힌 미국 정부에 망명을 요청했는지가 의문이었다.

'미국 정부가 자기한테 무슨 짓을 했는지 모르나?'

어쩌면 다른 인격이 사샤인 척하는 것은 아닐까 하는 의문은 앞뒤가 맞지 않았다. 사샤의 다른 인격은 주 인격을 보호하려고 하는

데 그녀를 미국 정부의 손에 넘긴다는 것은 그런 의도에 반하는 결정이었다.

대사가 커피를 더 따르는 동안 랭던은 캐서린 옆으로 돌아와 앉았다. 대사가 입을 열었다.

"아까 솔로몬 박사님이 사샤와 다른 인격은 별개의 사람이니 따로 생각해야 한다고 했잖아요. 이해해 보려고 하는데, 쉽지가 않네요. 사샤 베스나라는 사람만 놓고 보면 무고한 희생자가 맞아요. 어렸을 때부터 뇌전증을 앓았고, 정신병원에 갇혀 살았고, 비밀 프로그램의 피험자로 착취당하면서 정신 질환이 악화돼 지금 같은 상태가 됐다고 볼 수도 있으니까요."

그러자 캐서린이 말했다.

"같은 생각이에요. 사샤는 희생자예요."

"그리고 저한테 이걸 보냈고요."

대사는 커피 테이블에 놓아둔 손 글씨 쪽지를 가리켰다.

사샤를 도와주세요.

"저는 살인범의 부탁을 들어주는 사람은 아니지만 이 쪽지를 놓고 많이 생각했어요. 상황을 고려해 볼 때 사샤를 돕는 게 윤리적으로도 맞는 것 같아요."

랭던은 생각했다.

'도덕적 의무지.'

"문제는 사샤 베스나가 두 사람이라는 거죠." 대사는 한숨을 쉬며 고개를 절레절레 흔들었다. "사샤는 무고한 희생자면서…… 교활한 살인자이기도 해요. 한쪽은 망명을 받아주고…… 다른 쪽은 기소하는 건 불가능해요. 사샤가 인지했든 안 했든, 위험한 범죄자와 공존하고 있어요. 기밀 프로토타입 뇌 칩을 가지고 있으니 마음대로 돌아다니게 둘 수도 없죠."

랭던은 대사의 눈을 보며, 사샤를 두고 벌어진 딜레마에는 굉장히 복잡한 문제가 얽혀있고, 한편으로 개인적인 감정 또한 깊이 무시할 수 없다는 느낌을 받았다.

"우리에게 시간이 별로 없다는 점도 생각해야 돼요. 사샤는 프라하에 있으면 위험해요. 날이 밝자마자 폴리만카 공원 사건과 관련해 전 세계에서 질문, 분노, 과학 수사를 하라는 질타가 우리 대사관으로 쏟아질 거예요. 사샤의 지문은 크루시픽스 바스티온에 잔뜩 묻어있고 여러 시신에서도 발견될 거예요. 그리고 사샤의 얼굴도, 두 사람이니까 얼굴들이라고 표현해야 맞겠지만, 감시 카메라 영상에 찍혔을 테죠. 때문에 행적을 샅샅이 추적당할 겁니다. 수사관들이 사샤를 수사 대상자로 특정하기에 충분한 증거를 모으는 것도 시간문제예요."

'캐서린과 나에 대한 증거도 같이 모으겠지.'

이 생각을 떠올리자마자 랭던은 사방에서 벽이 점점 좁혀오는 느낌을 받았다.

네이글은 안경을 벗고 그들에게 몸을 기울였다.

"사샤가 살아있다는 얘기를 아직 *아무한테도* 하지 않았지만, 저드 국장은 곧 알게 될 거예요. 어쩌면 사샤가 이 대사관에 있는 걸 벌써 알고 있을 수도 있어요."

랭던이 물었다.

"어떻게요?"

"감시 카메라도 있고, 직원이 말을 흘렸을 수도 있고, 무엇보다…… GPS가 있으니까요. 사샤의 뇌 칩에 위치 추적 기능이 있다고 해도 놀랄 일이 아니잖아요."

랭던은 생각했다.

'그렇겠네.'

대사가 설명을 이어갔다.

"겁주려고 하는 얘긴 아니지만, 워낙 민감한 프로젝트라서…… 사샤의 칩에 원격 파괴 기능이 설치됐을 가능성도 있어요. 이런 첨단 기술 분야에서는 흔한 일이죠. 위성 전화기에서부터 잠수함에 이르기까지 전부 그런 기능을 갖추고 있어요……. 첨단 기술이 적의 수중에 들어가면 역설계될 수도 있으니까요."

랭던이 말했다.

"잠시만요. 사샤의 뇌 칩을 원격으로…… *파괴*할 수 있다고 생각하시는 겁니까? 원격으로 스위치를 *끄거나* 삭제하는 건…… 폭발시키는 것과는 다르잖아요."

"그렇게 극적인 일은 벌어지지 않겠죠. 그런데 Q가 전화 한 통으로 실리콘 칩에 봉입된 불화수소산 층을 방출시켜 전체 프로세서를 날릴 수 있는 특허를 보유하고 있다는 걸 우연히 알게 됐어요."

캐서린이 놀라서 말했다.

"뇌 안에서요? 그럼 사샤가 죽을 수도 있잖아요!"

"그럴 수도 있겠죠. 하지만 CIA 입장에서 사샤를 죽이는 건 그야말로 최후의 선택일 거예요. 국장도 제가 그런 짓을 명백한 합의 위반이라 간주하리란 것도, 제가 대응책을 갖고 있다는 것도 알고 있어요. 우리가 냉전을 통해 상호 확증 파괴에 관해 배운 게 있다면, 바로 소통이 대단히 중요하다는 거예요. 우리가 무엇을 하는지 적이 추측하게 하지 말아라. 분명히 알게 해라. 사샤가 연기를 하는 게 아닌가 저드 국장이 의심할 수도 있어요. 때문에 국장이 정확한 맥락 속에서 저에게 자세한 이야기를…… 전말을 듣게 해야 해요. 우리 모두를 위해서 아주 중요한 일이에요."

대사는 복잡하게 엉킨 틈바구니 속에서 균형을 잘 잡고 있었다. 랭던은 그녀의 전략적 사고에 감탄했다.

'네이글 대사는 변호사로서도 대단한 인물이었겠어.'

캐서린이 물었다.

"영상은요? 그 영상이 있으면 CIA가 접근 못 하게 막을 수 있다고 생각하시는 거죠?"

"그것 하나만으로는 힘들겠지만 폭발 사고, 그리고 게스네르 박사의 죽음과 엮으면 CIA로서는 그 영상이 가짜라고 주장하기 어려워요. 끝까지 그 주장을 굽히지 않았다간 오히려 CIA가 큰 타격을 입게 될 거예요."

"사샤는요?" 랭던이 물었다. 문지방 프로젝트에서 유일하게 살아남은 피험자가 지금 아래층 회의실에 감금돼 있었다. "그 영상이 사샤도 보호해 줄 거라고 보십니까?"

"네. 하지만 사샤한테는 그 영상이 필요 없어요. 사샤는 죽는 것보다 살아있는 게 CIA에게 훨씬 가치 있으니, 아마 굉장히 높은 수준의 보호를 받게 될 거예요. 국장은 이곳이 아닌 다른 어딘가에 문지방 시설을 다시 짓겠죠. 사샤는 10억 달러짜리 프로그램을 진행하는 데 무엇으로도 대체할 수 없는 자산이 될 거예요. 오랜 시간에 걸친 연구 개발의 결과물이니까요. 저드 국장은 우리와 협상하면서 무엇보다…… 사샤를 돌려받는 걸 가장 우선시할 겁니다."

랭던은 소름이 돋았다.

"우리가 어떻게 해야 사샤를 그 사람 손아귀에서 벗어나게 할 수 있죠?"

랭던의 물음에 네이글은 깊은 숨을 내쉬며 대답했다.

"그러지 않을 겁니다."

랭던은 당황했다.

"네?"

네이글은 단호한 목소리로 다시 말했다.

"그렇게 하지 않을 거라고요."

랭던이 목청을 높이며 항의했다.

"네이글 대사님, 우리더러 사샤를 CIA에 돌려보내라는 말씀인가요?"

"그렇게 해야 해요. 그게 유일한 방안입니다."

캐서린이 소리쳤다.

"절대 안 되죠! 문지방 프로젝트로 이미 환자 한 명이 죽었어요! 대사님이 사샤를 그리로 돌려보내는 건 있을 수 없는……."

네이글이 힘주어 말했다.

"왜 안 되죠? 다시 말하지만 이 대사관에서는 제가 제일 상급자예요. 저한테 뭔가를 할 수 있는지 없는지를 따지기 전에 제 얘기를 끝까지 들으세요."

대사가 여기까지 말하고 잠시 입을 닫자 속이 상한 캐서린은 고개를 절레절레 흔들며 의자 등받이에 기대었다.

네이글이 차분해진 어조로 말했다.

"사실적인 부분을 짚어보죠. 사샤 베스나는 몸도 그렇고 정신적으로도 전문적인 치료가 필요해요. 사샤는 자신이 얼마나 위험한 존재인지 스스로 증명했어요. 사샤를 돌보는 사람은 그녀를 완전히 이해한 상태에서 아주 신중하게 접근해야 합니다. 사샤의 뇌에 특수한 칩이 들어있다는 사실을 고려해 보면 사샤를 돌볼 능력이 있는 기관은 없어요. 단 한 곳만 빼고. 사샤의 뇌에 들어있는 첨단 인공 뉴런에 대해 아까 박사님에게 들은 내용을 듣고 판단해 보니, 사샤의 정신 건강 관리를 제대로 해줄 수 있는 건 오직 문지방 프로젝트에 관여한 과학자들뿐이에요."

랭던은 대사의 주장이 합리적이라는 것은 알지만, 그 말대로 하면 사샤를 실험동물로 취급한 사람들에게 다시 맡기게 되는 셈이었다. 캐서린도 납득이 안 되는지 고개를 가로저었다.

"오해하지 말고 들으세요. 사샤를 예전처럼 문지방으로 돌려보내자는 게 아닙니다. 저는 사샤 베스나에게 추가 실험을 하는 걸 용납하지 않을 거예요. 절대로. 사샤는 그 프로그램의 가장 귀하고 소중한 자산 자격으로 돌아가는 거예요. 마땅한 대접을 받으면서 잘 살게 될 거예요. 사샤는 그 프로그램이 지금까지 이뤄낸 가장 큰 업적이자 상징적 존재예요. 사샤는 의미 있는 연구에 크게 이바지할 겁니다. 문지방 프로젝트가 자행한 실험을 전적으로 탓할 수는 없지만, 그 실험 때문에 사샤의 정신 상태가 악화될 가능성이 높다는 것. 저는 이 점을 국장한테 강조할 거예요. 즉 사샤가 정신적으로나 육체적으로 건강하게 살도록 하는 것이 CIA가 짊어져야 할 도덕적 책임이라는 점을 이해시킬 겁니다. 저드 국장은 그렇게 할 거예요. 제가 계속 지켜보고 있다는 걸 알 테니까요."

긴 침묵이 흘렀다. 랭던은 양측 군대가 원 형태로 대치 중인 고전적인 전쟁터 한가운데에 놓여있었다. 신화에서나 볼법한 아폴론의 군대와 디오니소스의 군대가 맞선 그곳은 다름 아닌 내적 갈등을 겪고 있는 그의 내면이었다.

'머리냐, 가슴이냐.'

랭던의 아폴론적인 뇌는 네이글의 계획에서 질서와 이성을 보았고, 디오니소스적인 가슴은 혼란과 부당함을 보았다.

캐서린이 침묵을 깨고 입을 열었다.

"이상적인 그림을 그리고 계시네요. 하지만 사샤는 문지방 프로젝트에 다시 발을 들여놓겠다고 말한 적이 없어요."

"박사님이 원하는 그림이 아닌 거겠죠." 네이글은 단호한 눈빛으로 말을 이었다. "하지만 우리는 현 상황에서 할 수 있는 최선을 다해야 합니다. 사샤 베스나가 건강하게 살아가려면 문지방 프로젝트에 요구할 건 요구하고 협조해 줄 건 협조해 줘야 해요. 어느 선까지 협조할지는 사샤가 직접 결정해야 하고요. 의식 연구 분야에 한해서 승낙할 수도 있겠죠. 사샤는 정신 상태가 안정되고 나면 프로젝트 팀의 일원으로서 삶의 목표를 갖게 되고 사회적 지위도 보장받을 수 있어요. 지금까지와는 다른 삶을 살 수 있을 겁니다."

랭던은 조심스러웠다.

'누구나 삶에서 목표가 필요하지.'

하지만 네이글의 논리는 CIA가 옳은 행동을 할 것이라는 전제에 기반을 두고 있었다. 랭던은 그 점을 믿을 수 없었다.

랭던이 망설이는 것을 알아챘는지 네이글이 설명했다.

"이런 경우, 상대를 신뢰하기가 쉽지 않다는 걸 잘 압니다. CIA가 한 짓을 두 눈으로 목격한 터라 더 그럴 수 있겠죠. 하지만 모든 사달의 원인은 에버릿 핀치였다는 사실을 잊지 마세요. 이제부터 여러분이 상대할 사람은 그레고리 저드 국장이에요. 핀치한테 너무 많은 자율권을 주는 실수를 저지르긴 했지만, 제가 아는 저드는 품위 없는 선택을 해야 할 상황에서도 품위를 잃지 않는 사람이에요. 무엇보다 솔직한 사람이고요."

"솔직하다고요?" 캐서린이 반발했다. "대사님은 그분 밑에서 법무 자문관으로 일하셨어요. 그런데도 그분은 대사님을 속였잖아요. 스타게이트가 실패한 프로젝트라고 했다면서요."

네이글은 손사래를 쳤다.

"기만을 통한 허위 정보 유포라는 프로토콜에 불과해요. 흔한 구획화 전술이죠. 허위 정보를 통해 굳이 진실을 알 필요 없는 직원들을 보호하는 겁니다. 우리가 하는 거짓말을 진짜라고 믿을 때 거짓말을 더 잘하게 되어있어요. CIA가 실패했다는 거짓말을 하고 다시 시작한 유일한 기밀 프로젝트가 스타게이트뿐인 것도 아니고요. 만약 저드 국장을 믿었다가 뒤통수를 맞으면, 그 사람 머리 위에 다모클레스의 칼이 있다는 걸 일깨우면 돼요. CIA가 사샤에게 도덕적 의무를 다하지 않으면 저는 언제든 그 칼을 저드에게 떨어트릴 수 있어요."

세 사람은 화려한 사무실에서 말없이 앉아있었다. 잠시 후 대사가 덧붙였다.

"다른 시나리오로 가게 되면 사샤는 보호받을 수 없어요. 반역, 테러, 살인을 저지른 죄로 구금되고 기소당하겠죠."

캐서린은 망설이는 눈빛으로 랭던을 천천히 돌아보았다. 그녀는 지친 낯빛으로 고개를 끄덕이며 그의 결정을 따르겠다는 뜻을 전했다.

아래층에 감금된 사샤를 생각하니 랭던은 가슴이 미어졌다. 대사의 계획이 심히 우려되기는 해도 더 나은 대안이 없었다. 인정하기 쉽지 않지만, 세상에서 사샤 베스나에게 제일 안전한 곳은 버지니아주 랭글리가 맞았다. 사샤를 억압하던 자들이 이제 그녀의 수호자가 될 거라는 사실이 역설적으로 느껴졌지만…… 어쩔 수 없었다.

'신의 한 수일 수도 있어.'

사샤가 미국 대사관을 찾아온 이유는, 그녀를 지키는 신비로운 골렘 수호자가 이미 그런 점까지 깊이 고려해 내린 결정 때문이 아니었을까. 골렘 수호자는 네이글이 협상에서 우위를 점할 수 있는 수단을 제공하면서…… 가장 순수한 목소리로 호소했다.

'사샤를 도와주세요.'

대사의 이야기를 되짚어 보던 랭던은 문득 한 가지 의문을 떠올렸다.

'Quis custodiet ipsos custodes?'

네이글은 라틴어를 공부한 적이 없지만 랭던이 던진 질문이 무슨 뜻인지 알아들었다. 이는 어디에나 있는 반정부 내부고발자들에 관련된 근본적인 질문으로 '누가 감시자들을 감시할 것인가?'라는 뜻이었다.

이 상황에 적절한 질문이자, 어느 조직에서나 제기되는 질문이기도 했다. CIA가 사샤를 보살핀다고 하면…… 누가 CIA를 감시할 것인가? 네이글은 CIA가 합의를 어기면 영상을 풀어버리겠다고 협박할 수 있지만…… CIA 내부 한복판에 믿을만한 정보원이 없다면 CIA가 합의 사항을 잘 지키고 있는지 확인할 방법이 없었다.

'누가 감시자들을 감시할 것인가?'

네이글은 이미 그 답을 알고 있었다. 그 답을 소리 내어 말하는데, 오랫동안 잊고 있었던 목적의식도 목소리에 담겼다.

네이글이 시선을 들어 랭던을 바라보며 대답했다.

"제가 할 겁니다."

네이글은 다짐하며 벅차오르는 감정을 느꼈다. 사샤 베스나를 돌보는 것이 지금껏 이용당한 자신의 영혼에 대한 속죄임을 깨달았다. 그러다 보면 현 상태에 안주하려던 마음도, 프라하에서 벌어진 음모에 자의로든 타의로든 가담했다는 죄책감과 두려움도 털어낼 수 있지 않을까.

'무슨 일을 하더라도 마이클 해리스의 목숨값은 되지 못하겠지만…… 그래도 해봐야지.'

134

대사의 사무실을 나온 랭던은 난간에 손을 얹고 홀로 대리석 계단을 내려갔다. 앞으로가 걱정이었다. 지금부터 몇 분이 아니라 몇 달이.

'네이글이 감시자들을 감시하겠다고?'

조금 전 사무실에서 나눈 대화를 곱씹어 보았다. 네이글은 앞으로 다시 시작될 문지방 프로젝트와 관련해 일종의 감찰관이나 감독관 역할을 하면서 *개인적*으로 문지방 프로젝트를 감시하겠다고 했다. 그리고 문지방 시설을 재건하는 것은 국가 보안을 위해 반드시 필요하고 옳은 일이지만…… 올바른 방법으로 이루어져야 한다고 주장했다.

"제가 그 프로젝트에 관여하고 있어야 협상에서 우위를 점할 수 있어요. 사샤 베스나의 개인 변호사 자격으로 현장에 머물면서 사샤의 생활 조건, 안전, 정신 건강을 챙길 거예요. 향후 그 프로그램에 참여하게 될 사람들을 위해서도 같은 일을 할 거고요." 네이글은 들릴 듯 말 듯 한숨을 내쉬며 말을 이었다. "이런 역할을 맡는 건 저한테도 굉장히 의미가 커요. 끔찍한 실수를 만회할 기회니까요."

랭던은 그 말에 담긴 깊은 회한을 느꼈다. 네이글이 계속해서 말했다.

"생각할수록 이게 사샤와 CIA, 그리고 우리를 위한 최선의 선택인 것 같아요. 저드 국장에게 전화해서 그 사람에게 우리를 위해…… 우리와 함께 무엇을 해야 하는지 말하기 전에…… 한 가지 문제를 해결해야 해요."

그러자 캐서린이 말했다.

"사샤……. 대사님이 사샤를 설득해야겠군요."

네이글이 고개를 끄덕였다.

"사샤가 이 계획에 동의하는 게 중요해요……. 사샤의 동의가 없으면 아무것도 할 수 없어요. 저는 앞으로 CIA가 사샤를 비롯해 어느 누구도, 동의 없이, 그 사람 모르게 어떤 프로젝트에든 강제로 투입하지 못하도록 막을 거예요."

랭던은 네이글의 말에 담긴 감정을 가늠하며 말했다.

"사샤가 동의할지 모르겠네요."

"사샤한테 어떤 식으로 물어보느냐에 달려있다고 봐요."

'진정한 외교관답게 말하면 되겠지.'

랭던은 이렇게 생각하며 물었다.

"사샤를 설득하실 수 있겠습니까?"

"그 여자와 제대로 얘기를 나눠본 적이 없어서 할 수 있을지 모르겠네요." 네이글은 그를 가만히 바라보며 덧붙였다. "*교수님이라면 가능할 것 같은데요.*"

랭던은 고개를 갸웃했다.

"예? 저더러 사샤와 얘기해 보라고요?"

네이글이 조금 전에 도움이 필요하다고 말하긴 했는데, 이런 요청을 받을 줄은 미처 생각도 못 했다.

"이 방에 있는 사람 중에 베스나 씨와 잠시나마 시간을 같이 보낸 사람은 교수님뿐이에요. 교수님은 사샤의 세상에 남아있는 인물 중에 그녀가 대화를 나눌 의향이 있는 유일한 사람일 겁니다."

그 말이 침묵 속에서 한참 맴돌았다.

랭던이 말했다.

"솔직히 오늘 제가 누굴 만났는지 잘 모르겠습니다. 어떨 때는 사샤와 같이 있었던 것 같긴 한데, 대부분은 사샤의 다른 인격과 함께했던 것 같아요. 그 인격이 사샤인 척하면서 모든 일을 관장했겠죠. 그걸 알 방법은 없지만요."

"오늘 상대한 게 누구든 교수님은 도움을 줬고 다정하게 대해줬어요. 그 사람은 그걸 잘 알 거예요. 그리고 교수님을 한 번도 아니고 두 번이나 보호해 줬잖아요."

'그건 맞아.'

다른 인격은 그를 재촉해 문지방 시설에서 달아나게 했고, 해리스를 살해하기 전 그를 속여 사샤의 아파트를 떠나게 했다.

네이글이 말을 이었다.

"사샤는 교수님을 믿는다는 걸 보여준 거예요. 가정해서 말해보죠. 교수님이 어떻게 해야 사샤가 우리, 저, 우리가 세운 계획, 미국에서의 새로운 삶을 믿도록 설득할 수 있을까요?"

랭던은 쉽지 않은 일이라는 생각이 들었다.

"이 제안을 받아들이면 사샤의 꿈이 이루어질 거라고 말해보겠습니다. 사샤가 자기한테 일어난 일을 얼마나 기억하고 이해하느냐에 따라, 앞으로 건강하고 행복하게 살려면 용서가 필요하다는 걸 강조해야겠죠. 사샤가 관련된 모든 사람을 용서하고, 또 용서받아야 가능한 일이니까. 용서를 주고받는 거죠. 사샤의 다른 인격은 그 점을 잘 이해할 겁니다. 사샤는 자기를 끔찍하게 배신한 CIA를 용서해야 하고, CIA는 복수할 목적으로 자신들의 비밀 시설을 파괴한 실험 대상자를 용서해야겠죠. 그 비밀 시설이 사샤에게 해악을 끼친 건 분명하니까. 사샤와 CIA가 과거를 정리하고 서로 용서해야 비로소 공공의 선을 지향하는 미래도 존재할 수 있겠죠.”

네이글과 캐서린은 깊은 인상을 받은 표정을 지으며 고개를 끄덕였다. 네이글이 말했다.

“제가 그래서 당신한테 부탁드린 거예요, 교수님.”

랭던은 오크나무 패널로 장식된 대사관 회의실 문을 조심스레 열고 안을 들여다보았다. 긴 테이블 저 끝에 사샤 베스나가 홀로 앉아있었다. 헝클어진 금발 머리가 물에 축축이 젖었고 얼굴도 풀이 잔뜩 죽어있었다. 어깨에는 수건이 둘러있었다. 앞에는 반쯤 먹다 만 음식이 놓여있었다. 무릎에 올려놓은 두 손에는 수갑이 채워져 있을 터였다.

랭던은 그녀를 한참 바라보다가 안으로 들어가 등 뒤로 문을 닫았다. 그는 부드러운 미소를 지으며 천천히 다가갔다.

“안녕, 사샤.”

그녀는 반갑다기보다 경계하는 낯빛으로 그를 쳐다보았다.

랭던은 3미터쯤 떨어진 곳에 있는 의자에 앉으며 말했다.

"무사한 걸 보니 기쁘네요."

"고맙습니다."

사샤는 확신이 안 서는 눈빛으로 그를 살폈다.

랭던은 이 만남이 네이글 대사의 예측처럼 따뜻하고 화기애애한 재회가 아닐 수도 있겠다는 느낌이 들었다.

"사샤, 당신에게 전할 중요한 정보가 있어서 왔어요." 그는 알맞은 표현을 고르려 잠시 뜸을 들였다. "당신이 제일 잘 이해할 수 있는 방법으로 전하고 싶네요."

"네."

사샤는 짧게 대꾸했다.

랭던은 불안했지만 잠시 생각을 정리하고 차분하게 입을 열었다.

"사샤, 당신이 오늘 밤 여기에 도움을 청하러 온 거 이해합니다. 대사님은 당신을 무척 돕고 싶어 하세요. 당신이 위험에 처했다고 느끼는 점을 잘 알고, 당신을 안전하게 보살펴 주고 싶어 하십니다. 그렇게 할 수 있는 계획도 갖고 계시고요. 나도 그 계획에 대해 들었는데, 완벽한 해결 방법은 아니지만 할 수 있는 최선인 것 같더군요……. 대사님은 그렇게 해야 당신이 안전하고 비교적 정상적인 삶을 누릴 수 있을 거라고 여기세요. 나도 같은 생각이고요."

사샤의 표정이 약간 밝아졌다.

"어떤 방법인지 설명하기 전에, 미안하지만 좀 이상한 질문을 해야겠어요. 조금 황당하게 들릴 수도 있는데…… 당신이 솔직하게 대답하는 게 중요합니다. 그렇지 않으면 그 해결법대로 할 수가 없어요." 랭던은 그녀의 옅은 색 눈동자를 똑바로 쳐다보았다. "이런 질문을 하는 걸 용서해 주길 바랍니다. 하지만 난 알아야 해요. 내가 지금 얘기를 나누는 상대가 누구죠? 당신입니까, 사샤?"

젊은 여자는 랭던을 한참 쳐다보다가 고개를 저었다. 그리고 저음의 나직한 목소리로 대답했다.

"아니. 사샤의 안전을 생각해서 아직 풀어주지 않았어."

135

캐서린은 대사의 사무실 소파에서 벌떡 일어나 앉았다. 깜빡 잠이 들었다. 랭던은 아직 돌아오지 않았고 대사는 창문 앞에 서서 멍하니 어둠 속을 내다보고 있었다. 캐서린이 부스럭거리는 소리에 네이글이 방 안을 돌아보며 손목시계를 확인했다.

"30분 지났어요. 아직 얘기 중이에요."

"좋은 징조네요. 로버트는…… 세심하거든요."

"그런 것 같더군요." 네이글은 캐서린 앞으로 와 앉았다. "아까 저를 따로 부르더니 박사님의 사라진 원고에 대해 *이것저것* 물으시면서, CIA 측에 얘기해서 그 원고를 돌려받게 해달라고 요구하더라고요."

캐서린은 희망을 가졌다.

"그래서요?"

네이글은 고개를 가로저었다.

"안타깝지만 국장은 Q의 작전팀이 모든 파일을 없앴다고 확인해줬어요."

캐서린은 콧방귀를 뀌었다.

"그 사람들 말은 못 믿겠어요."

"아마 사실일 거예요. 위키리크스(정부와 기업의 비윤리적 행태를 담은 기밀문서들을 공개하여 폭로하는 미디어위키 엔진을 기반으로 하는 사이트—옮긴이) 이후로 CIA는 조직에 해롭다고 판단되는 모든 정보를 즉각 없애도록 하는 엄격한 새 규정을 만들어서 시행하고 있어요. 유감이지만 박사님 원고는 사라졌어요."

캐서린은 자신의 원고가 삭제되었다는 사실을 부정하듯 손가락으로 애꿎은 소파를 꼬집었다.

"CIA가 원고를 없앤 게 참 역설적이에요. 그 원고를 보면 테러 관리 이론을 새로운 관점에서 볼 수도 있었을 텐데."

네이글은 그 말에 놀란 표정을 지었다.

"테러 관리 이론에 관한 내용이 담겨있었어요?"

"제 작업과 꽤 관련이 있거든요."

'대사님의 작업과도 관련이 있죠.'

군 정보기관은 특정한 위협에 대한 사람들의 반응을 예측하기 위해 테러 관리 이론을 활용했다. 이 이론의 연구 결과는 매우 잘 정립되어 있었다. 인간의 불안에는 핵전쟁, 테러, 파산, 외로움 등 무수한 원인이 있는데, 테러 관리 이론에 따르면 인간 행동 이면의 주된 두려움과 가장 강력한 동기는 바로…… 죽음에 대한 공포였다. 죽을지도 모른다는 생각 때문에 겁에 질린 사람의 뇌는 그 공포를 '관리'하기 위해 매우 명확한 전략을 사용했다.

자기가 지금 죽을 수밖에 없거나 죽을 거라고 인식하는 '죽음의 현저함'은 보통 부정, 영성, 마음 관리 연습, 여러 가지 철학적 성찰

등 다양한 방식을 통해 관리할 수 있었다.

하지만 전쟁, 범죄, 폭력적 대치 같은 극단적 상황에서 사람들은 예측 가능한 행동을 보였다. 자기 목숨을 걸고 죽을 각오로 싸우거나…… 위협을 피해 달아나거나 둘 중 하나였다. 이를 투쟁-도피 반응이라고 하는데, 군사 전략가들 입장에서는 둘 중 어떤 반응이 나타날지 예측하는 것이 전략 수립에 도움이 됐다.

캐서린이 말했다.

"알고 보니 투쟁이나 도피는 죽음의 공포에 대한 뇌의 유일한 반응이 아니었어요. 오랜 시간에 걸쳐 점진적으로 나타나는 반응이 있었죠. 요즘 많은 사람들이 그렇듯이…… 우리는 세상이 안전하지 않다고 여기고 두려워하기 시작했어요."

"논리적으로 타당한 두려움이죠."

"우리는 붕괴하는 자연환경, 늘어나는 핵전쟁 위협, 다가오는 팬데믹, 대량 학살, 세상 곳곳에서 끝없이 벌어지는 잔학 행위를 연상케 하는 미디어 보도에 매일 노출되고 있어요. 이 모든 게 뇌의 테러 관리 전략을 자극해 낮은 수준이지만 배경에서 계속 작동하게 하고 있어요. 아직 투쟁 혹은 도피 모드로 바뀌는 건 아니지만…… 늘 최악을 예측하는 거죠. 결국 우리가 사는 세상이 무시무시해질수록 우리는 잠재의식적으로 죽음을 준비하는 데 시간을 더 많이 할애하게 돼요."

네이글은 이 얘기가 어디로 흘러갈지 가늠이 되지 않았다.

"죽음을 준비한다니…… 어떻게요?"

"대답을 들으시면 놀라실 거예요. 저도 놀랐거든요. 죽음의 현저함과 뇌를 연구하다가, 죽음에 대한 두려움이 증가하면 일관된 행동

반응이 나타난다는 걸 알게 됐어요. 모두가 *이기적*이 되는 거예요."

"네?"

"두려움은 우리를 *이기적*으로 만들어요. 죽음이 두려울수록 우리는 *자기 자신*, 자기 물건, 자기만의 안전한 공간 같은…… 익숙한 것에 더 매달려요. 인류는 점점 민족주의, 인종 차별, 종교적 편협함을 내보이고 있잖아요. 권위를 업신여기고, 사회적 관행을 무시하고, 자기 자신을 위해 남의 것을 훔치고, 점점 더 물질적이 되어가죠. 지구는 어차피 망했으니 어차피 다 죽을 거라고 여기면서 환경에 대한 책임감도 내려놔 버리는 거예요."

"놀랍네요. 전 세계적 불안정, 테러, 문화 차이에 따른 분열, 전쟁에 기름을 붓는 행동들이잖아요."

"맞아요. 그래서 CIA의 일을 더 힘들게 만들죠. 안타깝지만 악순환이에요. 상황이 악화될수록 사람들의 행동이 난폭해지고, 사람들이 난폭해질수록 상황이 악화되는 거예요."

"그런 문제적 패턴이 인간이 지닌 죽음에 대한 두려움에 기인한다는 게 박사님 이론인가요?"

"*제* 이론은 아니에요. 관찰 분석, 행동 실험, 과학적 여론 조사를 통해 수집한 무수한 통계적 증거를 통해 과학적으로 입증된 내용이죠. 하지만 이 연구에서 제일 중요한 점은, 어떤 이유로든 죽음을 두려워하지 않는 사람들이 더 자비롭고, 타인을 더 잘 수용하고, 이타적이고, 환경을 아끼는 행동을 하는 경향이 있다는 거예요. 결국 우리 모두가 죽음에 대한 부담감과 공포에서 자유로워지면……"

"극적으로 향상된 세상에서 살 수 있겠네요."

"그렇죠. 체코의 위대한 정신과 의사 스타니슬라프 그로프는 '죽음에 대한 두려움을 없애면 개인이 세상을 대하는 방식이 달라질 수 있다'라고 말했어요. 그로프는 의식의 급진적 변화야말로 우리가 서구의 기계론적 패러다임이 초래한 전 세계적 위기에서 살아남을 수 있는 유일한 희망이라고 했어요."

"음, 그렇다면." 네이글은 잔에 커피를 더 따랐다. "우리가 세상의 상수도원에 항불안제라도 타야겠군요."

캐서린이 빙그레 웃었다.

"자낙스(불안 치료제—옮긴이)로 해결될 문제는 아니지만 희망이 없지는 않아요."

네이글이 커피를 마시다 말고 물었다.

"그래요?"

"원고에 썼듯이, 저는 죽음에 대한 인간의 관점이 바뀔 거라고 믿어요. 전 세계 최고 과학자들이 진짜 현실은 우리가 믿고 있는 것과 *전혀* 다르다는 사실을 알아가고 있으니까요. 죽음은 환상일 뿐이다…… 인간의 의식은 신체적 죽음 이후에도 *생존해* 계속 살아간다는 도발적인 생각도 하고 있고요. 그 진실을 우리가 증명할 수 있다면, 앞으로 수 세대 내에 인류의 정신은 완전히 다른 전제에서 기능하게 될 거예요. 죽음을 전혀 두려워할 필요가 없다는 믿음이죠……."

캐서린의 목소리가 열정으로 가득 찼다.

"생각해 보세요. 인류로 하여금 파괴적인 행동을 하게 만드는 보편적 두려움이…… 사라지는 거잖아요. 우리가 자폭하거나 지구를 파괴하기 전에 최대한 잘 버텨서 그 패러다임 변화에 다다를 수만 있다면, 인류는 철학적 전환점을 맞이해 상상할 수 없을 만큼 평화로운 미래를 살아가게 되겠죠."

대사는 침묵했다. 캐서린은 그동안 세상의 별의별 일을 보아온 대사의 눈빛에서 그런 평화로운 세상이 오기를 바라는 깊은 열망을 읽어낼 수 있었다. 대사가 조용히 말했다.

"박사님 말대로 되면 좋겠네요."

잠시 후 랭던이 사무실 문 앞에 모습을 드러냈다.

네이글이 벌떡 일어섰다.

"어떻게 됐어요?"

그는 힘겨운 미소를 지으며 사무실 안으로 들어왔다.

"대사님, 이제 국장에게 전화할 때인 것 같습니다."

버지니아주 랭글리의 늦은 오후, 그레고리 저드 국장은 그의 전임 법무 자문관 하이디 네이글과 그날 두 번째 영상 통화를 마쳤다.

'하이디를 해고한 건 참 멍청한 짓이었어.'

오랜만에 나타난 네이글에게 시달림을 당해서가 아니었다. 그녀가 명석하게 일을 잘해내고 있었기 때문이다. 말도 안 되는 이 난관을 척척 헤쳐나갈 수 있는 능력은 아무에게나 볼 수 있는 것이 아니었다. 평범한 변호사들은 법률 문구 하나하나에 매달리는 흑백 세상에서 살고 있지만, 네이글은 변화무쌍하고 복잡하며 예측 불가능한 현실 세계에서 살고 있었다.

네이글은 명확하고 겸손하며 놀라울 정도로 솔직하게 감정을 표현하면서, 사샤 베스나와 관련된 뜻밖의 정보와 현 상황, 문지방 프로젝트를 불가피하게 재건하는 과정에서 벌어지게 될 문제들을 그에게 설명했다. 여느 실력 좋은 협상가와 마찬가지로 네이글은 저드가 *그녀가* 정해놓은 결론에 도달하도록 유도하면서도, 그것이 저드의 아이디어인 양 느끼게 만들었다.

저드는 과학자가 아니지만, 인간 정신에 관한 CIA의 연구가 그가 젊은 시절 상상했던 것과는 완전히 다른 방향으로 가고 있다는 사실만은 알 수 있었다. 다행히 저드가 하는 일은 현실의 본질을 파고들어 이해하는 게 아니라, 현실의 힘을 이용해 국가에 봉사하고 국가를 보호하는 것이었다.

가끔 그는 문지방 같은 프로그램을 통해 모든 인간의 정신이 연결될 수 있다는 증거를 찾아내는 미래를 꿈꿨다. 그런 날이 오면 두려움과 경쟁이 아니라 공감과 이해를 바탕으로 살아가는 글로벌 공동체가 가능해질 테니…… 국가 안보라는 개념은 과거의 유물이 될 것이다.

하지만 지금은 할 일을 해야 했다.

136

하이디 네이글은 바츨라프 하벨 공항의 전용 터미널 바깥에 나가 서있었다. 활주로 근처에 선 그녀는 앞으로 밀어붙여야 할 계획의 무게를 가늠해 보았다.

'망명.'

옳은 결정이었다.

'그것 말고는 답이 없어.'

멀지 않은 곳에서 대사관 세단이 공회전하고 있었다. 세단 운전석에는 스콧 커블이 앉아있고, 트렁크에는 급하게 챙겨온 사샤의 옷과 개인 물품이 담긴 더플백이 실려있었다. 사샤는 여전히 수갑을 찬 채 세단 뒷좌석에 조용히 앉아있었다. 멍한 듯하면서도 차분한 모습으로, 바로 옆 애완동물 캐리어에 담긴 샴고양이 두 마리와 놀고 있었다.

터미널 격납고에서 나온 소형 전용 제트기가 그들 쪽으로 빙 돌아 다가왔다. 핀치가 타고 온 시테이션 래티튜드 제트기였다. 조종사들은 CIA 국장으로부터 '유령 비행'을 하라는 명령을 받았다. 이름 없는 승객 두 명을 태우고 버지니아주 랭글리 공군 기지로 오라는 지시였다.

'승객 명단이 없는 비행이지.'

제트기가 다가오는 모습을 바라보면서 네이글은 저드 국장에 대한 신뢰가 높아지는 것을 느꼈다. 하지만 CIA에서 오랫동안 근무하면서 그녀는 맹목적 믿음이 얼마나 위험한지 배웠다. 국가 보안의 세계에서 *신뢰*란, 아무리 뿌리 깊은 충성심을 가졌다 해도, 몇몇 개인의 필요성보다 국가의 필요성이 더 중해졌을 때 언제든 깨질 수 있었다.

네이글은 영향력 있는 수단을 더 확실히 확보해 두기 위해, 대사관 창고에서 꺼낸 아이언키 256-비트 암호화 하드 드라이브 네 개에 게스네르 심문 영상을 담고, 열여섯 글자로 된 암호로 잠갔다. 오늘 밤에 만든 그 암호를 아는 사람은 네이글 본인뿐이었다. 하드 드라이브 하나는 지금 그녀의 주머니에 있었고, 다른 하나는 개인 금고에 들어있었으며, 나머지 두 개는 외교 행낭으로 봉해 유럽과 미국에 살고 있는 변호사 친구 두 명에게 각각 보내두었다. 네이글이 갑작스럽게 죽거나 실종된 경우*에만* 그 외교 행낭을 개봉하라는 지침도 동봉했다.

'만일의 사태에 대비해 이중 삼중으로 안전장치를 준비할 수밖에 없지.'

이 상황에서 와일드카드는 사샤 베스나, 그리고 사샤를 예측하기 어렵고 신뢰하기도 어려운 사람이 되도록 만든 특이한 조건이었다. 사샤는 정신과 치료를 받아야 하지만, 그동안 모진 삶을 견뎌온 만큼 따뜻한 집과 친구, 안전한 환경, 정상적인 삶을 누릴 자격이 있었다. 사샤를 보호하는 다른 인격은 사람들이 사샤에게 해를 가할 때만 전면에 나서기 때문에, 네이글은 그런 사태가 벌어지지 않도록 계획을 세워두었다.

'사샤에게 피난처를 제공해야 해. 최대한 안전한 피난처.'

네이글은 사샤를 얼른 비행기에 태워 프라하 밖으로 내보내고 싶었다. 앞으로 한 시간 내에 독일 람슈타인 공군 기지에서 출발한 미 육군이 폭발 현장에서 '복원 작업'을 하기 위해 프라하에 도착할 것이다. 그들은 아마 표적 미세 폭발 방식으로 분화구의 돌더미를 완전히 가루로 만들고 그 위에 콘크리트를 붓는 방식으로 작업할 듯했다. 그런 다음 그 위에 자갈을 깔고 표토 따위로 덮겠지. 모든 게 계획대로 된다면 폴리만카 공원의 잔디밭은 몇 주 내로 아무 일도 없었던 것처럼 멀쩡하게 복구될 것이다.

'묻어버리면 끝이지. 그곳에 문지방 시설이 존재했다는 사실을 아는 사람은 몇 명뿐이야.'

시테이션 래티튜드 제트기가 가까이 오자 커블이 차에서 내려 네이글 옆으로 다가왔다.

"대사님, 베스나 씨는 편안하게 쉬고 있습니다. 짐을 비행기에 실을까요?"

"사샤와 함께해 줘서 고마워, 스콧. 사샤를 넘겨줄 때까지 수갑을 풀어주지 마. 착륙하면 국장 팀이 지상에서 사샤를 넘겨받을 거야."

"알겠습니다, 대사님."

"국장이 거기서 직접 사샤를 맞이할 거라고 했어. 그분을 만나면 이걸 전해줘." 네이글은 주머니에서 암호화된 하드 드라이브를 꺼내 커블에게 내밀었다. "주면 뭔지 알 거야. 네 개 중에 하나라고 말해. 내용을 확인하고 싶으면 암호를 알려줄 테니 나한테 전화하라 하고."

"알겠습니다, 대사님."

커블이 그것을 받아 주머니에 넣고 돌아섰다.

그 순간 네이글은 생각이 바뀌었다.

"그냥, 그분이 좋아하는 키신저의 명언 앞 글자를 따서 암호를 지었다고 알려드려."

커블은 조용히 듣고는 짐을 가지러 걸어갔다.

비행기 쪽으로 걸어가면서 네이글은 로버트 랭던과 캐서린 솔로몬이 이 상황에 대해 더 이상 불안해하지 않기를 바랐다. 미국에서 가장 강력한 힘을 가진 사람이 비바람을 막아줄 것이므로 그 둘은 어느 때보다 안전했다. 네이글이 테러 관리 이론과 미래에 대한 캐서린의 의견을 들려주자 저드는 무척 흥미로워하며 솔로몬 박사를 설득해서 문지방 프로젝트 팀에 합류시킬 수 있겠느냐고 물었다.

'헛꿈 꾸지 마세요.'

물론 저드에게는 좀 더 정치적인 표현으로 답했다. 캐서린이 CIA 때문에 얼마나 고생했는지 일깨우는 것도 잊지 않았다.

'게다가 솔로몬 박사가 책을 다시 집필할 수도 있고.'

사샤 베스나는 깊은 잠을 자고 깨어나면 뭔가 중요한 걸 잃어버린 듯한 느낌을 받곤 했다. 오늘은 특히 기억에 구멍이 잔뜩 나서, 다른 날 같았다면 몹시 불안했을 것이다. 오늘 일어난 일들의 기억이 흐릿하게 토막 난 상태인데 마음은 이상하게 편안했다. 사샤가 신뢰하게 된 내면의 목소리가 모든 게 괜찮다고…… 아주 좋을 거라고 속삭여 준 덕분이었다.

30분 전 짙은 안개에서 빠져나온 사샤는 손목에 수갑이 채워진 채 따뜻한 세단 뒷좌석에 앉아있다는 걸 인식했다. 바로 옆에는 반려동물 캐리어 안에 해리와 샐리가 있었다. 제복 입은 남자가 세단을 운전 중이었고, 조수석에 앉은 여자가 고개를 돌려 미국 대사라고 자기소개를 하면서 어떻게 된 일인지 자세하게 설명해 주었다.

이상하게도 사샤는 이렇게 손목이 묶인 채 낯선 사람들과 동행하고 있는데도 겁이 나지 않았다. 어쩐지 그녀는 이 순간에 준비가 되어있었다. 내면의 목소리가 이 모든 게 사샤와…… 그녀의 안전을 위한 거라고 안심시켰다.

미국 대사는 그녀의 손목에 수갑을 채운 것과 급하게 떠나게 된 점에 대해 사과하면서 무슨 상황인지 들려주었다. 정치적 망명의 가능성, 국무부 규정, 공해 위를 가로지르는 비행에 대한 설명이었는데, 대부분 알아듣지 못했지만 상관없었다. 한 가지는 확실히 들었다.

'나는 미국으로 가는 거야.'

머릿속 목소리가 사샤에게 고맙게 생각하라고, 협조하라고 말했다. 하지만 굳이 그런 말을 할 필요도 없었다. 어렸을 때부터 미국 로맨스 영화에 푹 빠져 살았던 사샤에게 미국에 가는 것은 환상적인 일이었으니까. 뉴욕에 가서 센트럴 파크, 카츠 델리카트슨, 엠파이어 스테이트 빌딩을 볼 수 있는 날도 올까.

어쩌다 일이 이렇게 진행됐는지는 정확히 알 수 없었다. 그동안 게스네르 박사 밑에서 열심히 일했기 때문일지도 몰랐다. 사샤가 아는 것은 미국 대사가 미국행을 성사시켜 줬다는 것뿐이었다.
'대사님은 믿을 수 있는 분이야. 새로운 친구야.'
따뜻한 세단에서 고양이들과 함께 앉아있는 동안 사샤는 머릿속에 들어앉은 거미줄이 걷히기를 기다렸다. 차를 운전해 준 해병대원이 어느새 그녀의 가방을 비행기에 싣고 있었다. 프라하에는 더 이상 사샤를 위한 것이 남아있지 않았다. 게스네르도 없고, 일자리도 없고, 살 곳도 없었다…….

문득 남겨두고 떠나는 게 하나 있다는 걸 깨달았다. 마이클 해리스였다.
'마이클에게 작별 인사를 못 했어!'
묘하게도 마치 전생의 연인이었던 것처럼 마이클에 대한 기억이 빠른 속도로 지워지고 있었다. 사샤는 로맨스 영화에서 본 대사를 떠올렸다.
'첫사랑은 중요해. 다가올 것들에 마음을 열게 해주니까. 앞으로 무엇이 다가올까?'
살면서 처음으로 무한한 가능성의 세계에 들어가는 느낌이 들었다. 고요한 목소리가 머릿속에서 다시 속삭였다.
'과거에 의문을 품지 마, 사샤. 미래를 봐.'
자주 들었던 목소리였다. 마이클은 그 목소리가 그녀의 직감이라고, 그녀의 높은 자아이며 잠재의식이라고 했다. 그는 누구나 그런 목소리를 갖고 있다고, 내면에서 속삭여 주고 안심시켜 주고 이끌어 주는 영혼의 일부라고 그녀를 안심시켰다. 미국에서 자리를 잡으면 마이클에게 편지를 쓸 것이다. 아니, 어쩌면 그러지 않는 게 최선일 수도 있었다. 요즘 그와의 사이가 끝나가고 있다는 느낌을 받고 있던 참이었다.

창밖에서 어떤 목소리가 그녀를 불렀다.

"베스나 씨?"

해병대원이 돌아와 그녀가 앉아있는 세단의 뒷문을 열어주었다.

"승무원들이 베스나 씨를 기다리고 있습니다."

해병대원이 그녀의 안전벨트를 풀고 차에서 내리도록 도와주었다. 그리고 뒷좌석으로 팔을 뻗어 캐리어를 조심스럽게 꺼내며 말했다.

"해리와 샐리를 비행기에 태우러 갈까요?"

사샤는 고마워하며 고개를 끄덕였다.

"감사합니다."

"스콧이라고 불러요." 그는 그녀를 힐끗 보며 미소 지었다. "오늘 제가 당신과 함께 비행할 겁니다. 사샤라고 불러도 돼요?"

"물론이죠!"

제트기를 향해 걸어가는데 점점 흥분됐다. 제트기 계단 아래서 대사가 작별 인사를 하려는지 홀로 서있었다.

그들이 다가가자 대사가 말했다.

"커블 하사, 날씨가 추우니까 멋진 고양이 두 마리를 비행기에 먼저 실어놓고 베스나 씨를 데리러 다시 내려와 주겠나?"

"알겠습니다, 대사님."

그는 해리와 샐리를 데리고 계단을 올라가 비행기 안으로 사라졌다.

대사가 걱정스러운 눈으로 사샤를 살피며 말했다.

"너무 갑작스러워서 이해 안 되는 게 많은 거 알아요. 괜찮아요?"

사샤는 한순간 밀려온, 감사하고 당황스럽고 흥분되고 믿기지 않는 감정 속에서 평정심을 유지하려 애썼다. 대사는 언젠가는 모든 걸 이해할 수 있을 거라고 몇 번이나 말했다. 또한 조만간 미국에서 다시 만나자고 약속했다. 그 말을 듣고 나니 사샤는 마음이 편안해졌다.

  "머릿속이 아직 많이 흐릿하지만…… 전 괜찮아요. 저한테 정말 친절하게 대해주셨어요." 사샤는 눈물이 날 것 같았다. "이 은혜를 어떻게 갚아야 할지 모르겠어요."

  대사도 벅차오르는 표정이었다.

  "믿을지 모르겠지만, 사샤…… 당신은 이미 충분히 갚았어요."

  사샤가 눈물을 흘리자 대사가 다가와 한참을 안아주었다. 네다섯 살 때…… 고장 난 아이로 판명되기 전 어머니가 껴안아 주었던 기억이 떠올랐다. 그 후로 오랫동안 이런 포옹을 받아보지 못했다.

137

프라하에서 떠오른 겨울 태양이 눈 덮인 첨탑으로 이루어진 도시의 윤곽선에 부드러운 빛을 뿌렸다.

랭던은 캐서린과 함께 오후 비행기를 타기 전 해결해야 할 일이 하나 남아있었다. 이 미묘한 상황을 설명하면 캐서린이 어떻게 반응할지 알 수 없어 그는 초조했다.

'아까 말하려다가 말았는데.'

그 일에 대해 털어놓고 싶었지만 적당한 타이밍을 찾지 못했다.

'일단 아침이나 먹자. 다 잘될 거야.'

90분 전, 대사와 마지막으로 진지하게 논의하고 사샤와 작별 인사를 나눈 뒤 랭던과 캐서린은 대사관을 나섰다. 그들은 네이글이 개인적으로 추천한 알히미스트 호텔의 유명한 '프로세코 와인을 곁들인 아침 식사'를 즐기기 위해 스무 걸음쯤 걸어 자갈 깔린 광장을 가로질렀다.

16세기 바로크풍 대저택을 완벽하게 재건해서 문을 연 알히미스트 호텔은 겨울마다 널찍한 안마당을 얼려 스케이트장으로 만들었다. 천장에 매단 조명 불빛을 받아 스케이트장이 반짝거리고 있었다. 진홍색 천을 씌운 의자, 빛나는 무라노 샹들리에, 어린이책 원작의 영화 세트장에서 가져온 것 같은 '코린트식' 금색 기둥이 갖춰진 식당은 그야말로 환상적인 분위기였다.

스케이트장이 내다보이는 조용한 창가 자리에 앉은 랭던과 캐서린은 식용 금박을 올린 무화과 만두로 마무리하는 사치스러운 아침 식사를 이제 막 끝마쳤다. 배를 채운 뒤 어제 아침에 일어난 이런저런 일들을 한참 생각하면서 치커리 멜타 음료를 조용히 마시며 스케이트장을 내다보고 있는데 젊은 여자 하나가 오더니 스케이트장 바로 앞에서 스케이트화 끈을 묶었다.

"스케이트 타는 수녀인가?"

랭던은 조금 전 웨이터에게 들은 유령 이야기를 슬쩍 꺼냈다. 수세기 전에 이 자리에서 죽은 수녀가 가끔 나타나 얼음 위에서 유유자적하게 패턴을 그리며 스케이트를 탄다는 이야기였다.

"아닐걸."

젊은 여자는 외투를 벗더니 안에 입은 스케이트복을 드러냈다. 흰색 스팽글과 은색 구슬이 박힌, 노출이 심한 스타일의 스케이트복이었다.

스케이트장 안으로 들어간 그 여자는 공들인 복장에 어울리지 않게 휘청거렸다.

'이상하네.'

랭던은 그 여자가 어기적거리며 스케이트장 한가운데로 가는 모습을 바라보았다. 여자는 이윽고 멈춰 서더니 머리카락을 위로 부풀린 후 핸드폰을 들고 셀카를 찍기 시작했다.

"불가사의가 풀렸네. 인스타그램 스케이터였어."

랭던의 말에 캐서린이 웃음을 터뜨렸다.

"이게 우리가 살고 있는 새로운 현실이야."

랭던이 그녀를 돌아보며 물었다.

"걱정되지 않아? 젊은 사람들이 세상에 대고 끝없이 자기를 방송하는 거. 교정에서 저런 사람들을 매일 보거든. 세계에서 '제일 똑똑하고 잘난' 학생들도 현실 세상보다 온라인 세상을 더 재미있어하는 것 같아."

"그게 사실이지." 캐서린은 차를 한 모금 마셨다. "하지만 첫째, 젊은 사람들만 그러는 건 아니야. 둘째, 온라인 세상도 현실 세상이랑 같다는 걸 당신도 인정해야 해."

"사랑을 이모티콘과 '좋아요' 숫자로 표현하는 현실 세상?"

"로버트, 당신은 핸드폰을 붙들고 사는 사람을 이 세상을 무시하면서 살고 있는 사람 취급 하잖아. 저쪽 세상에 몰입해서 사는 사람이라고 생각할 수도 있겠지. 그렇지만 저쪽 세상에도 이 세상처럼 공동체, 친구, 아름다움, 공포, 사랑, 갈등, 옳고 그름이 있어. 다 비슷하다고. 온라인 세상은 우리가 사는 세상하고 별로 다르지 않아……. 딱 한 가지 차이가 있긴 하지만." 캐서린은 미소 지으며 덧붙였다. "비육소적이지."

그 말이 그의 의표를 찔렀다.

"온라인 세상은 당신이 있는 장소에서 분리되어 있어. 그곳에서 당신은 모든 물리적 제약으로부터 자유로워……. 육신 없는 정신으로 그곳에 머물고 있지. 어디로든 쉽게 이동할 수 있고, 뭐든 볼 수 있고, 뭐든 배울 수 있고, 다른 육신 없는 정신들과 소통할 수 있어."

 랭던은 인터넷을 그런 관점에서 생각해 본 적이 없어 놀랍기도 하고 흥미롭기도 했다.

 '온라인에서 나는 육신 없는 의식이구나……'

 캐서린이 말을 이었다.

 "인간은 가상 세계에 푹 빠져있는 동안 일종의 비국소적 체험을 하고 있는 거야. 유체 이탈 체험과 비슷한 점이 많지. 몸과 분리되어 무게도 없는 존재가 되고, 모든 것과 연결되잖아. 필터를 내려놓고…… 핸드폰 화면을 통해 세상 전체와 소통하면서 온갖 경험을 할 수 있어."

 캐서린의 말이 정확히 맞았다.

 캐서린은 남은 멜타를 쭉 들이켜고 리넨 냅킨으로 입을 닦았다.

 "이런 내용도 내 책에 다 썼어. 특이한 아이디어긴 하지. 나는 지금의 기술적 도약이 어쩌면 영적 진화의 일부일 수도 있다고 믿어……. 온라인은 존재의 훈련장으로도 볼 수 있어. 결국 우리가 도달해야 할 궁극적인 목표는…… 물리적 세상에서 분리되어 만물과 연결된 의식이잖아."

 랭던은 캐서린의 선구자적이고 천재적인 아이디어에 감탄하며 의자 등받이에 등을 기댔다. 캐서린이 열정적으로 말했다.

 "모든 게 좀 더 큰 개념으로 연결돼. 죽음은 끝이 아닌 거야. 아직 더 많은 작업이 이루어져야 하지만, 과학계는 죽음 너머에 무언가가 정말로 존재한다는 증거를 계속 발견하고 있어. 우리는 산꼭대기에서 그 메시지를 외쳐야 해. 로버트! 이건 비밀 속의 비밀이야. 이 비밀이 밝혀지면 인류의 미래에 어떤 영향을 미칠지 생각해 봐."

"그게 바로 당신이 책을 출판해야 하는 이유야!"

그 말에 캐서린은 미간을 찌푸리며 현실로 돌아왔다. 랭던은 그 생각을 입 밖에 내지 말 걸 싶었다. 그래도 CIA 국장에게 향후 캐서린이 책을 출판하는 것을 방해하지 않겠다는 확인을 받아서 다행이었다. 물론 민감한 부분을 몇 단락 삭제하게 될 수도 있다는 전제를 달긴 했지만. 캐서린의 특허 신청서도 책에 담을 수 없었다. 그가 소식을 전해주었을 때 캐서린은 별다르게 반응하지 않았다. 그녀가 CIA에 화가 나있는 상황인 걸 고려하면 놀라운 일도 아니었다. 원고를 처음부터 다시 써야 한다는 것 때문에도 분노가 치밀었을 것이다.

랭던은 그녀의 기분을 더 안 좋게 만든 것 같아 안절부절못하다가 넌지시 제안했다.

"저기, 비행기 타기 전에 프라하성을 둘러보고 올까?"

캐서린은 뭔가 생각할 게 있는 듯한 눈빛으로 그를 힐끗 올려다보았다.

"그래. 어제저녁 강연 때문에 제대로 구경 못 했지. 당신이 성 비투스 대성당은 꼭 봐야 한다고 했잖아."

"그래."

그는 패딩으로 손을 뻗었다.

"여기서부터 그 언덕까지 얼마 안 걸려."

그는 처리해야 하는 그 일에 다시 생각을 집중했다. 캐서린이 그 소식을 어떻게 받아들일지 여전히 걱정이었다.

캐서린이 두리번거리며 웨이터를 찾았다.

"내가 계산하고 싶은데 가방을 잃어버렸지 뭐야, 로버트."

"걱정 마." 그는 씩 웃었다. "미국 대사관 측에서 우리 아침 식사를 제공해 주기로 했다고 들었어."

호텔을 나선 그들은 아침 햇살 속으로 걸어 나갔다. 캐서린과 랭던은 대사의 사무실이 있는 창문을 올려다보며 손을 흔들어 감사 인사를 하려다가 창문이 컴컴한 걸 보고 그만두었다. 하이디 네이글 대사는 사샤를 탈 없이 미국으로 수송하는 일을 마치고 잠자리에 들었다.

대사는 오늘 아침에 그들이 머무는 호텔로 꾸러미를 하나 보내겠다고 약속했다. 여행 경비, 일등석 비행기표 두 장, 그리고 그들이 아무 문제 없이 고국으로 돌아갈 수 있게 해줄 외교 서한 두 장이었다. 네이글은 이렇게 말했다.

"지난 24시간 동안 일어난 일을 생각하면 대사관에서 이 정도는 해드려야죠."

캐서린은 랭던을 따라 트르지슈테 거리라 불리는 운치 있는 자갈길로 들어섰다. 그 길을 따라 쭉 올라가면 프라하성이 있었다. 랭던은 캐서린의 허리를 한 팔로 감고 그녀를 가까이 끌어당겨 뺨에 입을 맞췄다. 언덕을 열두 걸음쯤 올라갔을 때 랭던은 갑자기 오르막길을 가는 걸 다시 생각해 봐야겠다는 듯 걸음을 멈췄다.

"그 뚱뚱한 패딩을 입고 올라가기엔 너무 가파르지?"

캐서린이 그가 아끼는 진홍색 파타고니아 푸퍼 패딩을 쿡 누르며 놀렸다. 캐서린은 그에게 이제 좀 *최신* 스타일의 패딩을 입으라고 몇 번이나 말했었다.

"아니……." 랭던은 패딩 소매를 걷어 미키 마우스 손목시계를 확인하고는 얼굴을 찌푸렸다. "방금 생각났는데…… 이따가 공항으로 출발하기까지 몇 시간밖에 안 남았네. 이 나라를 떠나기 전에 해야 할 서류 작업이 좀 있거든. 이따가 저 위에서 다시 만날까?"

"서류 작업?"

"미안. 어제 일어난 일을 당신한테 전부 얘기하지 못했어. 좀 혼란스러워서. 한 가지 문제만 얼른 처리하면 돼."

캐서린은 무슨 문제가 있는 것인지 걱정됐다. 어제 아침에 랭던이 고급 호텔의 화재경보기를 눌러 손님들을 대피시키고 체코 경찰을 이리저리 피해 다닌 일을 생각하면 더더욱 마음이 편치 않았다.

"괜찮아, 로버트? 대사님한테 연락해야 하는 일이야?"

"괜찮을 거야. 걱정 마."

"나도 같이 갈까?"

"고마운데, 당신이 이 산책을 여기서 관두게 하고 싶지 않아." 그는 산책로를 가리키며 덧붙였다. "아주 멋진 곳이거든. 잠깐 택시 타고 가서 처리하고 올게. 운이 좋으면 우리 둘이 거의 동시에 프라하성에 도착할 수도 있어."

"알았어." 캐서린은 여전히 마음이 편치 않았다. "어디서 만날까?"

랭던은 잠시 생각해 보았다.

"일곱 개의 자물쇠로 잠긴 문 앞에서."

캐서린은 그를 가만히 쳐다보았다.

"*일곱 개의 자물쇠로…… 잠긴 문?*"

그는 고개를 끄덕였다.

"유럽에서 가장 불가사의한 문 중 하나야. 올라가서 사람들한테 물어보면 돼."

"로버트, 우리 그냥 평범한 사람들처럼 안내 부스에서 만나는 게 어때?"

그는 그녀의 뺨에 입을 맞췄다.

"평범이라는 건…… 너무 과대평가된 개념이야."

138

 어둠에 잠긴 거대한 대양 위를 날아가는 동안 스콧 커블은 깊은 피로감이 밀려드는 것을 느꼈다. 제트기는 떠오르는 태양을 앞지르며 서쪽으로 날고 있었다. 그는 눈을 붙이기 전 마지막으로 비행기 뒤쪽으로 걸어가 주변을 점검했다.

 사샤는 곤히 잠들어 있었다.

 커블은 조금 전 사샤의 손에서 수갑을 풀고 대신 발목에 채워 의자에 고정해 놓았다. 해리와 샐리도 캐리어에서 꺼내주었다. 샴고양이 두 마리는 서로 몸을 공처럼 한데 휘감고는 똑같은 박자로 가르랑거리며 사샤 옆에 엎드려 자고 있었다.

 커블은 자리로 돌아와 재킷을 벗었다. 주머니에 넣어둔 암호화된 하드 드라이브의 감촉이 느껴져 그것을 꺼내 자세히 들여다보았다. 이 안에 대체 무엇이 들어있기에 대사님이 그토록 엄청난 권한을 손에 쥐게 됐을까. 하드 드라이브의 빌트인 키패드를 들여다보던 그는 CIA 국장을 만나면 전달해야 할 열여섯 개의 문자로 된 비밀번호를 떠올렸다.

'그분이 좋아하는 키신저의 명언 앞 글자를 따서 지은 암호.'

커블은 잠시 생각하다가 핸드폰을 꺼내 CIA 그레고리 저드 국장이 대중 연설에서 헨리 키신저의 말을 인용한 적이 있는지 챗GPT로 검색했다. 결과를 보니 저드 국장은 대중 연설을 많이도 했는데 '단어 열여섯 개로 복잡한 진실을 전할 수 있는 사람은 키신저뿐이었다'는 서두와 함께 늘 같은 말을 인용했다.

A country that demands moral perfection in its foreign policy will achieve neither perfection nor security.
(도덕적 완벽함을 요구하는 외교 정책은 완벽한 결과도, 확실한 안보도 얻지 못한다.)

'ACTDMPIIFPWANPNS.'

지금 이 암호로 하드 드라이브를 열면 그 안에 숨겨진 데이터의 정체를 확인할 수 있을 것이다. 하지만 커블은 그를 신뢰하는 대사를 결코 배신할 마음이 없었다. 두 번 생각하지도 않고 국장에게 전달할 그 하드 드라이브를 그의 더플백 깊숙한 곳에 밀어 넣었다.

그는 눈을 감고 잠을 청하며 생각했다.

'언제나 충성(미국 해병대의 표어—옮긴이).'

어둑한 비행기의 뒷좌석, 골렘이 그림자 속에서 몸을 일으켰다. 사샤는 깊이 잠들어 있었다. 골렘은 조용히 그녀의 정신의 전면으로 나와 눈을 뜨고 창밖을 내다보았다. 저 아래는 온통 어둠이었다……. 구세계와 신세계를 나누는 거대한 빈 공간이었다.

역사 속 수백만 명의 사람들처럼 사샤도 미국에서 새출발을 하게 됐다……. 두 번째 기회를 얻은 것이다. 사샤를 향한 헌신과 사랑이 드디어 보상받게 됐다는 확신이 섰다.

'우주는 그 뜻을 이해하는 사람을 돕는 거야.'

사샤가 대사의 보살핌을 받으며 안전하게 살 것임을 알면서도 골렘은 영원히 사샤를 떠날 생각은 없었다. 아직은 아니었다. 그는 여전히 그림자 속에 숨어 지켜볼 것이다. 매일 조금씩, 점점 비중을 줄이다가 그녀의 마음속 조용한 속삭임으로 남을 것이다. 그 생각을 하면 우울해졌지만 성취감도 느껴졌다.

'사샤가 나를 덜 필요로 할수록, 내가 사샤를 잘 돌본 셈이지.'

골렘은 사샤를 영원히 떠나서, 묶였던 줄에서 풀려나 그가 온 영역으로 돌아갈 힘이 있었다. 하지만 그의 자그마한 일부는 사샤의 곁에 수호천사로…… 영원히 남기로 했다. 무수한 천사의 모습으로…… 본능, 예감, 느낌…… 보다 경험 많은 영혼의 작은 간섭, 다른 세상에서 흘러드는 물 같은 느낌으로 조용히 존재감을 드러낼 것이다.

'사샤는 삶을 누릴 자격이 있어.'

만족스러워진 골렘은 눈을 감고 이제부터 오랫동안 깊고 깊은 잠을 자기로 했다.

'잘 자, 사샤.'

그가 잠에 빠져드는데, 왼손이 저절로 뻗어나가더니 곁에 엎드려 가르랑거리는 샴고양이 두 마리를 가만히 쓰다듬었다.

139

 가파른 흐라드차니 언덕을 올라간 캐서린은 잠시 호흡을 가다듬으며 눈앞에 서있는 엄청난 규모의 건축물을 바라보았다. 프라하성은 단순한 성이 아니라…… 넓게 뻗어나간 성벽으로 둘러싸인 도시였다.
 랭던은 이 언덕배기 요새의 규모가 6만 제곱미터가 넘고 그 안에 궁전 네 개, 강당 두 개, 감옥 한 개, 무기고 한 개, 대통령 관저 한 개, 수도원 한 개, 그리고 세계 최대 규모의 성당인…… 성 비투스 대성당을 비롯해 별개의 성당 다섯 개가 자리하고 있다고 알려주었다.
 이틀 전 저녁, 캐서린은 강연을 위해 이곳을 방문했다. 그녀를 태운 차는 이 건축 단지 남쪽의 수수한 기둥이 있는 입구를 지나 블라디슬라프 홀로 곧장 들어갔다.
 '그래서 내가 기죽지 않았나 보구나.'
 캐서린은 주 출입구에서 그녀를 마주 보는 위협적인 갑옷용 장갑을 보며 생각했다.

성으로 이어지는 길은 5층 높이의 거대한 외벽으로 막혀있었다. 그 앞에는 삐죽삐죽한 높은 담장이 있었고 연철 대문은 소총을 든 제복 군인들이 지키고 있었다. 그 담장에서 열려있는 유일한 출입구의 양옆에는 자기보다 작은 남자들을 창으로 찍고 칼로 찌르고 곤봉으로 두들겨 패는 근육질 남자 형상의 거대한 조각상 두 개가 세워져 있었다.

'무슨 뜻인지 자알 알겠습니다.'

캐서린은 그 대문을 통과해 안으로 들어갔다. 미로 같은 안마당과 터널을 지나자 넓게 뻗은 자갈 광장이 나왔다. 광장으로 들어서자마자 위를 보니 성벽 안에 있다는 사실이 믿기지 않을 정도로 거대한 구조물이 나타났다.

'성 비투스 대성당이구나.'

캐서린이 이 성당에 관해 아는 거라곤 랭던이 여기를 건축의 걸작이라 여긴다는 점뿐이었다. 랭던은 유럽 최대 규모인 무게 17톤의 거대한 지그문트 종이 달린 높이 100미터짜리 종탑을 특히 좋아했다. 이 종은 소리가 너무 커서 그 울림으로 오래된 탑이 손상될까 봐 크리스마스와 부활절에만 울린다고 했다.

캐서린은 잠시 거대한 종탑을 올려다보다가 입구로 향했다. 어서 그 유명한 문에 가보고 싶었다. 지나오면서 어느 경비병에게 물어보니 그 문은 이 성당 안에 있다고 했다.

'일곱 개의 자물쇠로 잠긴 문이라.'

그게 뭔지는 모르겠지만 랭던이 그 앞에 먼저 와서 기다리고 있길 바랐다. 언덕을 올라오는 시간이 생각보다 오래 걸렸고 랭던은 택시를 탄다고 했으니, 운이 좋으면 그가 서류 작업을 후딱 처리하고 도착했을 것도 같았다.

성 비투스 성당 내부는 예상한 대로였다. 동굴처럼 깊고 화려해서 인상적이었는데, 그동안 유럽에서 본 여느 성당들과 크게 다르지 않았다.

사람들이 전능하고 자애로운 하느님의 성소를 지으려고 수 세기에 걸쳐 피땀을 흘렸다는 게, 생각할수록 뜨악했다. 그것도 전염병, 전쟁, 기근으로 신자들이 수백만 명씩 죽어가고 있던 시절에 말이다. 캐서린은 하느님이 인간의 고통에 무심하든지…… 아니면 고통을 멈춰줄 능력이 없든지 둘 중 하나라고 여겼다. 그렇다고 해도 '영생'의 약속은 죽음의 보편적 두려움을 위로해 주는 거부할 수 없는 위안이었을 것이다.

'요즘도 비슷하지.'

캐서린은 랭던을 찾아 성당 안을 두리번거리며 더 깊숙한 곳으로 들어갔다. 이 시간에 성 비투스 대성당을 찾는 사람은 거의 없는 것 같았다. 한가로이 서있는 도슨트에게 자물쇠 문에 대해 묻자 그는 신도석 중앙 통로를 가리켰다. 오른쪽 아치형 출입구로 들어갔다가 성소 중앙 쪽으로 가면 된다고 했다.

그는 나지막하게 말했다.

"성 바츨라프 예배당입니다."

텅 빈 예배당은 막상 가서 보니 대단히 아름다운 방이었다. 회색 대리석 바닥, 정교한 프레스코화가 들어간 몇 층짜리 벽, 그 벽과 이어진 반구형 천장. 예배당 중앙에는 몇 개의 단으로 된 직사각형의 거대한 상자가 있었다. 측면에는 알록달록한 보석이 박혔고 뾰족한 덮개가 얹혀있었다. 너무나 특이한 물건이라 안내문을 읽어보고서야 그게 무엇인지 알았다.

'왕실 석관이구나.'

이 직사각형 상자는 유명한 '왕'을 안치했던 관이었다. 이 관의 주인은 실제로는 왕이 아니라 선한 마음씨의 공작이었지만, 유명한 크리스마스 캐롤의 주인공이 되면서 불멸의 왕이 되었다. 캐서린은 안내문에서 '선한 왕 바츨라프'의 안식처가 더없이 귀한 보헤미아 왕관 보물이 있는 곳과 맞닿은 통로라는 구절을 발견하고 마음이 흐뭇해졌다. 그 보물은 일곱 개의 자물쇠로 잠긴 유명한 문을 통해서만 들어갈 수 있는 금고 안에 보관되어 있었다.

캐서린은 구석에 있는 문으로 얼른 다가갔다. 그것은 회색 금속으로 된 웅장한 문으로, 보강 밴드를 대각선으로 고정해 다이아몬드형 패턴을 형성했다. 체코의 문장인 뒷발로 일어선 사자와 독수리 상징이 그 패턴 안에 배치되어 있었다. 문의 왼쪽 측면에는 화려한 열쇠 구멍들이 쭉 나있었는데, 구멍 개수를 세어보니 당연히 일곱 개였고 각 구멍에는 철판이 덧대어 있었다.

캐서린은 어깨 너머로 텅 빈 예배당을 확인한 후 그 문을 슬쩍 밀어보았다.

'잠겼네.'

그곳에서 오지 않는 랭던을 잠시 기다리다가 중앙 성소로 돌아나와 근처 신도석에 앉았다. 쉬어서 좋긴 한데 랭던이 걱정됐다.

'무슨 일 있나?'

어디든 집중할 곳을 찾으려고 주요 제단으로 시선을 들었다. 스테인드글라스를 배경으로 높이 서있는 황금 격자 첨탑이 보였다. 이 건물이 인류의 위대한 성취이고 뛰어난 예술 작품인 것은 부정할 수 없을 듯했다.

'설교단도 걸작이네.'

측면에 복잡한 조각이 들어간 단이 보였다. 우아한 나선형 계단으로 연결된 높은 육각형 설교단 윗부분에는 도금한 아기천사 조각상들이 있었다. 그 성스러운 자리는 설교하는 이에게 신과 같은 권위를 부여하기 위해 설계된 게 분명했다.

"거기 있었네!"

성당 저쪽에서 굵직한 목소리가 들렸다.

고개를 돌려보니 랭던이 바츨라프 예배당에서 그녀 쪽으로 서둘러 다가오고 있었다. 그는 여전히 파타고니아 푸퍼 차림이었다.

"저 안에 없길래 그냥 돌아갔을까 봐 걱정했어." 그는 가쁜 숨을 몰아쉬었다. "일곱 개의 자물쇠로 잠긴 문은 찾았어?"

"응. 놀랍게도, 잠겨있더라고."

랭던은 조금 전보다 긴장이 풀린 모습으로 미소 지었다.

"당신이 나더러 그곳을 열어달라고 하면 내가 일곱 군데에 전화해야 해. 대통령, 수상, 대주교, 행정 담당자, 주임사제, 시장 그리고 그 방의 회장."

"당신이 그걸 어떻게 알고 있는지는 묻지 않을게, 로버트. 서류 작업은 잘하고 왔어?"

"응. 잘 처리했어."

캐서린은 마음이 놓였다.

"무슨 일이었는지 말 안 해줄 거야?"

"그게……." 그는 근처 설교단을 힐끗 쳐다보았다. "잠깐만……."
그는 아무도 없는 성당 안을 휘이 둘러보고 다시 캐서린을 바라보앉다. "여기 좀 앉아. 보여줄 게 있어."

그는 설교단 계단으로 걸어가더니 그곳을 가로막은 벨벳 천을 훌쩍 넘어갔다.

"로버트, 뭐 하는 거야……."

그는 그곳의 나선형 계단을 올라가 맨 위에 섰다. 그곳에서 그는 성서대에 펼쳐놓은 거대한 성경을 내려다보았다. 캐서린이 있는 곳에서는 그의 머리만 보였다.

"캐서린, 내가 성경 구절을 몇 줄 읽을 테니까 마음을 열고 잘 들어."

그는 사뭇 진지한 목소리였다.

'성경 구절?'

"대체 무슨 소리야……."

"그냥 들어봐. 이 말을 들으면 당신한테 위로가 될 테니까."

캐서린은 의아한 눈으로 그를 올려다보았다. 랭던은 그곳에 자리를 잡고 패딩을 벗어서 바닥에 내려놓았다. 그리고 성경을 들여다보면서 특정 구절을 찾는 듯 페이지를 휘릭휘릭 넘겼다.

그러다 드디어 찾았는지 목청을 가다듬고 캐서린과 시선을 맞추곤 다시 성서대를 내려다보았다. 과장되게 구절을 읽는 그의 익숙한 바리톤 목소리가 성당 안에서 맑고 낭랑하게 퍼져나갔다.

"영아들이 태어날 때부터 의식적인 경험을 할 수 있다는 것이 이제 입증되었다……. 시간이 흐르면서 의식이 발달한다는 우리의 기존 모델과 맞지 않는 지점이다."

캐서린의 머릿속이 단번에 뒤집혔다.

'뭐지? 지금 뭐라고 한 거야?'

랭던은 몇 페이지를 더 넘겨 다시 읽기 시작했다.

"무엇보다도 우리는 뇌가 죽을 때 뇌 안에서 강력한 감마파 활동이 이루어진다는 반박할 수 없는 증거를 찾아냈다."

캐서린은 벌떡 일어섰다. 그녀는 랭던이 무엇을 읽고 있는지 정확히 알았다.

'말도 안 돼!'

랭던은 다른 부분을 또 읽기 시작했고 캐서린은 설교단으로 달려갔다.

"죽기 전에 감마 아미노부티르산 수치가 가파르게 떨어지는데, 그로 인해 지금까지 미지의 영역으로 남아있는 인간 경험의 가장 넓은 범위를 필터링하는 뇌의 능력도 함께 떨어진다."

캐서린은 나선형 계단을 허둥지둥 올라갔다. 심장이 쿵쾅쿵쾅 뛰었다.

"로버트!"

설교단에 다다른 캐서린은 거대한 성경 위에 놓인, 레이저프린터로 뽑은 익숙한 원고 더미를 보았다. 눈으로 보면서도 믿기지가 않았다.

"그거 내 *원고*야?"

"그럴걸."

그는 어깨를 으쓱하고는 캐서린이 사랑하는 비딱한 미소를 지었다.

캐서린은 그가 원고 더미를 패딩 안에 넣어 온 걸 알아챘다. 캐서린은 입 밖으로 말을 제대로 뱉어내지 못했다.

"하지만…… 난 당신이…… 그걸 *태운* 줄 알았는데!"

"실은 참고 문헌 페이지만 태웠어……." 그는 미소 지었다. "나머지 원고는 그 도서관 발코니 책장에 꽂힌 고서들 뒤에 숨겨뒀지."

캐서린은 금속 계단에서 랭던이 불을 붙이던 모습, 그리고 계단 아래로 시커멓게 떨어져 내리던 종이 조각들을 떠올렸다. 어안이 벙벙했다.

"하지만…… 꽤 큰 불이었잖아."

"그랬지. 2행 간격으로 된 42페이지 분량의 참고 문헌 목록은 당신이 다시 써야 해. 출판사에서 책 맨 뒤에 참고 문헌 목록을 넣으라고 했잖아. 어쨌든 내가 그 책장 위쪽에 있던 오래된 장부에서 빈 페이지를 몇 장 찢어서 섞었어. 양피지로 된 페이지라 동물 기름 덕분에 불이 잘 붙고 시커먼 연기가 *팍팍* 나더라고."

캐서린은 속에서 솟구쳐 오르는 감정을 억눌렀다. 믿을 수가 없고, 가슴을 짓누르던 걱정이 사라지고, 고마운 한편 마음이 덜컥 내려앉는 것도 같았다.

'내 원고가 사라진 게 아니었어?'

"왜 그동안 나한테 말 안 했어? 내가 얼마나 절망했는데!"

랭던은 몹시 후회하는 표정이었다.

"믿어줘, 캐서린. 나도 정말 말하고 싶었어. 당신이 고통스러워하는 걸 보는 게 너무 괴로웠어. 하지만 상황이 너무나 혼란스러웠잖아. 언제 잡혀서 심문당할지 몰랐고. 나는 당신이 거짓말하게 되는 상황을 만들고 싶지 않았어. 당신을 생각하면 지금처럼 상황이 정리되기 전까지는 원고가 존재하는 걸 차라리 모르는 편이 더 안전했어. 원고를 우지나 다른 조직에 다시 빼앗기고 싶지도 않았고."

캐서린은 거짓말을 잘 못하는 편이었고, 그녀 또한 그 사실을 잘 알고 있었다……. 캐서린은 랭던의 판단이 옳았다는 것을 인정했다.

네이글은 이런 전략을 '기만을 통한 허위 정보 유포'라고 불렀다. 랭던은 조너스와 통화하게 됐을 때 그에게 사실을 말하지 않았다.

"나를 용서해 줘……. 나도 비밀을 지키기가 힘들었어."

캐서린은 그를 망연히 바라보다가 다가가 꼭 끌어안았다.

"서류 작업이라고……? 진심이야?"

"중요한 서류 작업은 맞잖아. 너무 중요해서 불로 태워서는 안 될 서류였지."

캐서린은 그를 더욱 꽉 끌어안았다.

"믿기지 않는 게 하나 더 있어. 저명한 랭던 교수가 고서에서 양피지 페이지를 찢었단 말이지?"

"빈 페이지였다니까. 아무도 찾지 않는 페이지였어. 내 고등학교 시절에 영어를 가르치신 렐첵 선생님이 우리한테 이런 말을 하곤 하셨어. '적절한 시기에 만난 책 한 권이 생명을 구할 수도 있다.'"

캐서린이 웃음을 터뜨렸다.

"그걸 그런 식으로 쓰라고 하신 말씀은 아닐 텐데."

"그러게 말이야."

랭던은 그녀를 더 바짝 끌어당겨 안았다.

성 비투스 대성당의 설교단에서 얼마나 그렇게 서로를 안고 있었을까. 머리 위에서 성당의 종이 울리기 시작했다. 원고를 되찾았다는 기쁨과…… 품에 안은 이 남자를 향한 애정이 파도처럼 넘쳐흘렀다.

"사랑해, 로버트 랭던. 이 사실을 너무 늦게 깨달아서 아쉬울 뿐이야."

에필로그

로버트 랭던은 군대 북소리에 잠이 깼다. 작은 군대를 이끄는 듯 단일한 리듬으로 줄기차게 울려대는 군대 행진곡이었다. 눈을 뜨고 보니 창밖으로 광대한 숲이 우거진 겨울 공원이 내다보였다. 저 멀리서 새벽의 첫 햇살이 미로 같은 고층 건물들 사이로 흘러나왔다.

'맨해튼이구나.' 정신이 점점 또렷해지며 기억이 났다. '만다린 오리엔털 호텔. 52층.'

계속되는 북소리가 바로 가까이에서 들렸다.

일어나 앉은 랭던은 엎드려 있는 캐서린을 발견했다. 그녀는 머리카락을 느슨하게 묶고 팔꿈치를 괴고서 환한 미소를 지으며 새 핸드폰을 만지고 있었다. 랭던이 잠결에 들은 북소리의 출처가 그 핸드폰이었다.

"그리그의 〈아침의 기분〉이 질리더라고. 알람음을 바꿔봤어."

'군대 행진 소리로?'

어느 틈에 플루트가 북소리에 합류하는가 싶더니 익숙한 멜로디가 들렸다.

"어…… 이거 〈볼레로〉지?"

캐서린은 아무렇지도 않게 어깨를 으쓱했다.

"아마도."

라벨의 오케스트라 걸작 〈볼레로〉는 지금까지 작곡된 고전 음악 중 가장 에로틱한 곡으로 널리 인정받았다. '사랑 행위에 가장 잘 어울리는 사운드 트랙'으로 불리는 이 곡은 15분 동안 끊임없이 맥동하는 리듬으로 구성되어 있으며, 점진적인 크레센도를 유지하다가 평론가들이 C장조 오르가슴이라고 부른 마지막의 포르티시모 클라이맥스로 몰아치며 완성됐다.

"이거 참 미묘한걸."

그는 캐서린의 핸드폰을 쥐고 소리를 키운 뒤 그녀를 침대에 장난스레 잡아 눌렀다. 그 후 잠깐 동안 그는 캐서린의 눈동자를 들여다보며 작은북과 플루트의 듀엣에 귀를 기울였다.

"음, 로버트? 뭐 해?"

"클라리넷 열여덟 마디 연주로 들어가길 기다리고 있어. 난 야만인이 아니거든."

한 시간 후 랭던과 캐서린은 고급스러운 테리직 목욕 가운을 걸치고 센트럴 파크를 내려다보며, 햇빛 속에서 룸서비스로 시킨 아침 식사를 했다.

랭던은 몸은 만족스러운데 마음은 초조했다. 오후에 랜덤 하우스 타워에서 있을 조너스 포크먼과의 만남이 무척 기대됐다.

'조너스는 캐서린 원고가 있는 걸 아직 몰라.'

캐서린의 원고는 폭넓은 고무 밴드 두 개로 묶어서 이 방의 금고 안에 안전하게 넣어두었다. 프라하를 떠나기 전 그들은 원고 세 부를 복사해서 하나는 캐서린, 하나는 랭던, 하나는 조너스에게 보내두었다. 운이 좋으면 랜덤 하우스 측이 그 복사본을 필요로 하지 않을 수도 있었다. 펭귄 랜덤 하우스는 여기서 겨우 몇 블록 너머에 있었다.

랭던이 물었다.

"책 제목은 정했어? 조너스가 알고 싶어 할걸."

캐서린이 그를 쳐다보았다.

"내 책 제목? 아직……."

"당신이 프라하에서 했던 말이 머릿속에 줄곧 맴돌아서 물어봤어. 당신이 완벽한 제목을 찾아낸 것 같아서."

"그래?"

"죽음 이후에 무언가가 있다는 걸 과학이 증명하면, 우리가 산꼭대기에서 그 메시지를 외쳐야 한다고 했잖아. 당신은 그걸 비밀 속의 비밀이라고 했어……. 인류의 미래에 어마어마한 영향을 미칠 거라고."

"기억나."

랭던이 답을 기다리고 있는데, 캐서린도 그의 말을 기다리는 것 같아서 그가 물었다.

"어감이 어때? *비밀 속의 비밀*. 생각해 보면 책의 핵심에 딱 맞는 느낌이잖아. 우리가 죽으면 어떻게 될까? 이건 모든 사람이 궁금해하는 불가사의잖아. 제일 중요한 비밀이니까 비밀 속의 비밀이고."

"책 제목으로 그걸 쓰자고? 글쎄, 어쩐지 좀……."

"대박 냄새가 난다고?"

"좀 '과장되게' 들린다고나 할까."

그는 소리 내어 웃었다.

"내 예지 본능에 따르면, 펭귄 랜덤 하우스 로비의 책장에 곧 고전의 반열에 오를 책 한 권이 들어가게 될 것 같아."

캐서린은 벅차오르는 눈빛으로 그에게 다가가 부드럽게 입을 맞췄다.

"고마워, 로버트……. 여러모로."

그들은 한참 조용히 앉아서 창문 아래 부산스러운 세상을 내려다보았다. 마침내 캐서린은 자리에서 일어나 손목시계를 확인했다.

"다섯 시간 정도 남았으니까 이 도시를 탐험하러 가볼까. 샤워하고 나올게. 당신이 관광 안내해 줘."

욕실로 가는 캐서린에게 랭던이 말했다.

"그래, 좋아. 트리니티 교회부터 시작하자. 그다음은 성 요한 더 디바인 대성당, 성 패트릭 성당, 그레이스 교회, 클로이스트……."

"로버트!" 캐서린이 홱 돌아보았다. "됐거든!"

"농담이야." 그는 씩 웃었다. "나한테 맡겨둬. 당신을 어디로 데려가면 좋을지 잘 아니까."

서클 라인 관광 보트가 뉴욕항의 일렁이는 파도를 헤치고 나아갔다. 물수리 한 마리가 아침 바람을 맞으며 항구에서 훌쩍 날아올라 아침거리를 찾아 바다를 둘러보았다. 뱃머리에 앉은 캐서린 솔로몬은 랭던의 품에 안겨 그의 몸에서 흘러나오는 온기와 신선한 바다의 짭짤한 내음을 만끽했다.

랭던이 속삭였다.

"정말 멋지지?"

'그러게. 이 정도일 줄 몰랐어······.'

저 앞에 물 위로 90미터 넘게 솟아있는 거대한 조각상이 보였다. 자기만의 섬에 당당하게 서있는 그 조각상은 거의 신적인 느낌이 들 정도로 엄숙하면서도 우아한 분위기를 풍겼다. 조각상이 오른팔을 내밀며 들고 있는 24캐럿짜리 횃불이 아침 햇살을 받아 반짝거렸다.

보트가 그 앞으로 가까이 다가갔다. 캐서린은 조각상의 푸른 녹을 자세히 보았다.

샌들 신은 발 주변의 끊어진 사슬, 섬세한 옷 주름, 왼손에 들고 있는 미국 독립선언일이 새겨진 평판, 확고한 시선과 자신감 있는 얼굴······ 그리고 머리 위에는 고대의 상징이 있었다. 랭던이 캐서린을 여기로 데려와 보여주고 싶었던, 바로 그 상징이었다.

'방사형 왕관.'

미국의 자유의 여신상 머리 부분을 장식하는 뾰족뾰족한 후광은 천년간 깨달은 자의 머리를 장식한 후광과 같은 것이었다. 길이 90센티미터에 달하는 가시 일곱 개는 이 젊은 나라에서 뻗어 나와 일곱 개의 대륙을 전부 비추는 깨달음의 광선을 상징했다.

'의미는 정반대야.'

캐서린은 깨달음의 광선이 바깥에서 안으로 흘러들어 가는 것이라 믿었다. 일곱 대륙에서 흘러들어 오는 문화, 언어, 개념이 미국의 정신인 용광로로 흘러들어 간다고 본 것이다. 이 나라는 전 세계에서 서로 다른 영혼들을 끌어들여 공유된 경험으로 흘러들어 가게 하는 일종의 수신기였다.

자유의 여신상을 바라보는데, 희망을 품고 이 해안에 도착한 수백만 명의 희미한 메아리가 캐서린의 귓가에 들리는 듯했다.

'수 세대 전 내 조상들도 그렇게 이 나라에 왔어.'

이 나라에 이민자로 온 캐서린의 조상들은 물론 오래전에 세상을 떠났다. 그들이 어디로 갔는지는 캐서린도 알 수 없었다. 캐서린은 인간의 의식이 기존에 우리가 생각하던 것과는 다르다고 여겼다. 우리의 물리적 경험 너머…… 물리적 신체가 끝난 후의 세상에는 우리가 모르는 심오한 현실이 존재했다.

바람이 점차 거세지자 캐서린은 랭던의 어깨에 머리를 기댔다. 캐서린의 머리는 어느 때보다도 맑았다. 그녀는 랭던을 올려다보며 말했다.

"우리가 여기 영원히 서있을 수 있으면 좋겠어."

그는 미소 지었다.

"나도. 그래도 원고는 갖다줘야지."

감사의 말

우선 작가가 만날 수 있는 최고의 편집자 제이슨 코프먼에게 감사드립니다. 묘사에 대한 본능, 유머 감각, 나와 함께 참호 안에서 몇 시간씩 지치지도 않고 버틸 수 있는 체력을 가진 대단한 분입니다.

수십 년 동안 이 일에 헌신하며 우정을 베풀어 주신, 비할 데 없이 뛰어난 에이전트 하이드 랑에게도 감사드립니다. 소설가로 경력을 쌓아가는 저를 전문가의 대단한 열정으로 이끌어 주셨습니다.

제가 이 책을 집필하는 동안 변함없이 지지하고 인내해 주신 충직한 발행인 마야 마브지와 빌 토머스에게도 특별히 감사드립니다. 출판 과정 내내 마주한 이분들의 헌신, 창조성, 열정은 결코 잊지 못할 것입니다.

더블데이와 펭귄 랜덤 하우스의 세계적인 팀에도 깊이 감사드립니다. 홍보 전문가 토드 다우티, 혁신적인 마케팅 팀원 헤더 페인, 주디 저코비, 에린 맥그래스, 애비 엔들러, 세심하게 작업해 주시고 늘 유쾌한 모습을 보여주신 뛰어난 보조 편집자 릴리 돈도샨스키, 꼼꼼하게 제작 구성 작업을 해주신 노라 레이커드, 비미 산토

키, 바버라 리처드, 커스틴 에거트, 케이시 햄프턴, 크리에이티브 아트 디렉터 겸 표지 디자이너 올리버 먼데이, 윌 스텔레, 세계 최고의 영업팀 베스 마이스터, 크리스 뒤폴, 데이비드 웰러, 린 코바치, 법률 전문가 클레어 레너드, IT 및 보안팀 크리스 하트, 톰 자알, 마이크 데마시, 자파 나시어, 오디오북 부문의 어맨다 다체르노, 페이퍼백 부문의 베스 램, 내 친구 수전 허츠, 회사에서 견실히 작업해 주신 니하르 말라비야, 제이시 업다이크, 제프 웨버. 모든 분께 감사하다는 말씀을 드립니다.

이 책이 전 세계적으로 사랑받을 수 있도록 크게 애써주시고 저와 대가족이 되어주신 57개 해외 출판사 관계자분들께도 깊이 감사드립니다. 전 세계에서 이 책에 생명을 불어넣으시는 재능 있는 번역가들께도 무척 감사드립니다.

프라하와 체코의 문화, 체코어 등 모든 부문에서 귀중한 연구와 지도 편달을 해주고, 신비로운 시각으로 프라하라는 멋진 도시를 볼 수 있도록 도와준 체코 편집자이자 친구 페트르 오누페르에게도 감사드립니다. 프라하 아르고 출판사의 밀란 겔나르, 하나 겔나로바 이사님께도 감사드립니다.

내 첫 소설과 함께 처음부터 훌륭한 친구로 늘 곁을 지켜준 영국 출판사의 뛰어난 발행인 빌 스콧-커에게도 감사를 표합니다.

세상을 밝히는 중요한 일을 하시는 노에틱 과학 연구소의 뛰어난 과학자들에게도 존경과 감사를 표하고 싶습니다.

제가 프라하에 머무는 동안 환대해 주시고, 멋진 페체크 빌라에서 함께 저녁을 먹으며 흥미로운 이야기를 들려주신 전 체코 주재 미국 대사 노먼 아이젠 님께도 감사하다는 말씀을 드립니다.

지난 6년 동안 과학자, 역사학자, 큐레이터, 종교학자, 정부 관계자, 민간단체를 망라하여 많은 분이 이 소설의 자료 조사 단계에서 아낌없이 도움을 주셨습니다. 열린 마음으로 관대하게 전문 지식과 통찰력을 나눠주신 모든 분께 어떻게 감사를 드려야 할지 모르겠습니다.

오랫동안 한결같은 우정과 헌신을 보여주고, 이 기차를 선로 위에 올려놓기 위해 물심양면으로 일해주신 믿음직한 개인 비서 수전 모어하우스에게도 감사드립니다.

온라인 세상의 이모저모를 확인해 주시고 (원고 해커를 추적하는 과정도 도와주신) 기술 디지털 전문가 알렉스 캐넌에게도 고마움을 표합니다.

흥미로운 시너지를 불러일으킨 윌리엄 모리스 엔데버의 드림 팀, 특히 아리, 실비, 코너, 라이언, 마이클, CJ에게도 감사의 마음을 전합니다.

훌륭한 법률가이며 내 첫 소설에서 NSA 암호학자로서 역할을 해주신 칼 오스틴께도 감사드립니다.

샌퍼드 J. 그린버거 어소시에이츠의 모든 분께 감사하다는 말씀을 전합니다. 우아하고 정확하게 세밀한 부분들을 끝없이 잘 처리해 주신 이와라니 킴, 매들린 월리스, 그리고 숫자와 관련된 모든 것을 작업해 주신 찰스 로프레도에게 감사드립니다.

노동의 결실을 능숙하게 관리해 주신 피터 페이, 필립 맥콜, 제니퍼 룰로, 지니 맥그로디, 글렌 그린페이더를 비롯한 직원분들께 깊이 감사드립니다.

MIT 플라스마 과학 및 융합 센터의 모나 라이피 박사, 엘리자베스 클로다스 박사, 밥 헬름 박사, 채드 프러스맥 박사, 데니스 G. 와이트, 물과 관련된 부분에서 도움을 주신 조지 벤치와 찰리 벤치, 요리 기술로 도움을 주신 칼 슈워츠, 나를 책상에서 끌어내 움직이게 해준 트레이너 에번 샬러, 환대해 주신 포시즌스 호텔 프라하, 프라하시 관광 본부, 카를로바 대학교, 클레멘티눔, 미국 대사 경비단 소속 칼튼 쿠스, 불굴의 의지를 지닌 에마누엘 스베덴보리, 글로벌 의식 프로젝트, 의식 과학 센터, 로즈 슈워츠, 에릭 브라운, 닐 로시니, 우아하고 다정한 내 롤 모델이자 다정한 친구 마이클 루델에게도 감사드립니다.

1994년에 저를 점심 식사에 초대해 저에게 음악을 당분간 쉬고…… 소설을 써보라고 강력하게 권하신, 작고한 위대한 문학 에이전트 조지 위저에게도 감사를 표합니다.

코스타리카의 풍경을 안내해 주신 훌륭한 신사 로베르토 바탈라 님께도 감사드립니다.

분량 많은 이 원고 초안을 읽고 의견을 주신 그레고리 브라운, 하이드 랑에, 존 채피, 이와라니 킴, 매들린 월리스, 릴리 돈도샨스키에게 감사드립니다. 수년 동안 지지해 주시고…… 편집자와 함께하는 데 도와주신 레베카, 케일럽, 한나, 소피 코프먼, 올리비아, 제리 코프먼에게도 감사 인사를 드립니다.

늘 호기심을 갖고 살면서 어려운 질문도 받아들이도록 가르쳐 주신 부모님 코니, 딕 브라운께도 평생 감사드립니다.

마지막으로, 내가 이 책 집필에 몰두한 동안 인내와 사랑, 놀라운 유머 감각으로 곁을 지켜준 약혼녀 주디스 피터슨에게 고맙다는 말을 전합니다.

일러스트 크레딧

1권 406쪽: richard/Adobe Stock
2권 196쪽: lalithherath/Adobe Stock
2권 284쪽: Elvira Astahova/Adobe Stock

옮긴이 **공보경**

고려대 영어영문학과를 졸업하고 소설, 에세이, 인문 분야 전문 번역가로 활동하고 있다. 옮긴 책으로 《스패니시 러브 디셉션》, 《루스터 하우스》, 《메이즈러너》, 《로드워크》, 《테메레르》, 《제인 스틸》, 《아크라 문서》, 《작은 아씨들》, 《물에 잠긴 세계》, 《하이 라이즈》, 《스트레인저》, 《개들의 섬》 등이 있다.

비밀 속의 비밀 ❷

초판 1쇄 인쇄 2025년 11월 27일
초판 1쇄 발행 2025년 12월 5일

지은이 | 댄 브라운
옮긴이 | 공보경
발행인 | 강봉자, 김은경
펴낸곳 | (주)문학수첩
주소 | 경기도 파주시 회동길 503-1(문발동 633-4) 출판문화단지
전화 | 031-955-9088(마케팅부), 9530(편집부)
팩스 | 031-955-9066
등록 | 1991년 11월 27일 제16-482호
홈페이지 | www.moonhak.co.kr
블로그 | blog.naver.com/moonhak91
이메일 | moonhak@moonhak.co.kr

ISBN 979-11-7383-024-2 04840
　　　979-11-7383-022-8 (세트)

* 파본은 구매처에서 바꾸어 드립니다.

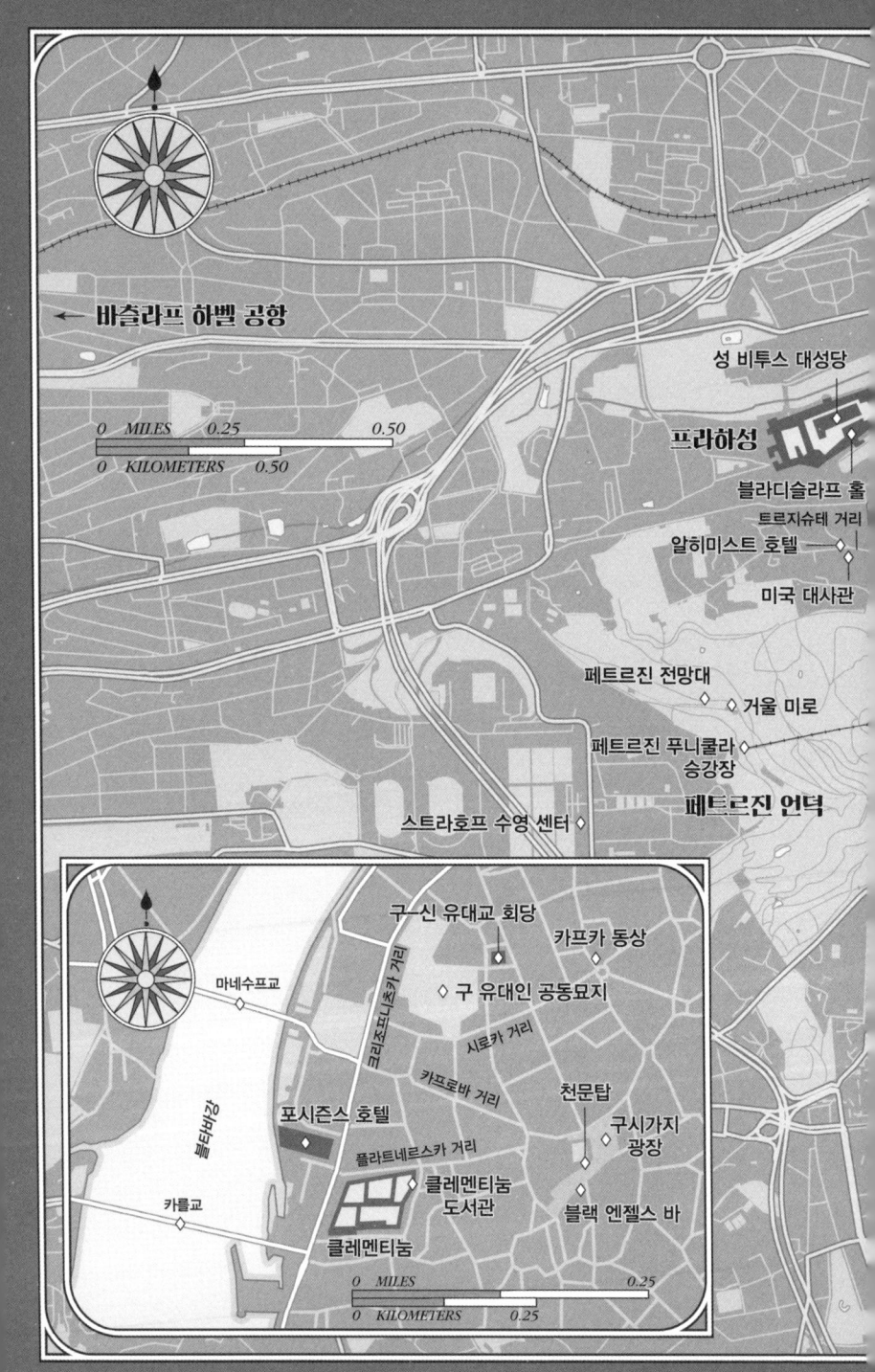

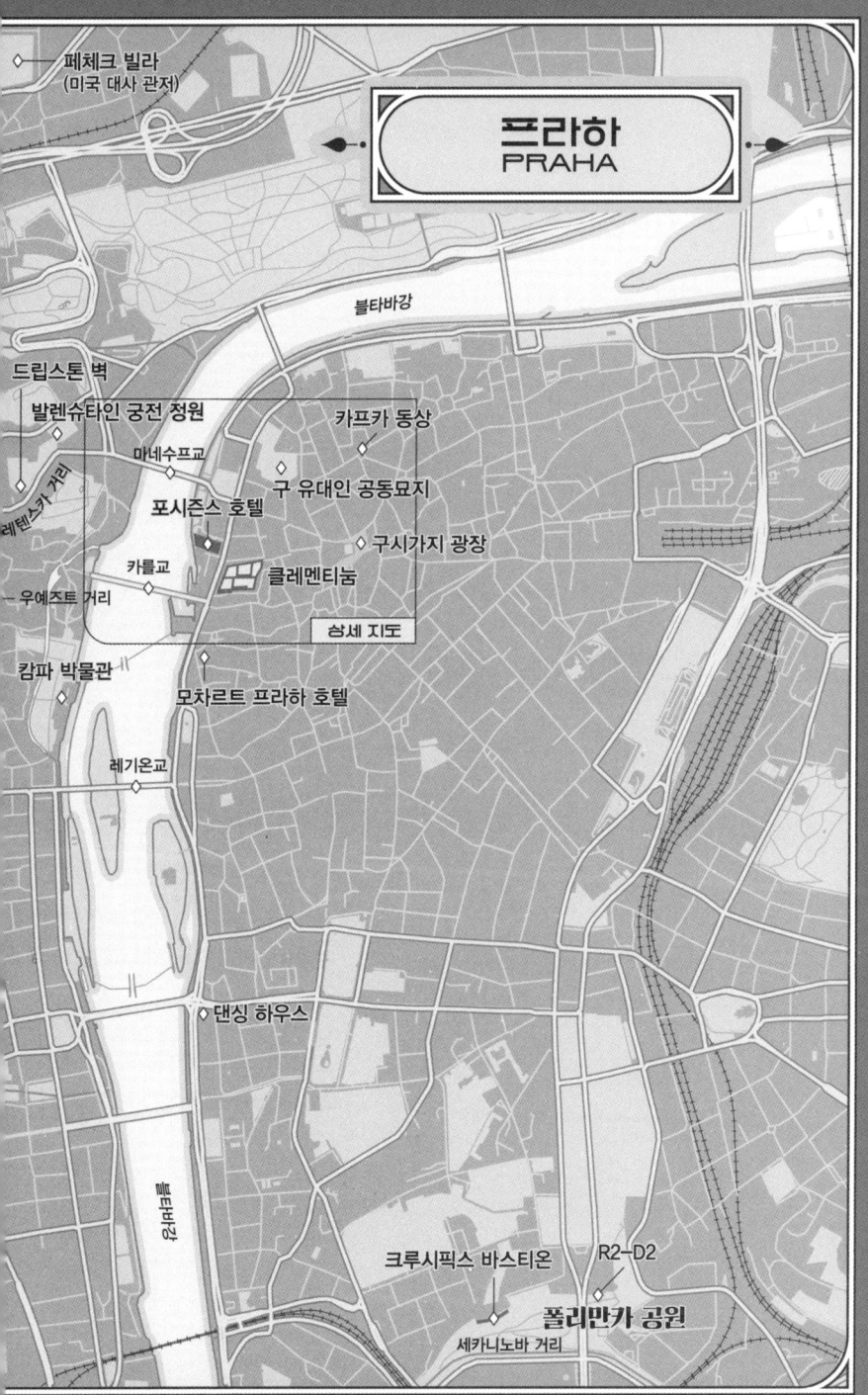